钱理群选读鲁迅

钱理群　王栋生等　编著

生活·讀書·新知 三联书店

图书在版编目（CIP）数据

钱理群选读鲁迅 / 钱理群等编著. —北京 : 生活 · 读书 · 新知三联书店，2024.10
ISBN 978-7-108-07837-7

Ⅰ. ①钱… Ⅱ. ①钱… Ⅲ. ①鲁迅著作—文学欣赏 Ⅳ. ① I210.97

中国国家版本馆 CIP 数据核字 (2024) 第 101242 号

责任编辑 李 佳
装帧设计 赵 欣
责任印制 李思佳
出版发行 生活·讀書·新知 三联书店
（北京市东城区美术馆东街 22 号 100010）
网 址 www.sdxjpc.com
经 销 新华书店
印 刷 北京隆昌伟业印刷有限公司
版 次 2024 年 10 月北京第 1 版
2024 年 10 月北京第 1 次印刷
开 本 700 毫米 × 1000 毫米 1/16 印张 28.25
字 数 338 千字
印 数 0,001－6,000 册
定 价 69.00 元
（印装查询：01064002715；邮购查询：01084010542）

前　言

钱理群

世界上每个国家总是以本民族的经典作家来教育后代，比如莎士比亚、普希金、托尔斯泰、雨果、惠特曼等，都是英国人、俄国人、法国人、美国人家喻户晓，从小耳熟能详的。我们也应该通过中小学教育和其他手段，让屈原、杜甫、李白、曹雪芹、鲁迅……这样的民族文化精英的精神遗产代代相传，成为年轻一代精神成长的“底子”，这对于他们的一生发展乃至于整个民族文化的发展，都是至关重要的。——这大概就是中学生要读点鲁迅的主要意义所在吧。

作为集中了“20世纪中国经验”的思想家与文学家，鲁迅与我们又是最为贴近的。许多人读鲁迅的文章，都会感到它仿佛就是针对当下中国的问题在发言，而又具有历史的高度与深度；鲁迅是活在现实中国的，每一个愿意并正在思考和关注社会、人生、文学问题，具有中学文化程度的青年，都能够和他进行心灵的对话与交流。

“鲁迅与青年”本身就是一个讲不完的话题；鲁迅无论在其生前还是去世后都对一代又一代的青年产生巨大的吸引力，这绝非偶然。这首先是因为鲁迅是一个“真的人”，他敢于公开说出“别人不敢说、不愿说、不能说”的一切真实；鲁迅恰恰是在人们因为缺乏勇气和智慧而停止思考、满足于似是而非以自欺欺人时，把思想的探索进行到底，从不顾忌将会引出什么“可怕”的结论。这里所表现出的，正是一种年轻人所向往的大智大勇的大丈夫气概。鲁迅“追求真”的彻底性更表现在，他从不向读者（包括年轻人）隐瞒自己内心的矛盾、痛苦、迷惘、缺陷、不足与失误，他敢于面对自身的局限，更无情地批判自己。他从不以真理的化身自居，更拒绝充当“导师”，他将真实的自我袒露在青年面前，和他们一起探讨与寻路，青年人可以向他倾诉一切，讨论、争辩一切，他是青年人的朋友。从小结识这样一位“真”的成年人，应该是人生之一大幸。鲁迅作为现代汉语文学语言的大师，他的语言以口语为基础，又融入古语、外来语、方言，将汉语的表意、抒情功能发挥到极致，又极具个性与创造性。阅读鲁迅作品，不仅能得到精神的启迪以至震撼，还能得到语言的熏陶与美的享受。尽管初读时会有些困难，但坚持读下去，自会有自己的发现与感悟，而且常读常新。流连于鲁迅所构建的汉语精神家园，也是人生的一大乐事。正是出于这样两个基本信息——相信鲁迅其人、其作品的魅力，相信当代有理想有追求的中学生，他们的心是与鲁迅相通的，我们将这本《中学生鲁迅读本》奉献于诸位读者面前。

现在，请打开本书，请走进鲁迅的世界。

目　录

代序　回忆鲁迅先生 …… 1

萧红

第一编　感受鲁迅

1 父亲与儿子

我家的海婴 …… 16

附录一　记忆中的父亲 …… 21

附录二　鲁迅先生与海婴 …… 25

五猖会 …… 47

父亲的病 …… 52

我们现在怎样做父亲 …… 59

随感录·六十三　“与幼者” …… 71

《二十四孝图》…… 73

从孩子的照相说起 …… 80

2 儿时故乡的蛊惑

阿长与《山海经》…… 86

社戏（节选）…… 92

我的第一个师父 …… 99

我的种痘 …… 106

风筝 …… 115

第二编　阅读鲁迅（上）

1 人与动物

兔和猫 122
鸭的喜剧 127
一点比喻 132
略论中国人的脸 136
狗·猫·鼠 141
秋夜纪游 150
夏三虫 153
战士和苍蝇 156

2 人·鬼·神

无常 160
女吊 169
补天 177
奔月 187
铸剑 199

3 生命元素的想象

死火 220
雪 223
好的故事 225
腊叶 228
秋夜 229
天·地·人——《野草》集章 232

4 诗与画

敢遣春温上笔端——鲁迅新诗与旧体诗选（八首）..... 236
看司徒乔君的画 241
《凯绥·珂勒惠支版画选集》序目 244

第三编 阅读鲁迅（中）

1 睁了眼看

论睁了眼看 258
夜颂 263
灯下漫笔（节选）..... 267
中国人失掉自信力了吗 272
论“他妈的！” 276
《杀错了人》异议 280
推背图 282
几乎无事的悲剧 286
推 289
现代史 291
“滑稽”例解 293
双十怀古——民国二二年看十九年秋 296

2 另一种『看』

示众 305
狂人日记 310
复仇 321
习惯与改革 326
太平歌诀 329
杂忆（节选）..... 332

3 聪明人和傻子和奴才

灯下漫笔（节选）............ 338
聪明人和傻子和奴才............ 342
春末闲谈............ 344
论照相之类（节选）............ 351
学界的三魂............ 354
再论雷峰塔的倒掉............ 358
随感录·六十五　暴君的臣民............ 364
偶成............ 366

第四编　阅读鲁迅（下）

1 生命的路

导师............ 374
随感录·六十六　生命的路............ 376
忽然想到（节选）............ 377
未有天才之前——一九二四年一月十七日在北京师范大学附属中学校友会讲............ 380
这个与那个（节选）............ 385
忽然想到（节选）............ 390
补白（节选）............ 393
空谈（节选）............ 396
过客............ 400

2 自己做主，说自己的话

读书杂谈——七月十六日在广州知用中学讲 409
随便翻翻 415
作文秘诀 420
无声的中国——二月十六日在香港青年会讲 424

第五编 研究鲁迅

参考选题 433
参考书目 437

第六编 言说鲁迅

活动建议 440

后记 441

代序 | 回忆鲁迅先生[1]

萧红

鲁迅先生的笑声是明朗的，是从心里的欢喜。若有人说了什么可笑的话，鲁迅先生笑得连烟卷都拿不住了，常常是笑得咳嗽起来。

鲁迅先生走路很轻捷，尤其使人记得清楚的，是他刚抓起帽子来往头上一扣，同时左腿就伸出去了，仿佛不顾一切的走去。

鲁迅先生不大注意人的衣裳，他说："谁穿什么衣裳我看不见的……"

鲁迅先生生病，刚好了一点，窗子开着，他坐在躺椅上，抽着烟，那天我穿着新奇的火红的上衣，很宽的袖子。

鲁迅先生说："这天气闷热起来，这就是梅雨天。"他把他装在象牙烟嘴上的香烟，又用手装得紧一点，往下又说了别的。

许先生忙着家务跑来跑去，也没有对我的衣裳加以鉴赏。

于是我说："周先生，我的衣裳漂亮不漂亮？"

鲁迅先生从上往下看了一眼："不大漂亮。"

过了一会又加着说："你的裙子配的颜色不对，并不是红上衣不好看，各种颜色都好看的，红上衣要配红裙子，不然就是黑裙子，咖啡色的就不行了；这两种颜色放在一起很混浊……你没看到外国人在街上走的吗？绝没有下边穿一件绿裙子，上边穿一件紫上衣，也没有

[1] 本文有删节。

穿一件红裙子而后穿一件白上衣的……”

鲁迅先生就在躺椅上看着我：“你这裙子是咖啡色的，还带格子，颜色是混浊得很，所以把红衣裳也弄得不漂亮了。”

“……人瘦不要穿黑衣裳，人胖不要穿白衣裳；脚长的女人一定要穿黑鞋子，脚短就一定要穿白鞋子；方格子的衣裳胖人不能穿，但比横格子的还好；横格子的，胖人穿上，就把胖子更往两边裂着，更横宽了，胖人要穿竖条子的，竖的把人显得长，横的把人显得宽……”

那天下午要赴一个筵会去，我要许先生给我找一点布条或绸条束一束头发。许先生拿了来米色的绿色的还有桃红色的。经我和许先生共同选定的是米色的。为着取笑，把那桃红色的，许先生举起来放在我的头发上，并且许先生很开心的说着：

“好看吧！多漂亮！”

我也非常得意，很规矩又顽皮的在等着鲁迅先生往这边看我们。

鲁迅先生这一看，脸是严肃的，他的眼皮往下一放向我们这边看着：

“不要那样装她……”

许先生有点窘了。

我也安静下来。

鲁迅先生在北平教书时，从不发脾气，但常常好用这种眼光看人，许先生常跟我讲，她在女师大读书时，周先生在课堂上，一生气就用眼睛往下一掠，看着她们。这种眼光鲁迅先生在记范爱农先生的文字里曾自己述说过，而谁曾接触过这种眼光的人就会感到一个旷代的全智者的催逼。

我开始问：“周先生怎么也晓得女人穿衣裳的这些事情呢？”

"看过书的，关于美学的。"

"什么时候看的……"

"大概是在日本读书的时候……"

"买的书吗？"

"不一定是买的，也许是从什么地方抓到就看的……"

"看了有趣味吗？"

"随便看看……"

"周先生看这书做什么？"

"……"没有回答。好像很难以答。

许先生在旁说："周先生什么书都看的。"

鲁迅先生的休息，不听留声机，不出去散步，也不倒在床上睡觉，鲁迅先生自己说：

"坐在椅子上翻一翻书就是休息了。"

鲁迅先生从下午两三点钟起就陪客人，陪到五点钟，陪到六点钟，客人若在家吃饭，吃过饭又必要在一起喝茶，或者刚刚喝完茶走了，或者还没走就又来了客人，于是又陪下去，陪到八点钟、十点钟，常常陪到十二点钟。从下午两三点钟起，陪到夜里十二点，这么长的时间，鲁迅先生都是坐在藤躺椅上，不断的吸着烟。

客人一走，已经是下半夜了，本来已经是睡觉的时候了，可是鲁迅先生正要开始工作。在工作之前，他稍微阖一阖眼睛，燃起一支烟来，躺在床边上，这一支烟还没有吸完，许先生差不多就在床里边睡着了（许先生为什么睡得这样快？因为第二天早晨六七点钟就要起来管理家务）。海婴这时也在三楼和保姆一道睡着了。

全楼都寂静下去，窗外也是一点声音没有了，鲁迅先生站起来，坐到书桌边，在那绿色的台灯下开始写文章了。

许先生说鸡鸣的时候，鲁迅先生还是坐着，街上的汽车嘟嘟的叫起来了，鲁迅先生还是坐着。

有时许先生醒了，看着玻璃窗白萨萨的了，灯光也不显得怎样亮了，鲁迅先生的背影不像夜里那样黑大。

鲁迅先生的背影是灰黑色的，仍旧坐在那里。

人家都起来了，鲁迅先生才睡下。

海婴从三楼下来了，背着书包，保姆送他到学校去，经过鲁迅先生的门前，保姆总是吩咐他说：

“轻一点走，轻一点走。”

鲁迅先生刚一睡下，太阳就高起来了。太阳照着隔院子的人家，明亮亮的；照着鲁迅先生花园的夹竹桃，明亮亮的。

鲁迅先生的书桌整整齐齐的，写好的文章压在书下边，毛笔在烧瓷的小龟背上站着。

一双拖鞋停在床下，鲁迅先生在枕头上边睡着了。

鬼到底是有的是没有的？传说上有人见过，还跟鬼说过话，还有人被鬼在后边追赶过，吊死鬼一见了人就贴在墙上。但没有一个人捉住一个鬼给大家看看。

鲁迅先生讲了他看见过鬼的故事给大家听：

“是在绍兴……”鲁迅先生说，“三十年前……”

那时鲁迅先生从日本读书回来，在一个师范学堂里也不知是什么学堂里教书，晚上没有事时，鲁迅先生总是到朋友家去谈天，这朋友住得离学堂几里路，几里路不算远，但必得经过一片坟地。谈天有的时候就谈得晚了，十一二点钟才回学堂的事也常有。有一天鲁迅先生就回去得很晚，天空有很大的月亮。

鲁迅先生向着归路走得很起劲时，往远处一看，远远有一个白影。

鲁迅先生不相信鬼的，在日本留学时是学的医，常常把死人抬来解剖的，鲁迅先生解剖过二十几个，不但不怕鬼，对死人也不怕，所以对于坟地也就根本不怕。仍旧是向前走的。

走了不几步，那远处的白影没有了，再看突然又有了。并且时小时大，时高时低，正和鬼一样。鬼不就是变换无常的吗？

鲁迅先生有点踌躇了，到底向前走呢？还是回过头来走？本来回学堂不止这一条路，这不过是最近的一条就是了。

鲁迅先生仍是向前走，到底要看一看鬼是什么样，虽然那时候也怕了。

鲁迅先生那时从日本回来不久，所以还穿着硬底皮鞋，鲁迅先生决心要给那鬼一个致命的打击。等走到那白影的旁边时，那白影缩小了，蹲下了，一声不响的靠住了一个坟堆。

鲁迅先生就用了他的硬皮鞋踢出去。

那白影噢的一声叫出来，随着就站起来，鲁迅先生定眼看去，他却是个人。

鲁迅先生说在他踢的时候，他是很害怕的，好像若一下不把那东西踢死，自己反而会遭殃的，所以用了全力踢出去。

原来是个盗墓子的人在坟场上半夜做着工作。

鲁迅先生说到这里就笑了起来。

“鬼也是怕踢的，踢他一脚就立刻变成人了。”

我想，倘若是鬼常常让鲁迅先生踢踢倒是好的，因为给了他一个做人的机会。

从福建菜馆叫的菜，有一碗鱼做的丸子。

海婴一吃就说不新鲜，许先生不信，别的人也都不信。因为那丸子有的新鲜，有的不新鲜，别人吃到嘴里的恰好都是没有改味的。

许先生又给海婴一个，海婴一吃，又是不好的，他又嚷嚷着。别人都不注意，鲁迅先生把海婴碟里的拿来尝尝，果然是不新鲜的。鲁迅先生说：

"他说不新鲜，一定也有他的道理，不加以查看就抹杀是不对的。"

鲁迅先生病了一个多月了。

证明了鲁迅先生是肺病，并且是肋膜炎，须藤老医生每天来了，为鲁迅先生把肋膜积水用打针的方法抽净，共抽过两三次。

这样的病，为什么鲁迅先生自己一点也不晓得呢？许先生说，周先生有时觉得肋痛了就自己忍着不说，所以连许先生也不知道，鲁迅先生怕别人晓得了又要不放心，又要看医生，医生一定又要说休息。鲁迅先生自己知道做不到的。

福民医院美国医生的检查，说鲁迅先生肺病已经二十年了。这次发了怕是很严重。

医生规定个日子，请鲁迅先生到福民医院去详细检查，要照 X 光的。

但鲁迅先生当时就下楼是下不得的，又过了许多天，鲁迅先生到福民医院去查病去了。照 X 光后给鲁迅先生照了一个全部的肺部的照片。

这照片取来的那天许先生在楼下给大家看了，右肺的上尖角是黑的，中部也黑了一块，左肺的下半部都不大好，而沿着左肺的边边黑了一大圈。

这之后，鲁迅先生的热度仍高，若再这样热度不退，就很难抵抗了。

在楼下的客厅里许先生哭了。许先生手里拿着一团毛线，那是海婴的毛线衣拆了洗过之后又团起来的。

鲁迅先生在无欲望状态中，什么也不吃，什么也不想，睡觉是似睡非睡的。

天气热起来了，客厅的门窗都打开着，阳光跳跃在门外的花园里。麻雀来了停在夹竹桃上叫了三两声就又飞去，院子里的小孩子们唧唧喳喳的玩耍着，风吹进来好像带着热气，扑到人的身上，天气刚刚发芽的春天，变为夏天了。

许先生很镇静，没有紊乱的神色，虽然说那天当着人哭过一次，但该做什么，仍是做什么，毛线该洗的已经洗了，晒的已经晒起，晒干了的随手就把它缠成团子。

"海婴的毛线衣，每年拆一次，洗过之后再重打起，人一年一年的长，衣裳一年穿过，一年就小了。"

许先生除了打毛线衣之外，还用机器缝衣裳，剪裁了许多件海婴的内衫裤在窗下缝。

因此许先生对自己忽略了，每天上下楼跑着所穿的衣裳都是旧的，次数洗得太多，纽扣都洗脱了，也磨破了，都是几年前的旧衣裳。春天时许先生穿了一件紫红宁绸袍子，那料子是海婴在婴孩时候别人送给海婴做被子的礼物。做被子，许先生说很可惜，就检起来做一件袍子，正说着，海婴来了，许先生使眼神，且不要提到，若提到海婴又要麻烦起来了，一定要说是他的，他就要要。

许先生冬天穿一双大棉鞋，是她自己做的。一直到二三月早晚冷时还穿着。

有一次我和许先生在小花园里一道拍一张照片，许先生说她的纽扣掉了，还拉着我站在她前边遮着她。

许先生买东西也总是到便宜的店铺去买，再不然，到减价的地方去买。

处处俭省，把俭省下来的钱，都印了书和印了画。

现在许先生在窗下缝着衣裳，机器声格答格答的，震着玻璃门有些颤抖。

窗外的黄昏，窗内许先生低着的头，楼上鲁迅先生的咳嗽声，都搅混在一起了，重续着、埋藏着力量。在痛苦中，在悲哀中，一种对于生的强烈的愿望站得和强烈的火焰那样坚定。

许先生的手指把捉了在缝的那张布片，头有时随着机器的力量低沉了一两下。

许先生的面容是宁静的、庄严的、没有恐惧的、坦荡的在使用着机器。

海婴在玩着一大堆黄色的小药瓶，用一个纸盒子盛着，端起来楼上楼下的跑。向着阳光照是金色的，平放着是咖啡色的，他招聚了小朋友来，他向他们展览，向他们夸耀，这种玩意只有他有而别人不能有。他说："这是爸爸打药针的药瓶，你们有吗？"

别人不能有，于是他拍着手骄傲的呼叫起来。

楼上楼下都是静的了，只有海婴快活的和小朋友们的吵嚷躲在太阳里跳荡。

海婴每晚临睡时必向爸爸妈妈说："明朝会！"

有一天他站在走上三楼去的楼梯口上喊着：

"爸爸，明朝会！"

鲁迅先生那时正病得沉重，喉咙里边似乎有痰，那回答的声音很小，海婴没有听到，于是他又喊：

"爸爸，明朝会！"

他等一等，听不到回答的声音，他就大声的连串地喊起来：

"爸爸，明朝会，爸爸，明朝会……爸爸，明朝会……"

他的保姆在前边往楼上拖他，说是爸爸睡了，不要喊了。可是他怎么能够听呢，仍旧喊。

这时鲁迅先生说"明朝会"，还没有说出来喉咙里边就像有东西在那里堵塞着，声音无论如何放不大。到后来，鲁迅先生挣扎着把头抬起来才很大声的说出：

"明朝会，明朝会。"

说完了就咳嗽起来。

许先生被惊动得从楼下跑来了，不住的训斥着海婴。

海婴一边笑着一边上楼去了，嘴里唠叨着：

"爸爸是个聋人哪！"

鲁迅先生没有听到海婴的话，还在那里咳嗽着。

鲁迅先生在四月里，曾经好了一点，有一天下楼去赴一个约会，把衣裳穿得整整齐齐，手下挟着黑花包袱，戴起帽子来，出门就走。

许先生在楼下正陪客人，看鲁迅先生下来了，赶快说：

“走不得吧，还是坐车子去吧。”

鲁迅先生说：“不要紧，走得动的。”

许先生再加以劝说，又去拿零钱给鲁迅先生带着。

鲁迅先生说不要不要，坚决的就走了。

“鲁迅先生的脾气很刚强。”

许先生无可奈何的，只说了这一句。

鲁迅先生晚上回来，热度增高了。

鲁迅先生说：

“坐车子实在麻烦，没有几步路，一走就到。还有，好久不出去，愿意走走……动一动就出毛病……还是动不得……”

病压服着鲁迅先生又躺下了。

七月里，鲁迅先生又好些。

药每天吃，记温度的表格照例每天好几次在那里画，老医生还是照常的来，说鲁迅先生就要好起来了，说肺部的菌已停止了一大半，肋膜也好了。

客人来差不多都要到楼上拜望拜望，鲁迅先生带着久病初愈的心情，又谈起话来，披了一张毛巾子坐在躺椅上，纸烟又拿在手里了，又谈翻译，又谈某刊物。

一个月没有上楼去，忽然上楼还有些心不安，我一进卧室的门，觉得站也没地方站，坐也不知坐在那里。

许先生让我吃茶，我就倚着桌子边站着，好像没有看见那茶杯似的。

鲁迅先生大概看出我的不安来了，便说：

“人瘦了，这样瘦是不成的，要多吃点。”

鲁迅先生又在说玩笑话了。

“多吃就胖了，那么周先生为什么不多吃点？”

鲁迅先生听了这话就笑了，笑声是明朗的。

从七月以后鲁迅先生一天天的好起来了，牛奶、鸡汤之类，为了医生所嘱也隔三差五的吃着，人虽是瘦了，但精神是好的。

鲁迅先生说自己体质的本质是好的，若差一点的，就让病打倒了。

这一次鲁迅先生保着了很长的时间，没有下楼更没有到外边去过。

在病中，鲁迅先生不看报，不看书，只是安静的躺着。但有一张小画是鲁迅先生放在床边上不断看着的。

那张画，鲁迅先生未生病时，和许多画一道拿给大家看过的，小得和纸烟包里抽出来的那画片差不多。那上边画着一个穿大长裙子飞散着头发的女人在大风里边跑，在她旁边的地面上还有小小的红玫瑰花的花朵。

记得是一张苏联某画家着色的木刻。

鲁迅先生有很多画，为什么只选了这张放在枕边。

许先生告诉我的，她也不知道鲁迅先生为什么常常看这小画。

有人来问他这样那样的，他说：

“你们自己学着做，若没有我呢！”

这一次鲁迅先生好了。

还有一样不同的，觉得做事要多做……

鲁迅先生以为自己好了，别人也以为鲁迅先生好了。

准备冬天要庆祝鲁迅先生工作三十年。

又过了三个月。

一九三六年十月十七日，鲁迅先生病又发了，又是气喘。

十七日，一夜未眠。

十八日，终日喘着。

十九日，夜的下半夜，人衰弱到极点了。天将发白时，鲁迅先生就像他平日一样，工作完了，他休息了。

一九三九年十月

第一编

感受鲁迅

感受鲁迅，就是把鲁迅看作是和我们一样的“人”，寻找生命的共通点，并思考“他”和“我”的关系。

Ⅰ 父亲与儿子

鲁迅曾经说过，“从幼到壮，从壮到老，从老到死”，这是人的生命之路。(《热风·随感录·四十九》) 在这条路上，有两个关键时刻，一是为“人之子”，二是做“人之父”。你现在正处于“人之子”的阶段，看看这位鲁夫子作为“人之父”如何看他的儿子，怎么回顾自己的父亲，这样一种“父亲与儿子”的关系，对他的人生选择又有着怎样的关系：这都是饶有兴味的：说不定还会引发你心灵的悸动……

导读

鲁迅有诗云："无情未必真豪杰，怜子如何不丈夫。知否兴风狂啸者，回眸时看小於菟[1]。"（《答客诮》）这给我们提供了一个想象鲁迅的空间。而"横眉冷对千夫指，俯首甘为孺子牛"的诗句更为人们所熟知：但论者却往往只注意前半联，更忽视二联之间的内在联系。鲁迅还有一张照片，是他与襁褓中的爱子的合影，鲁迅亲笔写道："海婴与鲁迅，一岁与五十。"见者无不为之动容。于是，在与亲友的通信中，就有了说不尽的话题："我家的海婴"……

[1] 於菟：即虎。

我家的海婴[1]

广平于九月廿六日午后三时腹痛，即入福民医院，至次日晨八时生一男孩。大约因年龄关系，而阵痛又不逐渐加强，故分娩颇慢。幸医生颇熟手，故母子均极安好。

——《致谢敦南，1929 年 9 月 27 日》

我们有了一个男孩，已一岁另四个月，他生后不满两月之内，就被“文学家”在报上骂了两三回，但他却不受影响，颇壮健。

——《致韦素园，1931 年 2 月 2 日》

我又有眷属在沪，并一婴儿，相依为命，离则两伤，故且深自韬晦，冀延余年，倘举朝文武，仍不相容，会当相偕以泛海，或相率而授命耳。

——《致李秉中，1931 年 2 月 18 日》

生今之世，而多孩子，诚为累坠之事，然生产之费，问题尚轻，大者乃在将来之教育，国无常经，个人更无所措手，我本以绝后顾之忧为目的，而偶失注意，遂有婴儿，念其将来，亦常惆怅，然而事已如此，亦无奈何，长吉诗云：己生须己养，荷担出门去[2]，只得加倍服劳，为孺子牛耳，尚何言哉。

——《致李秉中，1931 年 4 月 15 日》

[1] 选录自鲁迅书信，标题为编者所加。
[2] 语见唐李贺诗《感讽五首（其四）》。

在流徙之际[1]，海婴忽染疹子，因居旅馆一星期，贪其有汽炉耳。而炉中并无汽，屋冷如前寓而费钱却多。但海婴则居然如居暖室，疹状甚良好，至十八日而全愈，颇顽健。始知备汽炉而不烧，盖亦大有益于卫生也。

——《致许寿裳，1932 年 3 月 21 日》

海婴是连一件完整的玩具也没有的。他对玩具的理论，是“看了拆掉”。

——《致增田涉，1932 年 5 月 31 日》

这里家中都健康，只海婴患了阿米巴赤痢，注射了十四次，现在好了，又在淘气。我为这孩子颇忙，如果对父母能够这样，就可上二十五孝了。

——《致增田涉，1932 年 6 月 28 日》

孩子是个累赘，有了孩子就有许多麻烦。你以为如何？近来我几乎终年为孩子奔忙。但既已生下，就要抚育。换言之，这是报应，也就无怨言了。

——《致山本初枝，1932 年 11 月 7 日》

海婴很好，脸已晒黑，身体亦较去年强健，且近来似较为听话，不甚无理取闹，当因年纪渐大之故，惟每晚必须听故事，讲狗熊如何生活，萝卜如何长大等等，颇为费去不少工夫耳。

——《致母亲，1933 年 11 月 12 日》

[1] 1932 年 1 月 28 日，中、日在上海开战，一颗子弹洞穿鲁迅的写作兼睡卧的所在，又有大队日军前来检查，仓皇间鲁迅携妇将雏避难于内山书店，又转至英租界的支店，十人一室，席地而卧。因海婴出疹子，又转赴一旅馆。

我们都好，只有那位“海婴氏”颇为淘气，总是搅扰我的工作，上月起就把他当作敌人看待了。

——《致增田涉，1934 年 6 月 7 日》

男孩子不知为何大多欺负妈妈，我们的孩子也是这样；非但不听妈妈的话，还常常反抗。及至我也跟着一道说他，他反倒觉得奇怪：“为什么爸爸这样支持妈妈呢？”

——《致山本初枝，1934 年 7 月 23 日》

我们的孩子也很淘气，仍是要吃的时候就来了，达到目的以后就出去玩，还发牢骚，说没有弟弟，太寂寞了，是个颇伟大的不平家。

——《致山本初枝，1934 年 7 月 30 日》

海婴这家伙却非常捣蛋，两三日前竟发表了颇为反动的宣言，说：“这种爸爸，什么爸爸！”真难办。

——《致增田涉，1934 年 8 月 7 日》

他是喜欢夏天的孩子，今年如此之热，别的孩子大抵瘦落，或者生疮了，他却一点也没有什么。天气一冷，却容易伤风。现在每天很忙，专门吵闹，以及管闲事。

——《致母亲，1934 年 9 月 16 日》

我的孩子叫海婴[1]，但他大起来，自己要改的，他的爸爸，就连

[1] 鲁迅在 1931 年 3 月 6 日写给李秉中的信中曾解释说：“因其为生于上海之婴孩，故名之曰海婴。”

姓都改掉了。

——《致萧军、萧红，1934 年 12 月 6 日》

代表海婴，谢谢你们送的小木棒，这我也是第一次看见。但他对于我，确是一个小棒喝团员。他去年还问："爸爸可以吃么？"我的答复是："吃也可以吃，不过还是不吃罢。"今年就不再问，大约决定不吃了。

——《致萧军、萧红，1934 年 12 月 20 日》

过了一年，孩子大了一岁，但我也大了一岁，这么下去，恐怕我就要打不过他，革命也就要临头了。这真是叫作怎么好。

——《致萧军、萧红，1935 年 1 月 4 日》

但我这里的海婴男士，却是个怎么也不肯学习的懒汉，不读书，总爱模仿士兵。我以为让他看看残酷的战争影片，可以吓他一下，多少会安静下来，不料上星期带他看了以后，闹得更起劲了，真使我哑口无言，希特拉有这么多党徒，盖亦不足怪矣。

——《致增田涉，1935 年 2 月 6 日》

现在孩子更捣乱了，本月内母亲又要到上海，一个担子，挑的是一老一小，怎么办呢？

——《致萧军、萧红，1935 年 3 月 13 日》

他什么事情都想模仿我，用我来做比，只有衣服不肯学我的随便，爱漂亮，要穿洋服了。

——《致母亲，1935 年 11 月 15 日》

他考了一个第一，好像小孩子也要摆阔，竟说来说去，附上一笺，上半是他自己写的，也说着这件事，今附上。他大约已认识了二百字，曾对男说，你如果字写不出来了，只要问我就是。

——《致母亲，1936 年 1 月 26 日》

海婴很好，……冬天胖了一下，近来又瘦长起来了。大约孩子是春天长起来，长的时候，就要瘦的。

——《致母亲，1936 年 5 月 7 日》

男自五月十六日起，突然发热，加以气喘，从此日见沈重，至月底，颇近危险，幸一二日后，即见转机，而发热终不退。……海婴已以第一名在幼稚园毕业，其实亦不过“山中无好汉，猢狲称霸王”而已。

——《致母亲，1936 年 7 月 6 日》

鲁迅谈“孩子的世界”

凡一个人，即使到了中年以至暮年，倘一和孩子接近，便会踏进久经忘却了的孩子世界的边疆去，想到月亮怎么会跟着人走，星星究竟是怎么嵌在天空中。但孩子在他的世界里，是好像鱼之在水，游泳自如，忘其所以的，成人却有如人的凫水一样，虽然也觉到水的柔滑和清凉，不过总不免吃力，为难，非上陆不可了。

——《且介亭杂文·〈看图识字〉》

附录一　记忆中的父亲 *

周海婴

曾有许多人问过我，父亲是否像三味书屋里的寿老师那样对我教育的？比如在家吃“偏饭”，搞各种形式的单独授课，还亲自每天检查督促作业，询问考试成绩；还另请家庭教师，辅导我练书法、学乐器；或在写作、待客之余，给我讲唐诗宋词、童话典故之类，以启迪我的智慧。总之，凡是当今父母们想得到的种种教子之方，都想在我这里得到印证。我的答复却每每使对方失望。因为父亲对我的教育，就是母亲在《鲁迅先生与海婴》里讲到的那样：“顺其自然，极力不多给他打击，甚或不愿拂逆他的喜爱，除非在极不能容忍、极不合理的某一程度之内。”

我幼时的玩具可谓不少，却是个玩具破坏者，凡是能拆卸的都拆卸过。目的有两个：其一是看看内部结构，满足好奇心；其二是认为自己有把握装配复原。那年代会动的铁壳玩具，都是边角相勾固定的，薄薄的马口铁片经不住反复弯折，纷纷断开，再也复原不了。极薄的齿轮，齿牙破蚀，即使以今天的技能，也不易整修。所以，我在一楼的玩具柜里，除了实心木制拆卸不了的，没有几件能够完整活动的。但父母从不阻止我这样做。对我“拆卸技术”帮助最大的就是前述瞿秋白夫妇送的那套“积铁成象”玩具。它不但使我学会由简单到复杂的几百种积象玩法，还可以脱离图形，自我发挥想象力，拼搭种种东西。有了这个基础，我竟斗胆地把那架父亲特意为我买的留声机也大卸开了。我

* 标题为编者所加。

弄得满手油污，把齿轮当舵轮旋转着玩，趣味无穷。母亲见了，吃了一惊，但她没有斥责，只让我复原。我办到了。从此我越发胆大自信。一楼里有一架缝纫机，是父亲买给母亲的，日本 JANOME 厂牌。我凭着拆卸留声机的技术积累，拿它拆开装拢，装拢又拆开。

在我上学以后，有一次父亲因我赖着不肯去学校，用报纸卷假意要打屁股。但是，待他了解了原因，便让母亲向教师请假，并向同学解释：确不是懒学，是因气喘病发需在家休息，你们在街上也看到的，他还去过医院呢。这才解了小同学堵在我家门口，大唱“周海婴，赖学精，看见先生难为情……”的尴尬局面，友好如初。我虽也偶然挨打骂，其实那只是虚张声势，吓唬一下而已。父亲自己给祖母的信中也说：“打起来，声音虽然响，却不痛的。”又说：“有时是肯听话的，也讲道理的，所以近一年来，不但不挨打，也不大挨骂了。”这是一九三六年一月，父亲去世前半年，我已将七岁。

叔叔在他供职的商务印书馆参加编辑了《儿童文库》和《少年文库》生物方面的丛书，每种几十册。他一齐购来赠给我。母亲收藏了内容较深的《少年文库》，让我看浅的。我耐心反复翻阅了多遍，不久翻腻了，向母亲索取《少年文库》，她让我长大些再看，而我坚持要看这套书。争论的声音被父亲听到了，他便让母亲收回成命，从柜子里取出来，放在一楼内间我的专用柜里任凭选阅。这两套丛书，包含文史、童话、常识、卫生、科普等等，相当于现在的《十万个为什么》，却着重于文科。父亲也不过问选阅了哪些，或指定看哪几篇，背诵哪几段，完全“放任自流”。

父亲给祖母的信里常常提到我生病、痊愈、顽皮、纠缠、读书和考试成绩等情况，有时还让我写上几句。从存留的书信墨迹里，在信尾尚有我歪歪扭扭的个把句子。我当时是想长长地写一大段的，表达很多心里话，可惜一握笔便呆住了。在一九三五年一月十六日的信里，父亲写道："海婴有几句话，写在另一张纸上，今附呈。"

父亲写信经常是用中式信笺，印有浅淡的花卉、人物和风景，按不同亲疏的朋友亲属选用。如遇到父亲写信，我往往快速地从桌子倒数第二个抽屉里挑选信笺，以童子的爱好为标准，挑选有趣味的一页。父亲有时默许使用，也有感到不妥的，希望我另选一枚，遇到我僵持不肯，相互得不到一致时，他总是叹息一声勉强让步的。偶然父亲坚决以为不妥的，那当然只有我妥协了。据悉有一位日本仙台的研究者阿部兼也先生，他最近专门分析父亲信笺选用与收件者的内在关系。遗憾的是他不知道内中有我的"干扰"，使研究里渗进了"杂质"。在此，我谨向阿部先生表示歉意。

我小时候十分顽皮贪玩。但是我们小朋友之间并不常在弄堂玩耍，因为在那里玩耍受日本孩子欺负。母亲就让我们在家里玩，这样她做家务时就不用牵挂着时不时探头察看。有一回，开头我们还安静地看书、玩耍，不久便打闹开了，在客厅和饭厅之间追逐打闹，转着转着眼看小朋友被我追到，他顺手关闭了内外间的玻璃门，我叫不开、推不开，便发力猛推，推了几下手一滑，从竖格上一下子脱滑，敲击到玻璃上，"砰"的一声玻璃碎裂，右手腕和掌心割了两个裂口，血汩汩而下。小朋友吓得悄悄溜走了，而我也只顾从伤口处挖出碎玻璃，至少有三四小片。许是刚刚割破，倒未有痛感。父亲听到我手腕受了伤，便从二楼走下来，我也迎上去，觉得是自己闯的祸，也没有哭的理由。父亲很镇定，也不责骂，只从楼梯边的柜里取出外伤药水，用纱布替我包扎，裹好之后，仍什么也没说，就上楼了。

后来他在给祖母的信中提到这件事："前天玻璃割破了手，鲜血淋漓……"这是一九三六年九月二十二日写的，距父亲去世仅二十三

“一九三六年，九月，照于大陆新村前。”（母亲的字）我割破了右腕。手腕上包扎的纱布是父亲亲手裹的。

天。有一张母亲和我在万国殡仪馆站在一起的照片，可以看到我右手腕包扎着纱布，可见当时伤得不轻。

曾经有人引用一段话，说在父亲葬礼的墓前，我被人抱着不知悲哀地吃饼干，似乎是一个智力低下的小白痴。我翻拍了这张相片寄去，详告真情，祈望考虑。但这位作者却大不以为然，说他的根据是某某名人所述，根据确实，倒是我在鸡蛋里挑骨头，大不友好。试问，我这个七岁男孩长得高高大大，——次年我刚八岁，学校检查体格，身高已达四尺，即公制的一米二二，请问我还是手抱的儿童吗？——这当然是题外话了。

（选自周海婴《鲁迅与我七十年》，南海出版公司 2001 年版）

附录二　鲁迅先生与海婴

许广平

一

鲁迅先生的生平，承蒙许多知己朋友的督教，要我写些什么出来，——随便什么都好。每逢听到这，我是不胜其惭恐之至的。

论时间，我和他相处不过十多年，真如白驹之过隙，短短的一刹那而已，譬如一朵花，我碰到他的时候正在盛开但同时也正一点点走向凋零，其间的哀乐休戚，真是那样的骤忽，不可捉摸，这在我确是一种不可挽回的伤恸。倘为了纪念他，为了对这一位中国甚至世界的文豪、思想领导者追怀一切，贡献一些从我这方面观察所得，那是义不容辞的。无奈一执起笔，就踟蹰惶恐：会不会因为我那无意中的疏误，或下笔时辞句的不妥，使人们对于他的了解因之歪曲，或反而模糊了呢？果如此，则诚不如无书！而且医师从来不给自己人诊治疾病，怕的是太关切太熟悉，易为感情先入之见所蒙蔽，这大概不是无理的吧。站在太关切熟悉上的我，对于他，能否趋重于理智的观察，还是不敢自信的；那么我的记载也只能作研究鲁迅的人们的一种参考，依然是我自己的鲁迅观罢了。

我自己之于他，与其说是夫妇的关系来的深切，倒不如说不自觉地还时刻保持着一种师生之谊。这说法，在我以为是更妥切的。我自己不明白为什么如此，总时常提出来询问他："我为什么总觉得你还像是我的先生，你有没有这种感觉？"他总是笑笑的说："你这傻孩子！"

现在我是明白了，因为他太伟大，他的崇高，时常引起我不期然的景仰。他也亲切、慈蔼，和他接近较多的朋友一定觉得的。他是具有潜在的吸引力，能够令人不知不觉总想和他多汰留一下。他也热爱人们，稍微谈得来的朋友，总被他挽留长谈。他的光和热力，就像太阳的吸引万物，万物的欢迎太阳一样。所以，再进一步说，我下意识的时常觉得他是我的先生，还是不切当的，我哪里配做他的学生。以我那浅薄无知，——那愚騃，那无所贡献于社会的生命，应该是在太阳之下消灭的。然而应该消灭的倒还顽健，而我们所爱戴的却已消灭，我因此时常诅咒自己的存在，时常痛恨自己的愚騃，没有在他生前尽我最大的力量，向他学习，从消灭之路把他领回来。因着我的活，更加添我的痛苦。

关于结婚请酒，鲁迅先生曾有一个诙谐的卓见，他说："人们做事，总是做了才通知别人。譬如养了小孩，满月了才请吃喜酒，这是不错的。却是为什么，两性还没有同居，就先请吃结婚酒呢？这是否算是贿赂，请了客就不会反对。"

我们什么时候都没有特别请过客。方便了，就和朋友一起聚会一下。海婴生下来了，每个朋友来到，他总抱给他们看，有时小孩子在楼上睡熟了，也会叫人抱他下来的。他平常对海婴的欢喜爱惜，总会不期然地和朋友谈到他的一切。

一九二九年九月二十五夜，鲁迅先生因为工作过度之后有些发热，但是仍然照常工作。到睡的时候已经不算早，他则睡熟不久，正是二十六晨三时，那腹中的小生命不安静起来了，有规律地阵痛，预示了他的将要"来到人间"。我忍耐着痛楚，咬住牙齿不使他惊醒，直至上午十时才告诉他，事情是再不能拖延下去了，冒着发热，他同我去办妥住医院的一切手续。

从护士的通知他马上要产生了，预备好了小床、浴盆、热水；一次又一次，除了回家吃饭，他没有片刻离开过我。二十六一整夜，他扶着我那过度疲劳支持不住而还要支持起来的一条腿，而另一条腿，被另一个看护扶着。不，那看护是把她的头枕着我的腿在困觉，使我更加困苦的支持着腿，在每次摇她一下之后，她动了动又困熟了，我没有力气再叫她醒。

九月二十七大清早，经过了二十七八小时的阵痛，狼狈不堪的我，看到医生来了，觉得似乎有些严重，但是他们的话都听不懂。决定之后，由他那轻松的解决问题之后的爽快，安慰似地告诉我："不要紧，拿出来就好了。"

钳子由医生的手，把小孩的头拔出来，如同在地母的怀抱中拔去一棵大树。这像那树根一条条紧抓住地母的神经，从彼此的神经中切断开来的难受。终于赤红的小身体出来了，呱呱的哭声向这人间报了到。之后，鲁迅先生带着欣慰的口吻说："是男的，怪不得这样可恶！"

但从这一刻起，他把父亲的爱给与了他，后来从他告诉我，才晓得孩子如果不是在医院里待产，也许活不过来。在钳出之前，他的心音，听起来只有十六下，已经逐渐减少下去了。而且濒死前的污便也早已下来，真是千钧一发的了。当医生看到我难产的情形的时候，是曾经征询过他的意见："留小孩还是留大人？"他不待思索的说："留大人。"这倒使两条生命终于都得保存下来了。也许在他以为这孩子是意外的收获，为了他生命的不幸的遭难，然而却又倔强，就更值得宝爱了罢。

随着而需要解决的是小孩的给养问题。照医生的意思，是希望雇一位奶娘。大约诊断后料定是母乳不足的了。再三的催促，而且善意的劝告，说是住在医院找奶娘验身体更为方便些。但是鲁迅先生一定不同意，定规要自己来照料。可是我们两个人既没有育儿的经验，而别人的经验他也未必一定相信，最认为可靠的，除了医生的话之外，就请教于育儿法之类的书籍。这么一来，真是闹了许多笑话，而又吃足了苦头。首先是哺乳的时间，按照书上是每三小时一次，每次若干分钟。有的说是每次五分钟，有的说是每次哺一只奶，留一只第二次，交换哺乳，较为丰足。然而人究竟不是机器，不会这样规律化的。小孩也真难对付：有时吃了几口就睡熟了，推也推不醒；有时他醒了，未到时间也不许吃，一任他啼哭。而自己呢，起先不等到两小时就觉得奶涨潮了，毛巾也几乎湿透。如是之后，再到喂奶时，已经是低潮期了，还是让小孩饿了肚皮照时间吃，于是就时常发觉小嘴巴左转右动，做出觅吃状态。这使我不安起来，和他研究一下，他说瘦些不要紧，没有病就好了。到了两个多月，患些感冒，去看医生，量了量体重，医生说这不对，孩子的重量只够两三个星期的；于是研究生活状况，由医生教我们在新鲜牛奶里面加粥汤、滋养糖等，分量照月份增加；这之后，才逐渐肥胖起来。其次是洗浴，在医院时，每天由护士小姐抱来抱去，怎样洗浴，我们从未参观过。待到十二天后回到家里，我稍稍能够起床了，于是两人商量给孩子洗浴。他真是特别小心，不许用未曾开过的水，更不愿意假手别人。在一只小面盆里，盛了半盆温水，由我托住小孩的身体，由他来洗。水既不大热，经过空气一吹，小孩受冷到面孔发青，小身体发抖，我们也狼狈不堪，草草了事。但小孩立刻有了反应，发寒热感冒了。好容易医好之后，从此就几十天不敢给他洗浴。而且因为几次伤风，天气逐渐冷了，又怕他再感冒，连打开他的衣服都不敢了。据鲁迅先生的意思，叫我每小时看一次孩子的尿布。他总算学过医的，我自然不好反对，但结果小屁股被湿污所浸而脱皮了。没法子只得又去看医生。由医生介绍看护每天来给小孩洗浴，这才知道应该把小孩卧在温水里，并且在水中放有温度表，时常留心水的冷下去，再添热水，这样，小孩在水里就一声也不响，看来像蛮舒服的样子。以后就每天如此。

看护小姐也时常提议叫我们自己学习自己动手。但是我们吓怕了，有点气馁。鲁迅先生说："还是让她洗罢，我们洗病了，不是还要花更多的钱吗？我多写两篇文章就好了。"以后，小孩还是每天请看护洗浴，一直洗到他七个多月。这是我应当惭愧的，对于育儿实在没有研究，弄到自己不知如何是好。他也和我一样过于当心，反而处处吃力不讨好。如果我多少懂些看护以及照料小孩的常识，总可以贡献一点意见；就因为自己不懂，没有理由纠正他的过分当心，就是别人看来，我们养小孩也不是在养，而是给自己吃苦头。本来做女学生如果教授育儿法，在"五四"之后的女青年是认为不大适合的。就算听过些儿童心理学，那是预备做教师用的，和养小孩不生关系，因之我急时抱佛脚来看育儿法也来不及了。所以我想，结了婚的女性，总有做母亲的一天，最好还是有这样的研究所或指导所，对于小孩，那惠福真不浅呢。

二

女人除了在进行恋爱的时候享受异性的体贴温存之外，到了做母亲，如果是合理的丈夫，看到自己爱人为生产所受到的磨难，没有不加倍同情、爱惜的。这时候的体贴温存，也是女人最幸福的生活的再现。但这风味稍不同于初恋时，那时是比较生疏，女性多少矜持着的。一到做了母亲，躺在床上，身体一点点在复原起来，眼前看到一个竭尽忠诚的男人在旁照料她的生活服食，起居一切，就会把不久前生产的苦痛看作是幸福，是足以回味，真是苦尽甘来的满心舒畅的一日。

那时我们的寓所在北四川路东横浜路景云里。从寓所到福民医院不过百数十步，在小孩生下来之后，鲁迅先生每天至少有两三次到医院里来，有时还领着一批批的朋友来慰问，而且带便或特意手里总拿些食用物品给我，每当静静坐下来之后，更欢喜慈祥地看着小孩的脸孔，承认是很像他自己。却又谦虚地在表示："我没有他漂亮。"这句称赞，是很满意的，后来也一直的时常提起。

在小孩子出世的第二天，他非常高兴地走到医院的房间里，手里捧着一盘小巧玲珑的松树，翠绿，苍劲，孤傲，沉郁，有似他的个性，轻轻地放在我床边的小桌子上。以前他赠送过我许多的东西，都是书，和赠送其他朋友一样。这回他才算很费心想到给我买些花来了，但也并非送那悦目的有香有色的花朵，而是针叶像刺一样的松树，也可见他小小的好尚了。

十月一日的早晨，往常这时候鲁迅先生多未起床的，但是自从小孩生下来之后，每天九时左右他就来了。很优闲地谈话，问到我有没有想起给他起个名字，我说没有。他说："想倒想起两个字，你看怎样？因为是在上海生的，是个婴儿，就叫他海婴。这名字读起来颇悦耳，字也通俗，但却绝不会雷同。译成外国名字也简便，而且古时候的男人也有用婴字的。如果他大起来不高兴这个名字，自己随便改过也可以，横竖我也是自己在另起名字的，这个暂时用用也还好。"他是这样不肯自专自是，对我和小孩。我自然十分佩叹于他的精细周到，同意了的。从此这就算是孩子的命名了。

然而海婴的名字多是在朋友面前才叫出的。依照上海人的习惯，不知谁何，也许是从护士小姐的口里叫起的罢，"弟弟，弟弟，"就成了他日常的称呼。不过他还有许多小名，那是我们私下叫的。譬如林语堂先生似乎有一篇文章写过鲁迅先生在中国的难能可贵，誉之为“白象”。因为象多是灰色，遇到一只白的，就为一些国家所宝贵珍视了。这个典故，我曾经偷用过。叫他是“小白象”，在《两地书》中的替以外国字称呼的其中之一就是。这时他拿来赠送海婴，叫他“小红象”。

十二天之后，得到医生的允许，我们可以回家了。自然多住几天更好，在他心里是希望我多休息几天的。不过他不时的奔走于医院与寓所之间，我晓得他静不下来工作，不大妥当，于是回去了。走到楼上卧室里，哈！清洁齐整，床边也一样摆起小桌子，桌子上安放些茶杯、硼酸水之类的常用品，此外更有一盘精致的松树。每一件家具，尽可能地排换过位置，比较以前我在的时候调整得多了。平时他从不留心过问这些琐碎的，现在安排起来也很合式，给我种惊奇和满心的喜悦，默颂那爱力的伟大。

他更是一个好父亲。每天工作，他搬到楼下去，把客堂的会客所改为书房，在工作的时候他可以静心，更可以免得在小孩跟前轻手轻脚，不自如，和怕用烟熏了小孩不好。在会客的时候，也省得吵闹我的休养。但一到夜里十二时，他必然上楼，自动地担任到二时的值班。而十二时以前的数小时，就由女工招呼，以便我能得充分休息。二时后至六时，才是我的值夜，每天如此，留心海婴的服食眠息。大约鲁迅先生值班的时候多是他睡足之后罢，总时常见他抱着他坐在床口，手里搬弄一些香烟盒盖之类，弄出锵锵的响声，引得小孩高兴了，小身子就立在他大腿上乱跳。倦了，他也有别的方法，把海婴横困在他的两只弯起来的手弯上，在小房间里从门口走到窗前，再来回走着，唱那平平仄仄平平仄的诗歌调子：

“小红，小象，小红象，

小象，红红，小象红；

小象，小红，小红象，

小红，小象，小红红。”

有时又改口唱仄仄平平平仄仄调：

“吱咕，吱咕，吱咕咕呀！

吱咕，吱咕，吱吱咕。

吱咕，吱咕，……吱咕咕，

吱咕，吱咕，吱咕咕。”

一遍又一遍，十遍二十遍地，孩子在他两手造成的小摇篮里安静地睡熟了。有时听见他也很吃力，但是总不肯变换他的定规，好像那雄鸽，为了哺喂小雏，就是嘴角被啄破也不肯放开它的责任似的，他是尽了很大的力量，尽在努力分担那在可能范围里尽些为父之责的了。

最怕的是小孩子生病，本来提心吊胆在招呼他，如果一看到发热伤风就会影响他的工作。在日记里，不是时常提起海婴的病吗？遇到了真使他几乎“眠食俱废”，至少也得坐立不安，精神格外兴奋。后来小孩大到几岁，也还是如此。除了自己带着看医生之外，白天，小孩病了，一定多放在我们旁边，到了夜里，才交给佣人照应，一定也由我们不时到她们卧室去打听。小孩有些咳嗽，不管在另一间房子或另一层楼，最先听到的是他。为了省得他操心，我每每忍耐着不理会，但是他更敏感，时常叫我留心听，督促我去看，有时听错了也会的，不过被他猜中的机会更多。遇着我睡熟了，如果不是咳得太厉害，他总是不叫醒我，自己去留心照料的。一个孩子他就费这许多心血，无怪他在日译《中国小说史略·序》里说：“一妻一子也将为累了。”的确是的，他时常说：有了我和海婴的牵累，使他做事时候比较地细心，时常有更多的顾虑。不过我是不大明白的，莫非他在上海晚年的生活，比以前更稳当些吗？或者只是在遇到风声不大好，他比较地肯躲起来一下罢。在我是担心他意外或意中地遇难，对于这，我们有时也起少许的波澜。每逢遇到他应友人邀请外出而没有依时回来，那我在家中遭遇的煎熬，凡是个中生活的人都体会得到的罢。尤其是这种操心，不能向在左右的人们说出，而在夜里，虽然绝不愿意想到什么万一的意外，却是首先总会想到的，甚至在脑中描出一件意外：一个人浴血躺在地上，但我是安坐在家里，让血在沸腾着，焦躁的对着灯儿，等待那人不来，坐也不是，睡也不是，看书也不是，做事也不是的时候，真是闻足音则喜，竖起耳朵，在等待听到那钥匙触到门锁的响声，就赶紧去开电灯，把满心的疑虑变成自觉是多余的庸人自扰了。这时，一面喜悦的埋怨声，一面抱歉的在说明。像闪电的瞬息，遇到了，在互相拥抱的欢慰的眼光中。

如果不是时常念兹在兹地想到工作，鲁迅先生也许会成天陪着小海婴玩的。即使工作很忙，每天至少有两个预定的时间必定是和海婴在一起。这就是两餐之后，女工在用膳时，一面为了不使小孩打扰她们吃饭的便利，一面藉此饭后休息的时间，海婴和我们一同在房里。有时鲁迅是欢喜饭后吃少许糖果或饼干点心之类的，他会拣几块放在桌子角上，自己慢慢地吃。海婴跑来了。第一眼看见先冲到他跟前，毫不客气地抢光，有时还嫌不够。如果还有，当然再拿些出来给补充，若是一点也没有了，吃了他的也并不怎样，反而似乎很心甘情愿的。这时鲁迅先生多是靠在藤躺椅上，海婴不是和他挤着一张椅子在并排躺下，就更喜欢骑马式地坐在他的身上，边吃边谈天，许多幼稚的问题就总爱提出来：

“爸爸，侬是谁养出来的呢？”

“是我的爸爸、妈妈养出来的。”

“侬的爸爸、妈妈是谁养出来的？”

鲁迅五十三岁寿辰时全家合影（1933年9月13日摄）

“是爸爸、妈妈的爸爸、妈妈养出来的。”

“爸爸、妈妈的爸爸、妈妈，一直从前，最早的时候，人人是那里来的？”

这样子追寻到物种原始来了。告诉他是从子——单细胞——来的，但是海婴还要问：

“没有子的时候，所有的东西都从什么地方来的？”

这问题不是几句话可以了，而且也不是五六岁的幼小心灵所能了解，在盘问了许久之后，回答不清了，就只好说：

“等你大一点读书了，先生会告诉你的。”

有时觉得在一张藤椅子上两个人挤着太不舒服，就会到眠床上去，尤其夏天夜里熄了电灯，这时海婴夹在两个人当中，听讲故事。高兴了，他会两面转来转去地吻我们，而且很公平的轮流吻着。在有一天的夜里，大约是鲁迅先生还没有生病的前一年，照例的躺在床上，海婴发问了：

“爸爸，人人是那能死脱的呢？”

“是老了，生病医不好死了的。”

“是不是侬先死，妈妈第二，我最后呢？”

“是的。”

“那么侬死了这些书那能办呢？”

“送给你好吗？要不要呢？”

“不过这许多书那能看得完呢？如果有些我不要看的怎么办呢？”

“那么你随便送给别人好吗？”

“好的。”

“爸爸，你如果死了，那些衣裳怎么办呢？”

“留给你大起来穿好吗？”

“好的。”

就这样子，谈笑而道之的。听的时候，觉着小孩的过于深谋远虑，以为说笑话般的，小孩子的问话，不料不久就像成了预立的遗嘱而实现了。

鲁迅反对小学教师的鞭打儿童，但有时对海婴也会加以体罚，那是遇到他太执拗顽皮，说不清的时候。但直至他死，也不过寥寥可数的不多几次。要打的时候，他总是临时抓起几张报纸，卷成一个圆筒，照海婴身上轻轻打去，但样子是严肃的，海婴赶快就喊：

“爸爸，我下回不敢了。”

这时做父亲的看到儿子的楚楚可怜之状，心软下来，面纹也放宽了。跟着这宽容，小孩子最会体察得到，立刻胆子大了，过来抢住那卷纸筒问：

“看看这里面有什么东西？”

他是要研究纸里面包藏些什么东西用来打他。看到是空的，这种研究的迫切心情，引得鲁迅先生笑起来了。紧跟着父子之间的融融洽洽的聚会，海婴会比较地小心拘谨一些时。

在别的时候，海婴也会来一个发表意见的机会，他说：

“我做爸爸的时候不要打儿子的。”

“如果坏得很，你怎么办呢？”鲁迅问。

“好好地教伊，买点东西给他吃。”

鲁迅笑了，他以为他自己最爱孩子，但是他儿子的意见比他更和善，能够送东西给不听话的孩子来做感化工作，这不是近于耶稣的打了右脸再送左脸去的忍耐吗？实际却未必能真做得到罢。

我也会打海婴的。小孩子最聪明不过，他看到女工们的迁就他会格外泼辣；看到我怕他吵闹，尤其在鲁迅睡熟或做工的时候，他会更吵些。或者也许是我更神经过敏些，这就引起我的禁制和他的反抗，以至于打。但做父亲的，打完之后，小孩走开可以不理，做母亲的，遇到的机会一多，看到小孩的被打后惶惑之状可掬，有时是不自知其过犯的，能不心回意转，给以慈爱的抚慰吗？这样子，母子之间的威严总不会建立起来。有时连鲁迅先生也不会了解这，他总觉得他对付小孩是对的。也真晦气，海婴对于我虽不怕，但对于他的打却怕，有时候问他：

“爸爸打你痛不痛？”

“不痛。”

“打起来怕不怕？”

“怕的。”

“妈妈打你怕不怕？”

“不怕。”

在有一次我责备他之后向鲁迅先生谈起，我说，每次在责骂过海婴之后，他总是要我加以抚慰才算了事的呢。鲁迅先生很率然地说：

“哪里只是海婴这样呢？”

我才像彻悟过来似的说：

“啊！原来你也是要这样的吗？我晓得了。你无意中说出心底的秘密来了。”

这可见他的性情和小孩子多么像，人们说的“赤子心肠”，正可以给他做天真的写照。其实我并不会怎样责骂过他，只是两个人相处惯了，大大小小、内内外外的不平、委郁，丛集到他的身上，在正没好气的时候，如果我再一言不慎，这火山立刻会爆发，而且熔岩就在浇到我头顶上来。的确，如果不是我温静地相慰，是不易了事的呢。

有些时候我也很为难，譬如在饭后的其他时间，海婴也会走到房里来的，以他特别对海婴的慈爱，和小孩的善于揣测成人，自然走到比较欢喜他的人跟前，而欢欣亲切地跑到他面前了。他能板起脸孔叫他出去吗？不能的，就是在最忙，也会放下笔来敷衍几句，然后再叫我领他去玩。有一回，他在稿纸正写到一半，海婴来了。看到他还未放下笔，出乎意外地，突然，他的小手在笔头上一拍，纸上立刻一大块墨，他虽则爱惜他的心血铸出来的东西，但并不像发怒，放下笔，说：“唔，你真可恶。”海婴飞快地逃开了。

我是经常在旁的，除了有事情走开之外；尤其海婴来了，就是他和他玩，我也要陪在旁边，到小孩六七岁还如此。这不是他的命令，而是我自动的认为要这样做才好。女工是更不了解他的脾气和小孩的心情的，小孩在我们房间，女工来了也会不知所措。在写字台上，海婴欢喜立在椅子上拿起笔来乱涂。鲁迅是很珍惜一切用具，不肯随便抛弃小小一张纸，即便是包裹东西回来的纸张，也必摊平折好积存起来。包扎的绳子也一样，一束一束的卷好，放起，遇到需要的时候应用。但对于海婴索取纸张时，就是他最欢喜的，给他乱涂，也是满心愿意的。有时倒反而是我可惜起来了，我以为小孩子无知，应该晓谕，不好随便糟蹋，但他更珍惜儿童时代求得的心情，以他小时候的经验，教训过他，总多方给他满足。我不便过分制止他对小孩的依顺，然而因此海婴也许到如今有时还不大会爱惜物件。

在他身边玩得看看差不多的时候了，我会提议叫海婴走开，省得误了他做工，遇着他高兴，会说：

"不要紧的，让他多玩一歇罢。"

或者说：

"他玩得正高兴，不肯走的，让他在那里，横竖我不做什么。"

那么我要察言观色，看看他是否急要做事，再看海婴是否到了适可而止的机会，如果错过了机会，或者不晓得他在忙于工作，或者以为他们父子间正欢畅地谈天，不好蓦然叫开，等之又等，才由他开口叫海婴到别处玩的时候，等他去后，也许会感慨地说：

"把小孩交给我领了几个钟头了。"

在同小孩玩的时候他是高兴的，我又不敢打断他们的兴致——再把小孩叫开，但是走后他马上又珍惜时间的浪费，他是这样的克制着，为了和爱子周旋都觉得太过长久了。这更使得我在彷徨无主中度着日常的生活。

不过自从有了海婴，我们的生活比较复杂讲究些了，第一是佣人方面，以前两个人是没有请人的，衣服的洗净和房屋打扫，是每天托建人先生的女工来一次，再早晚给我们拿些开水来，煮茶是我自己动手的，到了吃饭时候，来通知了，我们就到建人先生的住房里，五六个人一同吃。四五样普通的小菜，吃到后来不大有了，也还是对付着，至多不过偶然买些叉烧之类助助餐。这种生活，比较起一般小家庭还要简单，差不多如是者有二年之久。海婴生下之后，首先尿布每天要洗许多次，再要帮忙照料小孩，非添一个人不可，于是才雇了一位女工。

第二是住室方面，总是拣最风凉的给小孩睡。冬天，也生起火炉来了，海婴卧室一只，鲁迅也叨光有一只。不过火炉之于海婴，总不能算是“恩物”。前面说过，我的值夜是从二时到晨六时，六时一到，马上去叫醒女工，一面给海婴喂奶，一面让女工去把楼下鲁迅的书室生起火，然后叫女工在下面招呼孩子，让我可以再歇息一会儿，照例到早上九时才再喂奶。哪里晓得我们的苦心，给女工通通推到河里去了。房间生了火炉，热度颇高，在晨间的低温之下，她就经常抱着小孩开了临街的小窗和男朋友聊天，可怜这初生至六七个月的婴孩，在半冷半热中受着磨炼，抵抗不住了，就时常伤风，但我们那里料想得到？待到小孩七个月，我们搬家了，才把她谢绝，之后，才有人说到如此这般的情形。

一九三〇年三月，鲁迅因参加自由大同盟、左翼作家联盟等集会，国民党浙江省党部同时也呈请通缉，鲁迅第一次避难在外，寄寓在内山先生家里的假三层楼上。每隔三两天，我抱了海婴去探望一次，这时海婴已经有半岁了，很肥胖可爱。为了避难在外，使他不能够每天看见他的爱子，相见了，在这种环境中，心情是相当说不出的难受。到了海婴六足月的一天，他还冒着侦缉者的嗅觉之下，走出来同海婴到照相馆去拍照，这时海婴还不会站立，由他蹲在桌子后面扶持住，才成一张立像。

压迫的波澜似乎有些低下，重又回转寓所。但寓所位在闸北，随时有可能被拘捕的一个极恶劣环境之下，迫使我们另觅新居于北四川路，杂在全是外国人住居的洋房里。刚刚安顿不久，就遇到一九三一年一月的柔石被逮事件，他和冯铿都曾经到过我们住所，而且传出来的消息，也从柔石探问过鲁迅，这直接的追求，可能无辜被逮的。只是他一个人出走也不大妥当，我们在患难中也不能共生死在一处吗？还是把我们留在原处实在不好，这回是三个人连同女工一位，租了一间外国旅馆，住下来了。这时海婴不过一岁零三个月，刚学走路，在窄窄的一小间房里，较暖好的大床，让给海婴和女工睡，我们是在靠门口的一张比较小的床上。避难是不能带书籍和写作的工具，更难得有写作的心情的，除了烤烤火，和同住的邻客谈谈天之外，唯一的慰藉，就恐怕是海婴的天真，博得他几许的欢笑。

然而举家避难，负担实在不轻，所以后来简直对于时常传来的危机，是由他去了，而且海婴也逐渐长大，会找爸爸，同了他去，也会说出在什么地方，不使父子相见，事实也难做得到，因而就不管三七二十一地听其自然了。最后的一次避难，在一九三三年八月，那是因为两位熟识的朋友被捕之故，但已经不大像避难，白天仍然回到家里，只是夜饭后住在外面就是了。

一九三二年的“一·二八”炮火在将次停止的时候，夹住在难民堆中的海婴，染了疹子，为了清静和取暖的方便，鲁迅急忙向旅店找到两间房子住了十天。疹子退净，我们就搬回北四川路寓所，因着生活的动荡，女工的告退，战后物质购置的困难，劳瘁之后，三个人都先后生病了。海婴是疹后赤痢，接连几个月都没有好，每天下痢许多次，急起来，就抱着下在白洋瓷罐上，每次的便痢，鲁迅一定要亲自看过，是否好些了，看完之后，就自己去倒在抽水马桶内，劝他交给女工，他是不大肯的，是否怕不当心传染开去呢？有时因了龌龊而加以劝告，但他的答复是："医生眼里的清洁，不是看表面，是看有否消毒过，平常人所说的龌龊是靠不住的。"这种不问大小亲力亲为的态度，有些朋友暗地批评他太过分心了。但不晓得他一向是自己动手惯，自然会有这样的脾气，而况对于他的爱子，他能不留心吗？平时海婴生病了，生病期中的粪便，一定要留给他看过才可以倒去，比较严重的赤痢，自然更不放心了。他是深晓得医学上的从粪便诊察病情的，既然如此留心小孩的生病，照料和陪着去看病等的繁琐任务之下，因之每次海婴生病，就是给他的一种重累，甚至也妨害到写作，这是我所看了不忍的。如果再多添几个小孩，真会把他累死。

每年至少有一次，在海婴生日那天，我们留给他作为纪念的礼物，就是同他到照相馆去拍照，有时是他单独拍，有时是三个人同拍，值得纪念的照相有三张，一张是海婴半周岁时，鲁迅先生特从逃难处走到外面，一同到照相馆，由他蹲着，以双手支持海婴的立像，另一张是他五十岁，海婴周岁时，他抱着海婴照了之后，亲自题了两句诗："海婴与鲁迅，一岁与五十。"他题好之后，自己说："这两句译成外国文，读起来也很好的。"再一张是在海婴四周岁时，冒着暗沉沉的将要暴雨的天气，我们跑到上海最有名的一家外国照相馆去了。如果是迷信，这一天真像预示我们的否运到来，走到照相馆的门口，不久就是决了堤一样的大雨从天上倒下来，几乎连回家也不容易。以后就更没有三个人同拍过照了。而这一张，就是流传在外面最容易见到的。另外的礼物，有时也买些糖果、点心、玩具做赠品。在临到海婴六周岁，他逝世的前一年，就更加郑重地做了一次生日，先是带着到大光明去看电影，出来又到南京路的新雅晚餐，在海婴是满高兴的，他也为他的高兴而高兴。但总排遣不掉他那种急迫的情绪，有时会忽然呆起来，或坐立不安，急于要回家照常工作之状可掬。

至于他自己的生日，活着的时候，我们共同生活以来，每年这一天，我多少总预备些他喜欢吃的菜肴之类，算作庆祝。

今天在执笔的时候，正是阴历的八月初三日，很巧合的，是鲁迅先生的，也是我母亲的生日。母亲死得很早，生日怎样做，我已经不记得了，但死了之后，每年这一天，家里一定做些菜，烧点纸钱，祭奠一番。自他逝世之后，也度过了两次生辰了，固然我没有做过菜来祭奠，连到坟头去走一趟纪念一下也不可能！就是买些鲜花贡献在照片跟前也没有做。不是忘记，不是俭省，而是我心头的迷惘，只要蓦然想到他，随着忆念，我会突然地禁不住下泪。这无可补偿的损失，尤其对于我，没有任何物质上的动物可以弥补，或慰藉一下的。至如无论什么举动，加之于他，我总觉得不称意。想到今天他活着时候，我的欣快，彼此间的融洽，是给我现在更深刻的痛苦的对照，直至永远。

实在因为体力之故，在马路上海婴多由我带领，或抱在手里。如果在这时候，我手里拿的东西，他一定抢过来自己拿，也是一种分担责任之意罢。遇到坐在车子里，总是叫海婴在当中，两旁的我们，由他招呼着，一定要把脚拦阻住，有时更加用手扶持，防他跌倒。一句话，小孩在他旁边任何时候，都是用全副精神留心着他的起居动定的，太费神了，往往在走开之后，这才舒一口气。如其夹坐在我们当中的海婴指东画西地鉴赏马路，提出疑问，他就会和我作会心的一笑，对海婴真是“象忧亦忧，象喜亦喜”，把人家兄弟之爱易作父子之爱的。

在炎夏的夜里，晚餐之后照例是海婴在我们旁边，遇到他高兴了，会约同出去散步，或者到朋友那里闲坐。更多的机会是到内山书店，这时海婴首先把放在书架旁的梯子抢到手，一定爬到顶层，睥睨一切，自得之至，然后从内山先生那里得到糖果点心或书籍之类，时常是满载而归的。有一天，照例散步回来，至附近吃过冰淇淋之后，海婴还不肯回家，而且对坐汽车有特别兴趣，他也就特从其好，三个人坐着车子，由北四川路底向江湾兜风，一直开到体育会才转回来。那里路宽人静，真是畅所欲行，在上海的特坐汽车兜风，这算是唯一的一次闲情逸致，也可以说是有了海婴之后生活的变化，以前我们整天是书呆子，那里想到会去兜风的呢。

从前这书呆子的他，除了到书店去，其他的什物店是头也不回地走过的。有了海婴之后，他到稍远的地方，一定要到大公司的玩具摊上，留心给小孩拣选玩具。最欢喜买回来的，是那用丝线旋紧再放下来急转的洋铁做的一种陀螺。点心罐头之类有时也会买来。遇到朋友请吃点心，倘使新出品，他会留起一两件带回，尤其到外面时间比较长久了，海婴就会说："爸爸还不回来，一定有好东西带来的罢。"所以他一回来，在门口等待的他，一定夺取他手中的包裹检查一下，要是投其所好呢，就欢跃而去。如果带来的是书，失望了，他一定抱歉而又预期答应好，须一定给他买。为了这新的需要，迫使他不能专注意于书，别的店铺也留心到了。

对于孩子的性教育，他是极平凡的，就是绝对没有神秘性。赤裸的身体，在洗浴的时候，是并不禁止海婴的走出走进的。实体的观察，实物的研究，遇有疑问，随时解答，见惯了双亲，也就对于一切人体都了解，没有什么惊奇了。他时常谈到中国留学生跑到日本的男女共浴场所，往往不敢跑出水面，给日本女人见笑的故事，作为没有习惯训练所致的资料。这也正足以针对中国一些士大夫阶级的绅士们，满口道学，而偶尔见到异性极普通的用物，也会涉遐想的讽刺，这种变态心理的亟须矫正，必须从孩子时代开始。

普通知识的灌输，他并不斤斤于书本的研究。随时随地常识的晓谕譬解；便中有时对于电影的教育，也在娱乐中采得学识的一种办法，他是尽着机会做的。他自己对旧式的背诵似乎很深恶痛绝。对一般学校的教育的制度也未必满意。如果他较年轻，有了孩子，我想也许自己给以教育的。可惜海婴生下之后，人事的匆促，他未能照顾到他的求学方面。然而在现时的学校，读到大学毕业，甚至留学回来，是否个个都成器了呢？还是疑问。因此孩子入校读书情形，可以说在他是并不怎样注意的，而且他自己所学和所用的也并不一致，还是自修要紧，在他想来或者如此。看看海婴，的确在他旁边，时常问东问西的，增加了不少常识。

到了现在十足岁了，离他死已三周年了，海婴还不过读到小学的三年级，有些常识，却超过五六年级的儿童所晓得的。但海婴并不满足，他时常说起："爸爸如果现在还没有死多好，我有许多许多不明白的都可以问问他。"我听了除了惭愧自己的学力低浅而外，对孩子是没法填补这缺憾的了，然而社会像海底的宝藏一样繁复、灿烂、深潜、可喜、可怖，我将把孩子推到这人海茫茫中，叫他自己去学习。"只要他自己学好，父母的好坏是不在乎的。中国社会向来只看本人的成就，所谓英雄不问出处，父母是没有多大关系的。"有时谈到孩子的将来，鲁迅先生往往就这样说。他没有一处不是从现实着想，实社会是一个什么样的，他可以算是拿到这秘密的锁钥了。因之我也不是打算把海婴送到海里——让他给淹没。他应该训练自己，他的周围要有有形无形的泅泳衣来自卫，有透视镜来观察一切，知道怎样抵抗，怎样生存，怎样发展，怎样建设。鲁迅先生活的时候，给予他的教育是：顺其自然，极力不多给他打击，甚或不愿多拂逆他的喜爱，除非在极不能容忍，极不合理的某一程度之内。他自己生长于大家庭中，一切戕贼儿童天真的待遇，受得最深，记得最真，绝对不肯让第二代的孩子再尝到他所受的一切。尤其是普通所谓礼仪，把小孩子教成木头人一样，见了人都不敢声响的拘拘为仁，他是绝不肯令海婴如此。要他“敢说、敢笑、敢骂、敢打”。如果我们错了，海婴来反驳，他是笑笑地领受的。因此，海婴直到如今，和普通小孩在一起，总觉得他太好动，太好研究一切，太不像守规矩的样子。就这样罢，我们的孩子。

（原载 1939 年 8 月 20 日、9 月 5 日《鲁迅风》第十八、十九期）

鲁迅的遗嘱

一，不得因为丧事，收受任何人的一文钱。——但老朋友的，不在此例。

二，赶快收敛，埋掉，拉倒。

三，不要做任何关于纪念的事情。

四，忘记我，管自己生活。——倘不，那就真是胡涂虫。

五，孩子长大，倘无才能，可寻点小事情过活，万不可去做空头文学家或美术家。

六，别人应许给你的事物，不可当真。

七，损着别人的牙眼，却反对报复，主张宽容的人，万勿和他接近。

——《且介亭杂文末编·死》

导读

《五猖会》与《父亲的病》，都是鲁迅对他的父亲的回忆。鲁迅曾经说过，所谓回忆者，不过是表明“精神的丝缕还牵着已逝的寂寞的时光”；并且说自己“偏苦于不能全忘却”，这“不能全忘的一部分”，就成了他写作的“来由”。（《〈呐喊〉自序》）这里，鲁迅要写下的，正是他与父亲的精神联系：两个永远摆脱不掉的“情结”——

“我至今一想起，还诧异我的父亲何以要在那时候叫我来背书。”（《五猖会》）——这是深刻的隔膜与压抑感，由此产生的是不可遏制的“逃出父亲范围的愿望”（卡夫卡语）。

“我现在还听到那时的自己的这声音，每听到时，就觉得这却是我对于父亲的最大的错处。”（《父亲的病》）——这又是刻骨铭心的负罪感，父亲永远存在于自己的生命中。

懂得了父与子之间的这一生命的缠绕，回过头去看鲁迅对海婴的情感，以及鲁迅的遗嘱，你或许会有更深的感受。

而且你也因此能够理解，鲁迅为什么会做出下面我们将要讲到的那样的人生选择。

一位研究者注意到，父亲的形象只在鲁迅的回忆散文中出现，但在他的小说里，父亲却是缺席的，代替父亲的是大哥（《狂人日记》）、四叔（《祝福》）、伯父（《长明灯》）……这确实耐人寻味。

五猖会[1]

孩子们所盼望的，过年过节之外，大概要数迎神赛会[2]的时候了。但我家的所在很偏僻，待到赛会的行列经过时，一定已在下午，仪仗之类，也减而又减，所剩的极其寥寥。往往伸着颈子等候多时，却只见十几个人抬着一个金脸或蓝脸红脸的神像匆匆地跑过去。于是，完了。

我常存着这样的一个希望：这一次所见的赛会，比前一次繁盛些。可是结果总是一个“差不多”；也总是只留下一个纪念品，就是当神像还未抬过之前，化一文钱买下的，用一点烂泥，一点颜色纸，一枝竹签和两三枝鸡毛所做的，吹起来会发出一种刺耳的声音的哨子，叫作“吹都都”的，吡吡地吹它两三天。

现在看看《陶庵梦忆》[3]，觉得那时的赛会，真是豪奢极了，虽然明人的文章，怕难免有些夸大。因为祷雨而迎龙王，现在也还有的，但办法却已经很简单，不过是十多人盘旋着一条龙，以及村童们扮些海鬼。那时却还要扮故事，而且实在奇拔得可观。他记扮《水浒传》中人物云：“……于是分头四出，寻黑矮汉，寻梢长大汉，寻头陀[4]，寻胖大和尚，寻茁壮妇人，寻姣长妇人，寻青面，寻歪

---

[1] 五猖会：旧时的一种迎神赛会。相传五猖菩萨即五通神，是南方农村供奉的妖邪之神，据说为兄弟五人，俗称五圣，庙号“五猖”。

[2] 迎神赛会：旧时习俗，用鼓乐杂戏迎神出庙，周游街巷，以酬神赐福保佑。南宋时陆游即有“到家更约西邻女，明日河桥看赛神”的诗句，足见绍兴迎神赛会历史之悠久。

[3]《陶庵梦忆》：明张岱（号陶庵）著，小品文集，共八卷。文中所引部分见该书卷七《及时雨》条，记的是崇祯五年（1632）绍兴的祈雨赛会情况。

[4] 头陀：梵语音译。原为佛教苦行，后指云游四方乞食的和尚。

头，寻赤须，寻美髯，寻黑大汉，寻赤脸长须。大索城中；无，则之郭，之村，之山僻，之邻府州县。用重价聘之，得三十六人，梁山泊好汉，个个呵活，臻臻至至[1]，人马称娖[2]而行。……”这样的白描的活古人，谁能不动一看的雅兴呢？可惜这种盛举，早已和明社[3]一同消灭了。

赛会虽然不像现在上海的旗袍[4]，北京的谈国事[5]，为当局所禁止，然而妇孺们是不许看的，读书人即所谓士子，也大抵不肯赶去看。只有游手好闲的闲人，这才跑到庙前或衙门前去看热闹；我关于赛会的知识，多半是从他们的叙述上得来的，并非考据家所贵重的“眼学”[6]。然而记得有一回，也亲见过较盛的赛会。开首是一个孩子骑马先来，称为“塘报”[7]；过了许久，“高照”[8]到了，长竹竿揭起一条很长的旗，一个汗流浃背的胖大汉用两手托着；他高兴的时候，就肯将竿头放在头顶或牙齿上，甚而至于鼻尖。其次是所谓“高跷”“抬阁”“马头”[9]了；还有扮犯人[10]的，红衣枷锁，内中也有孩

[1] 臻臻至至：齐整、完备的意思。
[2] 称娖：形容队伍整齐的样子。
[3] 明社：即明王朝。社，为社稷、国家之意。
[4] 上海的旗袍：当时北洋直系军阀孙传芳盘踞江浙一带，认为妇女穿旗袍伤风败俗，因为当时男子通行穿长袍，这样男女便没有多少区别了，于是下令禁止。
[5] 北京的谈国事：当时北京的军阀为压制人民的反抗，严禁谈论国事，因此酒楼茶馆常见贴有“莫谈国事”的纸条。
[6] “眼学”：语见北齐颜之推《颜氏家训·勉学》：“谈说制文，援引古昔，必须眼学，勿信耳受。”“眼学”是自己阅读；听别人讲述，则为“耳受”。
[7] “塘报”：即驿报，古代驿站用快马传递的急行文书。旧时江浙绍兴一带举行迎神赛会时，由一男孩骑马先行，沿途告知观众将至，也称“塘报”。
[8] “高照”：高挂在长竹竿上的通告。“照”即通告。绍兴赛会上的“高照”一般由绸缎刺绣制成，二三丈长。
[9] “高跷”“抬阁”“马头”：均为我国民间赛会中常见的游艺活动。“高跷”，在两脚各绑上五六尺长的木棍，扮演戏曲故事中的喜剧角色，边走边演。“抬阁”，指两三个扮饰戏曲故事中人物的儿童，或立或坐在一个四方形的木制小阁内，由成年人抬着游行。“马头”，指扮饰戏曲故事中人物的儿童骑在马上游行。
[10] 扮犯人：旧时绍兴迷信说法，一个人得了急病或久病不愈是触犯了神鬼，要想病好，就须去寺庙向神许愿，赛会时穿上囚衣，戴上大枷，扮成犯人向神鬼求饶。

子。我那时觉得这些都是有光荣的事业，与闻其事的即全是大有运气的人，——大概羡慕他们的出风头罢。我想，我为什么不生一场重病，使我的母亲也好到庙里去许下一个“扮犯人”的心愿的呢？……然而我到现在终于没有和赛会发生关系过。

要到东关[1]看五猖会去了。这是我儿时所罕逢的一件盛事。因为那会是全县中最盛的会，东关又是离我家很远的地方，出城还有六十多里水路，在那里有两座特别的庙。一是梅姑庙，就是《聊斋志异》所记，室女守节，死后成神，却篡取别人的丈夫的；现在神座上确塑着一对少年男女，眉开眼笑，殊与“礼教”有妨。其一便是五猖庙了，名目就奇特。据有考据癖的人说：这就是五通神。然而也并无确据。神像是五个男人，也不见有什么猖獗之状；后面列坐着五位太太，却并不“分坐”，远不及北京戏园里界限之谨严。其实呢，这也是殊与“礼教”有妨的，——但他们既然是五猖，便也无法可想，而且自然也就“又作别论”了。

因为东关离城远，大清早大家就起来。昨夜预定好的三道明瓦窗的大船，已经泊在河埠头，船椅、饭菜、茶炊、点心盒子，都在陆续搬下去了。我笑着跳着，催他们要搬得快。忽然，工人的脸色很谨肃了，我知道有些蹊跷，四面一看，父亲就站在我背后。

“去拿你的书来。”他慢慢地说。

这所谓“书”，是指我开蒙时候所读的《鉴略》[2]。因为我再没有第二本了。我们那里上学的岁数是多拣单数的，所以这使我记住我其时是七岁。

我忐忑着，拿了书来了。他使我同坐在堂中央的桌子前，教我一

---

[1] 东关：地名，绍兴旧属的一个大集镇，今属绍兴上虞县。

[2]《鉴略》：旧时书塾用的初浅的历史读物，清代王仕云著。

句一句地读下去。我担着心，一句一句地读下去。

两句一行，大约读了二三十行罢，他说：

“给我读熟。背不出，就不准去看会。”

他说完，便站起来，走进房里去了。

我似乎从头上浇了一盆冷水。但是，有什么法子呢？自然是读着，读着，强记着，——而且要背出来。

粤自盘古，生于太荒，首出御世，肇开混茫。

就是这样的书，我现在只记得前四句，别的都忘却了；那时所强记的二三十行，自然也一齐忘却在里面了。记得那时听人说，读《鉴略》比读《千字文》《百家姓》有用得多，因为可以知道从古到今的大概。知道从古到今的大概，那当然是很好的，然而我一字也不懂。“粤自盘古”就是“粤自盘古”，读下去，记住它，“粤自盘古”呵！“生于太荒”呵！……

应用的物件已经搬完，家中由忙乱转成静肃了。朝阳照着西墙，天气很清朗。母亲、工人、长妈妈即阿长，都无法营救，只默默地静候着我读熟，而且背出来。在百静中，我似乎头里要伸出许多铁钳，将什么“生于太荒”之流夹住；也听到自己急急诵读的声音发着抖，仿佛深秋的蟋蟀，在夜中鸣叫似的。

他们都等候着；太阳也升得更高了。

我忽然似乎已经很有把握，便即站了起来，拿书走进父亲的书房，一气背将下去，梦似的就背完了。

“不错。去罢。”父亲点着头，说。

大家同时活动起来，脸上都露出笑容，向河埠走去。工人将我高高地抱起，仿佛在祝贺我的成功一般，快步走在最前头。

我却并没有他们那么高兴。开船以后，水路中的风景，盒子里的点心，以及到了东关的五猖会的热闹，对于我似乎都没有什么大意思。

直到现在，别的完全忘却，不留一点痕迹了，只有背诵《鉴略》这一段，却还分明如昨日事。

我至今一想起，还诧异我的父亲何以要在那时候叫我来背书。

五月二十五日。

（选自《鲁迅全集》卷二《朝花夕拾》）

父亲的病

大约十多年前罢，S 城[1]中曾经盛传过一个名医的故事：

他出诊原来是一元四角，特拔[2]十元，深夜加倍，出城又加倍。有一夜，一家城外人家的闺女生急病，来请他了，因为他其时已经阔得不耐烦，便非一百元不去。他们只得都依他。待去时，却只是草草地一看，说道“不要紧的”，开一张方，拿了一百元就走。那病家似乎很有钱，第二天又来请了。他一到门，只见主人笑面承迎，道，“昨晚服了先生的药，好得多了，所以再请你来复诊一回。”仍旧引到房里，老妈子便将病人的手拉出帐外来。他一按，冷冰冰的，也没有脉，于是点点头道，“唔，这病我明白了。”从从容容走到桌前，取了药方纸，提笔写道：

“凭票付英洋[3]壹百元正。”下面是署名，画押。

“先生，这病看来很不轻了，用药怕还得重一点罢。”主人在背后说。

“可以，”他说。于是另开了一张方：

“凭票付英洋贰百元正。”下面仍是署名，画押。

这样，主人就收了药方，很客气地送他出来了。

我曾经和这名医周旋过两整年，因为他隔日一回，来诊我的父亲的病。那时虽然已经很有名，但还不至于阔得这样不耐烦；可是诊金

---

［1］ S 城：指绍兴城。
［2］ 特拔：意为出急诊。
［3］ 英洋：即“鹰洋”，墨西哥银元，币面铸有鹰（墨西哥国徽）的图案。鸦片战争后曾大量流入我国。

却已经是一元四角。现在的都市上，诊金一次十元并不算奇，可是那时是一元四角已是巨款，很不容易张罗的了；又何况是隔日一次。他大概的确有些特别，据舆论说，用药就与众不同。我不知道药品，所觉得的，就是“药引”[1]的难得，新方一换，就得忙一大场。先买药，再寻药引。“生姜”两片，竹叶十片去尖，他是不用的了。起码是芦根，须到河边去掘；一到经霜三年的甘蔗，便至少也得搜寻两三天。可是说也奇怪，大约后来总没有购求不到的。

据舆论说，神妙就在这地方。先前有一个病人，百药无效；待到遇见了什么叶天士[2]先生，只在旧方上加了一味药引：梧桐叶。只一服，便霍然而愈了。“医者，意也。”[3]其时是秋天，而梧桐先知秋气。其先百药不投，今以秋气动之，以气感气，所以……。我虽然并不了然，但也十分佩服，知道凡有灵药，一定是很不容易得到的，求仙的人，甚至于还要拼了性命，跑进深山里去采呢。

这样有两年，渐渐地熟识，几乎是朋友了。父亲的水肿是逐日利害，将要不能起床；我对于经霜三年的甘蔗之流也逐渐失了信仰，采办药引似乎再没有先前一般踊跃了。正在这时候，他有一天来诊，问过病状，便极其诚恳地说：

“我所有的学问，都用尽了。这里还有一位陈莲河先生，本领比我高。我荐他来看一看，我可以写一封信。可是，病是不要紧的，不过经他的手，可以格外好得快……。”

这一天似乎大家都有些不欢，仍然由我恭敬地送他上轿。进来时，看见父亲的脸色很异样，和大家谈论，大意是说自己的病大概没

---

[1] “药引”：中药药剂中另加的一些药物，能加强药剂的效力。

[2] 叶天士：江苏吴县人，清乾隆时名医。

[3] “医者，意也”：语出《后汉书·郭玉传》：“医之为言，意也。腠理至微，随气用巧。”强调医道可以意会而不能言传。

有希望的了；他因为看了两年，毫无效验，脸又太熟了，未免有些难以为情，所以等到危急时候，便荐一个生手自代，和自己完全脱了干系。但另外有什么法子呢？本城的名医，除他之外，实在也只有一个陈莲河了。明天就请陈莲河。

陈莲河的诊金也是一元四角。但前回的名医的脸是圆而胖的，他却长而胖了：这一点颇不同。还有用药也不同。前回的名医是一个人还可以办的，这一回却是一个人有些办不妥帖了，因为他一张药方上，总兼有一种特别的丸散和一种奇特的药引。

芦根和经霜三年的甘蔗，他就从来没有用过。最平常的是"蟋蟀一对"，旁注小字道："要原配，即本在一窠中者。"似乎昆虫也要贞节，续弦或再醮[1]，连做药资格也丧失了。但这差使在我并不为难，走进百草园，十对也容易得，将它们用线一缚，活活地掷入沸汤中完事。然而还有"平地木[2]十株"呢，这可谁也不知道是什么东西了，问药店，问乡下人，问卖草药的，问老年人，问读书人，问木匠，都只是摇摇头，临末才记起了那远房的叔祖，爱种一点花木的老人，跑去一问，他果然知道，是生在山中树下的一种小树，能结红子如小珊瑚珠的，普通都称为"老弗大"。

"踏破铁鞋无觅处，得来全不费工夫。"药引寻到了，然而还有一种特别的丸药：败鼓皮丸。这"败鼓皮丸"就是用打破的旧鼓皮做成；水肿一名鼓胀，一用打破的鼓皮自然就可以克伏他。清朝的刚毅因为憎恨"洋鬼子"，预备打他们，练了些兵称作"虎神营"[3]，取虎能食羊，神能伏鬼的意思，也就是这道理。可惜这一种神药，全城中

[1] 续弦：指男子丧妻以后再娶。再醮：旧时称寡妇再嫁。
[2] 平地木：即紫金牛，常绿小灌木，一种药用植物。
[3] "虎神营"：清末端郡王载漪（文中说是刚毅，似误记）创设和统领的皇室卫队。

只有一家出售的，离我家就有五里，但这却不像平地木那样，必须暗中摸索了，陈莲河先生开方之后，就恳切详细地给我们说明。

“我有一种丹，”有一回陈莲河先生说，“点在舌上，我想一定可以见效。因为舌乃心之灵苗……。价钱也并不贵，只要两块钱一盒……。”

我父亲沉思了一会，摇摇头。

“我这样用药还会不大见效，”有一回陈莲河先生又说，“我想，可以请人看一看，可有什么冤愆[1]……。医能医病，不能医命，对不对？自然，这也许是前世的事……。”

我的父亲沉思了一会，摇摇头。

凡国手，都能够起死回生的，我们走过医生的门前，常可以看见这样的扁额。现在是让步一点了，连医生自己也说道：“西医长于外科，中医长于内科。”但是S城那时不但没有西医，并且谁也还没有想到天下有所谓西医，因此无论什么，都只能由轩辕岐伯[2]的嫡派门徒包办。轩辕时候是巫医不分的，所以直到现在，他的门徒就还见鬼，而且觉得“舌乃心之灵苗”。这就是中国人的“命”，连名医也无从医治的。

不肯用灵丹点在舌头上，又想不出“冤愆”来，自然，单吃了一百多天的“败鼓皮丸”有什么用呢？依然打不破水肿，父亲终于躺在床上喘气了。还请一回陈莲河先生，这回是特拔，大洋十元。他仍旧泰然的开了一张方，但已停止败鼓皮丸不用，药引也不很神妙了，所以只消半天，药就煎好，灌下去，却从口角上回了出来。

---

[1] 冤愆：迷信说法，冤鬼作祟，要求索债偿命之类。

[2] 轩辕岐伯：指古代名医。轩辕，即黄帝，传说中的上古帝王；岐伯，传说中的上古名医。今所传著名医学古籍《黄帝内经》，是战国秦汉时医家托名黄帝与岐伯所作。

从此我便不再和陈莲河先生周旋，只在街上有时看见他坐在三名轿夫的快轿里飞一般抬过；听说他现在还康健，一面行医，一面还做中医什么学报，正在和只长于外科的西医奋斗哩。

中西的思想确乎有一点不同。听说中国的孝子们，一到将要“罪孽深重祸延父母”[1]的时候，就买几斤人参，煎汤灌下去，希望父母多喘几天气，即使半天也好。我的一位教医学的先生却教给我医生的职务道：可医的应该给他医治，不可医的应该给他死得没有痛苦。——但这先生自然是西医。

父亲的喘气颇长久，连我也听得很吃力，然而谁也不能帮助他。我有时竟至于电光一闪似的想道：“还是快一点喘完了罢……。”立刻觉得这思想就不该，就是犯了罪；但同时又觉得这思想实在是正当的，我很爱我的父亲。便是现在，也还是这样想。

早晨，住在一门里的衍太太[2]进来了。她是一个精通礼节的妇人，说我们不应该空等着。于是给他换衣服；又将纸锭和一种什么《高王经》[3]烧成灰，用纸包了给他捏在拳头里……。

“叫呀，你父亲要断气了。快叫呀！”衍太太说。

“父亲！父亲！”我就叫起来。

“大声！他听不见。还不快叫？！”

“父亲！！！父亲！！！”

他已经平静下去的脸，忽然紧张了，将眼微微一睁，仿佛有一些

---

[1] “罪孽深重祸延父母”：旧时一些人在父母死后印发的讣闻中，常有“不孝男XX罪孽深重不自殒灭祸延显考（或显妣）……”等一类套话。

[2] 衍太太：作者从叔祖周子传的妻子。

[3] 《高王经》：即《高王观世音》。据《魏书·卢景裕传》记载：有人犯了罪当处死，梦见沙门教讲经，醒后即将梦中的经默诵千遍，临刑时刽子手的刀折了，法官听说，就赦免了他。他梦见和醒后所念的经就是后来行世的《高王观世音》。过去迷信的风俗，人将死时，把《高王经》烧成灰，让死者捏在手里，大概源于上述故事，意思是死者到“阴间”如受刑的话，可望减少痛苦。

苦痛。

“叫呀！快叫呀！”她催促说。

“父亲！！！”

“什么呢？……不要嚷。……不……。”他低低地说，又较急地喘着气，好一会，这才复了原状，平静下去了。

“父亲！！！”我还叫他，一直到他咽了气。

我现在还听到那时的自己的这声音，每听到时，就觉得这却是我对于父亲的最大的错处。

十月七日。

（选自《鲁迅全集》卷二《朝花夕拾》）

导读

中国的传统从来只讨论“我们怎样做子女”，即小辈如何服从长辈；五四这一代人却要讨论“我们怎样做父亲”。全新的命题提出本身，就反映了思想观念、伦理道德、价值判断上的根本变化：由长者本位转向幼者本位、弱者本位。

鲁迅反复强调：“中国觉醒的人，为想随顺长者解放幼者，便须一面清结旧账，一面开辟新路。”“自己背着因袭的重担，肩住了黑暗的闸门，放他们到宽阔光明的地方去；此后幸福的度日，合理的做人。”这正是鲁迅的人生选择。一个为后代“肩住了黑暗的闸门”的人：这是鲁迅为自己塑造的形象。因此，鲁迅逝世后，一位悼念者说“鲁迅肩头上的闸门落下了……于是我们又留在黑暗之中”，而且必须独自面对。

一位南京师大附中的学生苦苦地思考：“我们怎样对待鲁迅，才合乎他本人的意愿呢？”最后他在《随感录·六十三　“与幼者”》这里找到了答案：“你们若不是毫不客气的拿我做一个踏脚，超越了我，向着高的远的地方进去，那便是错的”，“像吃尽了亲的死尸，贮着力量的小狮子一样，刚强勇猛，舍了我，踏到人生上去就是了”，“你们该从我的倒毙的所在，跨出新的脚步去”，“走罢！勇猛着！幼者呵！”

我们现在怎样做父亲

我作这一篇文的本意，其实是想研究怎样改革家庭；又因为中国亲权重，父权更重，所以尤想对于从来认为神圣不可侵犯的父子问题，发表一点意见。总而言之：只是革命要革到老子身上罢了。但何以大模大样，用了这九个字的题目呢？这有两个理由：

第一，中国的“圣人之徒”[1]，最恨人动摇他的两样东西。一样不必说，也与我辈绝不相干；一样便是他的伦常[2]，我辈却不免偶然发几句议论，所以株连牵扯，很得了许多“铲伦常”“禽兽行”之类的恶名。他们以为父对于子，有绝对的权力和威严；若是老子说话，当然无所不可，儿子有话，却在未说之前早已错了。但祖父子孙，本来各各都只是生命的桥梁的一级，决不是固定不易的。现在的子，便是将来的父，也便是将来的祖。我知道我辈和读者，若不是现任之父，也一定是候补之父，而且也都有做祖宗的希望，所差只在一个时间。为想省却许多麻烦起见，我们便该无须客气，尽可先行占住了上风，摆出父亲的尊严，谈谈我们和我们子女的事；不但将来着手实行，可以减少困难，在中国也顺理成章，免得“圣人之徒”听了害怕，总算是一举两得之至的事了。所以说，“我们怎样做父亲。”

第二，对于家庭问题，我在《新青年》的《随感录》（二五，四十，四九）中，曾经略略说及，总括大意，便只是从我们起，

---

[1] “圣人之徒”：指当时站在保守立场上竭力维护旧道德旧文学的林纾等人。

[2] 伦常：封建社会的伦理道德。封建时代称君臣、父子、夫妇、兄弟、朋友五种关系为五伦，认为这种尊卑、长幼的关系是不可改变的常道，称为伦常。林纾曾在1919年3月写给北京大学校长蔡元培的信中，指责提倡新文化的北大教授“必覆孔孟，铲伦常为快”。

解放了后来的人。论到解放子女，本是极平常的事，当然不必有什么讨论。但中国的老年，中了旧习惯旧思想的毒太深了，决定悟不过来。譬如早晨听到乌鸦叫，少年毫不介意，迷信的老人，却总须颓唐半天。虽然很可怜，然而也无法可救。没有法，便只能先从觉醒的人开手，各自解放了自己的孩子。自己背着因袭的重担，肩住了黑暗的闸门，放他们到宽阔光明的地方去；此后幸福的度日，合理的做人。

还有，我曾经说，自己并非创作者，便在上海报纸的《新教训》里，挨了一顿骂[1]。但我辈评论事情，总须先评论了自己，不要冒充，才能像一篇说话，对得起自己和别人。我自己知道，不特并非创作者，并且也不是真理的发见者。凡有所说所写，只是就平日见闻的事理里面，取了一点心以为然的道理；至于终极究竟的事，却不能知。便是对于数年以后的学说的进步和变迁，也说不出会到如何地步，单相信比现在总该还有进步还有变迁罢了。所以说，“我们现在怎样做父亲”。

我现在心以为然的道理，极其简单。便是依据生物界的现象，一，要保存生命；二，要延续这生命；三，要发展这生命（就是进化）。生物都这样做，父亲也就是这样做。

生命的价值和生命价值的高下，现在可以不论。单照常识判断，便知道既是生物，第一要紧的自然是生命。因为生物之所以为生物，全在有这生命，否则失了生物的意义。生物为保存生命起见，具有种种本能，最显著的是食欲。因有食欲才摄取食品，因有食品才发生温热，保存了生命。但生物的个体，总免不了老衰和死亡，为继续生命起见，又有一种本能，便是性欲。因性欲才有性交，因有性交才发生

[1] 1919年2月，鲁迅在《新青年》6卷2号上发表《随感录·四十六》，批判上海《时事新报》副刊《泼克》发表的一组攻击提倡新文化的人的讽刺画，赞扬易卜生、尼采是真正的“创作者”，并说“我辈即使才力不及，不能创作，也该当学习”。《时事新报》上又发表《新教训》一文，其中有很多诋毁性的文字。

苗裔，继续了生命。所以食欲是保存自己，保存现在生命的事；性欲是保存后裔，保存永久生命的事。饮食并非罪恶，并非不净；性交也就并非罪恶，并非不净。饮食的结果，养活了自己，对于自己没有恩；性交的结果，生出子女，对于子女当然也算不了恩。——前前后后，都向生命的长途走去，仅有先后的不同，分不出谁受谁的恩典。

可惜的是中国的旧见解，竟与这道理完全相反。夫妇是"人伦之中"，却说是"人伦之始"；性交是常事，却以为不净；生育也是常事，却以为天大的大功。人人对于婚姻，大抵先夹带着不净的思想。亲戚朋友有许多戏谑，自己也有许多羞涩，直到生了孩子，还是躲躲闪闪，怕敢声明；独有对于孩子，却威严十足。这种行径，简直可以说是和偷了钱发迹的财主，不相上下了。我并不是说，——如他们攻击者所意想的，——人类的性交也应如别种动物，随便举行；或如无耻流氓，专做些下流举动，自鸣得意。是说，此后觉醒的人，应该先洗净了东方固有的不净思想，再纯洁明白一些，了解夫妇是伴侣，是共同劳动者，又是新生命创造者的意义。所生的子女，固然是受领新生命的人，但他也不永久占领，将来还要交付子女，像他们的父母一般。只是前前后后，都做一个过付的经手人罢了。

生命何以必需继续呢？就是因为要发展，要进化。个体既然免不了死亡，进化又毫无止境，所以只能延续着，在这进化的路上走。走这路须有一种内的努力，有如单细胞动物有内的努力，积久才会繁复，无脊椎动物有内的努力，积久才会发生脊椎。所以后起的生命，总比以前的更有意义，更近完全，因此也更有价值，更可宝贵；前者的生命，应该牺牲于他。

但可惜的是中国的旧见解，又恰恰与这道理完全相反。本位应在幼者，却反在长者；置重应在将来，却反在过去。前者做了更前者的牺牲，自己无力生存，却苛责后者又来专做他的牺牲，毁灭了一切发展本身的能力。我也不是说，——如他们攻击者所意想的，——孙子理应终日痛打他的祖父，女儿必须时时咒骂他的亲娘。是说，此后觉醒的人，应该先洗净了东方古传的谬误思想，对于子女，义务思想须加多，而权利思想却大可切实核减，以准备改作幼者本位的道德。况且幼者受了权利，也并非永久占有，将来还要对于他们的幼者，仍尽义务。只是前前后后，都做一切过付的经手人罢了。

“父子间没有什么恩”这一个断语，实是招致“圣人之徒”面红耳赤的一大原因。他们的误点，便在长者本位与利己思想，权利思想很重，义务思想和责任心却很轻。以为父子关系，只须“父兮生我”一件事，幼者的全部，便应为长者所有。尤其堕落的，是因此责望报偿，以为幼者的全部，理该做长者的牺牲。殊不知自然界的安排，却件件与这要求反对，我们从古以来，逆天行事，于是人的能力，十分萎缩，社会的进步，也就跟着停顿。我们虽不能说停顿便要灭亡，但较之进步，总是停顿与灭亡的路相近。

自然界的安排，虽不免也有缺点，但结合长幼的方法，却并无错误。他并不用“恩”，却给与生物以一种天性，我们称他为“爱”。动物界中除了生子数目太多——爱不周到的如鱼类之外，总是挚爱他的幼子，不但绝无利益心情，甚或至于牺牲了自己，让他的将来的生命，去上那发展的长途。

人类也不外此，欧美家庭，大抵以幼者弱者为本位，便是最合于这生物学的真理的办法。便在中国，只要心思纯白，未曾经过“圣人之徒”作践的人，也都自然而然的能发现这一种天性。例如一个村妇哺乳婴儿的时候，决不想到自己正在施恩；一个农夫娶妻的时候，也决不以为将要放债。只是有了子女，即天然相爱，愿他生存；更进一步的，便还要愿他比自己更好，就是进化。这离绝了交换关系利害关系的爱，便是人伦的索子，便是所谓“纲”。倘如旧说，抹煞了“爱”，一味说“恩”，又因此责望报偿，那便不但败坏了父子间的道德，而且也大反于做父母的实际的真情，播下乖剌[1]的种子。有人做了乐府[2]，说是“劝孝”，大意是什么“儿子上学堂，母亲在家磨杏仁，预备回来给他喝，你还不孝么”之类，自以为“拼命卫道”。殊不知富翁的杏酪和穷人的豆浆，在爱情上价值同等，而其价值却正在父母当时并无求报的心思；否则变成买卖行为，虽然喝了杏酪，也不异“人乳喂猪”[3]，无非要猪肉肥美，在人伦道德上，丝毫没有价值了。

所以我现在心以为然的，便只是“爱”。

无论何国何人，大都承认“爱己”是一件应当的事。这便是保存生命的要义，也就是继续生命的根基。因为将来的运命，早在现在决定，故父母的缺点，便是子孙灭亡的伏线，生命的危机。易卜生做的《群鬼》（有潘家洵君译本，载在《新潮》一卷五号）虽然重在男女问题，但我们也可以看出遗传的可怕。欧士华本是要生活，能创作的人，因为父亲的不检，先天得了病毒，中途不能做人了。他又很爱母亲，不忍劳他服侍，便藏着吗啡，想待发作时候，由使女瑞琴帮他吃下，毒杀了自己；可是瑞琴走了。他于是只好托他母亲了。

欧 “母亲，现在应该你帮我的忙了。”

阿夫人 “我吗？”

欧 “谁能及得上你。”

阿夫人 “我！你的母亲！”

---

[1] 乖剌：违背常情。

[2] 这里“有人”是指林纾，其所作《劝世白话新乐府》中的《母送儿》篇，即有下文所说的意思。

[3] “人乳喂猪”：《世说新语·汰侈》中记载，晋武帝司马炎到臣子王武子家做客，惊讶于王家所做的猪肉异常肥美，就问王武子何故。王武子说自己家的猪是用人乳喂养的。

欧 “正为那个。”

阿夫人 “我，生你的人！”

欧 “我不曾教你生我。并且给我的是一种什么日子？我不要他！你拿回去罢！”

这一段描写，实在是我们做父亲的人应该震惊戒惧佩服的；决不能昧了良心，说儿子理应受罪。这种事情，中国也很多，只要在医院做事，便能时时看见先天梅毒性病儿的惨状；而且傲然的送来的，又大抵是他的父母。但可怕的遗传，并不只是梅毒；另外许多精神上体质上的缺点，也可以传之子孙，而且久而久之，连社会都蒙着影响。我们且不高谈人群，单为子女说，便可以说凡是不爱己的人，实在欠缺做父亲的资格。就令硬做了父亲，也不过如古代的草寇称王一般，万万算不了正统。将来学问发达，社会改造时，他们侥幸留下的苗裔，恐怕总不免要受善种学（Eugenics）[1]者的处置。

倘若现在父母并没有将什么精神上体质上的缺点交给子女，又不遇意外的事，子女便当然健康，总算已经达到了继续生命的目的。但父母的责任还没有完，因为生命虽然继续了，却是停顿不得，所以还须教这新生命去发展。凡动物较高等的，对于幼雏，除了养育保护以外，往往还教他们生存上必需的本领。例如飞禽便教飞翔，鸷兽便教搏击。人类更高几等，便也有愿意子孙更进一层的天性。这也是爱，上文所说的是对于现在，这是对于将来。只要思想未遭锢蔽的人，谁也喜欢子女比自己更强，更健康，更聪明高尚，——更幸福；就是超越了自己，超越了过去。超越便须改变，所以子孙对于祖先的事，应该改变，“三年无改于父之道可谓孝矣”，当然是曲说，是退婴的病

[1] 善种学：即优生学，是研究借助遗传手段以改变人类素质的学科。早期的优生学带有明显的阶级与种族偏见，曾被纳粹德国所利用，作为实施种族主义的理论依据。

根。假使古代的单细胞动物，也遵着这教训，那便永远不敢分裂繁复，世界上再也不会有人类了。

幸而这一类教训，虽然害过许多人，却还未能完全扫尽了一切人的天性。没有读过“圣贤书”的人，还能将这天性在名教的斧钺底下，时时流露，时时萌蘖[1]；这便是中国人虽然凋落萎缩，却未灭绝的原因。

所以觉醒的人，此后应将这天性的爱，更加扩张，更加醇化；用无我的爱，自己牺牲于后起新人。开宗第一，便是理解。往昔的欧人对于孩子的误解，是以为成人的预备；中国人的误解，是以为缩小的成人。直到近来，经过许多学者的研究，才知道孩子的世界，与成人截然不同；倘不先行理解，一味蛮做，便大碍于孩子的发达。所以一切设施，都应该以孩子为本位，日本近来，觉悟的也很不少；对于儿童的设施，研究儿童的事业，都非常兴盛了。第二，便是指导。时势既有改变，生活也必须进化；所以后起的人物，一定尤异于前，决不能用同一模型，无理嵌定。长者须是指导者协商者，却不该是命令者。不但不该责幼者供奉自己；而且还须用全副精神，专为他们自己，养成他们有耐劳作的体力，纯洁高尚的道德，广博自由能容纳新潮流的精神，也就是能在世界新潮流中游泳，不被淹没的力量。第三，便是解放。子女是即我非我的人，但既已分立，也便是人类中的人。因为即我，所以更应该尽教育的义务，交给他们自立的能力；因为非我，所以也应同时解放，全部为他们自己所有，成一个独立的人。

这样，便是父母对于子女，应该健全的产生，尽力的教育，完全的解放。

但有人会怕，仿佛父母从此以后，一无所有，无聊之极了。这种空

[1] 萌蘖（niè）：萌生发芽。

虚的恐怖和无聊的感想，也即从谬误的旧思想发生；倘明白了生物学的真理，自然便会消灭。但要做解放子女的父母，也应预备一种能力。便是自己虽然已经带着过去的色采，却不失独立的本领和精神，有广博的趣味，高尚的娱乐。要幸福么？连你的将来的生命都幸福了。要“返老还童”，要“老复丁”[1]么？子女便是“复丁”，都已独立而且更好了。这才是完了长者的任务，得了人生的慰安。倘若思想本领，样样照旧，专以“勃谿”[2]为业，行辈自豪，那便自然免不了空虚无聊的苦痛。

或者又怕，解放之后，父子间要疏隔了。欧美的家庭，专制不及中国，早已大家知道；往者虽有人比之禽兽，现在却连“卫道”的圣徒，也曾替他们辩护，说并无“逆子叛弟”了[3]。因此可知：惟其解放，所以相亲；惟其没有“拘挛”[4]子弟的父兄，所以也没有反抗“拘挛”的“逆子叛弟”。若威逼利诱，便无论如何，决不能有“万年有道之长”[5]。例便如我中国，汉有举孝，唐有孝悌力田科，清末也还有孝廉方正，都能换到官做[6]。父恩谕之于先，皇恩施之于后，然而割股[7]的人物，究属寥寥。足可证明中国的旧学说旧手段，实在从古以来，并无良效，无非使坏人增长些虚伪，好人无端的多受些人我都无利益的苦痛罢了。

独有“爱”是真的。路粹引孔融说[8]，“父之于子，当有何亲？论其本意，实为情欲发耳。子之于母，亦复奚为，譬如寄物瓶中，出则

---

[1] “老复丁”：指从老年回到壮年。

[2] “勃谿（xī）”：婆媳争吵，也可泛指家庭内部的矛盾冲突。

[3] 这是林纾的说法，见其所译小说《孝友镜》的《译余小识》，下文中的“拘挛”也出于此。

[4] “拘挛”：拘束，压制。

[5] “万年有道之长”：是封建臣子颂扬朝廷的一句套话，意即称颂皇权久远。

[6] 古时候各个地方可以向朝廷举荐孝顺父母、品行端正、努力耕作等才德出众之人，或授以官职，或给以赏赐。举孝、孝悌力田、孝廉方正等都是与“孝”相关的举荐名目。

[7] 割股：割下腿肉以疗救君主或父母，这是古代所称颂的一种至忠至孝的行为。

[8] 路粹引孔融的话出自《后汉书·孔融传》。曹操不满孔融，想要除掉他，便指使路粹以“不孝”的罪名控告孔融。而曹操自己曾主张“唯才是举”，说过“不仁不孝”之人也可任用。鲁迅下面“教人发笑”的话，就是对于这种自相矛盾的做法而言的。下文的“北海先生”即孔融，因为他曾做过北海相。

离矣。”（汉末的孔府上，很出过几个有特色的奇人，不像现在这般冷落，这话也许确是北海先生所说；只是攻击他的偏是路粹和曹操，教人发笑罢了。）虽然也是一种对于旧说的打击，但实于事理不合。因为父母生了子女，同时又有天性的爱，这爱又很深广很长久，不会即离。现在世界没有大同，相爱还有差等，子女对于父母，也便最爱，最关切，不会即离。所以疏隔一层，不劳多虑。至于一种例外的人，或者非爱所能钩连。但若爱力尚且不能钩连，那便任凭什么“恩威，名分，天经，地义”之类，更是钩连不住。

或者又怕，解放之后，长者要吃苦了。这事可分两层：第一，中国的社会，虽说“道德好”，实际却太缺乏相爱相助的心思。便是“孝”“烈”这类道德，也都是旁人毫不负责，一味收拾幼者弱者的方法。在这样社会中，不独老者难于生活，即解放的幼者，也难于生活。第二，中国的男女，大抵未老先衰，甚至不到二十岁，早已老态可掬，待到真实衰老，便更须别人扶持。所以我说，解放子女的父母，应该先有一番预备；而对于如此社会，尤应该改造，使他能适于合理的生活。许多人预备着，改造着，久而久之，自然可望实现了。单就别国的往时而言，斯宾塞[1]未曾结婚，不闻他侘傺无聊；瓦特早没有了子女，也居然“寿终正寝”，何况在将来，更何况有儿女的人呢？

或者又怕，解放之后，子女要吃苦了。这事也有两层，全如上文所说，不过一是因为老而无能，一是因为少不更事罢了。因此觉醒的人，愈觉有改造社会的任务。中国相传的成法，谬误很多：一种是锢闭，以为可以与社会隔离，不受影响。一种是教给他恶本领，以为如此才能在社会中生活。用这类方法的长者，虽然也含有继续生命的好

[1] 斯宾塞：英国哲学家，终身不娶。

意，但比照事理，却决定谬误。此外还有一种，是传授些周旋方法，教他们顺应社会。这与数年前讲“实用主义”的人，因为市上有假洋钱，便要在学校里遍教学生看洋钱的法子之类，同一错误。社会虽然不能不偶然顺应，但决不是正当办法。因为社会不良，恶现象便很多，势不能一一顺应；倘都顺应了，又违反了合理的生活，倒走了进化的路。所以根本方法，只有改良社会。

就实际上说，中国旧理想的家族关系父子关系之类，其实早已崩溃。这也非“于今为烈”，正是“在昔已然”。历来都竭力表彰“五世同堂”，便足见实际上同居的为难；拼命的劝孝，也足见事实上孝子的缺少。而其原因，便全在一意提倡虚伪道德，蔑视了真的人情。我们试一翻大族的家谱，便知道始迁祖宗，大抵是单身迁居，成家立业；一到聚族而居，家谱出版，却已在零落的中途了。况在将来，迷信破了，便没有哭竹，卧冰[1]；医学发达了，也不必尝秽，割股。又因为经济关系，结婚不得不迟，生育因此也迟，或者子女才能自存，父母已经衰老，不及依赖他们供养，事实上也就是父母反尽了义务。世界潮流逼拶[2]着，这样做的可以生存，不然的便都衰落；无非觉醒者多，加些人力，便危机可望较少就是了。

但既如上言，中国家庭，实际久已崩溃，并不如“圣人之徒”纸上的空谈，则何以至今依然如故，一无进步呢？这事很容易解答。第一，崩溃者自崩溃，纠缠者自纠缠，设立者又自设立；毫无戒心，也不想到改革，所以如故。第二，以前的家庭中间，本来常有勃谿，到

[1] 哭竹、卧冰以及下文的尝秽，都是古代《二十四孝》中的故事。三国时的孟宗，因为后母大冬天要吃笋子，便跑到竹林恸哭，竹笋为之感动而长了出来。晋代王祥，为了让母亲吃到新鲜鱼，在寒冬腊月中袒胸卧于冰上想化冰捉鱼，结果冰自动化开，鱼儿也自己跳了出来。南朝梁时的庾黔娄为了检测父亲的病情，曾取父亲的粪便以品尝其甜苦。

[2] 逼拶（zā）：逼迫。

了新名词流行之后，便都改称“革命”，然而其实也仍是讨嫖钱至于相骂，要赌本至于相打之类，与觉醒者的改革，截然两途。这一类自称“革命”的勃谿子弟，纯属旧式，待到自己有了子女，也决不解放；或者毫不管理，或者反要寻出《孝经》，勒令诵读，想他们“学于古训”[1]，都做牺牲。这只能全归旧道德旧习惯旧方法负责，生物学的真理决不能妄任其咎。

既如上言，生物为要进化，应该继续生命，那便“不孝有三无后为大”[2]，三妻四妾，也极合理了。这事也很容易解答。人类因为无后，绝了将来的生命，虽然不幸，但若用不正当的方法手段，苟延生命而害及人群，便该比一人无后，尤其“不孝”。因为现在的社会，一夫一妻制最为合理，而多妻主义，实能使人群堕落。堕落近于退化，与继续生命的目的，恰恰完全相反。无后只是灭绝了自己，退化状态的有后，便会毁到他人。人类总有些为他人牺牲自己的精神，而况生物自发生以来，交互关联，一人的血统，大抵总与他人有多少关系，不会完全灭绝。所以生物学的真理，决非多妻主义的护符。

总而言之，觉醒的父母，完全应该是义务的，利他的，牺牲的，很不易做；而在中国尤不易做。中国觉醒的人，为想随顺长者解放幼者，便须一面清结旧账，一面开辟新路。就是开首所说的“自己背着因袭的重担，肩住了黑暗的闸门，放他们到宽阔光明的地方去；此后幸福的度日，合理的做人”。这是一件极伟大的要紧的事，也是一件极困苦艰难的事。

但世间又有一类长者，不但不肯解放子女，并且不准子女解放他

---

[1] “学于古训”：语出《尚书·说命》，古训，指古代圣贤的教导。

[2] “不孝有三无后为大”：语出《孟子·离娄》。据汉代赵岐注：“于礼有不孝者三事，谓阿意曲从，陷亲不义，一不孝也；家穷亲老，不为禄仕，二不孝也；不娶无子，绝先祖祀，三不孝也。三者之中，无后为大。”

们自己的子女；就是并要孙子曾孙都做无谓的牺牲。这也是一个问题；而我是愿意平和的人，所以对于这问题，现在不能解答。

一九一九年十月。

（选自《鲁迅全集》卷一《坟》）

鲁迅谈孩子的教育

中国中流的家庭，教孩子大抵只有两种法。其一，是任其跋扈，一点也不管，骂人固可，打人亦无不可，在门内或门前是暴主，是霸王，但到外面，便如失了网的蜘蛛一般，立刻毫无能力。其二，是终日给以冷遇或呵斥，甚而至于打扑，使他畏葸退缩，仿佛一个奴才，一个傀儡，然而父母却美其名曰“听话”，自以为是教育的成功，待到放他到外面来，则如暂出樊笼的小禽，他决不会飞鸣，也不会跳跃。

……

顽劣，钝滞，都足以使人没落，灭亡。童年的情形，便是将来的命运。我们的新人物，讲恋爱，讲小家庭，讲自立，讲享乐了，但很少有人为儿女提出家庭教育的问题，学校教育的问题，社会改革的问题。先前的人，只知道“为儿孙作马牛”，固然是错误的，但只顾现在，不想将来，“任儿孙作马牛”，却不能不说是一个更大的错误。

——《南腔北调集·上海的儿童》

随感录·六十三 “与幼者”

做了《我们现在怎样做父亲》的后两日，在有岛武郎[1]《著作集》里看到《与幼者》这一篇小说，觉得很有许多好的话。

“时间不住的移过去。你们的父亲的我，到那时候，怎样映在你们（眼）里，那是不能想像的了。大约像我在现在，嗤笑可怜那过去的时代一般，你们也要嗤笑可怜我的古老的心思，也未可知的。我为你们计，但愿这样子。你们若不是毫不客气的拿我做一个踏脚，超越了我，向着高的远的地方进去，那便是错的。

“人间很寂寞。我单能这样说了就算么？你们和我，像尝过血的兽一样，尝过爱了。去罢，为要将我的周围从寂寞中救出，竭力做事罢。我爱过你们，而且永远爱着。这并不是说，要从你们受父亲的报酬，我对于‘教我学会了爱你们的你们’的要求，只是受取我的感谢罢了……像吃尽了亲的死尸，贮着力量的小狮子一样，刚强勇猛，舍了我，踏到人生上去就是了。

“我的一生就令怎样失败，怎样胜不了诱惑；但无论如何，使你们从我的足迹上寻不出不纯的东西的事，是要做的，是一定做的。你们该从我的倒毙的所在，跨出新的脚步去。但那里走，怎么走的事，你们也可以从我的足迹上探索出来。

“幼者呵！将又不幸又幸福的你们的父母的祝福，浸在胸

[1] 有岛武郎（1878—1923）：日本近代作家。鲁迅曾翻译过他的小说《与幼者》（鲁迅译为《与幼小者》）、《阿末之死》以及一些论文与杂文。

中，上人生的旅路罢。前途很远，也很暗。然而不要怕。不怕的人的面前才有路。

“走罢！勇猛着！幼者呵！”

有岛氏是白桦派[1]，是一个觉醒的，所以有这等话；但里面也免不了带些眷恋凄怆的气息。

这也是时代的关系。将来便不特没有解放的话，并且不起解放的心，更没有什么眷恋和凄怆；只有爱依然存在。——但是对于一切幼者的爱。

（选自《鲁迅全集》卷一《热风》）

鲁迅的“苦口忠告”

对于为了远大的目的，并非因个人之利而攻击我者，无论用怎样的方法，我全都没齿无怨言。但对于只想以笔墨问世的青年，我现在却敢据几年的经验，以诚恳的心，进一个苦口的忠告。那就是：不断的（！）努力一些，切勿想以一年半载，几篇文字和几本期刊，便立了空前绝后的大勋业。还有一点，是：不要只用力于抹杀别个，使他和自己一样的空无，而必须跨过那站着的前人，比前人更加高大。初初出阵的时候，幼稚和浅薄都不要紧，然而也须不断的（！）生长起来才好。

——《三闲集·鲁迅译著书目》

[1] 白桦派：日本近代的一个文学流派，以1910年创刊的《白桦》杂志而得名。该派主张个性解放，倡导新理想主义和人道主义。其代表人物除了有岛武郎外，还有武者小路实笃、志贺直哉等。

《二十四孝图》

我总要上下四方寻求，得到一种最黑，最黑，最黑的咒文，先来诅咒一切反对白话，妨害白话者。即使人死了真有灵魂，因这最恶的心，应该堕入地狱，也将决不改悔，总要先来诅咒一切反对白话，妨害白话者。

自从所谓"文学革命"以来，供给孩子的书籍，和欧，美，日本的一比较，虽然很可怜，但总算有图有说，只要能读下去，就可以懂得的了。可是一班别有心肠的人们，便竭力来阻遏它，要使孩子的世界中，没有一丝乐趣。北京现在常用"马虎子"这一句话来恐吓孩子们。或者说，那就是《开河记》[1]上所载的，给隋炀帝开河，蒸死小儿的麻叔谋；正确地写起来，须是"麻胡子"。那么，这麻叔谋乃是胡人[2]了。但无论他是甚么人，他的吃小孩究竟也还有限，不过尽他的一生。妨害白话者的流毒却甚于洪水猛兽，非常广大，也非常长久，能使全中国化成一个麻胡，凡有孩子都死在他肚子里。

只要对于白话来加以谋害者，都应该灭亡！

这些话，绅士们自然难免要掩住耳朵的，因为就是所谓"跳到半天空，骂得体无完肤，——还不肯罢休。"[3]而且文士们一定也要骂，

[1]《开河记》：宋代传奇小说。记隋炀帝令麻叔谋开掘卞渠的故事，其中有麻叔谋蒸食小孩的传说。

[2] 胡人：作者在《朝花夕拾·后记》中纠正，"胡"应作"祜"，是麻叔谋的名。

[3] 当时，鲁迅因支持北京女子师范大学学生反抗校长杨荫榆的斗争，与支持杨荫榆的陈西滢等教授正展开激烈的争论。陈西滢这一派教授多留学英美，以"绅士"风度自炫，并因办有《现代评论》杂志而被称为"现代评论派"的"绅士"。这里所引的"跳到半天空，骂得体无完肤，——还不肯罢休"等语，与下文许多引语，均来自陈西滢等对鲁迅的攻击，鲁迅也就在行文中捎带加以讽刺，并因此而形成了一种特殊的文体风格。

以为大悖于“文格”，亦即大损于“人格”。岂不是“言者心声也”么？“文”和“人”当然是相关的，虽然人间世本来千奇百怪，教授们中也有“不尊敬”作者的人格而不能“不说他的小说好”[1]的特别种族。但这些我都不管，因为我幸而还没有爬上“象牙之塔”[2]去，正无须怎样小心。徜若无意中竟已撞上了，那就即刻跌下来罢。然而在跌下来的中途，当还未到地之前，还要说一遍：

只要对于白话来加以谋害者，都应该灭亡！

每看见小学生欢天喜地地看着一本粗拙的《儿童世界》之类，另想到别国的儿童用书的精美，自然要觉得中国儿童的可怜。但回忆起我和我的同窗小友的童年，却不能不以为他幸福，给我们的永逝的韶光一个悲哀的吊唁。我们那时有什么可看呢，只要略有图画的本子，就要被塾师，就是当时的“引导青年的前辈”禁止，呵斥，甚而至于打手心。我的小同学因为专读“人之初性本善”[3]读得要枯燥而死了，只好偷偷地翻开第一叶，看那题着“文星高照”四个字的恶鬼一般的魁星[4]像，来满足他幼稚的爱美的天性。昨天看这个，今天也看这个，然而他们的眼睛里还闪出苏醒和欢喜的光辉来。

在书塾以外，禁令可比较的宽了，但这是说自己的事，各人大概不一样。我能在大众面前，冠冕堂皇地阅看的，是《文昌帝君阴骘文图说》和《玉历钞传》[5]，都画着冥冥之中赏善罚恶的故事，雷公电母

---

[1] 陈西滢在1926年4月17日《现代评论》中说：“我不能因为我不尊敬鲁迅先生的人格，就不说他的小说好，我也不能因为佩服他的小说，就称赞他其余的文章。”

[2] “象牙之塔”：原为法国文艺批评家圣佩韦评论同时代消极浪漫主义诗人维尼的用语，后用来比喻脱离现实生活的艺术家的小天地。

[3] “人之初性本善”：旧时学塾通用的初级读物《三字经》的首两句。

[4] 魁星：俗称奎星，我国古代天文学中二十八宿之一。魁星像略似“魁”字字形，一手执笔，一手持墨斗，上身前倾，一脚后翘，好像正在用笔点定科举的中考者。旧时学塾初级读物的扉页上常刊有魁星像。从儿童的眼光看来，是颇为奇特而有趣的。

[5] 《文昌帝君阴骘文图说》与《玉历钞传》是旧时流行的宣传因果报应等迷信思想的图书。

站在云中，牛头马面布满地下，不但“跳到半天空”是触犯天条的，即使半语不合，一念偶差，也都得受相当的报应。这所报的也并非“睚眦之怨”[1]，因为那地方是鬼神为君，“公理”作宰，请酒下跪，全都无功，简直是无法可想。在中国的天地间，不但做人，便是做鬼，也艰难极了。然而究竟很有比阳间更好的处所：无所谓“绅士”，也没有“流言”。

阴间，倘要稳妥，是颂扬不得的。尤其是常常好弄笔墨的人，在现在的中国，流言的治下，而又大谈“言行一致”[2]的时候。前车可鉴，听说阿尔志跋绥夫[3]曾答一个少女的质问说，“惟有在人生的事实这本身中寻出欢喜者，可以活下去。倘若在那里什么也不见，他们其实倒不如死。”于是乎有一个叫作密哈罗夫的，寄信嘲骂他道，“……所以我完全诚实地劝你自杀来祸福你自己的生命，因为这第一是合于逻辑，第二是你的言语和行为不至于背驰。”

其实这论法就是谋杀，他就这样地在他的人生中寻出欢喜来。阿尔志跋绥夫只发了一大通牢骚，没有自杀。密哈罗夫先生后来不知道怎样，这一个欢喜失掉了，或者另外又寻到了“什么”了罢。诚然，“这些时候，勇敢，是安稳的；情热，是毫无危险的。”

然而，对于阴间，我终于已经颂扬过了，无法追改；虽有“言行不符”之嫌，但确没有受过阎王或小鬼的半文津贴，则差可以自解。总而言之，还是仍然写下去罢：

---

[1] “睚眦之怨”：意为小小的怨恨。语出《史记·范雎传》：“一饭之德必偿，睚眦之怨必报。”这是陈西滢在1926年4月10日《现代评论》的《杨德群女士事件》一文中影射鲁迅的话，下文中‘公理’作宰，请酒下跪”等，也是嘲讽陈西滢、杨荫榆等迫害进步学生。

[2] 大谈“言行一致”：陈西滢1926年1月23日在《现代评论》的《吴稚晖先生》一文中说：“言行不相顾本没有多大稀罕，世界上多的是这样的人。讲革命的做官僚，讲言论自由的烧报馆，讲平民生活的住别墅，坐汽车……”这里的“做官僚”，指鲁迅在教育部任职；“烧报馆”，指1925年11月29日北京市民在反对段祺瑞的示威中烧毁晨报馆的事件。

[3] 阿尔志跋绥夫：俄国小说家，著有《沙宁》《工人绥惠略夫》等。

我所看的那些阴间的图画，都是家藏的老书，并非我所专有。我所收得的最先的画图本子，是一位长辈的赠品：《二十四孝图》[1]。这虽然不过薄薄的一本书，但是下图上说，鬼少人多，又为我一人所独有，使我高兴极了。那里面的故事，似乎是谁都知道的；便是不识字的人，例如阿长，也只要一看图画便能够滔滔地讲出这一段的事迹。但是，我于高兴之余，接着就是扫兴，因为我请人讲完了二十四个故事之后，才知道"孝"有如此之难，对于先前痴心妄想，想做孝子的计划，完全绝望了。

"人之初，性本善"么？这并非现在要加研究的问题。但我还依稀记得，我幼小时候实未尝蓄意忤逆，对于父母，倒是极愿意孝顺的。不过年幼无知，只用了私见来解释"孝顺"的做法，以为无非是"听话"，"从命"，以及长大之后，给年老的父母好好地吃饭罢了。自从得了这一本孝子的教科书以后，才知道并不然，而且还要难到几十几百倍。其中自然也有可以勉力仿效的，如"子路负米"[2]，"黄香扇枕"[3]之类。"陆绩怀橘"[4]也并不难，只要有阔人请我吃饭。"鲁迅先生作宾客而怀橘乎？"我便跪答云，"吾母性之所爱，欲归以遗母。"阔人大佩服，于是孝子就做稳了，也非常省事。"哭竹生笋"[5]就可疑，怕我的精诚未必会这样感动天地。但是哭不出笋来，还不过抛脸

[1]《二十四孝图》：元代郭居敬编《二十四孝》，辑录了古代二十四个孝子的故事，宣杨封建孝道。后来的印本配上图画，通称《二十四孝图》。

[2]"子路负米"：子路，孔子的学生，姓仲名由。他服侍父母时，自己吃粗劣的饭菜，而为父母去百里之外驮米。

[3]"黄香扇枕"：黄香，东汉人，九岁丧母，他尽心伺候父亲，夏天父亲睡觉他给摇扇，冬天则用体温给父亲暖被窝。

[4]"陆绩怀橘"：陆绩，三国时吴国人。六岁时外出做客，主人拿出橘子，他怀揣三个，回家给母亲吃。

[5]"哭竹生笋"：三国时吴国孟宗的故事。唐代白居易编《白氏六帖》中说："孟宗后母好笋，令宗冬月求之，宗入竹林恸哭，笋为之出。"

而已，一到“卧冰求鲤”，可就有性命之虞了。我乡的天气是温和的，严冬中，水面也只结一层薄冰，即使孩子的重量怎样小，躺上去，也一定哗喇一声，冰破落水，鲤鱼还不及游过来。自然，必须不顾性命，这才孝感神明，会有出乎意料之外的奇迹，但那时我还小，实在不明白这些。

其中最使我不解，甚至于发生反感的，是“老莱娱亲”[1]和“郭巨埋儿”[2]两件事。

我至今还记得，一个躺在父母跟前的老头子，一个抱在母亲手上的小孩子，是怎样地使我发生不同的感想呵。他们一手都拿着“摇咕咚”。这玩意儿确是可爱的，北京称为小鼓，盖即鼗也，朱熹曰，“鼗，小鼓，两旁有耳；持其柄而摇之，则旁耳还自击，”咕咚咕咚地响起来。然而这东西是不该拿在老莱子手里的，他应该扶一枝拐杖。现在这模样，简直是装佯，侮辱了孩子。我没有再看第二回，一到这一叶，便急速地翻过去了。

那时的《二十四孝图》，早已不知去向了，目下所有的只是一本日本小田海僊所画的本子，叙老莱子事云，“行年七十，言不称老，常著五色斑斓之衣，为婴儿戏于亲侧。又常取水上堂，诈跌仆地，作婴儿啼，以娱亲意。”大约旧本也差不多，而招我反感的便是“诈跌”。无论忤逆，无论孝顺，小孩子多不愿意“诈”作，听故事也不喜欢是谣言，这是凡有稍稍留心儿童心理的都知道的。

然而在较古的书上一查，却还不至于如此虚伪。师觉授《孝子传》云，“老莱子……常著斑斓之衣，为亲取饮，上堂脚跌，恐伤父

---

[1] “老莱娱亲”：老莱，传说为春秋楚国人。《艺文类聚·人部》记有他七十岁时穿五色彩衣诈跌“娱亲”的故事。

[2] “郭巨埋儿”：郭巨，晋代人，相传郭巨忧虑养儿会妨碍供养母亲，就想把孩子给埋了，结果掘出一罐金子。

母之心，僵仆为婴儿啼。”（《太平御览》四百十三引）较之今说，似稍近于人情。不知怎地，后之君子却一定要改得他“诈”起来，心里才能舒服。邓伯道弃子救侄[1]，想来也不过“弃”而已矣，昏妄人也必须说他将儿子捆在树上，使他追不上来才肯歇手。正如将“肉麻当作有趣”一般，以不情为伦纪，诬蔑了古人，教坏了后人。老莱子即是一例，道学[2]先生以为他白璧无瑕时，他却已在孩子的心中死掉了。

至于玩着“摇咕咚”的郭巨的儿子，却实在值得同情。他被抱在他母亲的臂膊上，高高兴兴地笑着；他的父亲却正在掘窟窿，要将他埋掉了。说明云，“汉郭巨家贫，有子三岁，母尝减食与之。巨谓妻曰，贫乏不能供母，子又分母之食。盍埋此子？”但是刘向《孝子传》所说，却又有些不同：巨家是富的，他都给了两弟；孩子是才生的，并没有到三岁。结末又大略相像了，“及掘坑二尺，得黄金一釜，上云：天赐郭巨，官不得取，民不得夺！”

我最初实在替这孩子捏一把汗，待到掘出黄金一釜，这才觉得轻松。然而我已经不但自己不敢再想做孝子，并且怕我父亲去做孝子了。家景正在坏下去，常听到父母愁柴米；祖母又老了，倘使我的父亲竟学了郭巨，那么，该埋的不正是我么？如果一丝不走样，也掘出一釜黄金来，那自然是如天之福，但是，那时我虽然年纪小，似乎也明白天下未必有这样的巧事。

现在想起来，实在很觉得傻气。这是因为现在已经知道了这些老玩意，本来谁也不实行。整饬伦纪的文电是常有的，却很少见绅士赤

[1] 邓伯道弃子救侄：邓伯道，名攸，晋代人。《晋书·邓攸传》载，石勒攻晋的战乱中，他全家出外逃难，途中曾弃子救侄。

[2] 道学：又称理学，指宋代程颢、程颐、朱熹等人阐释儒家学说而形成的思想体系。

条条地躺在冰上面，将军跳下汽车去负米。何况现在早长大了，看过几部古书，买过几本新书，什么《太平御览》咧，《古孝子传》咧，《人口问题》咧，《节制生育》咧，《二十世纪是儿童的世界》咧，可以抵抗被埋的理由多得很。不过彼一时，此一时，彼时我委实有点害怕：掘好深坑，不见黄金，连"摇咕咚"一同埋下去，盖上土，踏得实实的，又有什么法子可想呢。我想，事情虽然未必实现，但我从此总怕听到我的父母愁穷，怕看见我的白发的祖母，总觉得她是和我不两立，至少，也是一个和我的生命有些妨碍的人。后来这印象日见其淡了，但总有一些留遗，一直到她去世——这大概是送给《二十四孝图》的儒者所万料不到的罢。

五月十日。

（选自《鲁迅全集》卷二《朝花夕拾》）

从孩子的照相说起

因为长久没有小孩子，曾有人说，这是我做人不好的报应，要绝种的。房东太太讨厌我的时候，就不准她的孩子们到我这里玩，叫作“给他冷清冷清，冷清得他要死！”但是，现在却有了一个孩子，虽然能不能养大也很难说，然而目下总算已经颇能说些话，发表他自己的意见了。不过不会说还好，一会说，就使我觉得他仿佛也是我的敌人。

他有时对于我很不满，有一回，当面对我说：“我做起爸爸来，还要好……”甚而至于颇近于“反动”，曾经给我一个严厉的批评道：“这种爸爸，什么爸爸！？”

我不相信他的话。做儿子时，以将来的好父亲自命，待到自己有了儿子的时候，先前的宣言早已忘得一干二净了。况且我自以为也不算怎么坏的父亲，虽然有时也要骂，甚至于打，其实是爱他的。所以他健康，活泼，顽皮，毫没有被压迫得瘟头瘟脑。如果真的是一个“什么爸爸”，他还敢当面发这样反动的宣言么？

但那健康和活泼，有时却也使他吃亏，九一八事件后，就被同胞误认为日本孩子，骂了好几回，还挨过一次打——自然是并不重的。这里还要加一句说的听的，都不十分舒服的话：近一年多以来，这样的事情可是一次也没有了。

中国和日本的小孩子，穿的如果都是洋服，普通实在是很难分辨的。但我们这里的有些人，都有一种错误的速断法：温文尔雅，不大言笑，不大动弹的，是中国孩子；健壮活泼，不怕生人，大叫大跳的，是日本孩子。

然而奇怪，我曾在日本的照相馆里给他照过一张相，满脸顽皮，也真像日本孩子；后来又在中国的照相馆里照了一张相，相类的衣服，然而面貌很拘谨，驯良，是一个道地的中国孩子了。

为了这事，我曾经想了一想。

这不同的大原因，是在照相师的。他所指示的站或坐的姿势，两国的照相师先就不相同，站定之后，他就瞪了眼睛，觑机[1]摄取他以为最好的一刹那的相貌。孩子被摆在照相机的镜头之下，表情是总在变化的，时而活泼，时而顽皮，时而驯良，时而拘谨，时而烦厌，时而疑惧，时而无畏，时而疲劳……。照住了驯良和拘谨的一刹那的，是中国孩子相；照住了活泼或顽皮的一刹那的，就好像日本孩子相。

驯良之类并不是恶德。但发展开去，对一切事无不驯良，却决不是美德，也许简直倒是没出息。“爸爸”和前辈的话，固然也要听的，但也须说得有道理。假使有一个孩子，自以为事事都不如人，鞠躬倒退；或者满脸笑容，实际上却总是阴谋暗箭，我实在宁可听到当面骂我“什么东西”的爽快，而且希望他自己是一个东西。

但中国一般的趋势，却只在向驯良之类——“静”的一方面发展，低眉顺眼，唯唯诺诺，才算一个好孩子，名之曰“有趣”。活泼，健康，顽强，挺胸仰面……凡是属于“动”的，那就未免有人摇头了，甚至于称之为“洋气”。又因为多年受着侵略，就和这“洋气”为仇；更进一步，则故意和这“洋气”反一调：他们活动，我偏静坐；他们讲科学，我偏扶乩[2]；他们穿短衣，我偏着长衫；他们重卫生，我偏

[1] 觑机：即伺机。

[2] 扶乩（jī）：一种迷信活动，在架子上吊一根棍子，两个人扶着架子，随着架子的晃动，棍子在下面的沙盘中画出字句，这些字句就被认为是神的指示。

吃苍蝇；他们壮健，我偏生病……这才是保存中国固有文化，这才是爱国，这才不是奴隶性。

其实，由我看来，所谓“洋气”之中，有不少是优点，也是中国人性质中所本有的，但因了历朝的压抑，已经萎缩了下去，现在就连自己也莫名其妙，统统送给洋人了。这是必须拿它回来——恢复过来的——自然还得加一番慎重的选择。

即使并非中国所固有的罢，只要是优点，我们也应该学习。即使那老师是我们的仇敌罢，我们也应该向他学习。我在这里要提出现在大家所不高兴说的日本来，他的会摹仿，少创造，是为中国的许多论者所鄙薄的，但是，只要看看他们的出版物和工业品，早非中国所及，就知道“会摹仿”决不是劣点，我们正应该学习这“会摹仿”的。“会摹仿”又加以有创造，不是更好么？否则，只不过是一个“恨恨而死”[1]而已。

我在这里还要附一句像是多余的声明：我相信自己的主张，决不是“受了帝国主义者的指使”[2]，要诱中国人做奴才；而满口爱国，满身国粹，也于实际上的做奴才并无妨碍。

八月七日。

（选自《鲁迅全集》卷六《且介亭杂文》）

---

[1] “恨恨而死”：指空自愤恨不平而不去进行实际的工作。鲁迅曾写有《随感录·六十二　恨恨而死》，收《热风》，可参看。

[2] 1934年7月25日鲁迅发表《玩笑只当它玩笑（上）》一文，批判当时一些借口反对欧化句法来反对白话文的论调；8月7日就有署名文公直的公开信，说鲁迅主张白话中引入欧化句法是“受了帝国主义者的指使”，并对鲁迅横加“为西人侵略张目的急先锋（汉奸）”的罪名。鲁迅曾写文反驳，可参看鲁迅《玩笑只当它玩笑（上）》一文的附录，文收《花边文学》。

2 儿时故乡的蛊惑

鲁迅说他“曾经屡次忆起儿时在故乡所吃的蔬果：菱角，罗汉豆，茭白，香瓜”，这都是使他“思乡的蛊惑”，“他们也许要哄骗我一生，使我时时反顾”。(《〈朝花夕拾〉小引》)

尽管你现在最迫切的希望是“告别”童年——某种程度上。这样的“告别”是人的生命成长所必经的阶段；但你也是摆脱不了儿时故乡的蛊惑的——这将是“一生”的蛊惑，因为那里有着你的永远的“精神家园”。

导读

这里有美的语言与美的心灵，也可以说，语言因心灵而美，并将其意味留存，因此，它有生命的灵性，它有声，有色，有味，有情感，有厚度、力度与质感。让我们细心地体味，沉吟，把玩，由此而步入鲁迅故乡的“山阴道”——那里的人和山川“自相映发，使人应接不暇”。

鲁迅没有写过回忆自己母亲的文章（这是很奇怪的），却写了一位他称为“阿妈”的保姆。《阿长与〈山海经〉》一开始却又大谈如何“憎恶”她——但你能从那些充满贬义的词语背后，读出一丝温馨、一种爱恋吗？还有最后一句仰天长啸：“仁厚黑暗的地母呵，愿在你怀里永安她的魂灵！”更有一种震撼力。——这样的语言是颇耐寻味的。

《社戏》的文字，又把我们带入了那样一个梦幻般的世界：先是船划过去，“渐望见依稀的赵庄，而且似乎听到歌吹了，还有几点火，料想便是戏台”；然后再划进去，听“那声音大概是横笛，宛转，悠扬”；再划，“果然是渔火”；再进去，“赵庄便真在眼前了”；但又觉得戏台“模胡在远处的月夜中，和空间几乎分不出界限”，只能“远远的看”；看着看着，“只觉得戏子的脸都渐渐的有些稀奇了，那五官渐不明显，似乎融成一片的再没有什么高低”；于是，我们离开了，再“回望戏台在灯火光中，却又如初来未到时候一般，又漂渺得像一座仙山楼阁，满被红霞罩着了”。——这里的描写让人想起了白居易的诗句：“花非花，雾非雾”，似真切，似空灵，朦胧，似乎看见，似乎又看不见，一切都在想象中、感觉中，一实体化，就什么都没有了。

《我的第一个师父》是一篇不应该被遗忘，却偏被遗忘的妙文。

在不动声色的叙述中，浸透着鲁迅式的幽默。那三师兄的一声“狮吼”：“和尚没有老婆，小菩萨那里来！？”让人忍俊不禁；而最后一句“但我想，他们一定早已各有一大批小菩萨，而且有些小菩萨又有小菩萨了”，戛然而止，更是回味无穷。

《我的种痘》，则处处可以看到小说笔法、杂文笔法的渗入。看看鲁迅如何描写那位讲着谁也不懂的“官话”的“医官”，和那位老是忘记的“校医”，听听鲁迅随时拉扯开去的各种议论，以及如何在种痘的经历中插入似乎并无关联的“万花筒”的故事，这样自如地驱遣文字，开拓自己的思想空间，给人一种自由感。这正是所谓“鲁迅笔法”的魅力所在。

《风筝》的特异之处，自然是在童年回忆的“春日的温和”里，注入了“严冬的肃杀”——“二十年来毫不忆及的幼小时候对于精神的虐杀的这一幕，忽地在眼前展开”，不仅使鲁迅自己，更使我们每一个读者的心，都“仿佛同时变了铅块，很重很重的堕下去了”。而最耐琢磨的却是结尾的这一句：“我倒不如躲到肃杀的严冬中去罢”，这正是最典型的鲁迅式的情感选择方式。

阿长与《山海经》

长妈妈，已经说过，是一个一向带领着我的女工，说得阔气一点，就是我的保姆。我的母亲和许多别的人都这样称呼她，似乎略带些客气的意思。只有祖母叫她阿长。我平时叫她“阿妈”，连“长”字也不带；但到憎恶她的时候，——例如知道了谋死我那隐鼠[1]的却是她的时候，就叫她阿长。

我们那里没有姓长的；她生得黄胖而矮，“长”也不是形容词。又不是她的名字，记得她自己说过，她的名字是叫作什么姑娘的。什么姑娘，我现在已经忘却了，总之不是长姑娘；也终于不知道她姓什么。记得她也曾告诉过我这个名称的来历：先前的先前，我家有一个女工，身材生得很高大，这就是真阿长。后来她回去了，我那什么姑娘才来补她的缺，然而大家因为叫惯了，没有再改口，于是她从此也就成为长妈妈了。

虽然背地里说人长短不是好事情，但倘使要我说句真心话，我可只得说：我实在不大佩服她。最讨厌的是常喜欢切切察察，向人们低声絮说些什么事。还竖起第二个手指，在空中上下摇动，或者点着对手或自己的鼻尖。我的家里一有些小风波，不知怎的我总疑心和这“切切察察”有些关系。又不许我走动，拔一株草，翻一块石头，就说我顽皮，要告诉我的母亲去了。一到夏天，睡觉时她又伸开两脚两手，在床中间摆成一个“大”字，挤得我没有余地翻身，久睡在一角

[1] 隐鼠：即鼷鼠，鼠类中最小的一种。

的席子上，又已经烤得那么热。推她呢，不动；叫她呢，也不闻。

“长妈妈生得那么胖，一定很怕热罢？晚上的睡相，怕不见得很好罢？……”

母亲听到我多回诉苦之后，曾经这样地问过她。我也知道这意思是要她多给我一些空席。她不开口。但到夜里，我热得醒来的时候，却仍然看见满床摆着一个“大”字，一条臂膊还搁在我的颈子上。我想，这实在是无法可想了。

但是她懂得许多规矩；这些规矩，也大概是我所不耐烦的。一年中最高兴的时节，自然要数除夕了。辞岁之后，从长辈得到压岁钱，红纸包着，放在枕边，只要过一宵，便可以随意使用。睡在枕上，看着红包，想到明天买来的小鼓，刀枪，泥人，糖菩萨……。然而她进来，又将一个福橘放在床头了。

“哥儿，你牢牢记住！”她极其郑重地说。“明天是正月初一，清早一睁开眼睛，第一句话就得对我说：‘阿妈，恭喜恭喜！’记得么？你要记着，这是一年的运气的事情。不许说别的话！说过之后，还得吃一点福橘[1]。”她又拿起那橘子来在我的眼前摇了两摇，“那么，一年到头，顺顺流流[2]……。”

梦里也记得元旦的，第二天醒得特别早，一醒，就要坐起来。她却立刻伸出臂膊，一把将我按住。我惊异地看她时，只见她惶急地看着我。

她又有所要求似的，摇着我的肩。我忽而记得了——

“阿妈，恭喜……。”

---

[1] 福橘：原指福建产的橘子。因带有“福”字，为取吉利，旧时江浙一带民间有在新年元旦吃福橘的习俗，象征一年都能得到好运。

[2] 顺顺流流：顺利、吉利的意思。

“恭喜恭喜！大家恭喜！真聪明！恭喜恭喜！”她于是十分喜欢似的，笑将起来，同时将一点冰冷的东西，塞在我的嘴里。我大吃一惊之后，也就忽而记得，这就是所谓福橘，元旦辟头的磨难，总算已经受完，可以下床玩耍去了。

她教给我的道理还很多，例如说人死了，不该说死掉，必须说“老掉了”；死了人，生了孩子的屋子里，不应该走进去；饭粒落在地上，必须拣起来，最好是吃下去；晒裤子用的竹竿底下，是万不可钻过去的……。此外，现在大抵忘却了，只有元旦的古怪仪式记得最清楚。总之：都是些烦琐之至，至今想起来还觉得非常麻烦的事情。

然而我有一时也对她发生过空前的敬意。她常常对我讲“长毛”[1]。她之所谓“长毛”者，不但洪秀全军，似乎连后来一切土匪强盗都在内，但除却革命党，因为那时还没有。她说得长毛非常可怕，他们的话就听不懂。她说先前长毛进城的时候，我家全都逃到海边去了，只留一个门房和年老的煮饭老妈子看家。后来长毛果然进门来了，那老妈子便叫他们“大王”，——据说对长毛就应该这样叫，——诉说自己的饥饿。长毛笑道：“那么，这东西就给你吃了罢！”将一个圆圆的东西掷了过来，还带着一条小辫子，正是那门房的头。煮饭老妈子从此就骇破了胆，后来一提起，还是立刻面如土色，自己轻轻地拍着胸脯道：“呵呀，骇死我了，骇死我了……。”

我那时似乎倒并不怕，因为我觉得这些事和我毫不相干的，我不是一个门房。但她大概也即觉到了，说道：“像你似的小孩子，长毛也要掳的，掳去做小长毛。还有好看的姑娘，也要掳。”

“那么，你是不要紧的。”我以为她一定最安全了，既不做门房，

[1] “长毛”：指洪秀全领导的太平军。他们都留发不结辫，以对抗清政府剃发垂辫的法令，故称“长毛”。

又不是小孩子，也生得不好看，况且颈子上还有许多灸疮疤。

“那里的话？！”她严肃地说。“我们就没有用么？我们也要被掳去。城外有兵来攻的时候，长毛就叫我们脱下裤子，一排一排地站在城墙上，外面的大炮就放不出来；再要放，就炸了！”

这实在是出于我意想之外的，不能不惊异。我一向只以为她满肚子是麻烦的礼节罢了，却不料她还有这样伟大的神力。从此对于她就有了特别的敬意，似乎实在深不可测；夜间的伸开手脚，占领全床，那当然是情有可原的了，倒应该我退让。

这种敬意，虽然也逐渐淡薄起来，但完全消失，大概是在知道她谋害了我的隐鼠之后。那时就极严重地诘问，而且当面叫她阿长。我想我又不真做小长毛，不去攻城，也不放炮，更不怕炮炸，我惧惮她什么呢！

但当我哀悼隐鼠，给它复仇的时候，一面又在渴慕着绘图的《山海经》[1]了。这渴慕是从一个远房的叔祖惹起来的。他是一个胖胖的，和蔼的老人，爱种一点花木，如珠兰，茉莉之类，还有极其少见的，据说从北边带回去的马缨花。他的太太却正相反，什么也莫名其妙，曾将晒衣服的竹竿搁在珠兰的枝条上，枝折了，还要愤愤地咒骂道：“死尸！”这老人是个寂寞者，因为无人可谈，就很爱和孩子们往来，有时简直称我们为“小友”。在我们聚族而居的宅子里，只有他书多，而且特别。制艺和试帖诗[2]，自然也是有的；但我却只在他的书斋里，看见过陆玑的《毛诗草木鸟兽虫鱼疏》，还有许多名目很生的书籍。我那时最爱看的是《花镜》，上面有许多图。他说给我听，曾经有过

---

[1]《山海经》：我国古代一部有关地理知识的书，共十八卷。鲁迅称之为“古之巫书”，其中保留了许多上古时代流传下来的神话传说。

[2] 制艺和试帖诗：均为科举考试规定的程式化诗文。

一部绘图的《山海经》，画着人面的兽，九头的蛇，三脚的鸟，生着翅膀的人，没有头而以两乳当作眼睛的怪物，……可惜现在不知道放在那里了。

我很愿意看看这样的图画，但不好意思力逼他去寻找，他是很疏懒的。问别人呢，谁也不肯真实地回答我。压岁钱还有几百文，买罢，又没有好机会。有书买的大街离我家远得很，我一年中只能在正月间去玩一趟，那时候，两家书店都紧紧地关着门。

玩的时候倒是没有什么的，但一坐下，我就记得绘图的《山海经》。

大概是太过于念念不忘了，连阿长也来问《山海经》是怎么一回事。这是我向来没有和她说过的，我知道她并非学者，说了也无益；但既然来问，也就都对她说了。

过了十多天，或者一个月罢，我还很记得，是她告假回家以后的四五天，她穿着新的蓝布衫回来了，一见面，就将一包书递给我，高兴地说道：

“哥儿，有画儿的‘三哼经’，我给你买来了！”

我似乎遇着了一个霹雳，全体都震悚起来；赶紧去接过来，打开纸包，是四本小小的书，略略一翻，人面的兽，九头的蛇，……果然都在内。

这又使我发生新的敬意了，别人不肯做，或不能做的事，她却能够做成功。她确有伟大的神力。谋害隐鼠的怨恨，从此完全消灭了。

这四本书，乃是我最初得到，最为心爱的宝书。

书的模样，到现在还在眼前。可是从还在眼前的模样来说，却是一部刻印都十分粗拙的本子。纸张很黄；图像也很坏，甚至于几乎全用直线凑合，连动物的眼睛也都是长方形的。但那是我最为心爱的宝书，看起来，确是人面的兽；九头的蛇；一脚的牛；袋子似的帝江[1]；没有头而“以乳为目，以脐为口”，还要“执干戚而舞”的刑天[2]。

此后我就更其搜集绘图的书，于是有了石印的《尔雅音图》和《毛诗品物图考》，又有了《点石斋丛画》和《诗画舫》。《山海经》也另买了一部石印的，每卷都有图赞，绿色的画，字是红的，比那木刻的精致得多了。这一部直到前年还在，是缩印的郝懿行[3]疏。木刻的却已经记不清是什么时候失掉了。

我的保姆，长妈妈即阿长，辞了这人世，大概也有了三十年了罢。我终于不知道她的姓名，她的经历；仅知道有一个过继的儿子，她大约是青年守寡的孤孀。

仁厚黑暗的地母呵，愿在你怀里永安她的魂灵！

三月十日。

（选自《鲁迅全集》卷二《朝花夕拾》）

---

[1] 帝江：《山海经》中能歌善舞的神鸟，形状似袋子，颜色红似丹火，长着六条腿，四只翅膀。

[2] 刑天：《山海经》中的神话人物。传说刑天原是炎帝的属臣，在与黄帝作战中，被黄帝砍去脑袋，黄帝把他的头埋在常羊山。刑天则以双乳为目，以脐为口，一手操盾，一手舞斧，继续战斗。

[3] 郝懿行：清代经学家，著有《山海经笺疏》。

社戏[1]（节选）

我们鲁镇的习惯，本来是凡有出嫁的女儿，倘自己还未当家，夏间便大抵回到母家去消夏。那时我的祖母虽然还康健，但母亲也已分担了些家务，所以夏期便不能多日的归省了，只得在扫墓完毕之后，抽空去住几天，这时我便每年跟了我的母亲住在外祖母的家里。那地方叫平桥村，是一个离海边不远，极偏僻的，临河的小村庄；住户不满三十家，都种田，打鱼，只有一家很小的杂货店。但在我是乐土：因为我在这里不但得到优待，又可以免念"秩秩斯干幽幽南山"[2]了。

和我一同玩的是许多小朋友，因为有了远客，他们也都从父母那里得了减少工作的许可，伴我来游戏。在小村里，一家的客，几乎也就是公共的。我们年纪都相仿，但论起行辈来，却至少是叔子，有几个还是太公，因为他们合村都同姓，是本家。然而我们是朋友，即使偶而吵闹起来，打了太公，一村的老老小小，也决没有一个会想出"犯上"这两个字来，而他们也百分之九十九不识字。

我们每天的事情大概是掘蚯蚓，掘来穿在铜丝做的小钩上，伏在河沿上去钓虾。虾是水世界里的呆子，决不惮用了自己的两个钳捧着钩尖送到嘴里去的，所以不半天便可以钓到一大碗。这虾照例是归我吃的。其次便是一同去放牛，但或者因为高等动物了的缘故罢，黄牛水牛都欺生，敢于欺侮我，因此我也总不敢走近身，只好远远地跟

[1] 社戏："社"指土地神或土地庙。旧时农村在春秋两季祭祀土地神时所演的戏，称为社戏。社戏一般在庙台或野台演出。

[2] "秩秩（水的流动）斯干（涧水）幽幽（深远的样子）南山"：语出《诗经·小雅·斯干》，这里指旧时学塾中诵读的文章。

着，站着。这时候，小朋友们便不再原谅我会读“秩秩斯干”，却全都嘲笑起来了。

至于我在那里所第一盼望的，却在到赵庄去看戏。赵庄是离平桥村五里的较大的村庄；平桥村太小，自己演不起戏，每年总付给赵庄多少钱，算作合做的。当时我并不想到他们为什么年年要演戏。现在想，那或者是春赛，是社戏了。

就在我十一二岁时候的这一年，这日期也看看等到了。不料这一年真可惜，在早上就叫不到船。平桥村只有一只早出晚归的航船是大船，决没有留用的道理。其余的都是小船，不合用；央人到邻村去问，也没有，早都给别人定下了。外祖母很气恼，怪家里的人不早定，絮叨起来。母亲便宽慰伊，说我们鲁镇的戏比小村里的好得多，一年看几回，今天就算了。只有我急得要哭，母亲却竭力的嘱咐我，说万不能装模装样，怕又招外祖母生气，又不准和别人一同去，说是怕外祖母要担心。

总之，是完了。到下午，我的朋友都去了，戏已经开场了，我似乎听到锣鼓的声音，而且知道他们在戏台下买豆浆喝。

这一天我不钓虾，东西也少吃。母亲很为难，没有法子想。到晚饭时候，外祖母也终于觉察了，并且说我应当不高兴，他们太怠慢，是待客的礼数里从来所没有的。吃饭之后，看过戏的少年们也都聚拢来了，高高兴兴的来讲戏。只有我不开口；他们都叹息而且表同情。忽然间，一个最聪明的双喜大悟似的提议了，他说，“大船？八叔的航船不是回来了么？”十几个别的少年也大悟，立刻撺掇起来，说可以坐了这航船和我一同去。我高兴了。然而外祖母又怕都是孩子们，不可靠；母亲又说是若叫大人一同去，他们白天全有工作，要他熬夜，是不合情理的。在这迟疑之中，双喜可又看出底细来了，便又大声的说道，“我写包票！船又大；迅哥儿向来不乱跑；我们又都是识水性的！”

诚然！这十多个少年，委实没有一个不会凫水[1]的，而且两三个还是弄潮的好手。

外祖母和母亲也相信，便不再驳回，都微笑了。我们立刻一哄的出了门。

我的很重的心忽而轻松了，身体也似乎舒展到说不出的大。一出门，便望见月下的平桥内泊着一只白篷的航船，大家跳下船，双喜拔前篙，阿发拔后篙，年幼的都陪我坐在舱中，较大的聚在船尾。母亲送出来吩咐“要小心”的时候，我们已经点开船，在桥石上一磕，退后几尺，即又上前出了桥。于是架起两支橹，一支两人，一里一换，有说笑的，有嚷的，夹着潺潺的船头激水的声音，在左右都是碧绿的豆麦田地的河流中，飞一般径向赵庄前进了。

两岸的豆麦和河底的水草所发散出来的清香，夹杂在水气中扑面的吹来；月色便朦胧在这水气里。淡黑的起伏的连山，仿佛是踊跃的铁的兽脊似的，都远远地向船尾跑去了，但我却还以为船慢。他们换了四回手，渐望见依稀的赵庄，而且似乎听到歌吹了，还有几点火，料想便是戏台，但或者也许是渔火。

那声音大概是横笛，宛转，悠扬，使我的心也沉静，然而又自失起来，觉得要和他弥散在含着豆麦蕴藻之香的夜气里。

那火接近了，果然是渔火；我才记得先前望见的也不是赵庄。那是正对船头的一丛松柏林，我去年也曾经去游玩过，还看见破的石马倒在地下，一个石羊蹲在草里呢。过了那林，船便弯进了叉港，于是赵庄便真在眼前了。

---

[1] 凫（fú）水：即浮水，游泳。

最惹眼的是屹立在庄外临河的空地上的一座戏台，模胡在远处的月夜中，和空间几乎分不出界限，我疑心画上见过的仙境，就在这里出现了。这时船走得更快，不多时，在台上显出人物来，红红绿绿的动，近台的河里一望乌黑的是看戏的人家的船篷。

“近台没有什么空了，我们远远的看罢。”阿发说。

这时船慢了，不久就到，果然近不得台旁，大家只能下了篙，比那正对戏台的神棚还要远。其实我们这白篷的航船，本也不愿意和乌篷的船在一处，而况并没有空地呢……

在停船的匆忙中，看见台上有一个黑的长胡子的背上插着四张旗，捏着长枪，和一群赤膊的人正打仗。双喜说，那就是有名的铁头老生，能连翻八十四个筋斗，他日里亲自数过的。

我们便都挤在船头上看打仗，但那铁头老生却又并不翻筋斗，只有几个赤膊的人翻，翻了一阵，都进去了，接着走出一个小旦来，咿咿呀呀的唱，双喜说，“晚上看客少，铁头老生也懈了，谁肯显本领给白地看呢？”我相信这话对，因为其时台下已经不很有人，乡下人为了明天的工作，熬不得夜，早都睡觉去了，疏疏朗朗的站着的不过是几十个本村和邻村的闲汉。乌篷船里的那些土财主的家眷固然在，然而他们也不在乎看戏，多半是专到戏台下来吃糕饼水果和瓜子的。所以简直可以算白地。

然而我的意思却也并不在乎看翻筋斗。我最愿意看的是一个人蒙了白布，两手在头上捧着一支棒似的蛇头的蛇精，其次是套了黄布衣跳老虎。但是等了许多时都不见，小旦虽然进去了，立刻又出来了一个很老的小生。我有些疲倦了，托桂生买豆浆去。他去了一刻，回来说，“没有。卖豆浆的聋子也回去了。日里倒有，我还喝了两碗呢。现在去舀一瓢水来给你喝罢。”

我不喝水，支撑着仍然看，也说不出见了些什么，只觉得戏子的脸都渐渐的有些稀奇了，那五官渐不明显，似乎融成一片的再没有什么高低。年纪小的几个多打呵欠了，大的也各管自己谈话。然而一个红衫的小丑被绑在台柱子上，给一个花白胡子的用马鞭打起来了，大家才又振作精神的笑着看。在这一夜里，我以为这实在要算是最好的一折。

然而老旦终于出台了。老旦本来是我所最怕的东西，尤其是怕他坐下了唱。这时候，看见大家也都很扫兴，才知道他们的意见是和我一致的。那老旦当初还只是踱来踱去的唱，后来竟在中间的一把交椅上坐下了。我很担心，双喜他们却就破口喃喃的骂。我忍耐的等着，许多工夫，只见那老旦将手一抬，我以为就要站起来了，不料他却又慢慢的放下在原地方，仍旧唱。全船里几个人不住的吁气，其余的也打起呵欠来。双喜终于熬不住了，说道，怕他会唱到天明还不完，还是我们走的好罢。大家立刻都赞成，和开船时候一样踊跃，三四人径奔船尾，拔了篙，点退几丈，回转船头，架起橹，骂着老旦，又向那松柏林前进了。

月还没有落，仿佛看戏也并不很久似的，而一离赵庄，月光又显得格外的皎洁。回望戏台在灯火光中，却又如初来未到时候一般，又漂渺得像一座仙山楼阁，满被红霞罩着了。吹到耳边来的又是横笛，很悠扬；我疑心老旦已经进去了，但也不好意思说再回去看。

不多久，松柏林早在船后了，船行也并不慢，但周围的黑暗只是浓，可知已经到了深夜。他们一面议论着戏子，或骂，或笑，一面加紧的摇船。这一次船头的激水声更其响亮了，那航船，就像一条大白鱼背着一群孩子在浪花里蹿，连夜渔的几个老渔父，也停了艇子看着喝采起来。

离平桥村还有一里模样，船行却慢了，摇船的都说很疲乏，因为太用力，而且许久没有东西吃。这回想出来的是桂生，说是罗汉豆[1]正旺相，柴火又现成，我们可以偷一点来煮吃的。大家都赞成，立刻近岸停了船；岸上的田里，乌油油的便都是结实的罗汉豆。

“阿阿，阿发，这边是你家的，这边是老六一家的，我们偷那一边的呢？”双喜先跳下去了，在岸上说。

我们也都跳上岸。阿发一面跳，一面说道，“且慢，让我来看一看罢，”他于是往来的摸了一回，直起身来说道，“偷我们的罢，我们的大得多呢。”一声答应，大家便散开在阿发家的豆田里，各摘了一大捧，抛入船舱中。双喜以为再多偷，倘给阿发的娘知道是要哭骂的，于是各人便到六一公公的田里又各偷了一大捧。

我们中间几个年长的仍然慢慢的摇着船，几个到后舱去生火，年幼的和我都剥豆。不久豆熟了，便任凭航船浮在水面上，都围起来用手撮着吃。吃完豆，又开船，一面洗器具，豆荚豆壳全抛在河水里，什么痕迹也没有了。双喜所虑的是用了八公公船上的盐和柴，这老头子很细心，一定要知道，会骂的。然而大家议论之后，归结是不怕。他如果骂，我们便要他归还去年在岸边拾去的一枝枯桕树，而且当面叫他“八癞子”。

“都回来了！那里会错。我原说过写包票的！”双喜在船头上忽而大声的说。

我向船头一望，前面已经是平桥。桥脚上站着一个人，却是我的母亲，双喜便是对伊说着话。我走出前舱去，船也就进了平桥了，停了船，我们纷纷都上岸。母亲颇有些生气，说是过了三更了，怎么回来得这样迟，但也就高兴了，笑着邀大家去吃炒米。

大家都说已经吃了点心，又渴睡，不如及早睡的好，各自回

---

[1] 罗汉豆：即蚕豆。

去了。

第二天，我向午才起来，并没有听到什么关系八公公盐柴事件的纠葛，下午仍然去钓虾。

“双喜，你们这班小鬼，昨天偷了我的豆了罢？又不肯好好的摘，踏坏了不少。”我抬头看时，是六一公公棹着小船，卖了豆回来了，船肚里还有剩下的一堆豆。

“是的。我们请客。我们当初还不要你的呢。你看，你把我的虾吓跑了！”双喜说。

六一公公看见我，便停了楫，笑道，“请客？——这是应该的。”于是对我说，“迅哥儿，昨天的戏可好么？”

我点一点头，说道，“好。”

“豆可中吃呢？”

我又点一点头，说道，“很好。”

不料六一公公竟非常感激起来，将大拇指一翘，得意的说道，“这真是大市镇里出来的读过书的人才识货！我的豆种是粒粒挑选过的，乡下人不识好歹，还说我的豆比不上别人的呢。我今天也要送些给我们的姑奶奶尝尝去……”他于是打着楫子过去了。

待到母亲叫我回去吃晚饭的时候，桌上便有一大碗煮熟了的罗汉豆，就是六一公公送给母亲和我吃的。听说他还对母亲极口夸奖我，说“小小年纪便有见识，将来一定要中状元。姑奶奶，你的福气是可以写包票的了。”但我吃了豆，却并没有昨夜的豆那么好。

真的，一直到现在，我实在再没有吃到那夜似的好豆，——也不再看到那夜似的好戏了。

一九二二年十月。

（选自《鲁迅全集》卷一《呐喊》）

我的第一个师父

不记得是那一部旧书上看来的了，大意说是有一位道学先生，自然是名人，一生拼命辟佛，却名自己的小儿子为“和尚”。有一天，有人拿这件事来质问他。他回答道：“这正是表示轻贱呀！”那人无话可说而退云。

其实，这位道学先生是诡辩。名孩子为“和尚”，其中是含有迷信的。中国有许多妖魔鬼怪，专喜欢杀害有出息的人，尤其是孩子；要下贱，他们才放手，安心。和尚这一种人，从和尚的立场看来，会成佛——但也不一定，——固然高超得很，而从读书人的立场一看，他们无家无室，不会做官，却是下贱之流。读书人意中的鬼怪，那意见当然和读书人相同，所以也就不来搅扰了。这和名孩子为阿猫阿狗，完全是一样的意思：容易养大。

还有一个避鬼的法子，是拜和尚为师，也就是舍给寺院了的意思，然而并不放在寺院里。我生在周氏是长男，“物以希为贵”，父亲怕我有出息，因此养不大，不到一岁，便领到长庆寺里去，拜了一个和尚为师了。拜师是否要贽见礼，或者布施什么呢，我完全不知道。只知道我却由此得到一个法名叫作“长庚”，后来我也偶尔用作笔名，并且在《在酒楼上》这篇小说里，赠给了恐吓自己的侄女的无赖；还有一件百家衣，就是“衲衣”，论理，是应该用各种破布拼成的，但我的却是橄榄形的各色小绸片所缝就，非喜庆大事不给穿；还有一条称为“牛绳”的东西，上挂零星小件，如历本，镜子，银筛之类，据说是可以避邪的。

这种布置，好像也真有些力量：我至今没有死。

不过，现在法名还在，那两件法宝却早已失去了。前几年回北平去，母亲还给了我婴儿时代的银筛，是那时的惟一的记念。仔细一看，原来那筛子圆径不过寸余，中央一个太极图，上面一本书，下面一卷画，左右缀着极小的尺，剪刀，算盘，天平之类。我于是恍然大悟，中国的邪鬼，是怕斩钉截铁，不能含胡的东西的。因为探究和好奇，去年曾经去问上海的银楼，终于买了两面来，和我的几乎一式一样，不过缀着的小东西有些增减。奇怪得很，半世纪有余了，邪鬼还是这样的性情，避邪还是这样的法宝。然而我又想，这法宝成人却用不得，反而非常危险的。

但因此又使我记起了半世纪以前的最初的先生。我至今不知道他的法名，无论谁，都称他为“龙师父”，瘦长的身子，瘦长的脸，高颧细眼，和尚是不应该留须的，他却有两绺下垂的小胡子。对人很和气，对我也很和气，不教我念一句经，也不教我一点佛门规矩；他自己呢，穿起袈裟来做大和尚，或者戴上毗卢帽放焰口[1]，“无祀孤魂，来受甘露味”的时候，是庄严透顶的，平常可也不念经，因为是住持，只管着寺里的琐屑事，其实——自然是由我看起来——他不过是一个剃光了头发的俗人。

因此我又有一位师母，就是他的老婆。论理，和尚是不应该有老婆的，然而他有。我家的正屋的中央，供着一块牌位，用金字写着必须绝对尊敬和服从的五位：“天地君亲师”。我是徒弟，他是师，决不能抗议，而在那时，也决不想到抗议，不过觉得似乎有点古怪。但我是很爱我的师母的，在我的记忆上，见面的时候，她已经大约有四十岁了，是一位胖胖的师母，穿着玄色纱衫裤，在自己家里的院子里纳

[1] 毗卢帽：和尚戴的一种绣有毗卢佛像的帽子。放焰口：一种旧俗，夏历七月十五日（中元节）晚请和尚结盂兰盆会，诵经施食，称为“放焰口”。

凉，她的孩子们就来和我玩耍。有时还有水果和点心吃，——自然，这也是我所以爱她的一个大原因；用高洁的陈源教授的话来说，便是所谓“有奶便是娘”，在人格上是很不足道的。

不过我的师母在恋爱故事上，却有些不平常。“恋爱”，这是现在的术语，那时我们这偏僻之区只叫作“相好”。《诗经》云：“式相好矣，毋相尤矣”[1]，起源是算得很古，离文武周公的时候不怎么久就有了的，然而后来好像并不算十分冠冕堂皇的好话。这且不管它罢。总之，听说龙师父年青时，是一个很漂亮而能干的和尚，交际很广，认识各种人。有一天，乡下做社戏了，他和戏子相识，便上台替他们去敲锣，精光的头皮，簇新的海青[2]，真是风头十足。乡下人大抵有些顽固，以为和尚是只应该念经拜忏的，台下有人骂了起来。师父不甘示弱，也给他们一个回骂。于是战争开幕，甘蔗梢头雨点似的飞上来，有些勇士，还有进攻之势，“彼众我寡”，他只好退走，一面退，一面一定追，逼得他又只好慌张的躲进一家人家去。而这人家，又只有一位年青的寡妇。以后的故事，我也不甚了然了，总而言之，她后来就是我的师母。

自从《宇宙风》出世以来，一向没有拜读的机缘，近几天才看见了“春季特大号”。其中有一篇铢堂先生的《不以成败论英雄》，使我觉得很有趣，他以为中国人的“不以成败论英雄”，“理想是不能不算崇高”的，“然而在人群的组织上实在要不得。抑强扶弱，便是永远不愿意有强。崇拜失败英雄，便是不承认成功的英雄”。“近人有一句流行话，说中国民族富于同化力，所以辽金元清都并不曾征服中国。其实无非是一种惰性，对于新制度不容易接收罢了”。我们怎样来改悔这“惰性”呢，现在姑且不谈，而且正在替我们想法的人们也多得很。我只要说

[1] “式相好矣，毋相尤矣”：意为互相爱好而不相恶。
[2] 海青：江浙方言，指一种宽袖的长袍。

那位寡妇之所以变了我的师母，其弊病也就在“不以成败论英雄”。乡下没有活的岳飞或文天祥，所以一个漂亮的和尚在如雨而下的甘蔗梢头中，从戏台逃下，也就是一个货真价实的失败的英雄。她不免发现了祖传的“惰性”，崇拜起来，对于追兵，也像我们的祖先的对于辽金元清的大军似的，“不承认成功的英雄”了。在历史上，这结果是正如铁堂先生所说：“乃是中国的社会不树威是难得帖服的”，所以活该有“扬州十日”和“嘉定三屠”[1]。但那时的乡下人，却好像并没有“树威”，走散了，自然，也许是他们料不到躲在家里。

因此我有了三个师兄，两个师弟。大师兄是穷人的孩子，舍在寺里，或是卖在寺里的；其余的四个，都是师父的儿子，大和尚的儿子做小和尚，我那时倒并不觉得怎么稀奇。大师兄只有单身；二师兄也有家小，但他对我守着秘密，这一点，就可见他的道行远不及我的师父，他的父亲了。而且年龄都和我相差太远，我们几乎没有交往。

三师兄比我恐怕要大十岁，然而我们后来的感情是很好的，我常常替他担心。还记得有一回，他要受大戒了，他不大看经，想来未必深通什么大乘[2]教理，在剃得精光的囟门上，放上两排艾绒，同时烧起来，我看是总不免要叫痛的，这时善男信女，多数参加，实在不大雅观，也失了我做师弟的体面。这怎么好呢？每一想到，十分心焦，仿佛受戒的是我自己一样。然而我的师父究竟道力高深，他不说戒律，不谈教理，只在当天大清早，叫了我的三师兄去，厉声吩咐道：“拼命熬住，不许哭，不许叫，要不然，脑袋就炸开，死了！”这一种大喝，实在比什么《妙法莲花经》或《大乘起信论》还有力，谁高

---

[1] “扬州十日”：指顺治二年（1645）清军攻破扬州后的十天大屠杀。“嘉定三屠”：指同年清军占领嘉定后进行的三次大屠杀。

[2] 大乘：公元一、二世纪形成的佛教宗派，相对于主张“自我解脱”的小乘教派而言。它主张“救度一切众生”，强调尽人皆可成佛，一切修行应以利他为主。

兴死呢，于是仪式很庄严的进行，虽然两眼比平时水汪汪，但到两排艾绒在头顶上烧完，的确一声也不出。我嘘一口气，真所谓“如释重负”，善男信女们也个个“合十赞叹，欢喜布施，顶礼而散”[1]了。

出家人受了大戒，从沙弥升为和尚，正和我们在家人行过冠礼[2]，由童子而为成人相同。成人愿意“有室”，和尚自然也不能不想到女人。以为和尚只记得释迦牟尼或弥勒菩萨[3]，乃是未曾拜和尚为师，或与和尚为友的世俗的谬见。寺里也有确在修行，没有女人，也不吃荤的和尚，例如我的大师兄即是其一，然而他们孤僻，冷酷，看不起人，好像总是郁郁不乐，他们的一把扇或一本书，你一动他就不高兴，令人不敢亲近他。所以我所熟识的，都是有女人，或声明想女人，吃荤，或声明想吃荤的和尚。

我那时并不诧异三师兄在想女人，而且知道他所理想的是怎样的女人。人也许以为他想的是尼姑罢，并不是的，和尚和尼姑“相好”，加倍的不便当。他想的乃是千金小姐或少奶奶；而作这“相思”或“单相思”——即今之所谓“单恋”也——的媒介的是“结”。我们那里的阔人家，一有丧事，每七日总要做一些法事，有一个七日，是要举行“解结”的仪式的，因为死人在未死之前，总不免开罪于人，存着冤结，所以死后要替他解散。方法是在这天拜完经忏的傍晚，灵前陈列着几盘东西，是食物和花，而其中有一盘，是用麻线或白头绳，穿上十来文钱，两头相合而打成蝴蝶式，八结式之类的复杂的，颇不容易解开的结子。一群和尚便环坐桌旁，且唱且解，解开之后，钱归和

[1] “合十赞叹”等语，是佛经中常见的话。合十，即合掌，用以表示敬意；顶礼，以头、手、足五体匍匐在地的叩拜，是一种最尊敬的礼节。
[2] 冠礼：古代礼俗，男子20岁时行此礼以示成人。
[3] 释迦牟尼：原古印度北部迦毗罗卫国净饭王之子，后出家修行，成为佛教创始人。弥勒：佛教菩萨之一，相传继释迦牟尼而成佛。

尚，而死人的一切冤结也从此完全消失了。这道理似乎有些古怪，但谁都这样办，并不为奇，大约也是一种“惰性”。不过解结是并不如世俗人的所推测，个个解开的，倘有和尚以为打得精致，因而生爱，或者故意打得结实，很难解散，因而生恨的，便能暗暗的整个落到僧袍的大袖里去，一任死者留下冤结，到地狱里去吃苦。这种宝结带回寺里，便保存起来，也时时鉴赏，恰如我们的或亦不免偏爱看看女作家的作品一样。当鉴赏的时候，当然也不免想到作家，打结子的是谁呢，男人不会，奴婢不会，有这种本领的，不消说是小姐或少奶奶了。和尚没有文学界人物的清高，所以他就不免睹物思人，所谓“时涉遐想”起来，至于心理状态，则我虽曾拜和尚为师，但究竟是在家人，不大明白底细。只记得三师兄曾经不得已而分给我几个，有些实在打得精奇，有些则打好之后，浸过水，还用剪刀柄之类砸实，使和尚无法解散。解结，是替死人设法的，现在却和和尚为难，我真不知道小姐或少奶奶是什么意思。这疑问直到二十年后，学了一点医学，才明白原来是给和尚吃苦，颇有一点虐待异性的病态的。深闺的怨恨，会无线电似的报在佛寺的和尚身上，我看道学先生可还没有料到这一层。

后来，三师兄也有了老婆，出身是小姐，是尼姑，还是“小家碧玉”呢，我不明白，他也严守秘密，道行远不及他的父亲了。这时我也长大起来，不知道从那里，听到了和尚应守清规之类的古老话，还用这话来嘲笑他，本意是在要他受窘。不料他竟一点不窘，立刻用“金刚怒目”式，向我大喝一声道：

“和尚没有老婆，小菩萨那里来！？”

这真是所谓“狮吼”[1]，使我明白了真理，哑口无言，我的确早看

[1] “狮吼”：佛家语，意为震天动地的吼声。

见寺里有丈余的大佛，有数尺或数寸的小菩萨，却从未想到他们为什么有大小。经此一喝，我才彻底的省悟了和尚有老婆的必要，以及一切小菩萨的来源，不再发生疑问。但要找寻三师兄，从此却艰难了一点，因为这位出家人，这时就有了三个家了：一是寺院，二是他的父母的家，三是他自己和女人的家。

我的师父，在约略四十年前已经去世；师兄弟们大半做了一寺的住持；我们的交情是依然存在的，却久已彼此不通消息。但我想，他们一定早已各有一大批小菩萨，而且有些小菩萨又有小菩萨了。

四月一日。

（选自《鲁迅全集》卷六《且介亭杂文末编·附集》）

鲁迅笔下现实的故乡与记得的故乡

时候既然是深冬；渐近故乡时，天气又阴晦了，冷风吹进船舱中，呜呜的响，从篷隙向外一望，苍黄的天底下，远近横着几个萧索的荒村，没有一些活气。我的心禁不住悲凉起来了。

阿！这不是我二十年来时时记得的故乡？

……我的脑里忽然闪出一幅神异的图画来：深蓝的天空中挂着一轮金黄的圆月，下面是海边的沙地，都种着一望无际的碧绿的西瓜，其间有一个十一二岁的少年，项带银圈，手捏一柄钢叉，向一匹猹尽力的刺去，那猹却将身一扭，反从他的胯下逃走了。

——《呐喊·故乡》

我的种痘

上海恐怕也真是中国的“最文明”的地方，在电线柱子和墙壁上，夏天常有劝人勿吃天然冰的警告，春天就是告诫父母，快给儿女去种牛痘的说帖，上面还画着一个穿红衫的小孩子。我每看见这一幅图，就诧异我自己，先前怎么会没有染到天然痘，呜呼哀哉，于是好像这性命是从路上拾来似的，没有什么希罕，即使姓名载在该杀的“黑册子”[1]上，也不十分惊心动魄了。但自然，几分是在所不免的。

现在，在上海的孩子，听说是生后六个月便种痘就最安全，倘走过施种牛痘局的门前，所见的中产或无产的母亲们抱着在等候的，大抵是一岁上下的孩子，这事情，现在虽是不属于知识阶级的人们也都知道，是明明白白了的。我的种痘却很迟了，因为后来记的清清楚楚，可见至少已有两三岁。虽说住的是偏僻之处，和别地方交通很少，比现在可以减少输入传染病的机会，然而天花却年年流行的，因此而死的常听到。我居然逃过了这一关，真是洪福齐天，就是每年开一次庆祝会也不算过分。否则，死了倒也罢了，万一不死而脸上留一点麻，则现在除年老之外，又添上一条大罪案，更要受青年而光脸的文艺批评家的奚落了。幸而并不，真是叨光得很。

那时候，给孩子们种痘的方法有三样。一样，是淡然忘之，请痘神随时随意种上去，听它到处发出来，随后也请个医生，拜拜菩萨，死掉的虽然多，但活的也有，活的虽然大抵留着瘢痕，但没有的也未

[1] “黑册子”：指 1933 年 6 月国民党特务组织蓝衣社发出的暗杀革命进步人士及国民党内反蒋分子的黑名单。

必一定找不出。一样是中国古法的种痘，将痘痂研成细末，给孩子由鼻孔里吸进去，发出来的地方虽然也没有一定的处所，但粒数很少，没有危险了。人说，这方法是明末发明的，我不知道可的确。

第三样就是所谓“牛痘”了，因为这方法来自西洋，所以先前叫“洋痘”。最初的时候，当然，华人是不相信的，很费过一番宣传解释的气力。这一类宝贵的文献，至今还剩在《验方新编》中，那苦口婆心虽然大足以感人，而说理却实在非常古怪的。例如，说种痘免疫之理道：

> “‘痘为小儿一大病，当天行时，尚思远避，今无故取婴孩而与之以病，可乎？’曰：‘非也。譬之捕盗，乘其羽翼未成，就而擒之，甚易矣；譬之去莠，及其滋蔓未延，芟而除之，甚易矣。……’”

但尤其非常古怪的是说明“洋痘”之所以传入中国的原因：

> “予考医书中所载，婴儿生数日，刺出臂上污血，终身可免出痘一条，后六道刀法皆失传，今日点痘，或其遗法也。夫以万全之法，失传已久，而今复行者，大约前此劫数未满，而今日洋烟入中国，害人不可胜计，把那劫数抵过了，故此法亦从洋来，得以保全婴儿之年寿耳。若不坚信而遵行之，是违天而自外于生生之理矣！……”

而我所种的就正是这抵消洋烟之害的牛痘。去今已五十年，我的父亲也不是新学家，但竟毅然决然的给我种起“洋痘”来，恐怕还是受了这种学说的影响，因为我后来检查藏书，属于“子部医家类”[1]者，说出来真是惭愧得很，——实在只有《达生篇》[2]和这宝贝的《验方新编》而已。

那时种牛痘的人固然少，但要种牛痘却也难，必须待到有一个时候，城里临时设立起施种牛痘局来，才有种痘的机会。我的牛痘，是请医生到家里来种的，大约是特别隆重的意思；时候可完全不知道了，推测起来，总该是春天罢。这一天，就举行了种痘的仪式，堂屋中央摆了一张方桌子，系上红桌帏，还点了香和蜡烛，我的父亲抱了我，坐在桌旁边。上首呢，还是侧面，现在一点也不记得了。这种仪式的出典，也至今查不出。

这时候我就看见了医官。穿的是什么服饰，一些记忆的影子也没有，记得的只是他的脸：胖而圆，红红的，还带着一副墨晶的大眼镜。尤其特别的是他的话我一点都不懂。凡讲这种难懂的话的，我们这里除了官老爷之外，只有开当铺和卖茶叶的安徽人，做竹匠的东阳人，和变戏法的江北佬。官所讲者曰“官话”，此外皆谓之“拗声”。他的模样，是近于官的，大家都叫他“医官”，可见那是“官话”了。官话之震动了我的耳膜，这是第一次。

照种痘程序来说，他一到，该是动刀，点浆了，但我实在糊涂，也一点都没有记忆，直到二十年后，自看臂膊上的疮痕，才知道种了六粒，四粒是出的。但我确记得那时并没有痛，也没有哭，那医官还笑着摸摸我的头顶，说道：

“乖呀，乖呀！”

什么叫“乖呀乖呀”，我也不懂得，后来父亲翻译给我说，这是

---

[1] 古代把书籍分为经、史、子、集四大部类，医药方面的书属于子部的医家类。
[2]《达生篇》：清代王琦编著的一本中医妇产科专书。

他在称赞我的意思。然而好像并不怎么高兴似的，我所高兴的是父亲送了我两样可爱的玩具。现在我想，我大约两三岁的时候，就是一个实利主义者的了，这坏性质到老不改，至今还是只要卖掉稿子或收到版税，总比听批评家的“官话”要高兴得多。

一样玩具是朱熹[1]所谓“持其柄而摇之，则两耳还自击”的鼗鼓[2]，在我虽然也算难得的事物，但仿佛曾经玩过，不觉得希罕了。最可爱的是另外的一样，叫作“万花筒”，是一个小小的长圆筒，外糊花纸，两端嵌着玻璃，从孔子较小的一端向明一望，那可真是猗欤休哉，里面竟有许多五颜六色，希奇古怪的花朵，而这些花朵的模样，都是非常整齐巧妙，为实际的花朵丛中所看不见的。况且奇迹还没有完，如果看得厌了，只要将手一摇，那里面就又变了另外的花样，随摇随变，不会雷同，语所谓“层出不穷”者，大概就是“此之谓也”罢。

然而我也如别的一切小孩——但天才不在此例——一样，要探检这奇境了。我于是背着大人，在僻远之地，剥去外面的花纸，使它露出难看的纸版来；又挖掉两端的玻璃，就有一些五色的通草丝和小片落下；最后是撕破圆筒，发见了用三片镜玻璃条合成的空心的三角。花也没有，什么也没有，想做它复原，也没有成功，这就完结了。我真不知道惋惜了多少年，直到做过了五十岁的生日，还想找一个来玩玩，然而好像究竟没有孩子时候的勇猛了，终于没有特地出去买。否则，从竖着各种旗帜的“文学家”看来，又成为一条罪状，是无疑的。

现在的办法，譬如半岁或一岁种过痘，要稳当，是四五岁时候必须再种一次的。但我是前世纪的人，没有办得这么周密，到第二，第

[1] 朱熹（1130—1200）：南宋理学家，下面的引文出自他的《四书集注》。
[2] 鼗（táo）鼓：即拨浪鼓。

三次的种痘，已是二十多岁，在日本的东京了，第二次红了一红，第三次毫无影响。

最末的种痘，是十年前，在北京混混的时候。那时也在世界语专门学校里教几点钟书，总该是天花流行了罢，正值我在讲书的时间内，校医前来种痘了。我是一向煽动人们种痘的，而这学校的学生们，也真是令人吃惊。都已二十岁左右了，问起来，既未出过天花，也没有种过牛痘的多得很。况且去年还有一个实例，是颇为漂亮的某女士缺课两月之后，再到学校里来，竟变换了一副面目，肿而且麻，几乎不能认识了；还变得非常多疑而善怒，和她说话之际，简直连微笑也犯忌，因为她会疑心你在暗笑她，所以我总是十分小心，庄严，谨慎。自然，这情形使某种人批评起来，也许又会说是我在用冷静的方法，进攻女学生的。但不然，老实说罢，即使原是我的爱人，这时也实在使我有些“进退维谷”[1]，因为柏拉图式的恋爱论[2]，我是能看，能言，而不能行的。

不过一个好好的人，明明有妥当的方法，却偏要使细菌到自己的身体里来繁殖一通，我实在以为未免太近于固执；倒也不是想大家生得漂亮，给我可以冷静的进攻。总之，我在讲堂上就又竭力煽动了，然而困难得很，因为大家说种痘是痛的。再四磋商的结果，终于公举我首先种痘，作为青年的模范，于是我就成了群众所推戴的领袖，率领了青年军，浩浩荡荡，奔向校医室里来。

虽是春天，北京却还未暖和的，脱去衣服，点上四粒痘浆，又赶紧穿上衣服，也很费一点时光。但等我一面扣衣，一面转脸去看时，我的青年军已经溜得一个也没有了。

---

[1] “进退维谷”：进退两难。
[2] 柏拉图式的恋爱论：指古希腊哲学家柏拉图在他的《邦国篇》中宣扬的精神恋爱论。

自然，牛痘在我身上，也还是一粒也没有出。

但也不能就决定我对于牛痘已经决无感应，因为这校医和他的痘浆，实在令我有些怀疑。他虽是无政府主义者，博爱主义者，然而托他医病，却是不能十分稳当的。也是这一年，我在校里教书的时候，自己觉得发热了，请他诊察之后，他亲爱的说道：

“你是肋膜炎，快回去躺下，我给你送药来。”

我知道这病是一时难好的，于生计大有碍，便十分忧愁，连忙回去躺下了，等着药，到夜没有来，第二天又焦灼的等了一整天，仍无消息。夜里十时，他到我寓里来了，恭敬的行礼：

“对不起，对不起，我昨天把药忘记了，现在特地来赔罪的。”

“那不要紧。此刻吃罢。”

“阿呀呀！药，我可没有带了来……”

他走后，我独自躺着想，这样的医治法，肋膜炎是决不会好的。第二天的上午，我就坚决的跑到一个外国医院去，请医生详细诊察了一回，他终于断定我并非什么肋膜炎，不过是感冒。我这才放了心，回寓后不再躺下，因此也疑心到他的痘浆，可真是有效的痘浆，然而我和牛痘，可是那一回要算最后的关系了。

直到一九三二年一月中，我才又遇到了种痘的机会。那时我们从闸北火线上逃到英租界的一所旧洋房里[1]，虽然楼梯和走廊上都挤满了人，因四近还是胡琴声和打牌声，真如由地狱上了天堂一样。过了几天，两位大人来查考了，他问明了我们的人数，写在一本簿子上，就昂然而去。我想，他是在造难民数目表，去报告上司的，现在大概早已告成，归在一个什么机关的档案里了罢。后来还来了一位公务人

---

[1] 指 1932 年“一·二八”事变时，鲁迅为躲避战火，曾全家搬到上海英租界内山书店支店的楼上暂住。

员，却是洋大人，他用了很流畅的普通语，劝我们从乡下逃来的人们应该赶快种牛痘。

这样不化钱的种牛痘，原不妨伸出手去，占点便宜的，但我还睡在地板上，天气又冷，懒得起来，就加上几句说明，给了他拒绝。他略略一想，也就作罢了，还低了头看着地板，称赞我道：

"我相信你的话，我看你是有知识的。"

我也很高兴，因为我看我的名誉，在古今中外的医官的嘴上是都很好的。

但靠着做"难民"的机会，我也有了巡阅马路的工夫，在不意中，竟又看见万花筒了，听说还是某大公司的制造品。我的孩子是生后六个月就种痘的，像一个蚕蛹，用不着玩具的贿赂；现在大了一点，已有收受贡品的资格了，我就立刻买了去送他。然而很奇怪，我总觉得这一个远不及我的那一个，因为不但望进去总是昏昏沉沉，连花朵也毫不鲜明，而且总不见一个好模样。

我有时也会忽然想到儿童时代所吃的东西，好像非常有味，处境不同，后来永远吃不到了。但因为或一机会，居然能够吃到了的也有。然而奇怪的是味道并不如我所记忆的好，重逢之后，倒好像惊破了美丽的好梦，还不如永远的相思一般。我这时候就常常想，东西的味道是未必退步的，可是我老了，组织无不衰退，味蕾当然也不能例外，味觉的变钝，倒是我的失望的原因。

对于这万花筒的失望，我也就用了同样的解释。

幸而我的孩子也如我的脾气一样——但我希望他大起来会改变——他要探检这奇境了。首先撕去外面的花纸，露出来的倒还是十九世纪一样的难看的纸版，待到挖去一端的玻璃，落下来的却已经不是通草条，而是五色玻璃的碎片。围成三角形的三块玻璃也改了样，后面并非摆锡，只不过涂着黑漆了。

这时我才明白我的自责是错误的。黑玻璃虽然也能返光，却远不及镜玻璃之强；通草是轻的，易于支架起来，构成巨大的花朵，现在改用玻璃片，就无论怎样加以动摇，也只能堆在角落里，像一撮沙砾了。这样的万花筒，又怎能悦目呢？

整整的五十年，从地球年龄来计算，真是微乎其微，然而从人类历史上说，却已经是半世纪，柔石丁玲[1]他们，就活不到这么久。我幸而居然经历过了，我从这经历，知道了种痘的普及，似乎比十九世纪有些进步，然而万花筒的做法，却分明的大大的退步了。

六月三十日。

（选自《鲁迅全集》卷八《集外集拾遗补编》）

周作人说百草园里的蟋蟀和油蛉

蟋蟀是蛐蛐的官名，它单独时名为叫，在雌雄相对，低声吟唱的时候则云弹琴，老百姓虽然不知道司马相如琴心的故事，但起这名字却极是巧妙，我也曾听过古琴家的弹奏，比起来也似乎未必能胜得过。普通的蛐蛐之外，还有一种头如梅花瓣的，俗名棺材头蛐蛐，看见就打杀，不知道它们会叫不会叫。又有一种油唧蛉，北方叫做油壶卢，似蟋蟀而肥大，虽然不厌恶它，却也用不着饲养，它们只会嘘嘘地直声叫，弹琴的本领我可以保证它们是没有的。油蛉这东西不知道在绍兴以外地方叫做什么，如要解说，只能说是一种大蚂蚁似的鸣虫

[1] 柔石（1902—1931）：原名赵平复，“左联”作家，1931年被国民党秘密杀害。丁玲（1904—1986）：原名蒋冰之，“左联”作家，1933年5月在上海被捕，鲁迅写作本文时正误传她已经遇害。

吧。好几年前写过一首打油诗，其词云：

“辣茄蓬里听油蛉，小罩扪来掌上擎，瞥见长须红项颈，居然名贵过金铃。”注云，“油蛉状如金铃子而细长，色黑，鸣声瞿瞿，低细耐听，以须长颈赤者为良，云寿命更长。畜之者以明角为笼，丝线结络，寒天县着衣襟内，可以经冬，但入春后便难持久，或有养至清明时节，于上坟船中闻其鸣声者，则绝无仅有矣。”

——周作人《鲁迅的故家·百草园·六，园里的动物》

风筝

北京的冬季，地上还有积雪，灰黑色的秃树枝丫叉于晴朗的天空中，而远处有一二风筝浮动，在我是一种惊异和悲哀。

故乡的风筝时节，是春二月，倘听到沙沙的风轮[1]声，仰头便能看见一个淡墨色的蟹风筝或嫩蓝色的蜈蚣风筝。还有寂寞的瓦片风筝，没有风轮，又放得很低，伶仃[2]地显出憔悴可怜模样。但此时地上的杨柳已经发芽，早的山桃也多吐蕾，和孩子们的天上的点缀相照应，打成一片春日的温和。我现在在那里呢？四面都还是严冬的肃杀，而久经诀别的故乡的久经逝去的春天，却就在这天空中荡漾了。

但我是向来不爱放风筝的，不但不爱，并且嫌恶他，因为我以为这是没出息孩子所做的玩艺。和我相反的是我的小兄弟，他那时大概十岁内外罢，多病，瘦得不堪，然而最喜欢风筝，自己买不起，我又不许放，他只得张着小嘴，呆看着空中出神，有时至于小半日。远处的蟹风筝突然落下来了，他惊呼；两个瓦片风筝的缠绕解开了，他高兴得跳跃。他的这些，在我看来都是笑柄，可鄙的。

有一天，我忽然想起，似乎多日不很看见他了，但记得曾见他在后园拾枯竹。我恍然大悟似的，便跑向少有人去的一间堆积杂物的小屋去，推开门，果然就在尘封的什物堆中发现了他。他向着大方凳，坐在小凳上；便很惊惶地站了起来，失了色瑟缩着。大方凳旁靠着一个胡蝶风筝的竹骨，还没有糊上纸，凳上是一对做眼睛用的小风

[1] 风轮：安装在风筝上的小轮，能迎风转动发声。
[2] 伶仃：孤独，没有依靠。

轮，正用红纸条装饰着，将要完工了。我在破获秘密的满足中，又很愤怒他的瞒了我的眼睛，这样苦心孤诣地来偷做没出息孩子的玩艺。我即刻伸手折断了胡蝶的一支翅骨，又将风轮掷在地下，踏扁了。论长幼，论力气，他是都敌不过我的，我当然得到完全的胜利，于是傲然走出，留他绝望地站在小屋里。后来他怎样，我不知道，也没有留心。

然而我的惩罚终于轮到了，在我们离别得很久之后，我已经是中年。我不幸偶而看了一本外国的讲论儿童的书，才知道游戏是儿童最正当的行为，玩具是儿童的天使。于是二十年来毫不忆及的幼小时候对于精神的虐杀的这一幕，忽地在眼前展开，而我的心也仿佛同时变了铅块，很重很重的堕下去了。

但心又不竟堕下去而至于断绝，他只是很重很重地堕着，堕着。

我也知道补过的方法的：送他风筝，赞成他放，劝他放，我和他一同放。我们嚷着，跑着，笑着。——然而他其时已经和我一样，早已有了胡子了。

我也知道还有一个补过的方法的：去讨他的宽恕，等他说，“我可是毫不怪你呵。”那么，我的心一定就轻松了，这确是一个可行的方法。有一回，我们会面的时候，是脸上都已添刻了许多“生”的辛苦的条纹，而我的心很沉重。我们渐渐谈起儿时的旧事来，我便叙述到这一节，自说少年时代的胡涂。“我可是毫不怪你呵。”我想，他要说了，我即刻便受了宽恕，我的心从此也宽松了罢。

“有过这样的事么？”他惊异地笑着说，就像旁听着别人的故事一样。他什么也不记得了。

全然忘却，毫无怨恨，又有什么宽恕之可言呢？无怨的恕，说谎罢了。

我还能希求什么呢？我的心只得沉重着。

现在，故乡的春天又在这异地的空中了，既给我久经逝去的儿时的回忆，而一并也带着无可把握的悲哀。我倒不如躲到肃杀的严冬中去罢，——但是，四面又明明是严冬，正给我非常的寒威和冷气。

一九二五年一月二十四日。

（选自《鲁迅全集》卷二《野草》）

鲁迅笔下的“百草园”

不必说碧绿的菜畦，光滑的石井栏，高大的皂荚树，紫红的桑椹；也不必说鸣蝉在树叶里长吟，肥胖的黄蜂伏在菜花上，轻捷的叫天子（云雀）忽然从草间直窜向云霄里去了。单是周围的短短的泥墙根一带，就有无限趣味。油蛉在这里低唱，蟋蟀们在这里弹琴。翻开断砖来，有时会遇见蜈蚣；还有斑蝥，倘若用手指按住它的脊梁，便会拍的一声，从后窍喷出一阵烟雾。何首乌藤和木莲藤缠络着，木莲有莲房一般的果实，何首乌有拥肿的根。有人说，何首乌根是有像人形的，吃了便可以成仙，我于是常常拔它起来，牵连不断地拔起来，也曾因此弄坏了泥墙，却从来没有见过有一块根像人样。如果不怕刺，还可以摘到覆盆子，像小珊瑚珠攒成的小球，又酸又甜，色味都比桑椹要好得远。

——《朝花夕拾·从百草园到三味书屋》

单元读写活动建议

1. 请思考“周伯宜——周树人——周海婴”之间的关系，把你的认识要点记录下来。
2. 回忆并思考“我和我的父亲”，并以此为题，写一篇文章，文体不限。
3. 在鲁迅回忆童年的文章中，选一篇（或一段）你最喜欢的文字赏析，写一则短评。
4. 用鲁迅或萧红那样的手法，描写属于你的童年和家园。

第二编

阅读鲁迅

（上）

阅读鲁迅，就是走进鲁迅的世界，倾听他的声音，并和他进行心灵的对话。

一 人与动物

人与自然（动植物）的关系，是鲁迅的一个基本命题。早在20世纪初所写的《人之历史》等论文里，鲁迅就利用最新的科学研究成果反复论证：人与自然（动植物）内在的一致性，人是自然的一部分。不仅人与自然（动植物）有着共同的本原，人是由原生动物长期演变的结果，而且人的个体在受孕胚胎成长的过程都与动物进化的历史过程中相应阶段适应，前者为后者“发生之反复”，由此得出了人与动物、生物与非生物之间并没有不可逾越的界限的结论。而到五四时期，鲁迅更是强调所谓“生物学的真理”；这也几乎是那一代人的共识，周作人就在被胡适称为五四文学革命的理论宣言的《人的文学》里反复强调：人是“进化的动物”“兽性与神性，合起来便只是人性”。以此来反观中国的国民性，就发现了人的天性在封建旧礼教的斧钺下丧失的悲剧：爱的本性的丧失，人的生命活力的丧失，人的奴化与驯化，等等；与此同时，则是人的“返祖”现象，人的动物化：“由文明落向蛮野”，嗜血，相互残杀，等等。在文学家鲁迅的笔下，“动物”也就具有了某种“隐喻性”：他的关注的中心始终是“人”自身，人性与人的命运，等等。

导读

读这些充满了温情与暖意的文字，我们仿佛看到了那个站在孩子们中间，微笑着，以欣赏的眼光，默默地观察小兔子、小小兔子、小鸭子，还有这些孩子的鲁迅。——鲁迅突然向我们展示了他心灵中最柔软的一面。

对幼雏的这种不同寻常的关爱，不仅是我们前面已经说到的鲁迅的“幼者本位，弱者本位”思想向动物的延伸，更是显示了鲁迅的“大生命”的观念。鲁迅说：“孩子是可以敬服的，他常常想到星月以上的境界，想到地面下的情形，想到花卉的用处，想到昆虫的言语；他想飞上天空，他想潜入蚁穴……”（《且介亭杂文·〈看图识字〉》）。鲁迅正有一颗“赤子之心”，他的生命意识不仅超越了自我生命的狭窄范围，甚至超越了国家、民族、人类的范围，升华到了自我心灵与宇宙万物（生物，非生物）的契合。他所提倡并身体力行的“生命之爱”，是一种“推己而及人和万物，推人和万物而及己”的博爱：所有的（人世间的，宇宙万物的）生命，他们的欢乐和痛苦，都与自己息息相关，“看见别个捉去被杀的事，在我，是比自己被杀更苦恼”。（《译文序跋集·〈鱼的悲哀〉译者附记》）直到生命的最后时刻，他还感到“无穷的远方，无数的人们，都和我有关”。（《且介亭杂文末编·附集·“这也是生活”……》）

这就是为什么小兔的死，小狗的死，会引起鲁迅如此强烈的反应的原因。他一再追问：“谁知道曾有一个生命断送在这里呢？”他并且痛苦地自责：为什么竟对同是生命的苍蝇的“悠长的吱吱的”挣扎的叫声，听而不闻，“无所容心于其间”呢？这样的生命的基本感应力和同情心的丧失，不正是自我生命的危机的征兆吗？而鲁迅最后的“生命造得太滥，毁得太滥”的感慨，更是触目惊心。——这冷峻的文字又露出了鲁迅内心苍凉的那一面。

兔和猫

住在我们后进院子里的三太太，在夏间买了一对白兔，是给伊的孩子们看的。

这一对白兔，似乎离娘并不久，虽然是异类，也可以看出他们的天真烂熳来。但也竖直了小小的通红的长耳朵，动着鼻子，眼睛里颇现些惊疑的神色，大约究竟觉得人地生疏，没有在老家时候的安心了。这种东西，倘到庙会日期自己出去买，每个至多不过两吊钱，而三太太却花了一元，因为是叫小使[1]上店买来的。

孩子们自然大得意了，嚷着围住了看；大人也都围着看；还有一匹小狗名叫S的也跑来，闯过去一嗅，打了一个喷嚏，退了几步。三太太吆喝道，“S，听着，不准你咬他！”于是在他头上打了一掌，S便退开了，从此并不咬。

这一对兔总是关在后窗后面的小院子里的时候多，听说是因为太喜欢撕壁纸，也常常啃木器脚。这小院子里有一株野桑树，桑子落地，他们最爱吃，便连喂他们的波菜也不吃了。乌鸦喜鹊想要下来时，他们便躬着身子用后脚在地上使劲的一弹，砉[2]的一声直跳上来，像飞起了一团雪，鸦鹊吓得赶紧走，这样的几回，再也不敢近来了。三太太说，鸦鹊倒不打紧，至多也不过抢吃一点食料，可恶的是一匹大黑猫，常在矮墙上恶狠狠的看，这却要防的，幸而S和猫是对头，或者还不至于有什么罢。

---

[1] 小使：家里使唤的仆佣。

[2] 砉：音 huā，象声词。

孩子们时时捉他们来玩耍；他们很和气，竖起耳朵，动着鼻子，驯良的站在小手的圈子里，但一有空，却也就溜开去了。他们夜里的卧榻是一个小木箱，里面铺些稻草，就在后窗的房檐下。

这样的几个月之后，他们忽而自己掘土了，掘得非常快，前脚一抓，后脚一踢，不到半天，已经掘成一个深洞。大家都奇怪，后来仔细看时，原来一个的肚子比别一个的大得多了。他们第二天便将干草和树叶衔进洞里去，忙了大半天。

大家都高兴，说又有小兔可看了；三太太便对孩子们下了戒严令，从此不许再去捉。我的母亲也很喜欢他们家族的繁荣，还说待生下来的离了乳，也要去讨两匹来养在自己的窗外面。

他们从此便住在自造的洞府里，有时也出来吃些食，后来不见了，可不知道他们是预先运粮存在里面呢还是竟不吃。过了十多天，三太太对我说，那两匹又出来了，大约小兔是生下来又都死掉了，因为雌的一匹的奶非常多，却并不见有进去哺养孩子的形迹。伊言语之间颇气愤，然而也没有法。

有一天，太阳很温暖，也没有风，树叶都不动，我忽听得许多人在那里笑，寻声看时，却见许多人都靠着三太太的后窗看：原来有一个小兔，在院子里跳跃了。这比他的父母买来的时候还小得远，但也已经能用后脚一弹地，迸跳起来了。孩子们争着告诉我说，还看见一个小兔到洞口来探一探头，但是即刻缩回去了，那该是他的弟弟罢。

那小的也检些草叶吃，然而大的似乎不许他，往往夹口的抢去了，而自己并不吃。孩子们笑得响，那小的终于吃惊了，便跳着钻进洞里去；大的也跟到洞门口，用前脚推着他的孩子的脊梁，推进之后，又爬开泥土来封了洞。

从此小院子里更热闹，窗口也时时有人窥探了。

然而竟又全不见了那小的和大的。这时是连日的阴天，三太太又虑到遭了那大黑猫的毒手的事去。我说不然，那是天气冷，当然都躲着，太阳一出，一定出来的。

太阳出来了，他们却都不见。于是大家就忘却了。

惟有三太太是常在那里喂他们波菜的，所以常想到。伊有一回走进窗后的小院子去，忽然在墙角上发见了一个别的洞，再看旧洞口，却依稀的还见有许多爪痕。这爪痕倘说是大兔的，爪该不会有这样大，伊又疑心到那常在墙上的大黑猫去了，伊于是也就不能不定下发掘的决心了。伊终于出来取了锄子，一路掘下去，虽然疑心，却也希望着意外的见了小白兔的，但是待到底，却只见一堆烂草夹些兔毛，怕还是临蓐[1]时候所铺的罢，此外是冷清清的，全没有什么雪白的小兔的踪迹，以及他那只一探头未出洞外的弟弟了。

气愤和失望和凄凉，使伊不能不再掘那墙角上的新洞了。一动手，那大的两匹便先窜出洞外面。伊以为他们搬了家了，很高兴，然而仍然掘，待见底，那里面也铺着草叶和兔毛，而上面却睡着七个很小的兔，遍身肉红色，细看时，眼睛全都没有开。

一切都明白了，三太太先前的预料果不错。伊为预防危险起见，便将七个小的都装在木箱中，搬进自己的房里，又将大的也捺进箱里面，勒令伊去哺乳。

三太太从此不但深恨黑猫，而且颇不以大兔为然了。据说当初那两个被害之先，死掉的该还有，因为他们生一回，决不至于只两个，但为了哺乳不匀，不能争食的就先死了。这大概也不错的，现在七个之中，就有两个很瘦弱。所以三太太一有闲空，便捉住母兔，将小兔

[1] 临蓐：蓐，音 rù，草席，草垫子，人称妇女临产为“坐蓐”。此处指老兔子生小兔子。

一个一个轮流的摆在肚子上来喝奶，不准有多少。

母亲对我说，那样麻烦的养兔法，伊历来连听也未曾听到过，恐怕是可以收入《无双谱》[1]的。

白兔的家族更繁荣；大家也又都高兴了。

但自此之后，我总觉得凄凉。夜半在灯下坐着想，那两条小性命，竟是人不知鬼不觉的早在不知什么时候丧失了，生物史上不着一些痕迹，并S也不叫一声。我于是记起旧事来，先前我住在会馆里，清早起身，只见大槐树下一片散乱的鸽子毛，这明明是膏于鹰吻[2]的了，上午长班[3]来一打扫，便什么都不见，谁知道曾有一个生命断送在这里呢？我又曾路过西四牌楼，看见一匹小狗被马车轧得快死，待回来时，什么也不见了，搬掉了罢，过往行人憧憧的走着，谁知道曾有一个生命断送在这里呢？夏夜，窗外面，常听到苍蝇的悠长的吱吱的叫声，这一定是给蝇虎咬住了，然而我向来无所容心于其间[4]，而别人并且不听到……

假使造物[5]也可以责备，那么，我以为他实在将生命造得太滥，毁得太滥了。

嗥的一声，又是两条猫在窗外打起架来。

“迅儿！你又在那里打猫了？”

“不，他们自己咬。他那里会给我打呢。”

我的母亲是素来很不以我的虐待猫为然的，现在大约疑心我要替

---

[1]《无双谱》：清人金古良编绘。此处是借用“无双”一词，表示“独一无二”的意思。

[2] 膏于鹰吻：被老鹰吃了。

[3] 长班：原指明清时官员随身使唤的仆人，这里泛指一般的听差仆役。

[4] 无所容心于其间：指没有将苍蝇被蝇虎所咬这件事记在心上，表现出一种麻木。这是鲁迅的自责。

[5] 造物：这里是泛指万物生命的制造者。

小兔抱不平，下什么辣手，便起来探问了。而我在全家的口碑[1]上，却的确算一个猫敌。我曾经害过猫，平时也常打猫，尤其是在他们配合的时候。但我之所以打的原因并非因为他们配合，是因为他们嚷，嚷到使我睡不着，我以为配合是不必这样大嚷而特嚷的。

况且黑猫害了小兔，我更是“师出有名”的了。我觉得母亲实在太修善，于是不由的就说出模棱的近乎不以为然的答话来。

造物太胡闹，我不能不反抗他了，虽然也许是倒是帮他的忙……

那黑猫是不能久在矮墙上高视阔步的了，我决定的想，于是又不由的一瞥那藏在书箱里的一瓶青酸钾[2]。

一九二二年十月。

（选自《鲁迅全集》卷一《呐喊》）

---

[1] 口碑：本意是比喻众人的称颂，这里是指人们的口头评价。
[2] 青酸钾：即氰酸钾，一种剧毒化学品。

鸭的喜剧

俄国的盲诗人爱罗先珂[1]君带了他那六弦琴到北京之后不多久，便向我诉苦说：

“寂寞呀，寂寞呀，在沙漠上似的寂寞呀！”

这应该是真实的，但在我却未曾感得；我住得久了，“入芝兰之室，久而不闻其香”，只以为很是嚷嚷罢了。然而我之所谓嚷嚷，或者也就是他之所谓寂寞罢。

我可是觉得在北京仿佛没有春和秋。老于北京的人说，地气北转了，这里在先是没有这么和暖。只是我总以为没有春和秋；冬末和夏初衔接起来，夏才去，冬又开始了。

一日就是这冬末夏初的时候，而且是夜间，我偶而得了闲暇，去访问爱罗先珂君。他一向寓在仲密君的家里；这时一家的人都睡了觉了，天下很安静。他独自靠在自己的卧榻上，很高的眉棱在金黄色的长发之间微蹙了，是在想他旧游之地的缅甸，缅甸的夏夜。

“这样的夜间，”他说，“在缅甸是遍地是音乐。房里，草间，树上，都有昆虫吟叫，各种声音，成为合奏，很神奇。其间时时夹着蛇鸣：‘嘶嘶！’可是也与虫声相和协……”他沉思了，似乎想要追想起那时的情景来。

---

[1] 爱罗先珂（1889—1952）：俄国诗人和童话作家，自幼双目失明。曾长期在泰国、缅甸、印度、日本等东方国家漂流。1921年因参加“五一”游行，被日本当局驱逐，被迫流亡中国，在北京大学等校教世界语，并住在鲁迅、周作人的家里，与周氏兄弟结下了深厚友谊。鲁迅翻译过他的《桃色的云》《爱罗先珂童话集》等作品，并盛赞他“有着一个幼稚的，然而优美的纯洁的心，人间的疆界也不能限制他的梦幻”，对他的“俄国式的大旷野的精神”表示倾慕（《〈狭的笼〉译者附记》）。

我开不得口。这样奇妙的音乐，我在北京确乎未曾听到过，所以即使如何爱国，也辩护不得，因为他虽然目无所见，耳朵是没有聋的。

“北京却连蛙鸣也没有……”他又叹息说。

“蛙鸣是有的！”这叹息，却使我勇猛起来了，于是抗议说，“到夏天，大雨之后，你便能听到许多虾蟆叫，那是都在沟里面的，因为北京到处都有沟。”

“哦……”

过了几天，我的话居然证实了，因为爱罗先珂君已经买到了十几个科斗子。他买来便放在他窗外的院子中央的小池里。那池的长有三尺，宽有二尺，是仲密所掘，以种荷花的荷池。从这荷池里，虽然从来没有见过养出半朵荷花来，然而养虾蟆却实在是一个极合式的处所。

科斗成群结队的在水里面游泳；爱罗先珂君也常常踱来访他们。有时候，孩子告诉他说，“爱罗先珂先生，他们生了脚了。”他便高兴的微笑道，“哦！”

然而养成池沼的音乐家却只是爱罗先珂君的一件事。他是向来主张自食其力的，常说女人可以畜牧，男人就应该种田。所以遇到很熟的友人，他便要劝诱他就在院子里种白菜；也屡次对仲密夫人劝告，劝伊养蜂，养鸡，养猪，养牛，养骆驼。后来仲密家里果然有了许多小鸡，满院飞跑，啄完了铺地锦的嫩叶，大约也许就是这劝告的结果了。

从此卖小鸡的乡下人也时常来，来一回便买几只，因为小鸡是容易积食，发痧[1]，很难得长寿的；而且有一匹还成了爱罗先珂君在北京所作唯一的小说《小鸡的悲剧》里的主人公。有一天的上午，那乡下人竟意外的带了小鸭来了，咻咻的叫着；但是仲密夫人说不要。爱罗先珂君也跑出来，他们就放一个在他两手里，而小鸭便在他两手里咻咻的叫。他以为这也很可爱，于是又不能不买了，一共买了四个，每个八十文。

小鸭也诚然是可爱，遍身松花黄，放在地上，便蹒跚的走，互相招呼，总是在一处。大家都说好，明天去买泥鳅来喂他们罢。爱罗先珂君说，“这钱也可以归我出的。”

他于是教书去了；大家也走散。不一会，仲密夫人拿冷饭来喂他们时，在远处已听得泼水的声音，跑到一看，原来那四个小鸭都在荷池里洗澡了，而且还翻筋斗，吃东西呢。等到拦他们上了岸，全池已经是浑水，过了半天，澄清了，只见泥里露出几条细藕来；而且再也寻不出一个已经生了脚的科斗了。

“伊和希珂先，没有了，虾蟆的儿子。”傍晚时候，孩子们一见他回来，最小的一个便赶紧说。

“唔，虾蟆？”

仲密夫人也出来了，报告了小鸭吃完科斗的故事。

“唉，唉！……”他说。

待到小鸭褪了黄毛，爱罗先珂君却忽而渴念着他的“俄罗斯母亲”了，便匆匆的向赤塔去。

待到四处蛙鸣的时候，小鸭也已经长成，两个白的，两个花的，

[1] 发痧：中暑。

而且不复咻咻的叫，都是“鸭鸭”的叫了。荷花池也早已容不下他们盘桓了，幸而仲密的住家的地势是很低的，夏雨一降，院子里满积了水，他们便欣欣然，游水，钻水，拍翅子，“鸭鸭”的叫。

现在又从夏末交了冬初，而爱罗先珂君还是绝无消息，不知道究竟在那里了。

只有四个鸭，却还在沙漠上“鸭鸭”的叫。

一九二二年十月。

（选自《鲁迅全集》卷一《呐喊》）

导读

《一点比喻》与《略论中国人的脸》都是借动物来说人，即所谓“比喻”。鲁迅认为可以将“脖子上还挂着一个小铃铎”的山羊作为某种“智识阶级”，在专制体制中，他们的特殊作用，就是帮助统治者麻痹群众的灵魂，特别是使青年变得“循规蹈矩”，因此，鲁迅在以后的杂文中又称其为官的“帮忙”“帮闲”，以至“帮凶”。而“人＋家畜性＝某一种人”的“算式”，则明显地将批判的锋芒指向某些人的奴性。值得注意的是，鲁迅认为这是人性被“驯顺”，“野牛成为家牛，野猪成为猪，狼成为狗”，野性消失的结果。于是，就有了鲁迅式的对野性的呼唤：“君不见夫野猪乎？它以两个牙，使老猎人也不免于退避。这牙，只要猪脱出了牧豕奴所造的猪圈，走入山野，不久就会长出来。”鲁迅毫不掩饰他对猛兽恶鸟的情有独钟，这是自然的，也是人性的自由、壮阔、伟美的生命力的发现与张扬，更是鲁迅的自我发现：人们用“受伤的狼”“猫头鹰”“白象”来为鲁迅“命名”，绝不是偶然的。

一点比喻

在我的故乡不大通行吃羊肉，阖城[1]里，每天大约不过杀几匹山羊。北京真是人海，情形可大不相同了，单是羊肉铺就触目皆是。雪白的群羊也常常满街走，但都是胡羊，在我们那里称绵羊的。山羊很少见；听说这在北京却颇名贵了，因为比胡羊聪明，能够率领羊群，悉依它的进止，所以畜牧家虽然偶而养几匹，却只用作胡羊们的领导，并不杀掉它。

这样的山羊我只见过一回，确是走在一群胡羊的前面，脖子上还挂着一个小铃铎，作为智识阶级的徽章。通常，领的赶的却多是牧人，胡羊们便成了一长串，挨挨挤挤，浩浩荡荡，凝着柔顺有余的眼色，跟定他匆匆地竞奔它们的前程。我看见这种认真的忙迫的情形时，心里总想开口向它们发一句愚不可及的疑问——

"往那里去？！"

人群中也很有这样的山羊，能领了群众稳妥平静地走去，直到他们应该走到的所在。袁世凯明白一点这种事，可惜用得不大巧[2]，大概因为他是不很读书的，所以也就难于熟悉运用那些的奥妙。后来的武人可更蠢了，只会自己乱打乱割，乱得哀号之声，洋洋盈耳，结果是除了残虐百姓之外，还加上轻视学问，荒废教育的恶名。然而"经一事，长一智"，二十世纪已过了四分之一，脖子上挂着小铃铎的聪

[1] 阖城：全城。

[2] 袁世凯在复辟的阴谋活动中，曾指使杨度等人组织筹安会，赤裸裸地鼓吹帝制，遭到各界强烈反对，所以这里说他"用得不大巧"。

明人是总要交到红运的，虽然现在表面上还不免有些小挫折。

那时候，人们，尤其是青年，就都循规蹈矩，既不嚣张，也不浮动，一心向着“正路”前进了，只要没有人问——

“往那里去？！”

君子若曰：“羊总是羊，不成了一长串顺从地走，还有什么别的法子呢？君不见夫猪乎？拖延着，逃着，喊着，奔突着，终于也还是被捉到非去不可的地方去，那些暴动，不过是空费力气而已矣。”

这是说：虽死也应该如羊，使天下太平，彼此省力。

这计划当然是很妥帖，大可佩服的。然而，君不见夫野猪乎？它以两个牙，使老猎人也不免于退避。这牙，只要猪脱出了牧豕奴所造的猪圈，走入山野，不久就会长出来。

Schopenhauer[1]先生曾将绅士们比作豪猪，我想，这实在有些失体统。但在他，自然是并没有什么别的恶意的，不过拉扯来作一个比喻。《Parerga und Paralipomena》里有着这样意思的话：有一群豪猪，在冬天想用了大家的体温来御寒冷，紧靠起来了，但它们彼此即刻又觉得刺的疼痛，于是乎又离开。然而温暖的必要，再使它们靠近时，却又吃了照样的苦。但它们在这两种困难中，终于发见了彼此之间的适宜的间隔，以这距离，它们能够过得最平安。人们因为社交的要求，聚在一处，又因为各有可厌的许多性质和难堪的缺陷，再使他们分离。他们最后所发见的距离，——使他们得以聚在一处的中庸的距离，就是“礼让”和“上流的风习”。有不守这距离的，在英国就这

[1] Schopenhauer即叔本华（1788—1860），德国哲学家。下面的《Parerga und Paralipomena》译为《副业和补遗》，是叔本华的一本杂文集。

样叫，“Keep your distance！”[1]

但即使这样叫，恐怕也只能在豪猪和豪猪之间才有效力罢，因为它们彼此的守着距离，原因是在于痛而不在于叫的。假使豪猪们中夹着一个别的，并没有刺，则无论怎么叫，他们总还是挤过来。孔子说：礼不下庶人。照现在的情形看，该是并非庶人不得接近豪猪，却是豪猪可以任意刺着庶人而取得温暖。受伤是当然要受伤的，但这也只能怪你自己独独没有刺，不足以让他守定适当的距离。孔子又说：刑不上大夫。这就又难怪人们的要做绅士。

这些豪猪们，自然也可以用牙角或棍棒来抵御的，但至少必须拚出背一条豪猪社会所制定的罪名：“下流”或“无礼”。

一月二十五日。

（选自《鲁迅全集》卷三《华盖集续编》）

鲁迅：受伤的狼

鲁迅的日本友人增田涉这样谈到鲁迅给他留下的“最后印象”：“他已经是躺在病床上的人，风貌变得非常险峻，神气是凝然的，尽管是非常战斗的却显得很可怜，像‘受伤的狼’的样子了。”（《鲁迅的印象》）

瞿秋白在《〈鲁迅杂感选集〉序言》里，径直称鲁迅为“野兽的奶汁所喂养大”的罗马神话里的“莱谟斯”：“他从他自己的道路回到了狼的怀抱。”

许广平也有这样的回忆：“他不高兴时，会半夜里喝许多酒，在

[1] 英语，汉译为：“保持你的距离！”

我看不到的时候。更会像野兽的奶汁喂养大的莱谟斯一样，跑到空地去躺下。至少或者正如他自己所说，像受了伤的羊，跑到草地去舔干自己的伤口，走到没有人的空地方蹲着或睡倒。……有一次夜饭之后，睡到黑黑的凉台地上，给三四岁的海婴寻到了，也一声不响的并排睡下……”(《欣慰的纪念·鲁迅先生的日常生活》)。

而鲁迅自己早就在《孤独者》这篇小说里，创造了“受伤的狼”的形象——

“我快步走着，仿佛要从一种沉重的东西中冲出，但是不能够。耳朵中有什么挣扎着，久之，久之，终于挣扎出来了，隐约像是长嗥，像一匹受伤的狼，当深夜在旷野中嗥叫，惨伤里夹杂着愤怒和悲哀。”

略论中国人的脸

大约人们一遇到不大看惯的东西，总不免以为他古怪。我还记得初看见西洋人的时候，就觉得他脸太白，头发太黄，眼珠太淡，鼻梁太高。虽然不能明明白白地说出理由来，但总而言之：相貌不应该如此。至于对于中国人的脸，是毫无异议；即使有好丑之别，然而都不错的。

我们的古人，倒似乎并不放松自己中国人的相貌。周的孟轲就用眸子来判胸中的正不正[1]，汉朝还有《相人》二十四卷。后来闹这玩艺儿的尤其多；分起来，可以说有两派罢：一是从脸上看出他的智愚贤不肖；一是从脸上看出他过去，现在和将来的荣枯。于是天下纷纷，从此多事，许多人就都战战兢兢地研究自己的脸。我想，镜子的发明，恐怕这些人和小姐们是大有功劳的。不过近来前一派已经不大有人讲究，在北京上海这些地方捣鬼的都只是后一派了。

我一向只留心西洋人。留心的结果，又觉得他们的皮肤未免太粗；毫毛有白色的，也不好。皮上常有红点，即因为颜色太白之故，倒不如我们之黄。尤其不好的是红鼻子，有时简直像是将要熔化的蜡烛油，仿佛就要滴下来，使人看得栗栗危惧，也不及黄色人种的较为隐晦，也见得较为安全。总而言之：相貌还是不应该如此的。

后来，我看见西洋人所画的中国人，才知道他们对于我们的相貌也很不敬。那似乎是《天方夜谈》或者《安兑生童话》[2]中的插画，

[1]《孟子·离娄》中说："存乎人者，莫良于眸子，眸子不能掩其恶。胸中正，则眸子瞭（明亮）焉；胸中不正，则眸子眊（混浊）焉。"

[2]《天方夜谈》，即《一千零一夜》，古代阿拉伯民间故事集。安兑生，即丹麦童话作家安徒生。

现在不很记得清楚了。头上戴着拖花翎的红缨帽，一条辫子在空中飞扬，朝靴的粉底非常之厚。但这些都是满洲人连累我们的。独有两眼歪斜，张嘴露齿，却是我们自己本来的相貌。不过我那时想，其实并不尽然，外国人特地要奚落我们，所以格外形容得过度了。

但此后对于中国一部分人们的相貌，我也逐渐感到一种不满，就是他们每看见不常见的事件或华丽的女人，听到有些醉心的说话的时候，下巴总要慢慢挂下，将嘴张了开来。这实在不大雅观；仿佛精神上缺少着一样什么机件。据研究人体的学者们说，一头附着在上颚骨上，那一头附着在下颚骨上的"咬筋"，力量是非常之大的。我们幼小时候想吃核桃，必须放在门缝里将它的壳夹碎。但在成人，只要牙齿好，那咬筋一收缩，便能咬碎一个核桃。有着这么大的力量的筋，有时竟不能收住一个并不沉重的自己的下巴，虽然正在看得出神的时候，倒也情有可原，但我总以为究竟不是十分体面的事。

日本的长谷川如是闲是善于做讽刺文字的。去年我见过他的一本随笔集，叫作《猫・狗・人》；其中有一篇就说到中国人的脸。大意是初见中国人，即令人感到较之日本人或西洋人，脸上总欠缺着一点什么。久而久之，看惯了，便觉得这样已经尽够，并不缺少东西；倒是看得西洋人之流的脸上，多余着一点什么。这多余着的东西，他就给它一个不大高妙的名目：兽性。中国人的脸上没有这个，是人，则加上多余的东西，即成了下列的算式：

人＋兽性＝西洋人

他借了称赞中国人，贬斥西洋人，来讥刺日本人的目的，这样就达到了，自然不必再说这兽性的不见于中国人的脸上，是本来没有的呢，还是现在已经消除。如果是后来消除的，那么，是渐渐净尽而只剩了人性的呢，还是不过渐渐成了驯顺。野牛成为家牛，野猪成为猪，狼成为狗，野性是消失了，但只足使牧人喜欢，于本身并无好处。人不过是人，不再夹杂着别的东西，当然再好没有了。倘不得已，我以为还不如带些兽性，如果合于下列的算式倒是不很有趣的：

人 + 家畜性 = 某一种人

中国人的脸上真可有兽性的记号的疑案，暂且中止讨论罢。我只要说近来却在中国人所理想的古今人的脸上，看见了两种多余。一到广州，我觉得比我所从来的厦门丰富得多的，是电影，而且大半是“国片”，有古装的，有时装的。因为电影是“艺术”，所以电影艺术家便将这两种多余加上去了。

古装的电影也可以说是好看，那好看不下于看戏；至少，决不至于有大锣大鼓将人的耳朵震聋。在“银幕”上，则有身穿不知何时何代的衣服的人物，缓慢地动作；脸正如古人一般死，因为要显得活，便只好加上些旧式戏子的昏庸。

时装人物的脸，只要见过清朝光绪年间上海的吴友如的《画报》的，便会觉得神态非常相像。《画报》所画的大抵不是流氓拆梢[1]，便是妓女吃醋，所以脸相都狡猾。这精神似乎至今不变，国产影片中的人物，虽是作者以为善人杰士者，眉宇间也总带些上海洋场式的狡猾。可见不如此，是连善人杰士也做不成的。

听说，国产影片之所以多，是因为华侨欢迎，能够获利，每一新片到，老的便带了孩子去指点给他们看道：“看哪，我们的祖国的人们是这样的。”在广州似乎也受欢迎，日夜四场，我常见看客坐得满满。

广州现在也如上海一样，正在这样地修养他们的趣味。可惜电影一开演，电灯一定熄灭，我不能看见人们的下巴。

四月六日。

（选自《鲁迅全集》卷三《而已集》）

---

[1] 拆梢：上海一带的方言，指流氓的敲诈行为。

鲁迅与猫头鹰、赤练蛇

这是鲁迅手绘的猫头鹰。

鲁迅的老友沈尹默有这样的回忆："他在大庭广众中，有时会凝然冷坐，不言不笑，衣冠又一向不甚修饰，毛发蓬蓬然，有人给他起了个绰号，叫作猫头鹰。"(《鲁迅生活中的一节》)

鲁迅自己则曾大声呼唤："只要一叫而人们大抵震悚的怪鸱的真的恶声在那里！？"(《"音乐"？》)

鲁迅更是在他的打油诗《我的失恋》里，将猫头鹰和赤练蛇作为礼物回赠给自己的"爱人"。

在鲁迅童年的"乐园"百草园里，就"有一条很大的赤练蛇"，而且又有长妈妈讲的神秘的"美女蛇"的故事，是鲁迅终生难忘的。(《朝花夕拾·从百草园到三味书屋》)

赤练蛇无毒；在鲁迅的笔下，出现更多的是"毒蛇"——

"这寂寞又一天一天的长大起来，如大毒蛇，缠住了我的灵魂了。"(《〈呐喊〉自序》)

"我们听到呻吟，叹息，哭泣，哀求，无须吃惊。见了酷烈的沉默，就应该留心了；见有什么像毒蛇似的在尸林中蜿蜒，怨鬼似的在黑暗中奔驰，就更应该留心了：这在豫告'真的愤怒'将要到来。"(《华盖集·杂感》)

导读

下面这组文章写的是猫、狗、蚊子、苍蝇之类。这都是处于幼雏与猛兽之间的，与人关系更为密切，因而更带有“人味”（当然是“某一种人”）的动物。鲁迅一提起它们，就止不住内心的愤怒与蔑视之情。——当然，它们都是被人所连累，鲁迅由此看到的是人的堕落；因此，真正置于历史审判台上的，是人，某一种人。

《狗·猫·鼠》这一篇，也是典型的“随笔”。似乎有一个中心：谈自己为什么仇猫；却随意伸展开去，由猫而及狗，而及鼠，又顺手拈来古今中外关于猫、狗、鼠的种种故事，从民间传说到文人作品，无所不谈，还随时联系现实，向“正人君子”偏侧一掷。在放收自如中，将知识、趣味与思辨熔于一炉：这是真正的“精神盛宴”，读这样的文字，确是莫大的享受。

狗·猫·鼠

从去年起，仿佛听得有人说我是仇猫的。那根据自然是在我的那一篇《兔和猫》；这是自画招供，当然无话可说，——但倒也毫不介意。一到今年，我可很有点担心了。我是常不免于弄弄笔墨的，写了下来，印了出去，对于有些人似乎总是搔着痒处的时候少，碰着痛处的时候多。万一不谨，甚而至于得罪了名人或名教授[1]，或者更甚而至于得罪了"负有指导青年责任的前辈"之流，可就危险已极。为什么呢？因为这些大脚色是"不好惹"[2]的。怎地"不好惹"呢？就是怕要浑身发热之后，做一封信登在报纸上，广告道："看哪！狗不是仇猫的么？鲁迅先生却自己承认是仇猫的，而他还说要打'落水狗'！"这"逻辑"的奥义，即在用我的话，来证明我倒是狗，于是而凡有言说，全都根本推翻，即使我说二二得四，三三见九，也没有一字不错。这些既然都错，则绅士口头的二二得七，三三见千等等，自然就不错了。

我于是就间或留心着查考它们成仇的"动机"。这也并非敢妄学现下的学者以动机来褒贬作品[3]的那些时髦，不过想给自己预先洗刷洗刷。据我想，这在动物心理学家，是用不着费什么力气的，可惜我没有这学问。后来，在覃哈特博士（Dr.O.Dähnhardt）的《自然史底

---

[1] 名人或名教授，及下文所说"负有指导青年责任的前辈"，均指陈西滢等"现代评论派"的教授。

[2] "不好惹"：1926年1月30日徐志摩在《晨报副刊》发表为陈西滢辩护的《关于下面一束通信告读者们》，其中有"说实话，他（按：指陈西滢）也不是好惹的"。

[3] 以动机来褒贬作品：1925年11月7日，陈西滢在《现代评论》第2卷第48期发表《创作的动机与态度》一文，认为："一件艺术品的产生，除了纯粹的创造冲动，是不是常常还夹杂着别种动机？是不是应当夹杂着别种不纯洁的动机？"

国民童话》里，总算发见了那原因了。据说，是这么一回事：动物们因为要商议要事，开了一个会议，鸟，鱼，兽都齐集了，单是缺了象。大家议定，派伙计去迎接它，拈到了当这差使的阄的就是狗。“我怎么找到那象呢？我没有见过它，也和它不认识。”它问。“那容易，”大众说，“它是驼背的。”狗去了，遇见一匹猫，立刻弓起脊梁来，它便招待，同行，将弓着脊梁的猫介绍给大家道：“象在这里！”但是大家都嗤笑它了。从此以后，狗和猫便成了仇家。

日耳曼人[1]走出森林虽然还不很久，学术文艺却已经很可观，便是书籍的装潢，玩具的工致，也无不令人心爱。独有这一篇童话却实在不漂亮；结怨也结得没有意思。猫的弓起脊梁，并不是希图冒充，故意摆架子的，其咎却在狗的自己没眼力。然而原因也总可以算作一个原因。我的仇猫，是和这大大两样的。

其实人禽之辨，本不必这样严。在动物界，虽然并不如古人所幻想的那样舒适自由，可是噜苏做作的事总比人间少。它们适性任情，对就对，错就错，不说一句分辩话。虫蛆也许是不干净的，但它们并没有自鸣清高；鸷禽猛兽以较弱的动物为饵，不妨说是凶残的罢，但它们从来就没有竖过“公理”“正义”[2]的旗子，使牺牲者直到被吃的时候为止，还是一味佩服赞叹它们。人呢，能直立了，自然是一大进步；能说话了，自然又是一大进步；能写字作文了，自然又是一大进步。然而也就堕落，因为那时也开始了说空话。说空话尚无不可，甚至于连自己也不知道说着违心之论，则对于只能嗥叫的动物，实在免

---

[1] 日耳曼人：原为居住在欧洲东北部的一些部落的总称。起初以游牧、狩猎为生，公元前一世纪转向定居。此后多次分化迁徙，各支日耳曼人与其他原居民结合，形成近代英、德、荷兰、瑞典、挪威、丹麦等民族的祖先。

[2] “公理”“正义”：陈西滢等在论争中经常以“公理”“正义”的化身自居，明明是偏袒校长一方，却要打着“教育界公理维持会”的旗号，可参看《“公理”的把戏》（文收《华盖集》）、《“公理”之所在》（《而已集》）。

不得“颜厚有忸怩”[1]。假使真有一位一视同仁的造物主，高高在上，那么，对于人类的这些小聪明，也许倒以为多事，正如我们在万生园[2]里，看见猴子翻筋斗，母象请安，虽然往往破颜一笑，但同时也觉得不舒服，甚至于感到悲哀，以为这些多余的聪明，倒不如没有的好罢。然而，既经为人，便也只好“党同伐异”[3]，学着人们的说话，随俗来谈一谈，——辩一辩了。

现在说起我仇猫的原因来，自己觉得是理由充足，而且光明正大的。一，它的性情就和别的猛兽不同，凡捕食雀鼠，总不肯一口咬死，定要尽情玩弄，放走，又捉住，捉住，又放走，直待自己玩厌了，这才吃下去，颇与人们的幸灾乐祸，慢慢地折磨弱者的坏脾气相同。二，它不是和狮虎同族的么？可是有这么一副媚态！但这也许是限于天分之故罢，假使它的身材比现在大十倍，那就真不知道它所取的是怎么一种态度。然而，这些口实，仿佛又是现在提起笔来的时候添出来的，虽然也像是当时涌上心来的理由。要说得可靠一点，或者倒不如说不过因为它们配合时候的嗥叫，手续竟有这么繁重，闹得别人心烦，尤其是夜间要看书，睡觉的时候。当这些时候，我便要用长竹竿去攻击它们。狗们在大道上配合时，常有闲汉拿了木棍痛打；我曾见大勃吕该尔（P. Bruegel d. Ä）的一张铜版画 Allegorie der Wollust[4]上，也画着这回事，可见这样的举动，是中外古今一致的。自从那执拗的奥国学者弗罗特（S. Freud）提倡了精神分析说——Psychoanalysis，听说章士钊

[1] “颜厚有忸怩”：语见《尚书·五子之歌》，意思是脸皮再厚，内心也要感到愧怍。

[2] 万生园：也作万牲园，北京动物园的前称。

[3] “党同伐异”：意指结党分派，偏向同伙，打击不同意见的人。陈西滢等“现代评论派”自身有“派”，却指责鲁迅等“党同伐异”，以示“公允”。鲁迅则以为人只要说话，就会有倾向性，同意某种意见，不同意某种意见，不能不加分析地都看做是“结党营私”；故作公允，反而是虚伪，而且很可能倒反是真正的“结党营私”。

[4] 意为“情欲的喻言”。

先生是译作“心解”的，虽然简古，可是实在难解得很——以来，我们的名人名教授也颇有隐隐约约，检来应用的了，这些事便不免又要归宿到性欲上去。打狗的事我不管，至于我的打猫，却只因为它们嚷嚷，此外并无恶意，我自信我的嫉妒心还没有这么博大，当现下“动辄获咎”之秋，这是不可不预先声明的。例如人们当配合之前，也很有些手续，新的是写情书，少则一束，多则一捆；旧的是什么“问名”“纳采”[1]，磕头作揖，去年海昌蒋氏在北京举行婚礼，拜来拜去，就十足拜了三天，还印有一本红面子的《婚礼节文》，《序论》里大发议论道：“平心论之，既名为礼，当必繁重。专图简易，何用礼为？……然则世之有志于礼者，可以兴矣！不可退居于礼所不下之庶人矣！”然而我毫不生气，这是因为无须我到场；因此也可见我的仇猫，理由实在简简单单，只为了它们在我的耳朵边尽嚷的缘故。人们的各种礼式，局外人可以不见不闻，我就满不管，但如果当我正要看书或睡觉的时候，有人来勒令朗诵情书，奉陪作揖，那是为自卫起见，还要用长竹竿来抵御的。还有，平素不大交往的人，忽而寄给我一个红帖子，上面印着“为舍妹出阁”，“小儿完姻”，“敬请观礼”或“阖第光临”这些含有“阴险的暗示”的句子，使我不化钱便总觉得有些过意不去的，我也不十分高兴。

但是，这都是近时的话。再一回忆，我的仇猫却远在能够说出这些理由之前，也许是还在十岁上下的时候了。至今还分明记得，那原因是极其简单的：只因为它吃老鼠，——吃了我饲养着的可爱的小小的隐鼠。

听说西洋是不很喜欢黑猫的，不知道可确；但 Edgar Allan Poe[2]

---

[1] “问名”“纳采”：旧时议婚的仪式。“问名”是男方通过媒人询问女方的姓名和出生日期；“纳采”指向女方送订婚的礼物。

[2] Edgar Allan Poe：通译爱伦·坡，美国诗人和小说家。他在短篇小说《黑猫》中，写一个囚犯自述的故事：他因杀死一只猫而被神秘的黑猫逼成了谋杀犯。

的小说里的黑猫，却实在有点骇人。日本的猫善于成精，传说中的“猫婆”[1]，那食人的惨酷确是更可怕。中国古时候虽然曾有“猫鬼”，近来却很少听到猫的兴妖作怪，似乎古法已经失传，老实起来了。只是我在童年，总觉得它有点妖气，没有什么好感。那是一个我的幼时的夏夜，我躺在一株大桂树下的小板桌上乘凉，祖母摇着芭蕉扇坐在桌旁，给我猜谜，讲故事。忽然，桂树上沙沙地有趾爪的爬搔声，一对闪闪的眼睛在暗中随声而下，使我吃惊，也将祖母讲着的话打断，另讲猫的故事了——

“你知道么？猫是老虎的先生。”她说。“小孩子怎么会知道呢，猫是老虎的师父。老虎本来是什么也不会的，就投到猫的门下来。猫就教给它扑的方法，捉的方法，吃的方法，像自己的捉老鼠一样。这些教完了；老虎想，本领都学到了，谁也比不过它了，只有老师的猫还比自己强，要是杀掉猫，自己便是最强的脚色了。它打定主意，就上前去扑猫。猫是早知道它的来意的，一跳，便上了树，老虎却只能眼睁睁地在树下蹲着。它还没有将一切本领传授完，还没有教给它上树。”

这是侥幸的，我想，幸而老虎很性急，否则从桂树上就会爬下一匹老虎来。然而究竟很怕人，我要进屋子里睡觉去了。夜色更加黯然；桂叶瑟瑟地作响，微风也吹动了，想来草席定已微凉，躺着也不至于烦得翻来复去了。

几百年的老屋中的豆油灯的微光下，是老鼠跳梁的世界，飘忽地走着，吱吱地叫着，那态度往往比“名人名教授”还轩昂。猫是饲养着的，然而吃饭不管事。祖母她们虽然常恨鼠子们啮破了箱柜，偷吃了东西，我却以为这也算不得什么大罪，也和我不相干，况且这类坏

[1] “猫婆”：日本民间传说中的精怪。有个老太婆养的一只猫，年久成了精怪，它吃了老太婆，又幻变成她的形状去害人。

事大概是大个子的老鼠做的，决不能诬陷到我所爱的小鼠身上去。这类小鼠大抵在地上走动，只有拇指那么大，也不很畏惧人，我们那里叫它“隐鼠”，与专住在屋上的伟大者是两种。我的床前就帖着两张花纸，一是“八戒招赘”，满纸长嘴大耳，我以为不甚雅观；别的一张“老鼠成亲”[1]却可爱，自新郎新妇以至傧相[2]，宾客，执事[3]，没有一个不是尖腮细腿，像煞读书人的，但穿的都是红衫绿裤。我想，能举办这样大仪式的，一定只有我所喜欢的那些隐鼠。现在是粗俗了，在路上遇见人类的迎娶仪仗，也不过当作性交的广告看，不甚留心；但那时的想看“老鼠成亲”的仪式，却极其神往，即使像海昌蒋氏似的连拜三夜，怕也未必会看得心烦。正月十四的夜，是我不肯轻易便睡，等候它们的仪仗从床下出来的夜。然而仍然只看见几个光着身子的隐鼠在地面游行，不像正在办着喜事。直到我熬不住了，快快睡去，一睁眼却已经天明，到了灯节了。也许鼠族的婚仪，不但不分请帖，来收罗贺礼，虽是真的“观礼”，也绝对不欢迎的罢，我想，这是它们向来的习惯，无法抗议的。

老鼠的大敌其实并不是猫。春后，你听到它“咋！咋咋咋咋！”地叫着，大家称为“老鼠数铜钱”的，便知道它的可怕的屠伯已经光降了。这声音是表现绝望的惊恐的，虽然遇见猫，还不至于这样叫。猫自然也可怕，但老鼠只要窜进一个小洞去，它也就奈何不得，逃命的机会还很多。独有那可怕的屠伯——蛇，身体是细长的，圆径和鼠子差不多，凡鼠子能到的地方，它也能到，追逐的时间也格外长，而且万难幸免，当“数钱”的时候，大概是已经没有第二步办法的了。

---

[1] “老鼠成亲”：旧时江浙一带的民间传说，认为夏历正月十四的半夜是老鼠成亲的日期。这里是以此为题材的一种彩画。

[2] 傧相：举行婚礼时陪伴新郎新娘的人，相当于现在的伴郎、伴娘。

[3] 执事：在举行典礼时专门负责某种事务的人。

有一回，我就听得一间空屋里有着这种“数钱”的声音，推门进去，一条蛇伏在横梁上，看地上，躺着一匹隐鼠，口角流血，但两胁还是一起一落的。取来给躺在一个纸盒子里，大半天，竟醒过来了，渐渐地能够饮食，行走，到第二日，似乎就复了原，但是不逃走。放在地上，也时时跑到人面前来，而且缘腿而上，一直爬到膝髁。给放在饭桌上，便检吃些菜渣，舐舐碗沿；放在我的书桌上，则从容地游行，看见砚台便舐吃了研着的墨汁。这使我非常惊喜了。我听父亲说过的，中国有一种墨猴，只有拇指一般大，全身的毛是漆黑而且发亮的。它睡在笔筒里，一听到磨墨，便跳出来，等着，等到人写完字，套上笔，就舐尽了砚上的余墨，仍旧跳进笔筒里去了。我就极愿意有这样的一个墨猴，可是得不到；问那里有，那里买的呢，谁也不知道。“慰情聊胜无”，这隐鼠总可以算是我的墨猴了罢，虽然它舐吃墨汁，并不一定肯等到我写完字。

现在已经记不分明，这样地大约有一两月；有一天，我忽然感到寂寞了，真所谓“若有所失”。我的隐鼠，是常在眼前游行的，或桌上，或地上。而这一日却大半天没有见，大家吃午饭了，也不见它走出来，平时，是一定出现的。我再等着，再等它一半天，然而仍然没有见。

长妈妈，一个一向带领着我的女工，也许是以为我等得太苦了罢，轻轻地来告诉我一句话。这即刻使我愤怒而且悲哀，决心和猫们为敌。她说：隐鼠是昨天晚上被猫吃去了！

当我失掉了所爱的，心中有着空虚时，我要充填以报仇的恶念！

我的报仇，就从家里饲养着的一匹花猫起手，逐渐推广，至于凡所遇见的诸猫。最先不过是追赶，袭击；后来却愈加巧妙了，能飞石击中它们的头，或诱入空屋里面，打得它垂头丧气。这作战继续得颇长久，此后似乎猫都不来近我了。但对于它们纵使怎样战胜，大约也算不得一个英雄；况且中国毕生和猫打仗的人也未必多，所以一切韬略，战绩，还是全都省略了罢。

但许多天之后，也许是已经经过了大半年，我竟偶然得到一个意外的消息：那隐鼠其实并非被猫所害，倒是它缘着长妈妈的腿要爬上去，被她一脚踏死了。

这确是先前所没有料想到的。现在我已经记不清当时是怎样一个感想，但和猫的感情却终于没有融和；到了北京，还因为它伤害了兔的儿女们，便旧隙夹新嫌，使出更辣的辣手。“仇猫”的话柄，也从此传扬开来。然而在现在，这些早已是过去的事了，我已经改变态度，对猫颇为客气，倘其万不得已，则赶走而已，决不打伤它们，更何况杀害。这是我近几年的进步。经验既多，一旦大悟，知道猫的偷鱼肉，拖小鸡，深夜大叫，人们自然十之九是憎恶的，而这憎恶是在猫身上。假如我出而为人们驱除这憎恶，打伤或杀害了它，它便立刻变为可怜，那憎恶倒移在我身上了。所以，目下的办法，是凡遇猫们捣乱，至于有人讨厌时，我便站出去，在门口大声叱曰：“嘘！滚！”小小平静，即回书房，这样，就长保着御侮保家的资格。其实这方法，中国的官兵就常在实做的，他们总不肯扫清土匪或扑灭敌人，因为这么一来，就要不被重视，甚至于因失其用处而被裁汰。我想，如果能将这方法推广应用，我大概也总可望成为所谓“指导青年”的“前辈”的罢，但现下也还未决心实践，正在研究而且推敲。

一九二六年二月二十一日。

（选自《鲁迅全集》卷二《朝花夕拾》）

鲁迅的又一个“遗嘱”

庄生以为“在上为乌鸢食，在下为蝼蚁食”，死后的身体，大可随便处置，因为横竖结果都一样。

我却没有这么旷达。假使我的血肉该喂动物，我情愿喂狮虎鹰隼，却一点也不给癞皮狗们吃。

养肥了狮虎鹰隼，它们在天空，岩角，大漠，丛莽里是伟美的壮观，捕来放在动物园里，打死制成标本，也令人看了神旺，消去鄙吝的心。

但养胖一群癞皮狗，只会乱钻，乱叫，可多么讨厌！

——《且介亭杂文末编·附集·半夏小集》

秋夜纪游

秋已经来了，炎热也不比夏天小，当电灯替代了太阳的时候，我还是在马路上漫游。

危险？危险令人紧张，紧张令人觉到自己生命的力。在危险中漫游，是很好的。

租界也还有悠闲的处所，是住宅区。但中等华人的窟穴却是炎热的，吃食担，胡琴，麻将，留声机，垃圾桶，光着的身子和腿。相宜的是高等华人或无等洋人住处的门外，宽大的马路，碧绿的树，淡色的窗幔，凉风，月光，然而也有狗子叫。

我生长农村中，爱听狗子叫，深夜远吠，闻之神怡，古人之所谓"犬声如豹"[1]者就是。倘或偶经生疏的村外，一声狂嗥，巨獒[2]跃出，也给人一种紧张，如临战斗，非常有趣的。

但可惜在这里听到的是吧儿狗。它躲躲闪闪，叫得很脆：汪汪！

我不爱听这一种叫。

我一面漫步，一面发出冷笑，因为我明白了使它闭口的方法，是只要去和它主子的管门人说几句话，或者抛给它一根肉骨头。这两件我还能的，但是我不做。

它常常要汪汪。

我不爱听这一种叫。

我一面漫步，一面发出恶笑了，因为我手里拿着一粒石子，恶笑

[1] 语出唐代王维的《山中与裴秀才迪书》，原作"深巷寒犬，吠声如豹"。
[2] 獒：狗的一种，体大，尾长，四肢较短，凶猛善斗。

刚敛，就举手一掷，正中了它的鼻梁。

呜的一声，它不见了。我漫步着，漫步着，在少有的寂寞里。

秋已经来了，我还是漫步着。叫呢，也还是有的，然而更加躲躲闪闪了，声音也和先前不同，距离也隔得远了，连鼻子都看不见。

我不再冷笑，不再恶笑了，我漫步着，一面舒服的听着它那很脆的声音。

八月十四日。

（选自《鲁迅全集》卷五《准风月谈》）

小白象和小刺猬

看看鲁迅与许广平的通信中的署名是很有意思的：鲁迅自称“小白象”，而且自绘有图：长鼻子忽而高耸，忽而低垂，那是他或得意地大笑，或哀哀饮泣呢。而许广平则自署“小刺猬”。（参看王得后《〈两地书〉研究》）

这背后有故事。

是林语堂首先把鲁迅称作“一只令人担忧的白象”（《鲁迅》），许广平解释说，象多是灰色，遇到一只白的，就显得“难能可贵”（《鲁迅先生与海婴》），同时因为特别，就自然让人不放心。鲁迅在信中也将刚刚出生的海婴称作“小白象”，而且延伸出“小红象”的称号，并且还有了到哪里去寻找“扶育白象那么广大的森林”的担忧和讨论。

许广平回忆说，在北平阜内大街的寓所（今鲁迅故居）的院子里，曾捉到两只小刺猬，鲁迅的母亲郑重爱护地养起来了。鲁迅、许广平则常和它们一起玩：“两只手一去碰它，缩做了一团了，大大的毛栗子，那么圆滚滚的可爱相。走起来，那么细手细脚的……。”不知怎么一来，它逃脱了，找不见了。有一天，落雨了，许广平撑着伞来寓所，第二天，就收到了鲁迅的信，里面附了一张图，一只小刺猬拿着伞走，真神气。——可惜这幅画后来也找不到了。(《青年人与鲁迅》)

夏三虫

夏天近了，将有三虫：蚤，蚊，蝇。

假如有谁提出一个问题，问我三者之中，最爱什么，而且非爱一个不可，又不准像“青年必读书”那样的缴白卷的。我便只得回答道：跳蚤。

跳蚤的来吮血，虽然可恶，而一声不响地就是一口，何等直截爽快。蚊子便不然了，一针叮进皮肤，自然还可以算得有点彻底的，但当未叮之前，要哼哼地发一篇大议论，却使人觉得讨厌。如果所哼的是在说明人血应该给它充饥的理由，那可更其讨厌了，幸而我不懂。

野雀野鹿，一落在人手中，总时时刻刻想要逃走。其实，在山林间，上有鹰鹯[1]，下有虎狼，何尝比在人手里安全。为什么当初不逃到人类中来，现在却要逃到鹰鹯虎狼间去？或者，鹰鹯虎狼之于它们，正如跳蚤之于我们罢。肚子饿了，抓着就是一口，决不谈道理，弄玄虚。被吃者也无须在被吃之前，先承认自己之理应被吃，心悦诚服，誓死不二。人类，可是也颇擅长于哼哼的了，害中取小，它们的避之惟恐不速，正是绝顶聪明。

苍蝇嗡嗡地闹了大半天，停下来也不过舐一点油汗，倘有伤痕或疮疖，自然更占一些便宜；无论怎么好的，美的，干净的东西，又总喜欢一律拉上一点蝇矢。但因为只舐一点油汗，只添一点腌臜[2]，在

[1] 鹯（zhān）：古书上指一种猛禽。
[2] 腌臜（ā · za）：肮脏。

麻木的人们还没有切肤之痛，所以也就将它放过了。中国人还不很知道它能够传播病菌，捕蝇运动大概不见得兴盛。它们的运命是长久的；还要更繁殖。

但它在好的，美的，干净的东西上拉了蝇矢之后，似乎还不至于欣欣然反过来嘲笑这东西的不洁：总要算还有一点道德的。

古今君子，每以禽兽斥人，殊不知便是昆虫，值得师法的地方也多着哪。

四月四日。

（选自《鲁迅全集》卷三《华盖集》）

鲁迅笔下的“群狗图”

狗性总不大会改变的，……它何尝真是落水，巢窟是早已造好的了，食料是早经储足的了，并且都在租界里。虽然有时似乎受伤，其实并不，至多不过是假装跛脚，聊以引起人们的恻隐之心，可以从容避匿罢了。他日复来，仍旧先咬老实人开手，“投石下井”，无所不为……

——《坟·论“费厄泼赖”应该缓行》

叭儿狗一名哈吧狗，……听说倒是中国的特产，……狗和猫不是仇敌么？它却虽然是狗，又很像猫，折中，公允，调和，平正之状可掬，悠悠然摆出别个无不偏激，惟独自己得了“中庸之道”似的脸来。因此也就为阔人，太监，太太，小姐们所钟爱，种子绵绵不绝。它的事业，只是以伶俐的皮毛获得贵人豢养，或者中外的娘儿们上街的时候，脖子上拴了细链子跟在脚后跟。

——《坟·论“费厄泼赖”应该缓行》

凡走狗，虽或为一个资本家所豢养，其实是属于所有的资本家的，所以它遇见所有的阔人都驯良，遇见所有的穷人都狂吠。……即使无人豢养，饿的精瘦，变成野狗了，但还是遇见所有的阔人都驯良，遇见所有的穷人都狂吠的，不过这时它就愈不明白谁是主子了。

——《二心集·“丧家的”“资本家的乏走狗”》

战士和苍蝇

Schopenhauer[1]说过这样的话：要估定人的伟大，则精神上的大和体格上的大，那法则完全相反。后者距离愈远即愈小，前者却见得愈大。

正因为近则愈小，而且愈看见缺点和创伤，所以他就和我们一样，不是神道，不是妖怪，不是异兽。他仍然是人，不过如此。但也惟其如此，所以他是伟大的人。

战士战死了的时候，苍蝇们所首先发见的是他的缺点和伤痕，嘬着，营营地叫着，以为得意，以为比死了的战士更英雄。但是战士已经战死了，不再来挥去他们。于是乎苍蝇们即更其营营地叫，自以为倒是不朽的声音，因为它们的完全，远在战士之上。

的确的，谁也没有发见过苍蝇们的缺点和创伤。

然而，有缺点的战士终竟是战士，完美的苍蝇也终竟不过是苍蝇。

去罢，苍蝇们！虽然生着翅子，还能营营，总不会超过战士的。你们这些虫豸[2]们！

三月二十一日。

（选自《鲁迅全集》卷三《华盖集》）

---

[1] Schopenhauer，即叔本华（1788—1860），德国哲学家。

[2] 虫豸（zhì）：虫子。

单元读写活动建议

1. 你大概有过自己喜爱的动物，你喜欢它一定有原因或是特殊的感受，说说你和某种动物的故事。或者你自己动笔写一个动物故事。
2. 也许你心中已经有了一个鲁迅，那么请你为鲁迅画幅像，“形”并不重要，重要的是“神”。
3. 收集中国和外国有关狼（或猫头鹰、猫、狗、兔子、老鼠、苍蝇、跳蚤、蚊子……）的民间故事或文学作品，结合鲁迅笔下的这些动物形象，自拟题目，写一篇读书杂记。

2 人·鬼·神

这恐怕是每一个人都会有的童年记忆：听奶奶、母亲，或者老保姆讲鬼的故事、神的传说，听得入迷，听得毛骨悚然，想听又怕听，并因此有了各式各样的梦……

但你想过这意味着什么吗？

鲁迅早在20世纪初，就注意到了这个人所特有的精神现象，并作了这样的解说："夫人在两间，……倘其不安物质之生活，则自必有形上之需求。"（《集外集拾遗补编·破恶声论》）人立足于大地，当然要面对现实；但人又本然地想飞离大地，超越现实，到神秘未知的怪异的世界去自由翱翔，以满足现实中不能实现的隐蔽的精神欲求。于是，"人的世界"之外，就有了"鬼的世界""神的世界"，而这之间又是相通的。周作人说得好："我们能够于怪异的传说的里面瞥见人类共通的悲哀或恐怖"（《自己的园地·文艺上的异物》），"了解一点平时不易知道的人情"（《苦竹杂记·说鬼》），"我们听人说鬼实即等于听其谈心矣"（《夜读抄·鬼的生长》）。

那么，我们就来听鲁迅谈心罢。

导读

这是鲁迅生命中的神圣瞬间，他的精神上的永远的闪光点："我至今还确凿记得，在故乡时候，和'下等人'一同，常常这样高兴地正视过这鬼而人，理而情，可怖而可爱的无常；而且欣赏他脸上的哭或笑，口头的硬语与谐谈……。"

正是在这民间节日的狂欢中，在这人、鬼、神共享的祭祀仪式里，少年鲁迅不知不觉地进入了家乡的"下等人"心灵的隐蔽世界，获得了与底层百姓和他们的民间想象融合无间的生命体验，由此建立的血肉般的精神联系，决定了他的一生的选择和命运。这是他的生命之根，也是他的文学之根。

正是这样的神圣的童年记忆，化作了鲁迅散文，也是中国现代散文中的两大极品。他用出神入化之笔，描绘了他故乡绍兴的"两种特色的鬼"："表现对于'死'的无可奈何，而且随随便便的'无常'"，以及"比别的一切鬼魂更美，更强的鬼魂"女吊。而无常的通达与女吊的刚烈，以及语言上的诙谐与硬语，都是显示了绍兴的民性，深刻地影响了鲁迅，成为他的精神与文学的底气的两个侧面。

人们还注意到，《无常》写于1926年6月，正是鲁迅一场大病之后，而《女吊》更是写在鲁迅生命的最后的痛苦挣扎的间隙；这就是说，当鲁迅"为死亡所捕获"，他总是到童年的民间记忆里，去寻找生命之光。这是一个重要的启迪：人应该有自己的根，自己的精神家园——从这里出发，又不断回归于此。

无常

迎神赛会这一天出巡的神，如果是掌握生杀之权的，——不，这生杀之权四个字不大妥，凡是神，在中国仿佛都有些随意杀人的权柄似的，倒不如说是职掌人民的生死大事的罢，就如城隍[1]和东岳大帝[2]之类，那么，他的卤簿[3]中间就另有一群特别的脚色：鬼卒，鬼王，还有活无常[4]。

这些鬼物们，大概都是由粗人和乡下人扮演的。鬼卒和鬼王是红红绿绿的衣裳，赤着脚；蓝脸，上面又画些鱼鳞，也许是龙鳞或别的什么鳞罢，我不大清楚。鬼卒拿着钢叉，叉环振得琅琅地响，鬼王拿的是一块小小的虎头牌。据传说，鬼王是只用一只脚走路的；但他究竟是乡下人，虽然脸上已经画上些鱼鳞或者别的什么鳞，却仍然只得用了两只脚走路。所以看客对于他们不很敬畏，也不大留心，除了念佛老妪和她的孙子们为面面圆到起见，也照例给他们一个"不胜屏营待命之至"[5]的仪节。

至于我们——我相信：我和许多人——所最愿意看的，却在活无常。他不但活泼而诙谐，单是那浑身雪白这一点，在红红绿绿中就有"鹤立鸡群"之概。只要望见一顶白纸的高帽子和他手里的破芭蕉扇的影子，大家就都有些紧张，而且高兴起来了。

---

[1] 城隍：迷信传说中主管城池的神。

[2] 东岳大帝：道教所奉的泰山神。

[3] 卤簿：古代帝王或大臣外出时的侍从仪仗队。

[4] 无常：佛家语，原指世间一切事物都在变异灭坏的过程中，后引申为死的意思。迷信传说中也用之称"勾魂使者"。

[5] "不胜屏营待命之至"：旧时官员对上司呈文结束处的套语，这里是肃然起敬的意思。

人民之于鬼物，惟独与他最为稔熟，也最为亲密，平时也常常可以遇见他。譬如城隍庙或东岳庙中，大殿后面就有一间暗室，叫作“阴司间”，在才可辨色的昏暗中，塑着各种鬼：吊死鬼，跌死鬼，虎伤鬼，科场鬼，……而一进门口所看见的长而白的东西就是他。我虽然也曾瞻仰过一回这“阴司间”，但那时胆子小，没有看明白。听说他一手还拿着铁索，因为他是勾摄生魂的使者。相传樊江[1]东岳庙的“阴司间”的构造，本来是极其特别的：门口是一块活板，人一进门，踏着活板的这一端，塑在那一端的他便扑过来，铁索正套在你脖子上。后来吓死了一个人，钉实了，所以在我幼小的时候，这就已不能动。

倘使要看个分明，那么，《玉历钞传》[2]上就画着他的像，不过《玉历钞传》也有繁简不同的本子的，倘是繁本，就一定有。身上穿的是斩衰凶服[3]，腰间束的是草绳，脚穿草鞋，项挂纸锭[4]；手上是破芭蕉扇，铁索，算盘；肩膀是耸起的，头发却披下来；眉眼的外梢都向下，像一个“八”字。头上一顶长方帽，下大顶小，按比例一算，该有二尺来高罢；在正面，就是遗老遗少们所戴瓜皮小帽的缀一粒珠子或一块宝石的地方，直写着四个字道：“一见有喜”。有一种本子上，却写的是“你也来了”。这四个字，是有时也见于包公殿[5]的扁额上的，至于他的帽上是何人所写，他自己还是阎罗王，我可没有研究出。

《玉历钞传》上还有一种和活无常相对的鬼物，装束也相仿，叫作“死有分”。这在迎神时候也有的，但名称却讹作死无常了，黑脸，黑衣，谁也不爱看。在“阴司间”里也有的，胸口靠着墙壁，阴森森

---

[1] 樊江：绍兴城东20里的一个乡镇。

[2]《玉历钞传》：全称《玉历至宝钞传》，是一部宣传迷信的书。

[3] 斩衰凶服：封建丧制中规定的重孝丧服，用粗麻布裁制，不缝下边。

[4] 纸锭：纸或锡箔折成的元宝。旧俗认为焚化后可供死者在“阴间”使用。

[5] 包公殿：供奉宋代包拯的庙宇。传说包拯死后做了阎罗十殿中第五殿的阎罗王，东岳庙或城隍庙中供有他的神像。

地站着；那才真真是"碰壁"[1]。凡有进去烧香的人们，必须摩一摩他的脊梁，据说可以摆脱了晦气；我小时也曾摩过这脊梁来，然而晦气似乎终于没有脱，——也许那时不摩，现在的晦气还要重罢，这一节也还是没有研究出。

我也没有研究过小乘佛教[2]的经典，但据耳食[3]之谈，则在印度的佛经里，焰摩天[4]是有的，牛首阿旁[5]也有的，都在地狱里做主任。至于勾摄生魂的使者的这无常先生，却似乎于古无征，耳所习闻的只有什么"人生无常"之类的话。大概这意思传到中国之后，人们便将他具象化了。这实在是我们中国人的创作。

然而人们一见他，为什么就都有些紧张，而且高兴起来呢？

凡有一处地方，如果出了文士学者或名流，他将笔头一扭，就很容易变成"模范县"[6]。我的故乡，在汉末虽曾经虞仲翔先生揄扬过，但是那究竟太早了，后来到底免不了产生所谓"绍兴师爷"[7]，不过也并非男女老小全是"绍兴师爷"，别的"下等人"也不少。这些"下等人"，要他们发什么"我们现在走的是一条狭窄险阻的小路，左面是一个广漠无际的泥潭，右面也是一片广漠无际的浮砂，前面是遥遥茫茫荫在薄雾的里面的目的地"那样热昏似的妙语，是办不到的，

---

[1] "碰壁"：在北京女师大学生反对校长杨荫榆的事件中，曾有教员阻挠学生，说："你们做事不要碰壁。"作者这里是讽刺之意，参见《华盖集·"碰壁"之后》。

[2] 小乘佛教：早期佛教的主要流派，注重修行持戒，自我解脱，自认为是佛教的正统派。

[3] 耳食：听别人这样说就信以为真的意思。

[4] 焰摩天：佛教传说"欲界诸天"中的一天。佛经中又有"焰摩界"，即所谓轮回六道中的饿鬼道，它的主宰是琰魔王，也就是阎罗王。这里所说的"焰摩天"，当是地狱中的"焰摩界"。

[5] 牛首阿旁：佛经所说地狱中的狱卒。

[6] "模范县"：这是对陈西滢的嘲弄。陈是无锡人，他曾在《现代评论》第2卷第37期《闲话》中夸耀"无锡是中国的模范县"。

[7] "绍兴师爷"：清代官署中承办刑事判牍的幕僚叫"刑名师爷"。当时绍兴籍的幕僚较多，故有"绍兴师爷"之称。陈西滢在1926年1月30日《晨报副刊》上发表的《致志摩》信中曾说鲁迅"有他们贵乡绍兴的刑名师爷的脾气"。

可是在无意中，看得往这“荫在薄雾的里面的目的地”[1]的道路很明白：求婚，结婚，养孩子，死亡。但这自然是专就我的故乡而言，若是“模范县”里的人民，那当然又作别论。他们——敝同乡“下等人”——的许多，活着，苦着，被流言，被反噬，因了积久的经验，知道阳间维持“公理”的只有一个会[2]，而且这会的本身就是“遥遥茫茫”，于是乎势不得不发生对于阴间的神往。人是大抵自以为衔些冤抑的；活的“正人君子”们只能骗鸟，若问愚民，他就可以不假思索地回答你：公正的裁判是在阴间！

想到生的乐趣，生固然可以留恋；但想到生的苦趣，无常也不一定是恶客。无论贵贱，无论贫富，其时都是“一双空手见阎王”[3]，有冤的得伸，有罪的就得罚。然而虽说是“下等人”，也何尝没有反省？自己做了一世人，又怎么样呢？未曾“跳到半天空”么？没有“放冷箭”么？无常的手里就拿着大算盘，你摆尽臭架子也无益。对付别人要滴水不羼[4]的公理，对自己总还不如虽在阴司里也还能够寻到一点私情。然而那又究竟是阴间，阎罗天子，牛首阿旁，还有中国人自己想出来的马面[5]，都是并不兼差，真正主持公理的脚色，虽然他们并没有在报上发表过什么大文章。当还未做鬼之前，有时先不欺心的人们，遥想着将来，就又不能不想在整块的公理中，来寻一点情面的末屑，这时候，我们的活无常先生便见得可亲爱了，利中取大，害中取小，我们的古哲墨翟先生谓之“小取”云。

在庙里泥塑的，在书上墨印的模样上，是看不出他那可爱来的。

---

[1] 几句均出自陈西滢《致志摩》。下文中“跳到半天空”“放冷箭”等也是。
[2] 指1925年12月陈西滢等组织的“教育界公理维持会”。
[3] “一双空手见阎王”：语见《何典》“卖嘴郎中无好药，一双空手见阎王”。
[4] 羼：掺杂。
[5] 马面：迷信传说地狱中人身马头的狱卒。

最好是去看戏。但看普通的戏也不行，必须看“大戏”或者“目连戏”[1]。目连戏的热闹，张岱在《陶庵梦忆》上也曾夸张过，说是要连演两三天。在我幼小时候可已经不然了，也如大戏一样，始于黄昏，到次日的天明便完结。这都是敬神禳灾[2]的演剧，全本里一定有一个恶人，次日的将近天明便是这恶人的收场的时候，“恶贯满盈”，阎王出票来勾摄了，于是乎这活的活无常便在戏台上出现。

我还记得自己坐在这一种戏台下的船上的情形，看客的心情和普通是两样的。平常愈夜深愈懒散，这时却愈起劲。他所戴的纸糊的高帽子，本来是挂在台角上的，这时预先拿进去了；一种特别乐器，也准备使劲地吹。这乐器好像喇叭，细而长，可有七八尺，大约是鬼物所爱听的罢，和鬼无关的时候就不用；吹起来，Nhatu，nhatu，nhatututuu 地响，所以我们叫它“目连嗐头”[3]。

在许多人期待着恶人的没落的凝望中，他出来了，服饰比画上还简单，不拿铁索，也不带算盘，就是雪白的一条莽汉，粉面朱唇，眉黑如漆，蹙着，不知道是在笑还是在哭。但他一出台就须打一百零八个嚏，同时也放一百零八个屁，这才自述他的履历。可惜我记不清楚了，其中有一段大概是这样：

> “…………
>
> 大王出了牌票，叫我去拿隔壁的癞子。
>
> 问了起来呢，原来是我堂房的阿侄。

---

[1] “大戏”或者“目连戏”：都是绍兴地方戏。“大戏”是“绍兴大班”演的文戏和武戏，演出多是为了祭神；“目连戏”则是演给鬼看的：传说七月份酆都城鬼门关打开，阎罗大王让小鬼到人间玩玩，自然要看戏。目连戏演的是佛的大弟子目连有大神通，入地狱救母的故事，其间又有许多穿插戏，多是讽刺社会恶行现象的喜剧，特别为民间观众所喜爱。

[2] 禳灾：迷信的人向鬼神祈祷消除灾殃。

[3] “目连嗐头”：嗐头，绍兴方言，即号筒。“目连嗐头”是一种特别加长的号筒，演目连戏时常用。

生的是什么病？伤寒，还带痢疾。

看的是什么郎中？下方桥[1]的陈念义 la 儿子。

开的是怎样的药方？附子，肉桂，外加牛膝。

第一煎吃下去，冷汗发出；

第二煎吃下去，两脚笔直。

我道 nga 阿嫂哭得悲伤，暂放他还阳半刻。

大王道我是得钱买放，就将我捆打四十！”

这叙述里的“子”字都读作入声。陈念义是越中的名医，俞仲华曾将他写入《荡寇志》里，拟为神仙；可是一到他的令郎，似乎便不大高明了。la 者“的”也；“儿”读若“倪”，倒是古音罢；nga 者，“我的”或“我们的”之意也。

他口里的阎罗天子仿佛也不大高明，竟会误解他的人格，——不，鬼格。但连“还阳半刻”都知道，究竟还不失其“聪明正直之谓神”。不过这惩罚，却给了我们的活无常以不可磨灭的冤苦的印象，一提起，就使他更加蹙紧双眉，捏定破芭蕉扇，脸向着地，鸭子浮水似的跳舞起来。

Nhatu，nhatu，nhatu-nhatu-nhatututuu！目连嗐头也冤苦不堪似的吹着。

他因此决定了：

“难是弗放者个！

那怕你，铜墙铁壁！

[1] 下方桥：在绍兴城北 40 里处，只通水路。

那怕你，皇亲国戚！

…………”

“难”者，“今”也；“者个”者“的了”之意，词之决也。“虽有忮心，不怨飘瓦”[1]，他现在毫不留情了，然而这是受了阎罗老子的督责之故，不得已也。一切鬼众中，就是他有点人情；我们不变鬼则已，如果要变鬼，自然就只有他可以比较的相亲近。

我至今还确凿记得，在故乡时候，和“下等人”一同，常常这样高兴地正视过这鬼而人，理而情，可怖而可爱的无常；而且欣赏他脸上的哭或笑，口头的硬语与谐谈[2]……。

迎神时候的无常，可和演剧上的又有些不同了。他只有动作，没有言语，跟定了一个捧着一盘饭菜的小丑似的脚色走，他要去吃；他却不给他。另外还加添了两名脚色，就是“正人君子”[3]之所谓“老婆儿女”。凡“下等人”，都有一种通病：常喜欢以己之所欲，施之于人。虽是对于鬼，也不肯给他孤寂，凡有鬼神，大概总要给他们一对一对地配起来。无常也不在例外。所以，一个是漂亮的女人，只是很有些村妇样，大家都称她无常嫂；这样看来，无常是和我们平辈的，无怪他不摆教授先生的架子。一个是小孩子，小高帽，小白衣；虽然小，两肩却已经耸起了，眉目的外梢也向下。这分明是无常少爷了，大家却叫他阿领[4]，对于他似乎都不很表敬意；猜起来，仿佛是无常嫂的前夫之子似的。但不知何以相貌又和无常有这么像？吁！鬼神之

[1] “虽有忮心，不怨飘瓦”：语出《庄子·达生》，意为心里虽有愤恨，却也不好怨谁。

[2] 口头的硬语与谐谈：这里说的是绍兴方言的特殊风格。“硬语”是指绍兴话中入声多，有一股“硬”气；“谐谈”是指绍兴方言中的诙谐感。而这两个方面都是显示了绍兴民性的特点的。

[3] “正人君子”：这里的“正人君子”和下文的“教授先生”均指陈西滢等人。

[4] 阿领：妇女再嫁时带来的与前夫所生的孩子，也即民间所说的“拖油瓶”。

事，难言之矣，只得姑且置之弗论。至于无常何以没有亲儿女，到今年可很容易解释了；鬼神能前知，他怕儿女一多，爱说闲话的就要旁敲侧击地锻成他拿卢布，所以不但研究，还早已实行了“节育”了。

这捧着饭菜的一幕，就是“送无常”。因为他是勾魂使者，所以民间凡有一个人死掉之后，就得有酒饭恭送他。至于不给他吃，那是赛会时候的开玩笑，实际上并不然。但是，和无常开玩笑，是大家都有此意的，因为他爽直，爱发议论，有人情，——要寻真实的朋友，倒还是他妥当。

有人说，他是生人走阴，就是原是人，梦中却入冥去当差的，所以很有些人情。我还记得住在离我家不远的小屋子里的一个男人，便自称是“走无常”，门外常常燃着香烛。但我看他脸上的鬼气反而多。莫非入冥做了鬼，倒会增加人气的么？吁！鬼神之事，难言之矣，这也只得姑且置之弗论了。

六月二十三日。

（选自《鲁迅全集》卷二《朝花夕拾》）

河水鬼：另一种绍兴特色鬼

我们乡间称它作 Ghosychiu，写出字来就是“河水鬼”。它是溺死的人的鬼魂。既然是五伤之一，——五伤大约是水，火，刀，绳，毒罢，但我记得又有虎伤在内，有点弄不清楚了，总之水死是其一，这是无可疑的，所以它照例应“找替代”。……它每幻化为种种物件，浮在岸边，人如伸手想去捞取，便会被拉下去，虽然看来似乎是他自己钻下去的。假如吊死鬼是以色迷，那么河水鬼可以说是以利诱了。……

……河水鬼的样子也很有点爱娇，……无论老的小的村的俊的，一掉到水里去就都变成一个样子，据说是身体矮小，很像是一个小孩子，平常三五成群，在岸上柳树下“顿铜钱”，正如街头的野孩子一样，一被惊动便跳下水去，有如一群青蛙，只有这个不同，青蛙跳时“不东”的有水响，有波纹，它们没有。为什么老年的河水鬼也喜欢摊钱之戏呢？这个，乡下懂事的老辈没有说明给我听过，我也没有本领自己去找到说明。

——周作人《水里的东西》

女吊

大概是明末的王思任[1]说的罢："会稽乃报仇雪耻之乡，非藏垢纳污之地！"这对于我们绍兴人很有光彩，我也很喜欢听到，或引用这两句话。但其实，是并不的确的；这地方，无论为那一样都可以用。

不过一般的绍兴人，并不像上海的"前进作家"[2]那样憎恶报复，却也是事实。单就文艺而言，他们就在戏剧上创造了一个带复仇性的，比别的一切鬼魂更美，更强的鬼魂。这就是"女吊"。我以为绍兴有两种特色的鬼，一种是表现对于死的无可奈何，而且随随便便的"无常"，我已经在《朝花夕拾》里得了绍介给全国读者的光荣了，这回就轮到别一种。

"女吊"也许是方言，翻成普通的白话，只好说是"女性的吊死鬼"。其实，在平时，说起"吊死鬼"，就已经含有"女性的"的意思的，因为投缳而死者，向来以妇人女子为最多。有一种蜘蛛，用一枝

---

[1] 王思任（1574—1646）：字季重，浙江山阴（今绍兴）人，明末官九江佥事。弘光元年（1645）清兵破南京，明朝宰相马士英逃往浙江，王思任写信骂他说："叛兵至则束手无措，强敌来则缩颈先逃……且欲求奔吾越；夫越乃报仇雪耻之国，非藏垢纳污之地也。"后绍兴城破，王思任绝食而死。

[2] 上海的"前进作家"：是指以周扬为代表的上海"左联"的领导人和在他们影响下的部分左翼知识分子。鲁迅因对他们所提出的"国防文学"口号提出了补充性的意见，就被横加一个"不理解党的政策，危害统一战线"的罪名，他们还在鲁迅病危时打上门来，以"实际解决"相威胁。当鲁迅奋起反击时，他们又指责鲁迅不够宽容。鲁迅在本文结尾时，所说的"明明暗暗，吸血吃肉的凶手或其帮闲"，却要人们"犯而勿校"（对侵犯者不予计较）、"勿念旧恶"，指的也就是这些"前进作家"。在鲁迅看来，他们并不是真正的革命者，不过是"拉大旗，作虎皮"的"借革命以营私"的假革命者，鲁迅称他们为"革命工头"和"奴隶总管"。可参看《答徐懋庸并关于抗日统一战线问题》，文收《且介亭杂文末编》。

丝挂下自己的身体，悬在空中，《尔雅》上已谓之“蚬，缢女”，可见在周朝或汉朝，自经的已经大抵是女性了，所以那时不称它为男性的“缢夫”或中性的“缢者”。不过一到做“大戏”或“目连戏”的时候，我们便能在看客的嘴里听到“女吊”的称呼。也叫作“吊神”。横死的鬼魂而得到“神”的尊号的，我还没有发见过第二位，则其受民众之爱戴也可想。但为什么这时独要称她“女吊”呢？很容易解：因为在戏台上，也要有“男吊”出现了。

我所知道的是四十年前的绍兴，那时没有达官显宦，所以未闻有专门为人（堂会？）的演剧。凡做戏，总带着一点社戏性，供着神位，是看戏的主体，人们去看，不过叨光。但“大戏”或“目连戏”所邀请的看客，范围可较广了，自然请神，而又请鬼，尤其是横死的怨鬼。所以仪式就更紧张，更严肃。一请怨鬼，仪式就格外紧张严肃，我觉得这道理是很有趣的。

也许我在别处已经写过。“大戏”和“目连”，虽然同是演给神，人，鬼看的戏文，但两者又很不同。不同之点：一在演员，前者是专门的戏子，后者则是临时集合的 Amateur[1]——农民和工人；一在剧本，前者有许多种，后者却好歹总只演一本《目连救母记》。然而开场的“起殇”，中间的鬼魂时时出现，收场的好人升天，恶人落地狱，是两者都一样的。

当没有开场之前，就可看出这并非普通的社戏，为的是台两旁早已挂满了纸帽，就是高长虹之所谓“纸糊的假冠”[2]，是给神道和鬼魂戴的。所以凡内行人，缓缓的吃过夜饭，喝过茶，闲闲而去，只要看

---

[1] Amateur：英语，意为业余活动者或业余爱好者（包括体育、文娱、艺术、科学等），这里指业余演员。

[2] 高长虹是鲁迅所支持的未名社的一位青年作家，后因内部矛盾，转而迁怒于鲁迅，并撰文攻击鲁迅：“戴其纸糊的权威者的假冠入于心身交病之状况矣！”鲁迅这里是顺便稍加嘲讽。

挂着的帽子，就能知道什么鬼神已经出现。因为这戏开场较早，“起殇”在太阳落尽时候，所以饭后去看，一定是做了好一会了，但都不是精彩的部分。“起殇”者，绍兴人现已大抵误解为“起丧”，以为就是召鬼，其实是专限于横死者的。《九歌》[1]中的《国殇》云：“身既死兮神以灵，魂魄毅兮为鬼雄”，当然连战死者在内。明社垂绝，越人起义而死者不少，至清被称为叛贼，我们就这样的一同招待他们的英灵。在薄暮中，十几匹马，站在台下了；戏子扮好一个鬼王，蓝面鳞纹，手执钢叉，还得有十几名鬼卒，则普通的孩子都可以应募。我在十余岁时候，就曾经充过这样的义勇鬼，爬上台去，说明志愿，他们就给在脸上涂上几笔彩色，交付一柄钢叉。待到有十多人了，即一拥上马，疾驰到野外的许多无主孤坟之处，环绕三匝，下马大叫，将钢叉用力的连连掷刺在坟墓上，然后拔叉驰回，上了前台，一同大叫一声，将钢叉一掷，钉在台板上。我们的责任，这就算完结，洗脸下台，可以回家了，但倘被父母所知，往往不免挨一顿竹篠（这是绍兴打孩子的最普通的东西），一以罚其带着鬼气，二以贺其没有跌死，但我却幸而从来没有被觉察，也许是因为得了恶鬼保佑的缘故罢。

这一种仪式，就是说，种种孤魂厉鬼，已经跟着鬼王和鬼卒，前来和我们一同看戏了，但人们用不着担心，他们深知道理，这一夜决不丝毫作怪。于是戏文也接着开场，徐徐进行，人事之中，夹以出鬼：火烧鬼，淹死鬼，科场鬼（死在考场里的），虎伤鬼……孩子们也可以自由去扮，但这种没出息鬼，愿意去扮的并不多，看客也不将它当作一回事。一到“跳吊”时分——“跳”是动词，意义和“跳加

[1]《九歌》：古代楚国祭神的歌词，共11篇，相传为屈原所作。《国殇》是对阵亡将士的颂歌。

官”[1]之“跳”同——情形的松紧可就大不相同了。台上吹起悲凉的喇叭来，中央的横梁上，原有一团布，也在这时放下，长约戏台高度的五分之二。看客们都屏着气，台上就闯出一个不穿衣裤，只有一条犊鼻裈[2]，面施几笔粉墨的男人，他就是“男吊”。一登台，径奔悬布，像蜘蛛的死守着蛛丝，也如结网，在这上面钻，挂。他用布吊着各处：腰，胁，胯下，肘弯，腿弯，后项窝……一共七七四十九处。最后才是脖子，但是并不真套进去的，两手扳着布，将颈子一伸，就跳下，走掉了。这“男吊”最不易跳，演目连戏时，独有这一个脚色须特请专门的戏子。那时的老年人告诉我，这也是最危险的时候，因为也许会招出真的“男吊”来。所以后台上一定要扮一个王灵官[3]，一手捏诀，一手执鞭，目不转睛的看着一面照见前台的镜子。倘镜中见有两个，那么，一个就是真鬼了，他得立刻跳出去，用鞭将假鬼打落台下。假鬼一落台，就该跑到河边，洗去粉墨，挤在人丛中看戏，然后慢慢的回家。倘打得慢，他就会在戏台上吊死；洗得慢，真鬼也还会认识，跟住他。这挤在人丛中看自己们所做的戏，就如要人下野而念佛，或出洋游历一样，也正是一种缺少不得的过渡仪式。

这之后，就是“跳女吊”。自然先有悲凉的喇叭；少顷，门幕一掀，她出场了。大红衫子，黑色长背心，长发蓬松，颈挂两条纸锭，垂头，垂手，弯弯曲曲的走一个全台，内行人说：这是走了一个“心”字。为什么要走“心”字呢？我不明白。我只知道她何以要穿红衫。看王充的《论衡》，知道汉朝的鬼的颜色是红的，但再看后

---

[1] “跳加官”：旧时在戏剧开演之前，常由一演员戴面具（即“加官脸”），穿袍执笏，手拿写有“天官赐福”“指日高升”等吉利话的条幅，在场上回旋舞蹈，称为“跳加官”。

[2] 犊鼻裈：原出《史记·司马相如传》，指一种用三尺布做成的形如犊鼻的东西，这里指绍兴一带称为牛头裤的一种短裤。

[3] 王灵官：相传是北宋末年的方士，明宣宗时封为隆恩真君。后来道观中都把他奉为镇山门之神。

来的文字和图画，却又并无一定颜色，而在戏文里，穿红的则只有这“吊神”。意思是很容易了然的；因为她投缳之际，准备作厉鬼以复仇，红色较有阳气，易于和生人相接近，……绍兴的妇女，至今还偶有搽粉穿红之后，这才上吊的。自然，自杀是卑怯的行为，鬼魂报仇更不合于科学，但那些都是愚妇人，连字也不认识，敢请“前进”的文学家和“战斗”的勇士们不要十分生气罢。我真怕你们要变呆鸟。

她将披着的头发向后一抖，人这才看清了脸孔：石灰一样白的圆脸，漆黑的浓眉，乌黑的眼眶，猩红的嘴唇。听说浙东的有几府的戏文里，吊神又拖着几寸长的假舌头，但在绍兴没有。不是我袒护故乡，我以为还是没有好；那么，比起现在将眼眶染成淡灰色的时式打扮来，可以说是更彻底，更可爱。不过下嘴角应该略略向上，使嘴巴成为三角形：这也不是丑模样。假使半夜之后，在薄暗中，远处隐约着一位这样的粉面朱唇，就是现在的我，也许会跑过去看看的，但自然，却未必就被诱惑得上吊。她两肩微耸，四顾，倾听，似惊，似喜，似怒，终于发出悲哀的声音，慢慢地唱道：

> “奴奴本是杨家女[1]，
> 呵呀，苦呀，天哪！……”

下文我不知道了。就是这一句，也还是刚从克士[2]那里听来的。但那大略，是说后来去做童养媳，备受虐待，终于弄到投缳。唱完就听到远处的哭声，这也是一个女人，在衔冤悲泣，准备自杀。她万分

[1] 杨家女：应为良家女。目连戏中的原唱词为：“奴奴本是良家女，将奴卖入勾栏里；生前受不过王婆气，将奴逼死勾栏里。阿呀，苦呀，天哪！将奴逼死勾栏里。”
[2] 克士：周建人的笔名。周建人，鲁迅的三弟，生物学家。当时任商务印书馆编辑。

惊喜，要去“讨替代”了，却不料突然跳出“男吊”来，主张应该他去讨。他们由争论而至动武，女的当然不敌，幸而王灵官虽然脸相并不漂亮，却是热烈的女权拥护家，就在危急之际出现，一鞭把男吊打死，放女的独去活动了。老年人告诉我说：古时候，是男女一样的要上吊的，自从王灵官打死了男吊神，才少有男人上吊；而且古时候，是身上有七七四十九处，都可以吊死的，自从王灵官打死了男吊神，致命处才只在脖子上。中国的鬼有些奇怪，好像是做鬼之后，也还是要死的，那时的名称，绍兴叫作“鬼里鬼”。但男吊既然早被王灵官打死，为什么现在“跳吊”，还会引出真的来呢？我不懂这道理，问问老年人，他们也讲说不明白。

而且中国的鬼还有一种坏脾气，就是“讨替代”，这才完全是利己主义；倘不然，是可以十分坦然的和他们相处的。习俗相沿，虽女吊不免，她有时也单是“讨替代”，忘记了复仇。绍兴煮饭，多用铁锅，烧的是柴或草，烟煤一厚，火力就不灵了，因此我们就常在地上看见刮下的锅煤。但一定是散乱的，凡村姑乡妇，谁也决不肯省些力，把锅子伏在地面上，团团一刮，使烟煤落成一个黑圈子。这是因为吊神诱人的圈套，就用煤圈炼成的缘故。散掉烟煤，正是消极的抵制，不过为的是反对“讨替代”，并非因为怕她去报仇。被压迫者即使没有报复的毒心，也决无被报复的恐惧，只有明明暗暗，吸血吃肉的凶手或其帮闲们，这才赠人以“犯而勿校”或“勿念旧恶”的格言，——我到今年，也愈加看透了这些人面东西的秘密。

九月十九——二十日。

（选自《鲁迅全集》卷六《且介亭杂文末编》）

导读

本篇及《奔月》《铸剑》均选自鲁迅的《故事新编》。这是对古代的“故事”——神话、传说、历史记载的重“新”“编”写，是鲁迅与古人的一次相遇，并且突发异想：如果将这些中国传统中的神话英雄、圣人、贤人，从神圣的高台上拉到日常生活情景中，将其还原为常人、凡人，又将如何？于是，就有了许多奇怪的事情发生，并且有了许多奇怪的相遇。

《补天》写的是女娲创世、造人的故事，她还保留了较多的神奇色彩。小说开头的描写，其色彩的浓艳，在鲁迅作品中几乎是绝无仅有的，可谓“华彩乐章”，这是鲁迅对女娲所代表的人类与民族创世精神的灿烂想象。但鲁迅却又在这幅神异的图景中插入女娲的无聊感，仿佛要着意撕开一个裂口，形成一种内在的紧张。而且在女娲的胯间，还出现了“怪模怪样”的用什么包了身子的“小东西”，以及古衣冠的小丈夫。这是人类和民族的始母与她的创造物——萎缩、自私、只知互相残杀的“人”的相遇，女娲禁不住“倒抽了一口冷气”。女娲终于在无聊与倦怠中倒下，却来了一群“伶俐”的人，自称“女娲的嫡派”，“就在死尸的肚皮上扎了寨，因为这一处最膏腴”——这最后一笔将小说开始的创造的神奇完全颠覆，却深刻地揭示了一切开创者（或许包括鲁迅自己）的命运，在荒诞中含着说不尽的悲凉。

《奔月》的选材是不寻常的，也是深刻的：不写“奇才异能神勇为凡人所不及”的神话英雄后羿，当年射落九个太阳，射死封豕长蛇，为民除害的赫赫战功，却着力铺写后羿完成了历史功业，褪去了身上英雄的神光，成了普通的凡人以后，他的遭遇和心境：彤弓高悬，门庭冷落，人们早已将他遗忘、废弃，后羿重提当年勇事时，老婆子甚至认为他是个“骗子”；还要面对学生的背叛、暗害，以至爱妻的逃离：这先驱者的命运的无情揭示，显示了鲁迅式的“残酷”。

《铸剑》的中心人物是古之侠者“黑色人”，与《理水》里的夏禹、《非攻》里的墨子、《过客》里的过客、《孤独者》里的魏连殳，同属鲁迅作品中的“黑色家族”的成员，也更多地渗入了鲁迅的精神，以至神态。小说中最吸引人的，当然是“铸剑开炉”与“三头相搏”的场景描写，那都是鲁迅的神来之笔。但更应该注意的，是复仇完成以后：“以头相搏”的悲壮，变成了“辨头”和“三头并葬”的闹剧；神圣的“复仇”变成了全民狂欢的“大出丧”：复仇者与被复仇者，连同复仇本身，同时被遗忘和遗弃，只有“看客”仍然占据着画面：他们是惟一的，永远的胜利者。复仇故事的描写，把想象力发挥到了极致，却是别的同样有才情的作家可以做到的；惟独“复仇以后”的思考与描写，才是非鲁迅做不到，是真正属于鲁迅的。

补天

一

女娲忽然醒来了。

伊[1]似乎是从梦中惊醒的，然而已经记不清做了什么梦；只是很懊恼，觉得有什么不足，又觉得有什么太多了。煽动的和风，暖暾[2]的将伊的气力吹得弥漫在宇宙里。

伊揉一揉自己的眼睛。

粉红的天空中，曲曲折折的漂着许多条石绿色的浮云，星便在那后面忽明忽灭的䀹眼。天边的血红的云彩里有一个光芒四射的太阳，如流动的金球包在荒古的熔岩中；那一边，却是一个生铁一般的冷而且白的月亮。然而伊并不理会谁是下去，和谁是上来。

地上都嫩绿了，便是不很换叶的松柏也显得格外的娇嫩。桃红和青白色的斗大的杂花，在眼前还分明，到远处可就成为斑斓的烟霭了。

"唉唉，我从来没有这样的无聊过！"伊想着，猛然间站立起来了，擎[3]上那非常圆满而精力洋溢的臂膊，向天打一个欠伸，天空便突然失了色，化为神异的肉红，暂时再也辨不出伊所在的处所。

伊在这肉红色的天地间走到海边，全身的曲线都消融在淡玫瑰似

---

[1] 伊：在"她"字使用之前，以第三人称称呼女性的代词。
[2] 暖暾（tūn）：温暖。
[3] 擎：举起。

的光海里，直到身中央才浓成一段纯白。波涛都惊异，起伏得很有秩序了，然而浪花溅在伊身上。这纯白的影子在海水里动摇，仿佛全体都正在四面八方的迸散。但伊自己并没有见，只是不由的跪下一足，伸手掬起带水的软泥来，同时又揉捏几回，便有一个和自己差不多的小东西在两手里。

"阿，阿！"伊固然以为是自己做的，但也疑心这东西就白薯似的原在泥土里，禁不住很诧异了。

然而这诧异使伊喜欢，以未曾有的勇往和愉快继续着伊的事业，呼吸吹嘘着，汗混和着……

"Nga! nga!"[1]那些小东西可是叫起来了。

"阿，阿！"伊又吃了惊，觉得全身的毛孔中无不有什么东西飞散，于是地上便罩满了乳白色的烟云，伊才定了神，那些小东西也住了口。

"Akon，Agon!"有些东西向伊说。

"阿阿，可爱的宝贝。"伊看定他们，伸出带着泥土的手指去拨他肥白的脸。

"Uvu，Ahaha!"他们笑了。这是伊第一回在天地间看见的笑，于是自己也第一回笑得合不上嘴唇来。

伊一面抚弄他们，一面还是做，被做的都在伊的身边打圈，但他们渐渐的走得远，说得多了，伊也渐渐的懂不得，只觉得耳朵边满是嘈杂的嚷，嚷得颇有些头昏。

伊在长久的欢喜中，早已带着疲乏了。几乎吹完了呼吸，流完了汗，而况又头昏，两眼便蒙胧起来，两颊也渐渐的发了热，自己觉得

[1] "Nga! nga!"以及下面的"Akon，Agon!""Uvu，Ahaha!"都是用拉丁字母拼写的象声词，其译音分别似"嗯啊！嗯啊！""阿空，阿公！""呜唔，啊哈哈！"

无所谓了，而且不耐烦。然而伊还是照旧的不歇手，不自觉的只是做。

终于，腰腿的酸痛逼得伊站立起来，倚在一座较为光滑的高山上，仰面一看，满天是鱼鳞样的白云，下面则是黑压压的浓绿。伊自己也不知道怎样，总觉得左右不如意了，便焦躁的伸出手去，信手一拉，拔起一株从山上长到天边的紫藤，一房一房的刚开着大不可言的紫花，伊一挥，那藤便横搭在地面上，遍地散满了半紫半白的花瓣。

伊接着一摆手，紫藤便在泥和水里一翻身，同时也溅出拌着水的泥土来，待到落在地上，就成了许多伊先前做过了一般的小东西，只是大半呆头呆脑，獐头鼠目的有些讨厌。然而伊不暇理会这等事了，单是有趣而且烦躁，夹着恶作剧的将手只是抡，愈抡愈飞速了，那藤便拖泥带水的在地上滚，像一条给沸水烫伤了的赤练蛇。泥点也就暴雨似的从藤身上飞溅开来，还在空中便成了哇哇地啼哭的小东西，爬来爬去的撒得满地。

伊近于失神了，更其抡，但是不独腰腿痛，连两条臂膊也都乏了力，伊于是不由的蹲下身子去，将头靠着高山，头发漆黑的搭在山顶上，喘息一回之后，叹一口气，两眼就合上了。紫藤从伊的手里落了下来，也困顿不堪似的懒洋洋的躺在地面上。

二

轰！！！

在这天崩地塌价[1]的声音中，女娲猛然醒来，同时也就向东南方直溜下去了。伊伸了脚想踏住，然而什么也踹不到，连忙一舒臂揪住

[1] 价：用于副词或形容词后的词缀，没有实际的意思。

了山峰，这才没有再向下滑的形势。

但伊又觉得水和沙石都从背后向伊头上和身边滚泼过去了，略一回头，便灌了一口和两耳朵的水，伊赶紧低了头，又只见地面不住的动摇。幸而这动摇也似乎平静下去了，伊向后一移，坐稳了身子，这才挪出手来拭去额角上和眼睛边的水，细看是怎样的情形。

情形很不清楚，遍地是瀑布般的流水；大概是海里罢，有几处更站起很尖的波浪来。伊只得呆呆的等着。

可是终于大平静了，大波不过高如从前的山，像是陆地的处所便露出棱棱的石骨。伊正向海上看，只见几座山奔流过来，一面又在波浪堆里打旋子。伊恐怕那些山碰了自己的脚，便伸手将他们撮住，望那山坳里，还伏着许多未曾见过的东西。

伊将手一缩，拉近山来仔细的看，只见那些东西旁边的地上吐得很狼藉，似乎是金玉的粉末[1]，又夹杂些嚼碎的松柏叶和鱼肉。他们也慢慢的陆续抬起头来了，女娲圆睁了眼睛，好容易才省悟到这便是自己先前所做的小东西，只是怪模怪样的已经都用什么包了身子，有几个还在脸的下半截长着雪白的毛毛了，虽然被海水粘得像一片尖尖的白杨叶。

“阿，阿！”伊诧异而且害怕的叫，皮肤上都起粟，就像触着一支毛刺虫。

“上真[2]救命……”一个脸的下半截长着白毛的昂了头，一面呕吐，一面断断续续的说，“救命……臣等……是学仙的。谁料坏劫到来，天地分崩了。……现在幸而……遇到上真，……请救蚁命，……并赐仙……仙药……”他于是将头一起一落的做出异样的举动。

[1] 金玉的粉末：指道士服用的丹砂金玉之类的东西，道士认为这些东西可以让人长生不老。
[2] 上真：道教对修炼得道的人的尊称。

伊都茫然，只得又说，“什么？”

他们中的许多也都开口了，一样的是一面呕吐，一面“上真上真”的只是嚷，接着又都做出异样的举动。伊被他们闹得心烦，颇后悔这一拉，竟至于惹了莫名其妙的祸。伊无法可想的向四处看，便看见有一队巨鳌正在海面上游玩，伊不由的喜出望外了，立刻将那些山都搁在他们的脊梁上，嘱咐道，“给我驼到平稳点的地方去罢！”巨鳌们似乎点一点头，成群结队的驼远了。可是先前拉得过于猛，以致从山上摔下一个脸有白毛的来，此时赶不上，又不会凫水，便伏在海边自己打嘴巴。这倒使女娲觉得可怜了，然而也不管，因为伊实在也没有工夫来管这些事。

伊嘘一口气，心地较为轻松了，再转过眼光来看自己的身边，流水已经退得不少，处处也露出广阔的土石，石缝里又嵌着许多东西，有的是直挺挺的了，有的却还在动。伊瞥见有一个正在白着眼睛呆看伊；那是遍身多用铁片包起来的，脸上的神情似乎很失望而且害怕。

“那是怎么一回事呢？”伊顺便的问。

“呜呼，天降丧。”那一个便凄凉可怜的说，“颛顼不道，抗我后，我后躬行天讨，战于郊，天不祐德，我师反走，……”[1]

“什么？”伊向来没有听过这类话，非常诧异了。

“我师反走，我后爰以厥首触不周之山，折天柱，绝地维，我后亦殂落。呜呼，是实惟……”

“够了够了，我不懂你的意思。”伊转过脸去了，却又看见一个高兴而且骄傲的脸，也多用铁片包了全身的。

---

[1] 这段与下面“我师反走”一段都是共工颛顼之战中共工一方的话，所用文言模仿《尚书》一类古书中的文字。其大意是说：颛顼不行正道，对抗我们的君主（共工），我们的君主替天行道讨伐他，在郊野作战。结果老天不保佑正义的一方，我方败逃。我们的君主共工一怒之下用头撞不周山，撞断了撑天的柱子，也弄断了系住大地的绳子。他自己也坠落身亡。

“那是怎么一回事呢？”伊到此时才知道这些小东西竟会变这么花样不同的脸，所以也想问出别样的可懂的答话来。

“人心不古，康回实有豕心，觑天位，我后躬行天讨，战于郊，天实祐德，我师攻战无敌，殛康回于不周之山。”[1]

“什么？”伊大约仍然没有懂。

“人心不古，……”

“够了够了，又是这一套！”伊气得从两颊立刻红到耳根，火速背转头，另外去寻觅，好容易才看见一个不包铁片的东西，身子精光，带着伤痕还在流血，只是腰间却也围着一块破布片。他正从别一个直挺挺的东西的腰间解下那破布来，慌忙系上自己的腰，但神色倒也很平淡。

伊料想他和包铁片的那些是别一种，应该可以探出一些头绪了，便问道：

“那是怎么一回事呢？”

“那是怎么一回事呵。”他略一抬头，说。

“那刚才闹出来的是？……”

“那刚才闹出来的么？”

“是打仗罢？”伊没有法，只好自己来猜测了。

“打仗罢？”然而他也问。

女娲倒抽了一口冷气，同时也仰了脸去看天。天上一条大裂纹，非常深，也非常阔。伊站起来，用指甲去一弹，一点不清脆，竟和破碗的声音相差无几了。伊皱着眉心，向四面察看一番，又想了一会，

[1] 此段为颛顼一方的话。康回，共工名。其大意是说：人心不古，共工怀有野心，窥视天帝之位，我们的君主颛顼替天行道，与之战于郊野。结果老天保佑正义的一方，我方战无不胜，使共工战死在不周山下。

便拧去头发里的水，分开了搭在左右肩膀上，打起精神来向各处拔芦柴：伊已经打定了“修补起来再说”的主意了。

伊从此日日夜夜堆芦柴，柴堆高多少，伊也就瘦多少，因为情形不比先前，——仰面是歪斜开裂的天，低头是龌龊破烂的地，毫没有一些可以赏心悦目的东西了。

芦柴堆到裂口，伊才去寻青石头。当初本想用和天一色的纯青石的，然而地上没有这么多，大山又舍不得用，有时到热闹处所去寻些零碎，看见的又冷笑，痛骂，或者抢回去，甚而至于还咬伊的手。伊于是只好搀些白石，再不够，便凑上些红黄的和灰黑的，后来总算将就的填满了裂口，止要一点火，一熔化，事情便完成，然而伊也累得眼花耳响，支持不住了。

“唉唉，我从来没有这样的无聊过。”伊坐在一座山顶上，两手捧着头，上气不接下气的说。

这时昆仑山上的古森林的大火还没有熄，西边的天际都通红。伊向西一瞟，决计从那里拿过一株带火的大树来点芦柴积，正要伸手，又觉得脚趾上有什么东西刺着了。

伊顺下眼去看，照例是先前所做的小东西，然而更异样了，累累坠坠的用什么布似的东西挂了一身，腰间又格外挂上十几条布，头上也罩着些不知什么，顶上是一块乌黑的小小的长方板，手里拿着一片物件，刺伊脚趾的便是这东西[1]。

那顶着长方板的却偏站在女娲的两腿之间向上看，见伊一顺眼，

[1] 长方板，指古代帝王、诸侯所戴的礼冠顶上的饰板。关于这个顶着长方板的小人，可参看鲁迅为《故事新编》所写的序言。当时有人对诗人汪静之的诗集《蕙的风》进行批评，攻击其中某些爱情诗“堕落轻薄”，还“含泪哀求”青年不要再写这样的文字。对此，鲁迅说：“这可怜的阴险使我感到滑稽，当再写小说时，就无论如何，止不住有一个古衣冠的小丈夫，在女娲的两腿之间出现了。”

便仓皇的将那小片递上来了。伊接过来看时，是一条很光滑的青竹片，上面还有两行黑色的细点，比槲树叶上的黑斑小得多。伊倒也很佩服这手段的细巧。

"这是什么？"伊还不免于好奇，又忍不住要问了。

顶长方板的便指着竹片，背诵如流的说道，"裸裎淫佚，失德蔑礼败度，禽兽行。国有常刑，惟禁！"[1]

女娲对那小方板瞪了一眼，倒暗笑自己问得太悖了，伊本已知道和这类东西扳谈，照例是说不通的，于是不再开口，随手将竹片搁在那头顶上面的方板上，回手便从火树林里抽出一株烧着的大树来，要向芦柴堆上去点火。

忽而听到呜呜咽咽的声音了，可也是闻所未闻的玩艺，伊姑且向下再一瞟，却见方板底下的小眼睛里含着两粒比芥子还小的眼泪。因为这和伊先前听惯的"nga nga"的哭声大不同了，所以竟不知道这也是一种哭。

伊就去点上火，而且不止一地方。

火势并不旺，那芦柴是没有干透的，但居然也烘烘的响，很久很久，终于伸出无数火焰的舌头来，一伸一缩的向上舔，又很久，便合成火焰的重台花[2]，又成了火焰的柱，赫赫的压倒了昆仑山上的红光。大风忽地起来，火柱旋转着发吼，青的和杂色的石块都一色通红了，饴糖似的流布在裂缝中间，像一条不灭的闪电。

风和火势卷得伊的头发都四散而且旋转，汗水如瀑布一般奔流，大光焰烘托了伊的身躯，使宇宙间现出最后的肉红色。

---

[1] 这段话也是模仿古书中的文字。其大意是说，不穿衣服，淫荡放纵，违反道德，无视礼教，败坏风化，就像禽兽一样。国家有国家法度，应该严厉禁止。

[2] 重台花，即复瓣花。

火柱逐渐上升了，只留下一堆芦柴灰。伊待到天上一色青碧的时候，才伸手去一摸，指面上却觉得还很有些参差。

“养回了力气，再来罢。……”伊自己想。

伊于是弯腰去捧芦灰了，一捧一捧的填在地上的大水里，芦灰还未冷透，蒸得水澌澌的沸涌，灰水泼满了伊的周身。大风又不肯停，夹着灰扑来，使伊成了灰土的颜色。

“吁！……”伊吐出最后的呼吸来。

天边的血红的云彩里有一个光芒四射的太阳，如流动的金球包在荒古的熔岩中；那一边，却是一个生铁一般的冷而且白的月亮。但不知道谁是下去和谁是上来。这时候，伊的以自己用尽了自己一切的躯壳，便在这中间躺倒，而且不再呼吸了。

上下四方是死灭以上的寂静。

三

有一日，天气很寒冷，却听到一点喧嚣，那是禁军终于杀到了，因为他们等候着望不见火光和烟尘的时候，所以到得迟。他们左边一柄黄斧头，右边一柄黑斧头，后面一柄极大极古的大纛，躲躲闪闪的攻到女娲死尸的旁边，却并不见有什么动静。他们就在死尸的肚皮上扎了寨，因为这一处最膏腴，他们检选这些事是很伶俐的。然而他们却突然变了口风，说惟有他们是女娲的嫡派，同时也就改换了大纛旗上的科斗字[1]，写道“女娲氏之肠”。

落在海岸上的老道士也传了无数代了。他临死的时候，才将仙山

[1] 科斗字：即蝌蚪文，一种笔画头粗尾细的古代文字。

被巨鳌背到海上这一件要闻传授徒弟，徒弟又传给徒孙，后来一个方士想讨好，竟去奏闻了秦始皇，秦始皇便教方士去寻去。

方士寻不到仙山，秦始皇终于死掉了；汉武帝又教寻，也一样的没有影。

大约巨鳌们是并没有懂得女娲的话的，那时不过偶而凑巧的点了点头。模模胡胡的背了一程之后，大家便走散去睡觉，仙山也就跟着沉下了，所以直到现在，总没有人看见半座神仙山，至多也不外乎发见了若干野蛮岛。

一九二二年十一月作。

（选自《鲁迅全集》卷二《故事新编》）

奔月[1]

一

聪明的牲口确乎知道人意，刚刚望见宅门，那马便立刻放缓脚步了，并且和它背上的主人同时垂了头，一步一顿，像捣米一样。

暮霭笼罩了大宅，邻屋上都腾起浓黑的炊烟，已经是晚饭时候。家将们听得马蹄声，早已迎了出来，都在宅门外垂着手直挺挺地站着。羿[2]在垃圾堆边懒懒地下了马，家将们便接过缰绳和鞭子去。他刚要跨进大门，低头看看挂在腰间的满壶的簇新的箭和网里的三匹乌老鸦和一匹射碎了的小麻雀，心里就非常踌躕。但到底硬着头皮，大踏步走进去了；箭在壶里豁朗豁朗地响着。

刚到内院，他便见嫦娥在圆窗里探了一探头。他知道她眼睛快，一定早瞧见那几匹乌鸦的了，不觉一吓，脚步登时也一停，——但只得往里走。使女们都迎出来，给他卸了弓箭，解下网兜。他仿佛觉得她们都在苦笑。

“太太……。”他擦过手脸，走进内房去，一面叫。

嫦娥正在看着圆窗外的暮天，慢慢回过头来，似理不理的向他看了一眼，没有答应。

这种情形，羿倒久已习惯的了，至少已有一年多。他仍旧走近

---

[1] 本篇主要取自嫦娥奔月的神话传说。嫦娥，原作姮娥，汉代因避汉文帝刘恒讳改为嫦娥。她是传说中月中的仙女，又是大神后羿的妻子。《淮南子·览冥训》后汉高诱的注文中说：“姮娥，羿妻。羿请不死之药于西王母，未及服之；姮娥盗食之，得仙，奔入月中，为月精也。”

[2] 羿（yì）：又称后羿、夷羿，是中国古代神话传说中善射的英雄。

去，坐在对面的铺着脱毛的旧豹皮的木榻上，搔着头皮，支支梧梧地说——

“今天的运气仍旧不见佳，还是只有乌鸦……。”

“哼！”嫦娥将柳眉一扬，忽然站起来，风似的往外走，嘴里咕噜着，“又是乌鸦的炸酱面，又是乌鸦的炸酱面！你去问问去，谁家是一年到头只吃乌鸦肉的炸酱面的？我真不知道是走了什么运，竟嫁到这里来，整年的就吃乌鸦的炸酱面！”

“太太，”羿赶紧也站起，跟在后面，低声说，“不过今天倒还好，另外还射了一匹麻雀，可以给你做菜的。女辛！”他大声地叫使女，“你把那一匹麻雀拿过来请太太看！”

野味已经拿到厨房里去了，女辛便跑去挑出来，两手捧着，送在嫦娥的眼前。

“哼！”她瞥了一眼，慢慢地伸手一捏，不高兴地说，“一团糟！不是全都粉碎了么？肉在那里？”

“是的，”羿很惶恐，“射碎的。我的弓太强，箭头太大了。”

“你不能用小一点的箭头的么？”

“我没有小的。自从我射封豕长蛇[1]……。”

“这是封豕长蛇么？”她说着，一面回转头去对着女辛道，“放一碗汤罢！”便又退回房里去了。

只有羿呆呆地留在堂屋里，靠壁坐下，听着厨房里柴草爆炸的声音。他回忆当年的封豕是多么大，远远望去就像一坐小土冈，如果那时不去射杀它，留到现在，足可以吃半年，又何用天天愁饭菜。还有

---

[1] 这是关于后羿除害的传说。《淮南子·本经训》中记载：“尧之时，十日并出，焦禾稼，杀草木，而民无所食。……封狶（即封豕，大野猪）、修蛇（长蛇）皆为民害。尧乃使羿……上射十日而……断修蛇于洞庭，禽（同“擒”）封狶于桑林。万民皆喜……”有关羿射日的传说下文还要提到。

长蛇，也可以做羹喝……。

女乙来点灯了，对面墙上挂着的彤弓、彤矢、卢弓、卢矢、弩机[1]、长剑、短剑，便都在昏暗的灯光中出现。羿看了一眼，就低了头，叹一口气；只见女辛搬进夜饭来，放在中间的案上，左边是五大碗白面；右边两大碗，一碗汤；中央是一大碗乌鸦肉做的炸酱。

羿吃着炸酱面，自己觉得确也不好吃；偷眼去看嫦娥，她炸酱是看也不看，只用汤泡了面，吃了半碗，又放下了。他觉得她脸上仿佛比往常黄瘦些，生怕她生了病。

到二更时，她似乎和气一些了，默坐在床沿上喝水。羿就坐在旁边的木榻上，手摩着脱毛的旧豹皮。

"唉，"他和蔼地说，"这西山的文豹，还是我们结婚以前射得的，那时多么好看，全体黄金光。"他于是回想当年的食物，熊是只吃四个掌，驼留峰，其余的就都赏给使女和家将们。后来大动物射完了，就吃野猪兔山鸡；射法又高强，要多少有多少。"唉，"他不觉叹息，"我的箭法真太巧妙了，竟射得遍地精光。那时谁料到只剩下乌鸦做菜……。"

"哼。"嫦娥微微一笑。

"今天总还要算运气的，"羿也高兴起来，"居然猎到一只麻雀。这是远绕了三十里路才找到的。"

"你不能走得更远一点的么？！"

"对。太太。我也这样想。明天我想起得早些。倘若你醒得早，那就叫醒我。我准备再远走五十里，看看可有些獐子兔子。……但是，怕也难。当我射封豕长蛇的时候，野兽是那么多。你还该记得罢，丈

[1] 彤：红色；卢：黑色；矢：箭；弩机：弩弓上发箭的机关。

母的门前就常有黑熊走过，叫我去射了好几回……。”

“是么？”嫦娥似乎不大记得。

“谁料到现在竟至于精光的呢。想起来，真不知道将来怎么过日子。我呢，倒不要紧，只要将那道士送给我的金丹吃下去，就会飞升。但是我第一先得替你打算，……所以我决计明天再走得远一点……。”

“哼。”嫦娥已经喝完水，慢慢躺下，合上眼睛了。

残膏的灯火照着残妆，粉有些褪了，眼圈显得微黄，眉毛的黛色也仿佛两边不一样。但嘴唇依然红得如火；虽然并不笑，颊上也还有浅浅的酒窝。

“唉唉，这样的人，我就整年地只给她吃乌鸦的炸酱面……。”羿想着，觉得惭愧，两颊连耳根都热起来。

二

过了一夜就是第二天。

羿忽然睁开眼睛，只见一道阳光斜射在西壁上，知道时候不早了；看看嫦娥，兀自摊开了四肢沉睡着。他悄悄地披上衣服，爬下豹皮榻，躄出堂前，一面洗脸，一面叫女庚去吩咐王升备马。

他因为事情忙，是早就废止了朝食的；女乙将五个炊饼，五株葱和一包辣酱都放在网兜里，并弓箭一齐替他系在腰间。他将腰带紧了一紧，轻轻地跨出堂外面，一面告诉那正从对面进来的女庚道——

“我今天打算到远地方去寻食物去，回来也许晚一些。看太太醒后，用过早点心，有些高兴的时候，你便去禀告，说晚饭请她等一等，对不起得很。记得么？你说：对不起得很。”

他快步出门，跨上马，将站班的家将们扔在脑后，不一会便跑出村庄了。前面是天天走熟的高粱田，他毫不注意，早知道什么也没有的。加上两鞭，一径飞奔前去，一气就跑了六十里上下，望见前面有一簇很茂盛的树林，马也喘气不迭，浑身流汗，自然慢下去了。大约又走了十多里，这才接近树林，然而满眼是胡蜂、粉蝶、蚂蚁、蚱蜢，那里有一点禽兽的踪迹。他望见这一块新地方时，本以为至少总可以有一两匹狐儿兔儿的，现在才知道又是梦想。他只得绕出树林，看那后面却又是碧绿的高粱田，远处散点着几间小小的土屋。风和日暖，鸦雀无声。

"倒楣！"他尽量地大叫了一声，出出闷气。

但再前行了十多步，他即刻心花怒放了，远远地望见一间土屋外面的平地上，的确停着一匹飞禽，一步一啄，像是很大的鸽子。他慌忙拈弓搭箭，引满弦，将手一放，那箭便流星般出去了。

这是无须迟疑的，向来有发必中；他只要策马跟着箭路飞跑前去，便可以拾得猎物。谁知道他将要临近，却已有一个老婆子捧着带箭的大鸽子，大声嚷着，正对着他的马头抢过来。

"你是谁哪？怎么把我家的顶好的黑母鸡射死了？你的手怎的有这么闲哪？……"

羿的心不觉跳了一跳，赶紧勒住马。

"阿呀！鸡么？我只道是一只鹁鸪。"他惶恐地说。

"瞎了你的眼睛！看你也有四十多岁了罢。"

"是的。老太太。我去年就有四十五岁了。"

"你真是枉长白大！连母鸡也不认识，会当作鹁鸪！你究竟是谁哪？"

"我就是夷羿。"他说着，看看自己所射的箭，是正贯了母鸡的心，当然死了，末后的两个字便说得不大响亮；一面从马上跨下来。

“夷羿？……谁呢？我不知道。”她看着他的脸，说。

“有些人是一听就知道的。尧爷的时候，我曾经射死过几匹野猪，几条蛇……。”

“哈哈，骗子！那是逢蒙[1]老爷和别人合伙射死的。也许有你在内罢；但你倒说是你自己了，好不识羞！”

“阿阿，老太太。逢蒙那人，不过近几年时常到我那里来走走，我并没有和他合伙，全不相干的。”

“说诳。近来常有人说，我一月就听到四五回。”

“那也好。我们且谈正经事罢。这鸡怎么办呢？”

“赔。这是我家最好的母鸡，天天生蛋。你得赔我两柄锄头，三个纺锤。”

“老太太，你瞧我这模样，是不耕不织的，那里来的锄头和纺锤。我身边又没有钱，只有五个炊饼，倒是白面做的，就拿来赔了你的鸡，还添上五株葱和一包甜辣酱。你以为怎样？……”他一只手去网兜里掏炊饼，伸出那一只手去取鸡。

老婆子看见白面的炊饼，倒有些愿意了，但是定要十五个。磋商的结果，好容易才定为十个，约好至迟明天正午送到，就用那射鸡的箭作抵押。羿这时才放了心，将死鸡塞进网兜里，跨上鞍鞒，回马就走，虽然肚饿，心里却很喜欢，他们不喝鸡汤实在已经有一年多了。

他绕出树林时，还是下午，于是赶紧加鞭向家里走；但是马力乏了，刚到走惯的高粱田近旁，已是黄昏时候。只见对面远处有人影子

---

[1] 逢蒙：古代的善射者，相传为羿的弟子。

一闪，接着就有一枝箭忽地向他飞来。

羿并不勒住马，任它跑着，一面却也拈弓搭箭，只一发，只听得铮的一声，箭尖正触着箭尖，在空中发出几点火花，两枝箭便向上挤成一个“人”字，又翻身落在地上了。第一箭刚刚相触，两面立刻又来了第二箭，还是铮的一声，相触在半空中。那样地射了九箭，羿的箭都用尽了；但他这时已经看清逢蒙得意地站在对面，却还有一枝箭搭在弦上，正在瞄准他的咽喉。

“哈哈，我以为他早到海边摸鱼去了，原来还在这些地方干这些勾当，怪不得那老婆子有那些话……。”羿想。

那时快，对面是弓如满月，箭似流星。飕的一声，径向羿的咽喉飞过来。也许是瞄准差了一点了，却正中了他的嘴；一个筋斗，他带箭掉下马去了，马也就站住。

逢蒙见羿已死，便慢慢地躄[1]过来，微笑着去看他的死脸，当作喝一杯胜利的白干。

刚在定睛看时，只见羿张开眼，忽然直坐起来。

“你真是白来了一百多回。”他吐出箭，笑着说，“难道连我的‘啮镞法’[2]都没有知道么？这怎么行。你闹这些小玩艺儿是不行的，偷去的拳头打不死本人，要自己练练才好。”

“即以其人之道，反诸其人之身……。”胜者低声说。

“哈哈哈！”他一面大笑，一面站了起来，“又是引经据典。但这些话你只可以哄哄老婆子，本人面前捣什么鬼？俺向来就只是打猎，没有弄过你似的剪径的玩艺儿……。”他说着，又看看网兜里的母鸡，倒并没有压坏，便跨上马，径自走了。

[1] 躄（bì）：歪腿走路。
[2] 啮（niè）：用牙咬；镞（zú）：金属做的箭头。

“……你打了丧钟！……”远远地还送来叫骂。

“真不料有这样没出息。青青年纪，倒学会了诅咒，怪不得那老婆子会那么相信他。”羿想着，不觉在马上绝望地摇了摇头。

三

还没有走完高粱田，天色已经昏黑；蓝的空中现出明星来，长庚在西方格外灿烂。马只能认着白色的田塍走，而且早已筋疲力竭，自然走得更慢了。幸而月亮却在天际渐渐吐出银白的清辉。

“讨厌！”羿听到自己的肚子里骨碌骨碌地响了一阵，便在马上焦躁了起来。“偏是谋生忙，便偏是多碰到些无聊事，白费工夫！”他将两腿在马肚子上一磕，催它快走，但马却只将后半身一扭，照旧地慢腾腾。

“嫦娥一定生气了，你看今天多么晚。”他想。“说不定要装怎样的脸给我看哩。但幸而有这一只小母鸡，可以引她高兴。我只要说：太太，这是我来回跑了二百里路才找来的。不，不好，这话似乎太逞能。”

他望见人家的灯火已在前面，一高兴便不再想下去了。马也不待鞭策，自然飞奔。圆的雪白的月亮照着前途，凉风吹脸，真是比大猎回来时还有趣。

马自然而然地停在垃圾堆边；羿一看，仿佛觉得异样，不知怎地似乎家里乱毵毵[1]。迎出来的也只有一个赵富。

“怎的？王升呢？”他奇怪地问。

[1] 乱毵毵（sān sān）：杂乱琐碎的样子。

“王升到姚家找太太去了。”

“什么？太太到姚家去了么？”羿还呆坐在马上，问。

“喳……。”他一面答应着，一面去接马缰和马鞭。

羿这才爬下马来，跨进门，想了一想，又回过头去问道——

“不是等不迭了，自己上饭馆去了么？”

“喳。三个饭馆，小的都去问过了，没有在。”

羿低了头，想着，往里面走，三个使女都惶惑地聚在堂前。他便很诧异，大声的问道——

“你们都在家么？姚家，太太一个人不是向来不去的么？”

她们不回答，只看看他的脸，便来给他解下弓袋和箭壶和装着小母鸡的网兜。羿忽然心惊肉跳起来，觉得嫦娥是因为气忿寻了短见了，便叫女庚去叫赵富来，要他到后园的池里树上去看一遍。但他一跨进房，便知道这推测是不确的了：房里也很乱，衣箱是开着，向床里一看，首先就看出失少了首饰箱。他这时正如头上淋了一盆冷水，金珠自然不算什么，然而那道士送给他的仙药，也就放在这首饰箱里的。

羿转了两个圆圈，才看见王升站在门外面。

“回老爷，”王升说，“太太没有到姚家去；他们今天也不打牌。”

羿看了他一眼，不开口。王升就退出去了。

“老爷叫？……”赵富上来，问。

羿将头一摇，又用手一挥，叫他也退出去。

羿又在房里转了几个圈子，走到堂前，坐下，仰头看着对面壁上的彤弓、彤矢、卢弓、卢矢、弩机、长剑、短剑，想了些时，才问那呆立在下面的使女们道——

“太太是什么时候不见的？”

“掌灯时候就不看见了，”女乙说，“可是谁也没见她走出去。”

“你们可见太太吃了那箱里的药没有？”

“那倒没有见。但她下午要我倒水喝是有的。”

羿急得站了起来，他似乎觉得，自己一个人被留在地上了。

“你们看见有什么向天上飞升的么？”他问。

“哦！”女辛想了一想，大悟似的说，“我点了灯出去的时候，的确看见一个黑影向这边飞去的，但我那时万想不到是太太……。”于是她的脸色苍白了。

“一定是了！”羿在膝上一拍，即刻站起，走出屋外去，回头问着女辛道，“那边？”

女辛用手一指，他跟着看去时，只见那边是一轮雪白的圆月，挂在空中，其中还隐约现出楼台、树木；当他还是孩子时候祖母讲给他听的月宫中的美景，他依稀记得起来了。他对着浮游在碧海里似的月亮，觉得自己的身子非常沉重。

他忽然愤怒了。从愤怒里又发了杀机，圆睁着眼睛，大声向使女们叱咤道——

“拿我的射日弓来！和三枝箭！”

女乙和女庚从堂屋中央取下那强大的弓，拂去尘埃，并三枝长箭都交在他手里。

他一手拈弓，一手捏着三枝箭，都搭上去，拉了一个满弓，正对着月亮。身子是岩石一般挺立着，眼光直射，闪闪如岩下电，须发开张飘动，像黑色火，这一瞬息，使人仿佛想见他当年射日的雄姿。

飕的一声，——只一声，已经连发了三枝箭，刚发便搭，一搭又发，眼睛不及看清那手法，耳朵也不及分别那声音。本来对面是虽然受了三枝箭，应该都聚在一处的，因为箭箭相衔，不差丝发。但他为必中起见，这时却将手微微一动，使箭到时分成三点，有三个伤。

使女们发一声喊，大家都看见月亮只一抖，以为要掉下来了，——但却还是安然地悬着，发出和悦的更大的光辉，似乎毫无伤损。

“呔！”羿仰天大喝一声，看了片刻；然而月亮不理他。他前进三步，月亮便退了三步；他退三步，月亮却又照数前进了。

他们都默着，各人看各人的脸。

羿懒懒地将射日弓靠在堂门上，走进屋里去。使女们也一齐跟着他。

“唉，”羿坐下，叹一口气，“那么，你们的太太就永远一个人快乐了。她竟忍心撇了我独自飞升？莫非看得我老起来了？但她上月还说：并不算老，若以老人自居，是思想的堕落。”

“这一定不是的。”女乙说，“有人说老爷还是一个战士。”

“有时看去简直好像艺术家。”女辛说。

“放屁！——不过乌老鸦的炸酱面确也不好吃，难怪她忍不住……。”

“那豹皮褥子脱毛的地方，我去剪一点靠墙的脚上的皮来补一补罢，怪不好看的。”女辛就往房里走。

“且慢，”羿说着，想了一想，“那倒不忙。我实在饿极了，还是赶快去做一盘辣子鸡，烙五斤饼来，给我吃了好睡觉。明天再去找那道士要一服仙药，吃了追上去罢。女庚，你去吩咐王升，叫他量四升白豆喂马！”

一九二六年十二月作。

（选自《鲁迅全集》卷二《故事新编》）

鲁迅生前最后一次谈话

1936年10月17日午后，鲁迅突然来到了日本作家鹿地亘夫妇在上海的寓所。一见面，就送上一本刚出版的《中流》杂志，并且说："这一次写了《女吊》……"鹿地亘夫人池田幸子注意到鲁迅说这话时，"把面孔全都挤成皱纹而笑了"——这灿烂的笑，以后就成了一个永恒的记忆。

幸子问："先生，你前个月写了《死》，这一次写了吊死鬼，下一次还写什么呢？"鲁迅笑而不答，突然问："日本也有无头的鬼吗？"鹿地亘回答道："无头鬼没有听到过——脚倒是没有的。"鲁迅说："中国的鬼也没有脚；似乎无论到哪一国的鬼都是没有脚的……"然后，他们就大谈起古今东西文学中所记载的鬼来，鲁迅还兴致勃勃地谈起，他当年从日本回到绍兴，一次深夜路过坟场，突然遇到了"鬼"，后来才发现不过是一个小偷……

鲁迅回到家里，第二天凌晨三时半，病势急变，挣扎了一天，1936年10月19日晨5时25分就离开了这个世界。

铸剑

一

眉间尺刚和他的母亲睡下，老鼠便出来咬锅盖，使他听得发烦。他轻轻地叱了几声，最初还有些效验，后来是简直不理他了，格支格支地径自咬。他又不敢大声赶，怕惊醒了白天做得劳乏，晚上一躺就睡着了的母亲。

许多时光之后，平静了；他也想睡去。忽然，扑通一声，惊得他又睁开眼。同时听到沙沙地响，是爪子抓着瓦器的声音。

“好！该死！”他想着，心里非常高兴，一面就轻轻地坐起来。

他跨下床，借着月光走向门背后，摸到钻火家伙，点上松明，向水瓮里一照。果然，一匹很大的老鼠落在那里面了；但是，存水已经不多，爬不出来，只沿着水瓮内壁，抓着，团团地转圈子。

“活该！”他一想到夜夜咬家具，闹得他不能安稳睡觉的便是它们，很觉得畅快。他将松明插在土墙的小孔里，赏玩着；然而那圆睁的小眼睛，又使他发生了憎恨，伸手抽出一根芦柴，将它直按到水底去。过了一会，才放手，那老鼠也随着浮了上来，还是抓着瓮壁转圈子。只是抓劲已经没有先前似的有力，眼睛也淹在水里面，单露出一点尖尖的通红的小鼻子，咻咻地急促地喘气。

他近来很有点不大喜欢红鼻子的人。但这回见了这尖尖的小红鼻子，却忽然觉得它可怜了，就又用那芦柴，伸到它的肚下去，老鼠抓着，歇了一回力，便沿着芦干爬了上来。待到他看见全身，——湿淋淋的黑毛，大的肚子，蚯蚓似的尾巴，——便又觉得可恨可憎得很，慌忙将芦柴一抖，扑通一声，老鼠又落在水瓮里，他接着就用芦柴在它头上捣了几下，叫它赶快沉下去。

换了六回松明之后，那老鼠已经不能动弹，不过沉浮在水中间，有时还向水面微微一跳。眉间尺又觉得很可怜，随即折断芦柴，好容易将它夹了出来，放在地面上。老鼠先是丝毫不动，后来才有一点呼吸；又许多时，四只脚运动了，一翻身，似乎要站起来逃走。这使眉间尺大吃一惊，不觉提起左脚，一脚踏下去。只听得吱的一声，他蹲下去仔细看时，只见口角上微有鲜血，大概是死掉了。

他又觉得很可怜，仿佛自己作了大恶似的，非常难受。他蹲着，呆看着，站不起来。

"尺儿，你在做什么？"他的母亲已经醒来了，在床上问。

"老鼠……。"他慌忙站起，回转身去，却只答了两个字。

"是的，老鼠。这我知道。可是你在做什么？杀它呢，还是在救它？"

他没有回答。松明烧尽了；他默默地立在暗中，渐看见月光的皎洁。

"唉！"他的母亲叹息说，"一交子时[1]，你就是十六岁了，性情还是那样，不冷不热地，一点也不变。看来，你的父亲的仇是没有人报的了。"

他看见他的母亲坐在灰白色的月影中，仿佛身体都在颤动；低微的声音里，含着无限的悲哀，使他冷得毛骨悚然，而一转眼间，又觉得热血在全身中忽然腾沸。

[1] 子时：我国古代用十二地支（子、丑、寅、卯、辰、巳、午、未、申、酉、戌、亥）记时，子时为夜里11点至次晨1点。

“父亲的仇？父亲有什么仇呢？”他前进几步，惊急地问。

“有的。还要你去报。我早想告诉你的了；只因为你太小，没有说。现在你已经成人了，却还是那样的性情。这教我怎么办呢？你似的性情，能行大事的么？”

“能。说罢，母亲。我要改过……。”

“自然。我也只得说。你必须改过……。那么，走过来罢。”

他走过去；他的母亲端坐在床上，在暗白的月影里，两眼发出闪闪的光芒。

“听哪！”她严肃地说，“你的父亲原是一个铸剑的名工，天下第一。他的工具，我早已都卖掉了来救了穷了，你已经看不见一点遗迹；但他是一个世上无二的铸剑的名工。二十年前，王妃生下了一块铁，听说是抱了一回铁柱之后受孕的，是一块纯青透明的铁。大王知道是异宝，便决计用来铸一把剑，想用它保国，用它杀敌，用它防身。不幸你的父亲那时偏偏入了选，便将铁捧回家里来，日日夜夜地锻炼，费了整三年的精神，炼成两把剑。

“当最末次开炉的那一日，是怎样地骇人的景象呵！哗拉拉地腾上一道白气的时候，地面也觉得动摇。那白气到天半便变成白云，罩住了这处所，渐渐现出绯红颜色，映得一切都如桃花。我家的漆黑的炉子里，是躺着通红的两把剑。你父亲用井华水[1]慢慢地滴下去，那剑嘶嘶地吼着，慢慢转成青色了。这样地七日七夜，就看不见了剑，仔细看时，却还在炉底里，纯青的，透明的，正像两条冰。

“大欢喜的光采，便从你父亲的眼睛里四射出来；他取起剑，拂拭着，拂拭着。然而悲惨的皱纹，却也从他的眉头和嘴角出现了。他

---

[1] 井华水：清晨第一次汲取的井水。

将那两把剑分装在两个匣子里。

"'你只要看这几天的景象，就明白无论是谁，都知道剑已炼就的了。'他悄悄地对我说。'一到明天，我必须去献给大王。但献剑的一天，也就是我命尽的日子。怕我们从此要长别了。'

"'你……。'我很骇异，猜不透他的意思，不知怎么说的好。我只是这样地说：'你这回有了这么大的功劳……。'

"'唉！你怎么知道呢！'他说。'大王是向来善于猜疑，又极残忍的。这回我给他炼成了世间无二的剑，他一定要杀掉我，免得我再去给别人炼剑，来和他匹敌，或者超过他。'

"我掉泪了。

"'你不要悲哀。这是无法逃避的。眼泪决不能洗掉运命。我可是早已有准备在这里了！'他的眼里忽然发出电火似的光芒，将一个剑匣放在我膝上。'这是雄剑。'他说。'你收着。明天，我只将这雌剑献给大王去。倘若我一去竟不回来了呢，那是我一定不再在人间了。你不是怀孕已经五六个月了么？不要悲哀；待生了孩子，好好地抚养。一到成人之后，你便交给他这雄剑，教他砍在大王的颈子上，给我报仇！'"

"那天父亲回来了没有呢？"眉间尺赶紧问。

"没有回来！"她冷静地说。"我四处打听，也杳无消息。后来听得人说，第一个用血来饲你父亲自己炼成的剑的人，就是他自己——你的父亲。还怕他鬼魂作怪，将他的身首分埋在前门和后苑了！"

眉间尺忽然全身都如烧着猛火，自己觉得每一枝毛发上都仿佛闪出火星来。他的双拳，在暗中捏得格格地作响。

他的母亲站起了，揭去床头的木板，下床点了松明，到门背后取过一把锄，交给眉间尺道："掘下去！"

眉间尺心跳着，但很沉静的一锄一锄轻轻地掘下去。掘出来的都是黄土，约到五尺多深，土色有些不同了，似乎是烂掉的材木。

"看罢！要小心！"他的母亲说。

眉间尺伏在掘开的洞穴旁边，伸手下去，谨慎小心地撮开烂树，待到指尖一冷，有如触着冰雪的时候，那纯青透明的剑也出现了。他看清了剑靶，捏着，提了出来。

窗外的星月和屋里的松明似乎都骤然失了光辉，惟有青光充塞宇内。那剑便溶在这青光中，看去好像一无所有。眉间尺凝神细视，这才仿佛看见长五尺余，却并不见得怎样锋利，剑口反而有些浑圆，正如一片韭叶。

"你从此要改变你的优柔的性情，用这剑报仇去！"他的母亲说。

"我已经改变了我的优柔的性情，要用这剑报仇去！"

"但愿如此。你穿了青衣，背上这剑，衣剑一色，谁也看不分明的。衣服我已经做在这里，明天就上你的路去罢。不要记念我！"她向床后的破衣箱一指，说。

眉间尺取出新衣，试去一穿，长短正很合式。他便重行叠好，裹了剑，放在枕边，沉静地躺下。他觉得自己已经改变了优柔的性情；他决心要并无心事一般，倒头便睡，清晨醒来，毫不改变常态，从容地去寻他不共戴天的仇雠。

但他醒着。他翻来复去，总想坐起来。他听到他母亲的失望的轻轻的长叹。他听到最初的鸡鸣；他知道已交子时，自己是上了十六岁了。

二

当眉间尺肿着眼眶，头也不回的跨出门外，穿着青衣，背着青剑，迈开大步，径奔城中的时候，东方还没有露出阳光。杉树林的每一片叶尖，都挂着露珠，其中隐藏着夜气。但是，待到走到树林的那一头，露珠里却闪出各样的光辉，渐渐幻成晓色了。远望前面，便依稀看见灰黑色的城墙和雉堞[1]。

和挑葱卖菜的一同混入城里，街市上已经很热闹。男人们一排一排的呆站着；女人们也时时从门里探出头来。她们大半也肿着眼眶；蓬着头；黄黄的脸，连脂粉也不及涂抹。

眉间尺预觉到将有巨变降临，他们便都是焦躁而忍耐地等候着这巨变的。

他径自向前走；一个孩子突然跑过来，几乎碰着他背上的剑尖，使他吓出了一身汗。转出北方，离王宫不远，人们就挤得密密层层，都伸着脖子。人丛中还有女人和孩子哭嚷的声音。他怕那看不见的雄剑伤了人，不敢挤进去；然而人们却又在背后拥上来。他只得宛转地退避；面前只看见人们的背脊和伸长的脖子。

忽然，前面的人们都陆续跪倒了；远远地有两匹马并着跑过来。此后是拿着木棍、戈、刀、弓弩、旌旗的武人，走得满路黄尘滚滚。又来了一辆四匹马拉的大车，上面坐着一队人，有的打钟击鼓，有的嘴上吹着不知道叫什么名目的劳什子[2]。此后又是车，里面的人都穿画衣，不是老头子，便是矮胖子，个个满脸油汗。接着又是一队拿刀枪剑戟的骑士。跪着的人们便都伏下去了。这时眉间尺正看见一辆黄

[1] 雉堞：城上排列如齿状的矮墙，俗称城垛。
[2] 劳什子：北方方言。指物件，含有轻蔑、厌恶的意味。

盖的大车驰来，正中坐着一个画衣的胖子，花白胡子，小脑袋；腰间还依稀看见佩着和他背上一样的青剑。

他不觉全身一冷，但立刻又灼热起来，像是猛火焚烧着。他一面伸手向肩头捏住剑柄，一面提起脚，便从伏着的人们的脖子的空处跨出去。

但他只走得五六步，就跌了一个倒栽葱，因为有人突然捏住了他的一只脚。这一跌又正压在一个干瘪脸的少年身上；他正怕剑尖伤了他，吃惊地起来看的时候，肋下就挨了很重的两拳。他也不暇计较，再望路上，不但黄盖车已经走过，连拥护的骑士也过去了一大阵了。

路旁的一切人们也都爬起来。干瘪脸的少年却还扭住了眉间尺的衣领，不肯放手，说被他压坏了贵重的丹田[1]，必须保险，倘若不到八十岁便死掉了，就得抵命。闲人们又即刻围上来，呆看着，但谁也不开口；后来有人从旁笑骂了几句，却全是附和干瘪脸少年的。眉间尺遇到了这样的敌人，真是怒不得，笑不得，只觉得无聊，却又脱身不得。这样地经过了煮熟一锅小米的时光，眉间尺早已焦躁得浑身发火，看的人却仍不见减，还是津津有味似的。

前面的人圈子动摇了，挤进一个黑色的人来，黑须黑眼睛，瘦得如铁。他并不言语，只向眉间尺冷冷地一笑，一面举手轻轻地一拨干瘪脸少年的下巴，并且看定了他的脸。那少年也向他看了一会，不觉慢慢地松了手，溜走了；那人也就溜走了；看的人们也都无聊地走散。只有几个人还来问眉间尺的年纪，住址，家里可有姊姊。眉间尺都不理他们。

他向南走着；心里想，城市中这么热闹，容易误伤，还不如在南

[1] 丹田：道家把人体中脐下三寸处称为丹田，据说此部位受伤，可以致命。

门外等候他回来，给父亲报仇罢，那地方是地旷人稀，实在很便于施展。这时满城都议论着国王的游山，仪仗，威严，自己得见国王的荣耀，以及俯伏得有怎么低，应该采作国民的模范等等，很像蜜蜂的排衙[1]。直至将近南门，这才渐渐地冷静。

他走出城外，坐在一株大桑树下，取出两个馒头来充了饥；吃着的时候忽然记起母亲来，不觉眼鼻一酸，然而此后倒也没有什么。周围是一步一步地静下去了，他至于很分明地听到自己的呼吸。

天色愈暗，他也愈不安，尽目力望着前方，毫不见有国王回来的影子。上城卖菜的村人，一个个挑着空担出城回家去了。

人迹绝了许久之后，忽然从城里闪出那一个黑色的人来。

“走罢，眉间尺！国王在捉你了！”他说，声音好像鸱鸮。

眉间尺浑身一颤，中了魔似的，立即跟着他走；后来是飞奔。他站定了喘息许多时，才明白已经到了杉树林边。后面远处有银白的条纹，是月亮已从那边出现；前面却仅有两点燐火一般的那黑色人的眼光。

“你怎么认识我？……”他极其惶骇地问。

“哈哈！我一向认识你。”那人的声音说。“我知道你背着雄剑，要给你的父亲报仇，我也知道你报不成。岂但报不成；今天已经有人告密，你的仇人早从东门还宫，下令捕拿你了。”

眉间尺不觉伤心起来。

“唉唉，母亲的叹息是无怪的。”他低声说。

“但她只知道一半。她不知道我要给你报仇。”

“你么？你肯给我报仇么，义士？”

---

[1] 蜜蜂的排衙：蜜蜂早晚两次群集蜂房外面，就像朝见蜂王一般。这里形容人群拥挤喧闹。排衙，旧时衙署中下属依次参谒长官的仪式。

"阿，你不要用这称呼来冤枉我。"

"那么，你同情于我们孤儿寡妇？……"

"唉，孩子，你再不要提这些受了污辱的名称。"他严冷地说，"仗义，同情，那些东西，先前曾经干净过，现在却都成了放鬼债的资本[1]。我的心里全没有你所谓的那些。我只不过要给你报仇！"

"好。但你怎么给我报仇呢？"

"只要你给我两件东西。"两粒燐火下的声音说。"那两件么？你听着：一是你的剑，二是你的头！"

眉间尺虽然觉得奇怪，有些狐疑，却并不吃惊。他一时开不得口。

"你不要疑心我将骗取你的性命和宝贝。"暗中的声音又严冷地说。"这事全由你。你信我，我便去；你不信，我便住。"

"但你为什么给我去报仇的呢？你认识我的父亲么？"

"我一向认识你的父亲，也如一向认识你一样。但我要报仇，却并不为此。聪明的孩子，告诉你罢。你还不知道么，我怎么地善于报仇。你的就是我的；他也就是我。我的魂灵上有是这么多的，人我所加的伤，我已经憎恶了我自己！"

暗中的声音刚刚停止，眉间尺便举手向肩头抽取青色的剑，顺手从后项窝向前一削，头颅坠在地面的青苔上，一面将剑交给黑色人。

"呵呵！"他一手接剑，一手捏着头发，提起眉间尺的头来，对着那热的死掉的嘴唇，接吻两次，并且冷冷地尖利地笑。

笑声即刻散布在杉树林中，深处随着有一群燐火似的眼光闪动，倏忽临近，听到咻咻的饿狼的喘息。第一口撕尽了眉间尺的青衣，第二口便身体全都不见了，血痕也顷刻舔尽，只微微听得咀嚼骨头的

[1] 放鬼债的资本：作者曾在一篇杂感里说，旧社会"有一种精神的资本家"，惯用"同情"之类美好的言辞作为"放债"的"资本"，以求"报答"。参见《而已集·新时代的放债法》。

声音。

最先头的一匹大狼就向黑色人扑过来。他用青剑一挥，狼头便坠在地面的青苔上。别的狼们第一口撕尽了它的皮，第二口便身体全都不见了，血痕也顷刻舔尽，只微微听得咀嚼骨头的声音。

他已经掣起地上的青衣，包了眉间尺的头，和青剑都背在背脊上，回转身，在暗中向王城扬长地走去。

狼们站定了，耸着肩，伸出舌头，咻咻地喘着，放着绿的眼光看他扬长地走。

他在暗中向王城扬长地走去，发出尖利的声音唱着歌：——

哈哈爱兮爱乎爱乎！
爱青剑兮一个仇人自屠。
伙颐连翩兮多少一夫。
一夫爱青剑兮呜呼不孤。
头换头兮两个仇人自屠。
一夫则无兮爱乎呜呼！
爱乎呜呼兮呜呼阿呼，
阿呼呜呼兮呜呼呜呼！[1]

三

游山并不能使国王觉得有趣；加上了路上将有刺客的密报，更使

[1] 这里和下文的歌，意思介于可解不可解之间。作者1936年3月28日给日本增田涉的信中曾说："在《铸剑》里，我以为没有什么难懂的地方。但要注意的，是那里面的歌，意思都不明显，因为是奇怪的人和头颅唱出来的歌，我们这种普通人是难以理解的。"

他扫兴而还。那夜他很生气，说是连第九个妃子的头发，也没有昨天那样的黑得好看了。幸而她撒娇坐在他的御膝上，特别扭了七十多回，这才使龙眉之间的皱纹渐渐地舒展。

午后，国王一起身，就又有些不高兴，待到用过午膳，简直现出怒容来。

"唉唉！无聊！"他打一个大呵欠之后，高声说。

上自王后，下至弄臣，看见这情形，都不觉手足无措。白须老臣的讲道，矮胖侏儒[1]的打诨，王是早已听厌的了；近来便是走索、缘竿、抛丸、倒立、吞刀、吐火等等奇妙的把戏，也都看得毫无意味。他常常要发怒；一发怒，便按着青剑，总想寻点小错处，杀掉几个人。

偷空在宫外闲游的两个小宦官，刚刚回来，一看见宫里面大家的愁苦的情形，便知道又是照例的祸事临头了，一个吓得面如土色；一个却像是大有把握一般，不慌不忙，跑到国王的面前，俯伏着，说道：

"奴才刚才访得一个异人，很有异术，可以给大王解闷，因此特来奏闻。"

"什么？！"王说。他的话是一向很短的。

"那是一个黑瘦的，乞丐似的男子。穿一身青衣，背着一个圆圆的青包裹；嘴里唱着胡诌的歌。人问他。他说善于玩把戏，空前绝后，举世无双，人们从来就没有看见过；一见之后，便即解烦释闷，天下太平。但大家要他玩，他却又不肯。说是第一须有一条金龙，第二须有一个金鼎。……"

[1] 侏儒：此指形体矮小、专以滑稽笑谑供君王娱乐消遣的人，略似戏剧中的丑角。

“金龙？我是的。金鼎？我有。”

“奴才也正是这样想。……”

“传进来！”

话声未绝，四个武士便跟着那小宦官疾趋而出。上自王后，下至弄臣，个个喜形于色。他们都愿意这把戏玩得解愁释闷，天下太平；即使玩不成，这回也有了那乞丐似的黑瘦男子来受祸，他们只要能挨到传了进来的时候就好了。

并不要许多工夫，就望见六个人向金阶趋进。先头是宦官，后面是四个武士，中间夹着一个黑色人。待到近来时，那人的衣服却是青的，须眉头发都黑；瘦得颧骨、眼圈骨、眉棱骨都高高地突出来。他恭敬地跪着俯伏下去时，果然看见背上有一个圆圆的小包袱，青色布，上面还画上一些暗红色的花纹。

“奏来！”王暴躁地说。他见他家伙简单，以为他未必会玩什么好把戏。

“臣名叫宴之敖者；生长汶汶乡[1]。少无职业；晚遇明师，教臣把戏，是一个孩子的头。这把戏一个人玩不起来，必须在金龙之前，摆一个金鼎，注满清水，用兽炭[2]煎熬。于是放下孩子的头去，一到水沸，这头便随波上下，跳舞百端，且发妙音，欢喜歌唱。这歌舞为一人所见，便解愁释闷，为万民所见，便天下太平。”

“玩来！”王大声命令说。

并不要许多工夫，一个煮牛的大金鼎便摆在殿外，注满水，下面堆了兽炭，点起火来。那黑色人站在旁边，见炭火一红，便解下包

---

[1] 宴之敖者、汶汶乡均是作者虚构的人名与地名。但“宴之敖者”却是鲁迅 1924 年 9 月用过的笔名，此后他还以相类似的“敖”“敖者”“宴敖”作笔名。鲁迅用自己的笔名称呼小说的主人公“黑色人”，显然在这个人物身上融入了一些个人的生命体验。

[2] 兽炭：古时富豪之家将木炭屑做成兽形的一种燃料。

袱，打开，两手捧出孩子的头来，高高举起。那头是秀眉长眼，皓齿红唇；脸带笑容；头发蓬松，正如青烟一阵。黑色人捧着向四面转了一圈，便伸手擎到鼎上，动着嘴唇说了几句不知什么话，随即将手一松，只听得扑通一声，坠入水中去了。水花同时溅起，足有五尺多高，此后是一切平静。

许多工夫，还无动静。国王首先暴躁起来，接着是王后和妃子，大臣，宦官们也都有些焦急，矮胖的侏儒们则已经开始冷笑了。王一见他们的冷笑，便觉自己受愚，回顾武士，想命令他们就将那欺君的莠民掷入牛鼎里去煮杀。

但同时就听得水沸声；炭火也正旺，映着那黑色人变成红黑，如铁的烧到微红。王刚又回过脸来，他也已经伸起两手向天，眼光向着无物，舞蹈着，忽地发出尖利的声音唱起歌来：

> 哈哈爱兮爱乎爱乎！
> 爱兮血兮兮谁乎独无。
> 民萌冥行兮一夫壶卢。
> 彼用百头颅，千头颅兮用万头颅！
> 我用一头颅兮而无万夫。
> 爱一头颅兮血乎呜呼！
> 血乎呜呼兮呜呼阿呼，
> 阿呼呜呼兮呜呼呜呼！

随着歌声，水就从鼎口涌起，上尖下广，像一坐小山，但自水尖至鼎底，不住地回旋运动。那头即随水上上下下，转着圈子，一面又滴溜溜自己翻筋斗，人们还可以隐约看见他玩得高兴的笑容。过了些时，突然变了逆水的游泳，打旋子夹着穿梭，激得水花向四面飞溅，满庭洒下一阵热雨来。一个侏儒忽然叫了一声，用手摸着自己的鼻子。他不幸被热水烫了一下，又不耐痛，终于免不得出声叫苦了。

黑色人的歌声才停，那头也就在水中央停住，面向王殿，颜色转成端庄。这样的有十余瞬息之久，才慢慢地上下抖动；从抖动加速而为起伏的游泳，但不很快，态度很雍容。绕着水边一高一低地游了三匝，忽然睁大眼睛，漆黑的眼珠显得格外精采，同时也开口唱起歌来：

王泽流兮浩洋洋；
克服怨敌，怨敌克服兮，赫兮强！
宇宙有穷止兮万寿无疆。
幸我来也兮青其光！
青其光兮永不相忘。
异处异处兮堂哉皇！
堂哉皇哉兮嗳嗳唷，
嗟来归来，嗟来陪来兮青其光！

头忽然升到水的尖端停住；翻了几个筋斗之后，上下升降起来，眼珠向着左右瞥视，十分秀媚，嘴里仍然唱着歌：

阿呼呜呼兮呜呼呜呼，
爱乎呜呼兮呜呼阿呼！
血一头颅兮爱乎呜呼。
我用一头颅兮而无万夫！

彼用百头颅，千头颅……

唱到这里，是沉下去的时候，但不再浮上来了；歌词也不能辨别。涌起的水，也随着歌声的微弱，渐渐低落，像退潮一般，终至到鼎口以下，在远处什么也看不见。

"怎了？"等了一会，王不耐烦地问。

"大王，"那黑色人半跪着说。"他正在鼎底里作最神奇的团圆舞，不临近是看不见的。臣也没有法术使他上来，因为作团圆舞必须在鼎底里。"

王站起身，跨下金阶，冒着炎热立在鼎边，探头去看。只见水平如镜，那头仰面躺在水中间，两眼正看着他的脸。待到王的眼光射到他脸上时，他便嫣然一笑。这一笑使王觉得似曾相识，却又一时记不起是谁来。刚在惊疑，黑色人已经掣出了背着的青色的剑，只一挥，闪电般从后项窝直劈下去，扑通一声，王的头就落在鼎里了。

仇人相见，本来格外眼明，况且是相逢狭路。王头刚到水面，眉间尺的头便迎上来，很命在他耳轮上咬了一口。鼎水即刻沸涌，澎湃有声；两头即在水中死战。约有二十回合，王头受了五个伤，眉间尺的头上却有七处。王又狡猾，总是设法绕到他的敌人的后面去。眉间尺偶一疏忽，终于被他咬住了后项窝，无法转身。这一回王的头可是咬定不放了，他只是连连蚕食进去；连鼎外面也仿佛听到孩子的失声叫痛的声音。

上自王后，下至弄臣，骇得凝结着的神色也应声活动起来，似乎感到暗无天日的悲哀，皮肤上都一粒一粒地起粟；然而又夹着秘密的欢喜，瞪了眼，像是等候着什么似的。

黑色人也仿佛有些惊慌，但是面不改色。他从从容容地伸开那捏着看不见的青剑的臂膊，如一段枯枝；伸长颈子，如在细看鼎底。臂膊忽然一弯，青剑便蓦地从他后面劈下，剑到头落，坠入鼎中，淜的一声，雪白的水花向着空中同时四射。

他的头一入水，即刻直奔王头，一口咬住了王的鼻子，几乎要咬下来。王忍不住叫一声“阿唷”，将嘴一张，眉间尺的头就乘机挣脱了，一转脸倒将王的下巴下死劲咬住。他们不但都不放，还用全力上下一撕，撕得王头再也合不上嘴。于是他们就如饿鸡啄米一般，一顿乱咬，咬得王头眼歪鼻塌，满脸鳞伤。先前还会在鼎里面四处乱滚，后来只能躺着呻吟，到底是一声不响，只有出气，没有进气了。

黑色人和眉间尺的头也慢慢地住了嘴，离开王头，沿鼎壁游了一匝，看他可是装死还是真死。待到知道了王头确已断气，便四目相视，微微一笑，随即合上眼睛，仰面向天，沉到水底里去了。

四

烟消火灭；水波不兴。特别的寂静倒使殿上殿下的人们警醒。他们中的一个首先叫了一声，大家也立刻迭连惊叫起来；一个迈开腿向金鼎走去，大家便争先恐后地拥上去了。有挤在后面的，只能从人脖子的空隙间向里面窥探。

热气还炙得人脸上发烧。鼎里的水却一平如镜，上面浮着一层油，照出许多人脸孔：王后、王妃、武士、老臣、侏儒、太监。……

“阿呀，天哪！咱们大王的头还在里面哪，唷唷唷！”第六个妃子忽然发狂似的哭嚷起来。

上自王后，下至弄臣，也都恍然大悟，仓皇散开，急得手足无措，各自转了四五个圈子。一个最有谋略的老臣独又上前，伸手向鼎边一摸，然而浑身一抖，立刻缩了回来，伸出两个指头，放在口边吹个不住。

大家定了定神，便在殿门外商议打捞办法。约略费去了煮熟三锅小米的工夫，总算得到一种结果，是：到大厨房去调集了铁丝勺子，命武士协力捞起来。

器具不久就调集了，铁丝勺、漏勺、金盘、擦桌布，都放在鼎旁边。武士们便揎起衣袖，有用铁丝勺的，有用漏勺的，一齐恭行打捞。有勺子相触的声音，有勺子刮着金鼎的声音；水是随着勺子的搅动而旋绕着。好一会，一个武士的脸色忽而很端庄了，极小心地两手慢慢举起了勺子，水滴从勺孔中珠子一般漏下，勺里面便显出雪白的头骨来。大家惊叫了一声；他便将头骨倒在金盘里。

"阿呀！我的大王呀！"王后、妃子、老臣，以至太监之类，都放声哭起来。但不久就陆续停止了，因为武士又捞起了一个同样的头骨。

他们泪眼模胡地四顾，只见武士们满脸油汗，还在打捞。此后捞出来的是一团糟的白头发和黑头发；还有几勺很短的东西，似乎是白胡须和黑胡须。此后又是一个头骨。此后是三枝簪。

直到鼎里面只剩下清汤，才始住手；将捞出的物件分盛了三金盘：一盘头骨，一盘须发，一盘簪。

"咱们大王只有一个头。那一个是咱们大王的呢？"第九个妃子焦急地问。

"是呵……。"老臣们都面面相觑。

"如果皮肉没有煮烂，那就容易辨别了。"一个侏儒跪着说。

大家只得平心静气，去细看那头骨，但是黑白大小，都差不多，连那孩子的头，也无从分辨。王后说王的右额上有一个疤，是做太子时候跌伤的，怕骨上也有痕迹。果然，侏儒在一个头骨上发见了；大家正在欢喜的时候，另外的一个侏儒却又在较黄的头骨的右额上看出相仿的瘢痕来。

“我有法子。”第三个王妃得意地说，“咱们大王的龙准[1]是很高的。”

太监们即刻动手研究鼻准骨，有一个确也似乎比较地高，但究竟相差无几；最可惜的是右额上却并无跌伤的瘢痕。

“况且，”老臣们向太监说，“大王的后枕骨是这么尖的么？”

“奴才们向来就没有留心看过大王的后枕骨……。”

王后和妃子们也各自回想起来，有的说是尖的，有的说是平的。叫梳头太监来问的时候，却一句话也不说。

当夜便开了一个王公大臣会议，想决定那一个是王的头，但结果还同白天一样。并且连须、发也发生了问题。白的自然是王的，然而因为花白，所以黑的也很难处置。讨论了小半夜，只将几根红色的胡子选出；接着因为第九个王妃抗议，说她确曾看见王有几根通黄的胡子，现在怎么能知道决没有一根红的呢。于是也只好重行归并，作为疑案了。

到后半夜，还是毫无结果。大家却居然一面打呵欠，一面继续讨论，直到第二次鸡鸣，这才决定了一个最慎重妥善的办法，是：只能将三个头骨都和王的身体放在金棺里落葬。

七天之后是落葬的日期，合城很热闹。城里的人民，远处的人民，都奔来瞻仰国王的“大出丧”。天一亮，道上已经挤满了男男女女；中间还夹着许多祭桌。待到上午，清道的骑士才缓辔而来。又过

[1] 龙准：指帝王的鼻子。准，鼻子。

了不少工夫，才看见仪仗，什么旌旗，木棍，戈戟，弓弩，黄钺之类；此后是四辆鼓吹车。再后面是黄盖随着路的不平而起伏着，并且渐渐近来了，于是现出灵车，上载金棺，棺里面藏着三个头和一个身体。

百姓都跪下去，祭桌便一列一列地在人丛中出现。几个义民很忠愤，咽着泪，怕那两个大逆不道的逆贼的魂灵，此时也和王一同享受祭礼，然而也无法可施。

此后是王后和许多王妃的车。百姓看她们，她们也看百姓，但哭着。此后是大臣、太监、侏儒等辈，都装着哀戚的颜色。只是百姓已经不看他们，连行列也挤得乱七八糟，不成样子了。

一九二六年十月作。

（选自《鲁迅全集》卷二《故事新编》）

单元读写活动建议

1. 写下你对鲁迅的生命之根与文学之根的感悟和理解，做成卡片备用。
2. 对家乡或你居住的地方的民间故事、传说（当然包括鬼与神的故事）、民间节日、民间戏曲、民风、民俗、名胜古迹……从你感兴趣的角度，做一些调查，写出报告：认识你脚下的土地，这将是你“寻根”的开始。
3. 驰骋你的想象，也写一篇“故事新编”。

3 生命元素的想象

鲁迅在20世纪初所写的《科学史教篇》，一开始就谈到古希腊人对形成宇宙的基本元素的认识和想象：泰勒斯认为水是世界万物的本原，阿那克西米尼则认为是空气，赫拉克利特认为是火。

我们所生活的宇宙，有一些基本的物质元素与生命元素。人类对之有着大致相同的体认，但在不同的民族、地区，不同的文化传统之间，又存在着某些差异。就我们中华民族而言，我们所理解的宇宙基本物质元素、生命元素主要是指：金（矿物）、木（植物）、水、火、土。

于是，就有了关于金、木、水、火、土的文学想象。有人说，这是对“高度宇宙性形象”的想象。

这是一个最具挑战性的文学课题，同时也是思想的课题、生命的课题。每一个有创造力的作家，都要力图创造出不同于他人、前人，独属于自己的新颖的形象。

鲁迅活跃的自由无羁的生命力注定他要接受这样的挑战，并且会有出人意料的创造。

导读

这是鲁迅作品中的一篇奇文。奇就奇在非鲁迅莫有的奇思异想。

人们想象中的火，尽管千姿百态，但都是熊熊燃烧的生命的象征；鲁迅写的却是停止燃烧的“死火”：不是从单一的“生命”的视角，而是从“生命”与“死亡”的双向视角去想象火。——此奇一。

还有“我”与“死火”的奇遇；并且有了一次奇特的机会：火是“息息变幻，永无定形”的，更是无法用语言文字来记录与描述的；而这似在流动，却已经凝定的“死火”，却提供了把握的可能，“死的火焰，现在先得到了你了！”这该是怎样的惊喜！——此奇二。

于是，又有了对于火的奇特感受：“我拾起死火，正要细看，那冷气已使我的指头焦灼”，这是冰与火、冷与热的交融；“登时满有红焰流动……（死火）流在冰地上了”，火竟如水一般流动。——此奇三。

居然还展开了关于“冻灭”还是“烧完”的生命两难选择的哲学讨论。——此奇四。

而“我”“死火”“大石车”同归于尽的结局，更是出人意料；“哈哈”，留下的是永远的“红笑”——此奇五。

死火

我梦见自己在冰山间奔驰。

这是高大的冰山，上接冰天，天上冻云弥漫，片片如鱼鳞模样。山麓有冰树林，枝叶都如松杉。一切冰冷，一切青白。

但我忽然坠在冰谷中。

上下四旁无不冰冷，青白。而一切青白冰上，却有红影无数，纠结如珊瑚网。我俯看脚下，有火焰在。

这是死火。有炎炎的形，但毫不摇动，全体冰结，像珊瑚枝；尖端还有凝固的黑烟，疑这才从火宅[1]中出，所以枯焦。这样，映在冰的四壁，而且互相反映，化为无量数影，使这冰谷，成红珊瑚色。

哈哈！

当我幼小的时候，本就爱看快舰激起的浪花，洪炉喷出的烈焰。不但爱看，还想看清。可惜他们都息息变幻，永无定形。虽然凝视又凝视，总不留下怎样一定的迹象。

死的火焰，现在先得到了你了！

我拾起死火，正要细看，那冷气已使我的指头焦灼；但是，我还熬着，将他塞入衣袋中间。冰谷四面，登时完全青白。我一面思索着走出冰谷的法子。

我的身上喷出一缕黑烟，上升如铁线蛇[2]。冰谷四面，又登时满

---

[1] 火宅：佛家语。据《法华经·譬喻品》，“三界（按：指欲界、色界、无色界，泛指世界）无安，犹如火宅，众苦充满，甚可怖畏，常有生老病死忧患，如是等火，炽然不息”。

[2] 铁线蛇：又名盲蛇，是一种形如蚯蚓的无毒小蛇。

有红焰流动，如大火聚[1]，将我包围。我低头一看，死火已经燃烧，烧穿了我的衣裳，流在冰地上了。

“唉，朋友！你用了你的温热，将我惊醒了。”他说。

我连忙和他招呼，问他名姓。

“我原先被人遗弃在冰谷中，”他答非所问地说，“遗弃我的早已灭亡，消尽了。我也被冰冻冻得要死。倘使你不给我温热，使我重行烧起，我不久就须灭亡。”

“你的醒来，使我欢喜。我正在想着走出冰谷的方法；我愿意携带你去，使你永不冰结，永得燃烧。”

“唉唉！那么，我将烧完！”

“你的烧完，使我惋惜。我便将你留下，仍在这里罢。”

“唉唉！那么，我将冻灭了！”

“那么，怎么办呢？”

“但你自己，又怎么办呢？”他反而问。

“我说过了：我要出这冰谷……。”

“那我就不如烧完！”

他忽而跃起，如红彗星，并我都出冰谷口外。有大石车突然驰来，我终于碾死在车轮底下，但我还来得及看见那车就坠入冰谷中。

“哈哈！你们是再也遇不着死火了！”我得意地笑着说，仿佛就愿意这样似的。

一九二五年四月二十三日。

（选自《鲁迅全集》卷二《野草》）

---

[1] 火聚：佛家语，指猛火聚集的地方。

导读

请注意：南方的雪里有水——“滋润”“美艳”，给人以水淋淋的感觉。而朔方的雪，则无水，却有“土”——“永远如粉，如沙，……撒在屋上，地上，枯草上”，也有“火”——“在日光中灿灿地生光，如包藏火焰的大雾”。雨，雪，水，土，火——所有的生命的“精魂”就这样相通了。包容其间的更有“人”的精魂，鲁迅的精魂。

《好的故事》对于“河水”的观照、描写有一个特殊的视角：“水”里的“倒影”；“水中的青天的底子”；“两岸边的乌桕，新禾，野花，鸡，狗，丛树和枯树，茅屋，塔，伽蓝，农夫和村妇，村女，晒着的衣裳，和尚，蓑笠，天，云，竹，……都倒影在澄碧的小河中……”。——这也是一种生命的融合。

鲁迅眼里、笔下的宇宙生命充满了动感，有着无尽的活力：雪“旋转而且升腾”；水中的“诸影诸物，无不解散，而且摇动，扩大，互相融和；刚一融和，却又退缩，复近于原形”；而“许多美的人和美的事”，更“万颗奔星似的飞动着，同时又展开去，以至于无穷”。

这里有鲁迅生命的投入。

雪

暖国[1]的雨，向来没有变过冰冷的坚硬的灿烂的雪花。博识的人们觉得他单调，他自己也以为不幸否耶？江南的雪，可是滋润美艳之至了；那是还在隐约着的青春的消息，是极壮健的处子的皮肤。雪野中有血红的宝珠山茶，白中隐青的单瓣梅花，深黄的磬口的蜡梅花；雪下面还有冷绿的杂草。胡蝶确乎没有；蜜蜂是否来采山茶花和梅花的蜜，我可记不真切了。但我的眼前仿佛看见冬花开在雪野中，有许多蜜蜂们忙碌地飞着，也听得他们嗡嗡地闹着。

孩子们呵着冻得通红，像紫芽姜一般的小手，七八个一齐来塑雪罗汉。因为不成功，谁的父亲也来帮忙了。罗汉就塑得比孩子们高得多，虽然不过是上小下大的一堆，终于分不清是壶卢还是罗汉，然而很洁白，很明艳，以自身的滋润相粘结，整个地闪闪地生光。孩子们用龙眼核给他做眼珠，又从谁的母亲的脂粉奁中偷得胭脂来涂在嘴唇上。这回确是一个大阿罗汉了。他也就目光灼灼地嘴唇通红地坐在雪地里。

第二天还有几个孩子来访问他；对了他拍手，点头，嘻笑。但他终于独自坐着了。晴天又来消释他的皮肤，寒夜又使他结一层冰，化作不透明的水晶模样，连续的晴天又使他成为不知道算什么，而嘴上的胭脂也褪尽了。

但是，朔方的雪花在纷飞之后，却永远如粉，如沙，他们决不粘连，撒在屋上，地上，枯草上，就是这样。屋上的雪是早已就有消化

---

[1] 暖国：指我国南方气候温暖的地区。

了的，因为屋里居人的火的温热。别的，在晴天之下，旋风忽来，便蓬勃地奋飞，在日光中灿灿地生光，如包藏火焰的大雾，旋转而且升腾，弥漫太空，使太空旋转而且升腾地闪烁。

在无边的旷野上，在凛冽的天宇下，闪闪地旋转升腾着的是雨的精魂……

是的，那是孤独的雪，是死掉的雨，是雨的精魂。

一九二五年一月十八日。

（选自《鲁迅全集》卷二《野草》）

好的故事

灯火渐渐地缩小了，在预告石油的已经不多；石油又不是老牌，早熏得灯罩很昏暗。鞭爆的繁响在四近，烟草的烟雾在身边：是昏沉的夜。

我闭了眼睛，向后一仰，靠在椅背上；捏着《初学记》[1]的手搁在膝髁上。

我在蒙胧中，看见一个好的故事。

这故事很美丽，幽雅，有趣。许多美的人和美的事，错综起来像一天云锦，而且万颗奔星似的飞动着，同时又展开去，以至于无穷。

我仿佛记得曾坐小船经过山阴道[2]，两岸边的乌桕，新禾，野花，鸡，狗，丛树和枯树，茅屋，塔，伽蓝[3]，农夫和村妇，村女，晒着的衣裳，和尚，蓑笠，天，云，竹，……都倒影在澄碧的小河中，随着每一打桨，各各夹带了闪烁的日光，并水里的萍藻游鱼，一同荡漾。诸影诸物，无不解散，而且摇动，扩大，互相融和；刚一融和，却又退缩，复近于原形。边缘都参差如夏云头，镶着日光，发出水银色焰。凡是我所经过的河，都是如此。

现在我所见的故事也如此。水中的青天的底子，一切事物统在上面交错，织成一篇，永是生动，永是展开，我看不见这一篇的结束。

---

[1] 《初学记》：唐代徐坚等编纂的类书，共30卷。取材于群经、诸子、历代诗赋及唐初诸家作品。

[2] 山阴道：指绍兴县城西南一带，古人有“从山阴道上行，山川自相映发，使人应接不暇”（《世说新语·言语》）之说。

[3] 伽蓝：梵文“僧伽蓝摩”的略称，意为僧众居住的园林，后泛指佛教寺院。

河边枯柳树下的几株瘦削的一丈红[1]，该是村女种的罢。大红花和斑红花，都在水里面浮动，忽而碎散，拉长了，如缕缕的胭脂水，然而没有晕。茅屋，狗，塔，村女，云，……也都浮动着。大红花一朵朵全被拉长了，这时是泼刺奔迸的红锦带。带织入狗中，狗织入白云中，白云织入村女中……在一瞬间，他们又将退缩了。但斑红花影也已碎散，伸长，就要织进塔、村女、狗、茅屋、云里去。

现在我所见的故事清楚起来了，美丽，幽雅，有趣，而且分明。青天上面，有无数美的人和美的事，我一一看见，一一知道。

我就要凝视他们……。

我正要凝视他们时，骤然一惊，睁开眼，云锦也已皱蹙，凌乱，仿佛有谁掷一块大石下河水中，水波陡然起立，将整篇的影子撕成片片了。我无意识地赶忙捏住几乎坠地的《初学记》，眼前还剩着几点虹霓色的碎影。

我真爱这一篇好的故事，趁碎影还在，我要追回他，完成他，留下他。我抛了书，欠身伸手去取笔，——何尝有一丝碎影，只见昏暗的灯光，我不在小船里了。

但我总记得见过这一篇好的故事，在昏沉的夜……。

一九二五年二月二十四日。

（选自《鲁迅全集》卷二《野草》）

[1] 一丈红：即蜀葵，茎高六七尺，六月开花，形大，有红、紫、白、黄等颜色。

导读

《腊叶》此篇写在1925年至1926年初的一次大病中，是为“爱我者的想要保存我而作的”，是面对死亡对生命价值的思考。如此严重的生命话题，在鲁迅这里却变成了充满诗意的独特想象：将自己化作一片病叶，人的生命历程就转换为随着自然季节的更替而由茁长到飘落的树叶的生命史，人的生命颜色也变作木叶的色彩，这样的自我生命和自然生命（“木叶”）的同构与融合，是动人的；而“深秋”时节，“一点蛀孔，镶着乌黑的花边，在红，黄和绿的斑驳中，明眸似的向人凝视”，这乌黑的死亡之色与红、黄、绿的生命的灿烂颜色的并置与交融，更给人以奇异的感觉，并悚然而思。

“在我的后园，可以看见墙外有两株树，一株是枣树，还有一株也是枣树”，《秋夜》里的枣树只属于鲁迅：他“知道落叶的梦，春后还是秋”；他“简直落尽叶子，单剩干子”，但仍然“默默地铁似的直刺着奇怪而高的天空，使天空闪闪地鬼睒眼；直刺着天空中圆满的月亮，使月亮窘得发白”。

腊叶

灯下看《雁门集》[1]，忽然翻出一片压干的枫叶来。

这使我记起去年的深秋。繁霜夜降，木叶多半凋零，庭前的一株小小的枫树也变成红色了。我曾绕树徘徊，细看叶片的颜色，当他青葱的时候是从没有这么注意的。他也并非全树通红，最多的是浅绛，有几片则在绯红地上，还带着几团浓绿。一片独有一点蛀孔，镶着乌黑的花边，在红，黄和绿的斑驳中，明眸似的向人凝视。我自念：这是病叶呵！便将他摘了下来，夹在刚才买到的《雁门集》里。大概是愿使这将坠的被蚀而斑斓的颜色，暂得保存，不即与群叶一同飘散罢。

但今夜他却黄蜡似的躺在我的眼前，那眸子也不复似去年一般灼灼。假使再过几年，旧时的颜色在我记忆中消去，怕连我也不知道他何以夹在书里面的原因了。将坠的病叶的斑斓，似乎也只能在极短时中相对，更何况是葱郁的呢。看看窗外，很能耐寒的树木也早经秃尽了；枫树更何消说得。当深秋时，想来也许有和这去年的模样相似的病叶的罢，但可惜我今年竟没有赏玩秋树的余闲。

一九二五年十二月二十六日。

（选自《鲁迅全集》卷二《野草》）

---

[1]《雁门集》：元代萨都剌的诗词集。

秋夜

在我的后园，可以看见墙外有两株树，一株是枣树，还有一株也是枣树。

这上面的夜的天空，奇怪而高，我生平没有见过这样的奇怪而高的天空。他仿佛要离开人间而去，使人们仰面不再看见。然而现在却非常之蓝，闪闪地䀹着几十个星星的眼，冷眼。他的口角上现出微笑，似乎自以为大有深意，而将繁霜洒在我的园里的野花草上。

我不知道那些花草真叫什么名字，人们叫他们什么名字。我记得有一种开过极细小的粉红花，现在还开着，但是更极细小了，她在冷的夜气中，瑟缩地做梦，梦见春的到来，梦见秋的到来，梦见瘦的诗人将眼泪擦在她最末的花瓣上，告诉她秋虽然来，冬虽然来，而此后接着还是春，胡蝶乱飞，蜜蜂都唱起春词来了。她于是一笑，虽然颜色冻得红惨惨地，仍然瑟缩着。

枣树，他们简直落尽了叶子。先前，还有一两个孩子来打他们别人打剩的枣子，现在是一个也不剩了，连叶子也落尽了。他知道小粉红花的梦，秋后要有春；他也知道落叶的梦，春后还是秋。他简直落尽叶子，单剩干子，然而脱了当初满树是果实和叶子时候的弧形，欠伸得很舒服。但是，有几枝还低亚着，护定他从打枣的竿梢所得的皮伤，而最直最长的几枝，却已默默地铁似的直刺着奇怪而高的天空，使天空闪闪地鬼䀹眼；直刺着天空中圆满的月亮，使月亮窘得发白。

鬼䀹眼的天空越加非常之蓝，不安了，仿佛想离去人间，避开枣树，只将月亮剩下。然而月亮也暗暗地躲到东边去了。而一无所有的干子，却仍然默默地铁似的直刺着奇怪而高的天空，一意要制他的死命，不管他各式各样地映着许多蛊惑的眼睛。

哇的一声，夜游的恶鸟飞过了。

我忽而听到夜半的笑声，吃吃地，似乎不愿意惊动睡着的人，然而四围的空气都应和着笑。夜半，没有别的人，我即刻听出这声音就在我嘴里，我也即刻被这笑声所驱逐，回进自己的房。灯火的带子也即刻被我旋高了。

后窗的玻璃上丁丁地响，还有许多小飞虫乱撞。不多久，几个进来了，许是从窗纸的破孔进来的。他们一进来，又在玻璃的灯罩上撞得丁丁地响。一个从上面撞进去了，他于是遇到火，而且我以为这火是真的。两三个却休息在灯的纸罩上喘气。那罩是昨晚新换的罩，雪白的纸，折出波浪纹的叠痕，一角还画出一枝猩红色的栀子[1]。

猩红的栀子开花时，枣树又要做小粉红花的梦，青葱地弯成弧形了……。我又听到夜半的笑声；我赶紧砍断我的心绪，看那老在白纸罩上的小青虫，头大尾小，向日葵子似的，只有半粒小麦那么大，遍身的颜色苍翠得可爱，可怜。

我打一个呵欠，点起一支纸烟，喷出烟来，对着灯默默地敬奠这些苍翠精致的英雄们。

一九二四年九月十五日。

（选自《鲁迅全集》卷二《野草》）

[1] 栀子：一种常绿灌木，夏日开花，一般为白色或淡黄色；红栀子花是罕见的品种。

导读

请放声吟诵，你将进入一个生命的大境界——

天·地·人——《野草》集章[1]

但我坦然，欣然。我将大笑，我将歌唱。

天地有如此静穆，我不能大笑而且歌唱。天地即不如此静穆，我或者也将不能。

——《题辞》

她在深夜中尽走，一直走到无边的荒野；四面都是荒野，头上只有高天，并无一个虫鸟飞过。她赤身露体地，石像似的站在荒野的中央，于一刹那间照见过往的一切：饥饿，苦痛，惊异，羞辱，欢欣，于是发抖；害苦，委屈，带累，于是痉挛；杀，于是平静。……又于一刹那间将一切并合：眷念与决绝，爱抚与复仇，养育与歼除，祝福与咒诅……。她于是举两手尽量向天，口唇间漏出人与兽的，非人间所有，所以无词的言语。

当她说出无词的言语时，她那伟大如石像，然而已经荒废的，颓败的身躯的全面都颤动了。这颤动点点如鱼鳞，每一鳞都起伏如沸水在烈火上；空中也即刻一同振颤，仿佛暴风雨中的荒海的波涛。

她于是抬起眼睛向着天空，并无词的言语也沉默尽绝，惟有颤动，辐射若太阳光，使空中的波涛立刻回旋，如遭飓风，汹涌奔腾于无边的荒野。

——《颓败线的颤动》

[1] 标题为编者所加。

叛逆的猛士出于人间；他屹立着，洞见一切已改和现有的废墟和荒坟，记得一切深广和久远的苦痛，正视一切重叠淤积的凝血，深知一切已死，方生，将生和未生。他看透了造化的把戏；他将要起来使人类苏生，或者使人类灭尽，这些造物主的良民们。

造物主，怯弱者，羞惭了，于是伏藏。天地在猛士的眼中于是变色。

——《淡淡的血痕中——记念几个死者和生者和未生者》

在无边的旷野上，在凛冽的天宇下，闪闪地旋转升腾着的是雨的精魂……

——《雪》

单元读写活动建议

1. 数学可以一题多解，文学作品也可以，而且应该提倡从不同的角度去解读。鲁迅作品内涵十分丰厚，更是可供“多解”的开放性的文本。本单元以“生命元素的想象”的视角去观照鲁迅《野草》里的作品，于是就有了许多感悟和体认；但单一的视角却可能遮蔽了作品中也许是更有意思的东西。你是否可以换一个视角，对其中一两篇做出你自己的另一种解读，并且和同学一起交流。
2. 写出属于你的对于水与火、雨与雪，对于天空、大地，对于树木和花草的新颖的观察，感悟与想象，试验一下自己的创造力。

4 诗与画

郭沫若对鲁迅有一个很有意思的评价："鲁迅先生无心作诗人，偶有所作，每臻绝唱，或则犀角烛怪[1]，或则肝胆照人。""鲁迅先生也无心作书家，所遗手迹，自成风格。融冶篆隶于一炉，听任心腕之交应，朴质而不拘挛，洒脱而有法度。"我们还可以补充一点：鲁迅先生不是美术家，但他对美术作品的鉴赏与理解，却独有洞见，为某些专攻此业者所难企及；而他的作品又常得绘画艺术之神韵，又为许多作家所不及。

郭沫若还引荀子《劝学篇》言"学莫便乎近其人，学之经莫速乎好其人"，并且发挥说"鲁迅先生，人之所好也，请更好其诗，好其书，而日益近之"。可以说，读其诗，观其书法，听其画论，都是走近其人的绝好途径，"有如面聆謦欬[2]，春温秋肃，默化潜移，身心获益靡涯，文笔增华有望"。(《〈鲁迅诗稿〉序》)

---

[1] 典出《晋书·温峤传》，赞鲁迅的某些诗如犀角烛怪，能照出许多妖魔鬼怪的原形。

[2] 面聆，当面聆听；謦（qǐng）欬（kài）：咳嗽，引申为言笑。

导读

鲁迅的新诗本未收入自编文集，但一位年轻的朋友为其编《集外集》，收进去了；鲁迅因此有言："这真好像将我五十多年前的出屁股，衔手指的照相，装潢起来，并且给我自己和别人来赏鉴"；但鲁迅又说，这样的照片"当然是惹人发笑的，但自有婴年的天真，决非少年以至老年所能有。况且如果少时不作，到老恐怕也未必就能作"。因此，鲁迅说他"不后悔"少作，"甚而至于还有些爱"；今天的读者也借此看看"衔手指"的鲁迅：这都是很有意思的。

谈到自己写的诗，鲁迅说："我其实是不喜欢做新诗的——但也不喜欢做古诗——只因为那时诗坛寂寞，所以打打边鼓，凑些热闹；待到称为诗人的一出现，就洗手不作了。"（《集外集·序言》）。鲁迅还说过这样的话："我以为一切好诗，到唐已被做完，此后倘非能翻出如来掌心之'齐天太圣'，大可不必动手，然而言行不能一致，有时也诌几句，自省殊亦可笑。"（《致杨霁云，1934年12月20日》）而后人重读这些偶然写下的旧体诗，却能依稀看到当年心境、风貌之一角，而引发许多感慨与想象。除了人们经常引述的"我以我血荐轩辕""横眉冷对""俯首甘为"之外，像"躲进小楼成一统""以沫相濡亦可哀""花开花落两由之""于无声处听惊雷""曾惊秋肃临天下，敢遣春温上笔端"，都是让我们能够触摸到鲁迅心的跳动的。

敢遣春温上笔端[1]

——鲁迅新诗与旧体诗选（八首）

梦

很多的梦，趁黄昏起哄。
前梦才挤却大前梦时，后梦又赶走了前梦。
去的前梦黑如墨，在的后梦墨一般黑；
去的在的仿佛都说，“看我真好颜色。”
颜色许好，暗里不知；
而且不知道，说话的是谁？

暗里不知，身热头痛。
你来你来！明白的梦。

（选自《鲁迅全集》卷七《集外集》）

自题小像

灵台无计逃神矢[2]，风雨如磐暗故园。
寄意寒星荃不察[3]，我以我血荐轩辕[4]。

（选自《鲁迅全集》卷七《集外集拾遗》）

---

［1］标题为编者所加。
［2］灵台：指心。神矢：希腊神话中爱神的箭。
［3］荃不察：屈原《离骚》中有“荃不察余之中情兮”的句子。荃，一种香草，在《离骚》中喻指国君，在这里指祖国人民。
［4］荐：献给。轩辕：传说中的上古帝王黄帝，这里指祖国。

自嘲

运交华盖欲何求[1]，未敢翻身已碰头。

破帽遮颜过闹市，漏船载酒泛中流。

横眉冷对千夫指，俯首甘为孺子牛。

躲进小楼成一统，管他冬夏与春秋。

十月十二日

（选自《鲁迅全集》卷七《集外集》）

赠画师[2]

风生白下千林暗[3]，雾塞苍天百卉殚[4]。

愿乞画家新意匠，只研朱墨作春山。

一月二十六日

（选自《鲁迅全集》卷七《集外集拾遗》）

悼杨铨[5]

岂有豪情似旧时，花开花落两由之。

---

[1] 华盖：像花一样盖在头上的云气。鲁迅在《华盖集·题记》里，这样谈到“华盖运”：“这运，在和尚是好运：顶有华盖，自然是成佛作祖之兆。但俗人可不行，华盖在上，就要给罩住了，只好碰钉子。”

[2] 画师：指日本画家望月玉成。

[3] 白下：南京的别称。

[4] 殚：尽，这里指枯萎。

[5] 杨铨（1893—1933）：字杏佛，曾留学美国，后任国民党政府中央研究院总干事。1932 年 12 月他与宋庆龄、蔡元培、鲁迅等组织中国民权保障同盟，1933 年 6 月 18 日在上海被国民党蓝衣社特务暗杀。

何期泪洒江南雨，又为斯民哭健儿。

六月二十一日

（选自《鲁迅全集》卷七《集外集拾遗》）

题《芥子园画谱三集》[1]赠许广平

此上海有正书局翻造本。其广告谓研究木刻十余年，始雕是书。实则兼用木版，石版，波黎版[2]及人工著色，乃日本成法，非尽木刻也。广告夸耳！然原刻难得，翻本亦无胜于此者。因致一部，以赠广平，有诗为证：

十年携手共艰危，以沫相濡亦可哀[3]；

聊借画图怡倦眼，此中甘苦两心知。

戌年冬十二月九日之夜，鲁迅记

（选自《鲁迅全集》卷八《集外集拾遗补编》）

无题

万家墨面没蒿莱[4]，敢有歌吟动地哀[5]。

心事浩茫连广宇，于无声处听惊雷。

五月

（选自《鲁迅全集》卷七《集外集拾遗》）

---

[1]《芥子园画谱》：清代王概兄弟编绘的一本中国画技法图谱。

[2] 波黎版：即玻璃版，又称珂罗版，一种制版方法，用厚磨砂玻璃做版材制成。

[3] 以沫相濡：彼此用唾液相浸润，指在困难时互相帮助，语出《庄子·大宗师》。

[4] 墨面：指又瘦又黑的面庞。蒿莱：野草。

[5] 敢：怎敢，岂敢。

亥年残秋偶作[1]

曾惊秋肃临天下[2]，敢遣春温上笔端。

尘海苍茫沉百感，金风萧瑟走千官[3]。

老归大泽菰蒲尽[4]，梦坠空云齿发寒。

竦听荒鸡偏阒寂[5]，起看星斗正阑干[6]。

十二月

（选自《鲁迅全集》卷七《集外集拾遗》）

---

［1］ 亥年残秋：指 1935 年乙亥秋末。

［2］ 秋肃：秋天的肃杀之气。

［3］ 金风：秋风。走千官：指国民党政府在日军侵略的逼迫下把大批官员撤出河北省。

［4］ 菰蒲：水边泊船的地方。菰蒲尽，指无处可以依靠。

［5］ 荒鸡：夜里啼鸣的鸡。阒（qù）寂：寂静。

［6］ 阑干：横斜。

导读

请仔细读鲁迅对中、西两位画家的作品的描述——这是将绘画的语言转化为文学的语言的绝妙尝试，如果有机会对照原作，当更有意思。特别是对珂勒惠支21幅版画的解说，更可以看作是继《野草》之后鲁迅最具震撼力的文字。

不难注意到，鲁迅所特别关注的这两位画家都有着深切的底层关怀，他们画"古庙，土山，破屋，穷人，乞丐"，将"做了牺牲的人民的沉默的声音"移到画面上，表现其"倔强的魂灵"，这都引起了鲁迅的强烈的共鸣。而珂勒惠支的母亲的慈爱和悲悯，"强有力的，无不包罗的母性"（《集外集拾遗补编·凯绥·珂勒惠支木刻〈牺牲〉说明》），更是令晚年的鲁迅无限神往。在某种意义上，他对他们的画的解说，也是在解说自己；鲁迅说，珂勒惠支是为"被侮辱和被损害的"人们和孩子"悲哀，叫喊和战斗的艺术家"（《且介亭杂文末编·写于深夜里》），这也正是他的自我形象。

看司徒乔君的画

我知道司徒乔[1]君的姓名还在四五年前，那时是在北京，知道他不管功课，不寻导师，以他自己的力，终日在画古庙，土山，破屋，穷人，乞丐……。

这些自然应该最会打动南来的游子的心。在黄埃漫天的人间，一切都成土色，人于是和天然争斗，深红和绀碧的栋宇，白石的栏干，金的佛像，肥厚的棉袄，紫糖色脸，深而多的脸上的皱纹……。凡这些，都在表示人们对于天然并不降服，还在争斗。

在北京的展览会[2]里，我已经见过作者表示了中国人的这样的对于天然的倔强的魂灵。我曾经得到他的一幅“四个警察和一个女人”。现在还记得一幅“耶稣基督”，有一个女性的口，在他荆冠上接吻。

这回在上海相见，我便提出质问：

“那女性是谁？”

“天使，”他回答说。

这回答不能使我满足。

因为这回我发见了作者对于北方的景物——人们和天然苦斗而成的景物——又加以争斗，他有时将他自己所固有的明丽，照破黄埃。至少，是使我觉得有“欢喜”（Joy）的萌芽，如胁下的矛伤，尽管流血，而荆冠上却有天使——照他自己所说——的嘴唇。无论如何，这是胜利。

---

［1］司徒乔（1902—1958）：广东开平人，画家。1928年春天，司徒乔在上海举行“乔小画室春季展览会”，鲁迅为展览会目录写了序言，即本篇。

［2］指1926年6月，司徒乔在北京中央公园（今中山公园）水榭举行的绘画展览。

后来所作的爽朗的江浙风景，热烈的广东风景，倒是作者的本色。和北方风景相对照，可以知道他挥写之际，盖谂熟而高兴，如逢久别的故人。但我却爱看黄埃，因为由此可见这抱着明丽之心的作者，怎样为人和天然的苦斗的古战场所惊，而自己也参加了战斗。

中国全土必须沟通。倘将来不至于割据，则青年的背着历史而竭力拂去黄埃的中国彩色，我想，首先是这样的。

一九二八年三月十四日夜，于上海。

（选自《鲁迅全集》卷四《三闲集》）

鲁迅论木刻艺术

用几柄雕刀，一块木版，制成许多艺术品，传布于大众中者，是现代的木刻。

木刻是中国所固有的，而久被埋没在地下了。现在要复兴，但是充满着新的生命。

新的木刻是刚健，分明，是新的青年的艺术，是好的大众的艺术。

——《集外集拾遗补编·〈无名木刻集〉序》

杰平早是英国木刻家中一个最丰富而多方面的作家。他对于黑白的观念常是意味深长而且独创的。包伊斯·马瑟斯的《红的智慧》插画在光耀的黑白相对中有东方的艳丽和精巧的白线底律动。他的令人快乐的《闲坐》，显示他在有意味的形式里黑白对照的气质。

——《集外集拾遗·〈近代木刻选集〉（2）附记》

……看起来，它不像法国木刻的多为纤美，也不像德国木刻的多为豪放；然而它真挚，却非固执，美丽，却非淫艳，愉快，却非狂欢，有力，却非粗暴；但又不是静止的，它令人觉得一种震动——这震动，恰如用坚实的步法，一步一步，踏着坚实的广大的黑土进向建设的路的大队友军的足音。

——《且介亭杂文末编·记苏联版画展览会》

《凯绥·珂勒惠支版画选集》[1]序目

凯绥·勖密特（Kaethe Schmidt）以一八六七年七月八日生于东普鲁士的区匿培克（Koenigsberg）。她的外祖父是卢柏（Julius Rupp），即那地方的自由宗教协会的创立者。父亲原是候补的法官，但因为宗教上和政治上的意见，没有补缺的希望了，这穷困的法学家便如俄国人之所说："到民间去"[2]，做了木匠，一直到卢柏死后，才来当这教区的首领和教师。他有四个孩子，都很用心的加以教育，然而先不知道凯绥的艺术的才能。凯绥先学的是刻铜的手艺，到一八八五年冬，这才赴她的兄弟在研究文学的柏林，向斯滔发·培伦（Stauffer Bern）去学绘画。后回故乡，学于奈台（Neide），为了"厌倦"，终于向闵兴的哈台列克（Herterich）那里去学习了。

一八九一年，和她兄弟的幼年之友卡尔·珂勒惠支（KarlKollwitz）结婚，他是一个开业的医生，于是凯绥也就在柏林的"小百姓"之间住下，这才放下绘画，刻起版画来。待到孩子们长大了，又用力于雕刻。一八九八年，制成有名的《织工一揆》[3]计六幅，取材于一八四四年的史实，是与先出的霍普德曼（Gerhart Hauptmann）的剧本同名的；一八九九年刻《格莱亲》，零一年刻《断头台边的舞蹈》；零四年旅行巴黎；零四至八年成连续版画《农民战争》七幅，获盛

[1]《凯绥·珂勒惠支版画选集》由鲁迅于病中编选，1936年5月以"三闲书屋"名义出版。除本文外，鲁迅在《写于深夜里》《死》（均收《且介亭杂文末编》）等文里，也多次谈到珂勒惠支，给予极高评价，称赞其为"被侮辱和被损害"的人们"悲哀，叫喊和战斗的艺术家"。

[2]"到民间去"：19世纪70年代俄国革命运动中"民粹派"的口号。

[3]《织工一揆》：意为"织工起义"。一揆，日语。

名，受 Villa-Romana 奖金[1]，得游学于意大利。这时她和一个女友由佛罗棱萨步行而入罗马，然而这旅行，据她自己说，对于她的艺术似乎并无大影响。一九〇九年作《失业》，一〇年作《妇人被死亡所捕》和以“死”为题材的小图。

世界大战起，她几乎并无制作。一九一四年十月末，她的很年青的大儿子以义勇兵死于弗兰兑伦（Flandern）战线上。一八年十一月，被选为普鲁士艺术学院会员，这是以妇女而入选的第一个。从一九年以来，她才仿佛从大梦初醒似的，又从事于版画了，有名的是这一年的纪念里勃克内希[2]（Liebknecht）的木刻和石刻，零二至零三年[3]的木刻连续画《战争》，后来又有三幅《无产者》，也是木刻连续画。一九二七年为她的六十岁纪念，霍普德曼那时还是一个战斗的作家，给她书简道：“你的无声的描线，侵人心髓，如一种惨苦的呼声：希腊和罗马时候都没有听到过的呼声。”法国罗曼·罗兰[4]（Romain Rolland）则说：“凯绥·珂勒惠支的作品是现代德国的最伟大的诗歌，它照出穷人与平民的困苦和悲痛。这有丈夫气概的妇人，用了阴郁和纤秾的同情，把这些收在她的眼中，她的慈母的腕里了。这是做了牺牲的人民的沉默的声音。”然而她在现在，却不能教授，不能作画，只能真的沉默的和她的儿子住在柏林了；她的儿子像那父亲一样，也是一个医生。

在女性艺术家之中，震动了艺术界的，现代几乎无出于凯绥·珂勒惠支之上——或者赞美，或者攻击，或者又对攻击给她以辩护。诚

[1] Villa-Romana 奖金：Villa-Romana，意大利文，意为“罗马别墅”。这项奖金的获得者可在意大利居住一年，以熟悉当地艺术宝藏并进行创作。

[2] 里勃克内希（1871—1919）：通译卡尔·李卜克内西，德国革命家、作家。1919 年 1 月，他因领导反对社会民主党政府的起义而被杀害。

[3] 应为 1922 年至 1923 年。

[4] 罗曼·罗兰（1866—1944）：法国作家、社会活动家。著有长篇小说《约翰·克利斯朵夫》、传记《贝多芬传》等。

如亚斐那留斯（Ferdinand Avenarius）之所说："新世纪的前几年，她第一次展览作品的时候，就为报章所喧传的了。从此以来，一个说，'她是伟大的版画家'；人就过作无聊的不成话道：'凯绥·珂勒惠支是属于只有一个男子的新派版画家里的'。别一个说：'她是社会民主主义的宣传家'，第三个却道：'她是悲观的困苦的画手'。而第四个又以为'是一个宗教的艺术家'。要之：无论人们怎样地各以自己的感觉和思想来解释这艺术，怎样地从中只看见一种的意义——然而有一件事情是普遍的：人没有忘记她。谁一听到凯绥·珂勒惠支的名姓，就仿佛看见这艺术。这艺术是阴郁的，虽然都在坚决的动弹，集中于强韧的力量，这艺术是统一而单纯的——非常之逼人。"

但在我们中国，绍介的还不多，我只记得在已经停刊的《现代》和《译文》上，各曾刊印过她的一幅木刻，原画自然更少看见；前四五年，上海曾经展览过她的几幅作品，但恐怕也不大有十分注意的人。她的本国所复制的作品，据我所见，以《凯绥·珂勒惠支画帖》（Kaethe Kollwitz Mappe，Herausgegeben Von Kunstwart，Kunstwart-Verlag，Muenchen，1927）为最佳，但后一版便变了内容，忧郁的多于战斗的了。印刷未精，而幅数较多的，则有《凯绥·珂勒惠支作品集》（Das Kaethe Kollwitz Werk，Carl Reisner Verlag，Dresden，1930），只要一翻这集子，就知道她以深广的慈母之爱，为一切被侮辱和损害者悲哀，抗议，愤怒，斗争；所取的题材大抵是困苦，饥饿，流离，疾病，死亡，然而也有呼号，挣扎，联合和奋起。此后又出了一本新集（Das Neue K.Kollwitz Werk，1933），却更多明朗之作了。霍善斯坦因（Wilhelm Hausenstein）批评她中期的作品，以为虽然间有鼓动的男性的版画，暴力的恐吓，但在根本上，是和颇深的生活相联系，形式也出于颇激的纠葛的，所以那形式，是紧握着世事的形相。永田一修并取她的后来之作，以这批评为不足，他说凯绥·珂勒惠支的作品，和里培尔曼[1]（Max Liebermann）不同，并非只觉得题材有趣，来画下层世界的；她因为被周围的悲惨生活所动，所以非画不可，这是对于榨取人类者的无穷的"愤怒"。"她照目前的感觉，——永田一修说——描写着黑土的大众。她不将样式来范围现象。时而见得悲剧，时而见得英雄化，是不免的。然而无论她怎样阴郁，怎样悲哀，却决不是非革命。她没有忘却变革现社会的可能。而且愈入老境，就愈脱离了悲剧的，或者英雄的，阴暗的形式。"

而且她不但为周围的悲惨生活抗争，对于中国也没有像中国对于她那样的冷淡：一九三一年一月间，六个青年作家遇害[2]之后，全世界的进步的文艺家联名提出抗议的时候，她也是署名的一个人。现在，用中国法计算作者的年龄，她已届七十岁了，这一本书的出版，虽然篇幅有限，但也可以算是为她作一个小小的记念的罢。

选集所取，计二十一幅，以原版拓本为主，并复制一九二七年的印本《画帖》以足之。以下据亚斐那留斯及第勒（LouiseDiel）的解说，并略参己见，为目录——

（1）《自画像》（Selbstbild）。石刻，制作年代未详，按《作品集》所列次序，当成于一九一〇年顷[3]；据原拓本，原大 34×30cm. 这是作者从许多版画的肖像中，自己选给中国的一幅，隐然可见她的悲悯，愤怒和慈和。

（2）《穷苦》（Not）。石刻，原大 15×15cm. 据原版拓本，后

[1] 里培尔曼（1847—1935）：画家，德国印象派的先驱。
[2] 六个青年作家遇害：应为五个，指李伟森、柔石、胡也频、冯铿和白莽（殷夫）。1931 年 2 月 7 日，他们被国民党秘密杀害于上海龙华。
[3] 应为 1919 年。

穷苦

五幅同。这是有名的《织工一揆》(Ein Weberaufstand)的第一幅，一八九八年作。前四年，霍普德曼的剧本《织匠》始开演于柏林的德国剧场，取材是一八四四年的勖列济安[1](Schlesien)麻布工人的蜂起，作者也许是受着一点这作品的影响的，但这可以不必深论，因为那是剧本，而这却是图画。我们借此进了一间穷苦的人家，冰冷，破烂，父亲抱一个孩子，毫无方法的坐在屋角里，母亲是愁苦的，两手支头，在看垂危的儿子，纺车静静的停在她的旁边。[2]

[1] 勖列济安：通译西里西亚。

[2] 关于《穷苦》，鲁迅 1936 年 9 月 6 日致日本鹿地亘的信中说："请将说明之二《穷苦》条下'父亲抱一个孩子'的'父亲'改为'祖母'。我看别的复制品，怎么看也像是女性。Diel 的说明中也说是祖母。"

（3）《死亡》（Tod）。石刻，原大 22×18cm. 同上的第二幅，还是冰冷的房屋，母亲疲劳得睡去了，父亲还是毫无方法的，然而站立着在沉思他的无法。桌上的烛火尚有余光，“死”却已经近来，伸开他骨出的手，抱住了弱小的孩子。孩子的眼睛张得极大，在凝视我们，他要生存，他至死还在希望人有改革运命的力量。

（4）《商议》（Beratung）。石刻，原大 27×17cm. 同上的第三幅。接着前两幅的沉默的忍受和苦恼之后，到这里却现出生存竞争的景象来了。我们只在黑暗中看见一片桌面，一只杯子和两个人，但为的是在商议摔掉被践踏的运命。

（5）《织工队》（Weberzug）。铜刻，原大 22×29cm. 同上的第四幅。队伍进向吮取脂膏的工场，手里捏着极可怜的武器，手脸都瘦损，神情也很颓唐，因为向来总饿着肚子。队伍中有女人，也疲惫到不过走得动；这作者所写的大众里，是大抵有女人的。她还背着孩子，却伏在肩头睡去了。

（6）《突击》（Sturm）。铜刻，原大 24×29cm. 同上的第五幅。工场的铁门早经锁闭，织工们却想用无力的手和可怜的武器，来破坏这铁门，或者是飞进石子去。女人们在助战，用痉挛的手，从地上挖起石块来。孩子哭了，也许是路上睡着的那一个。这是在六幅之中，人认为最好的一幅，有时用这来证明作者的《织工》，艺术达到怎样的高度的。

（7）《收场》（Ende）。铜刻，原大 24×30cm. 同上的第六和末一幅。我们到底又和织工回到他们的家里来，织机默默的停着，旁边躺着两具尸体，伏着一个女人；而门口还在抬进尸体来。这是四十年代，在德国的织工的求生的结局。

（8）《格莱亲》（Gretchen）。一八九九年作，石刻；据《画帖》，原大未详。歌德（Goethe）的《浮士德》[1]（Faust）有浮士德爱格莱亲，诱与通情，有孕；她在井边，从女友听到邻女被情人所弃，想到自己，于是向圣母供花祷告事。这一幅所写的是这可怜的少女经过极狭的桥上，在水里幻觉的看见自己的将来。她在剧本里，后来是将她和浮士德所生的孩子投在水里淹死，下狱了。原石已破碎。

（9）《断头台边的舞蹈》（Tanz Um Die Guillotine）。一九〇一年作，铜刻；据《画帖》，原大未详。是法国大革命时候的一种情景：断头台造起来了，大家围着它，吼着“让我们来跳加尔玛弱儿[2]舞罢！”（Dansons La Carmagnole!）的歌，在跳舞。不是一个，是为了同样的原因而同样的可怕了的一群。周围的破屋，像积叠起来的困苦的峭壁，上面只见一块天。狂暴的人堆的臂膊，恰如净罪的火焰一般，照出来的只有一个阴暗。

（10）《耕夫》（Die Pflueger）。原大 31 × 45cm. 这就是有名的历史的连续画《农民战争》（Bauernkrieg）的第一幅。画共七幅，作于一九〇四至〇八年，都是铜刻。现在据以影印的也都是原拓本。“农民战争”是近代德国最大的社会改革运动之一，以一五二四年顷，起于南方，其时农民都在奴隶的状态，被虐于贵族的封建的特权；玛丁·路德[3]既提倡新教，同时也传播了自由主义的福音，农民就觉醒起来，要求废止领主的苛例，发表宣言，还烧教堂，攻地主，扰动及于全国。然而这时路德却反对了，以为这种破坏的行为，大背人道，应该加以镇压，诸侯们于是放手的讨伐，恣行残酷的复仇，到第二

[1] 歌德（1794—1832）：德国诗人、学者。《浮士德》是取材于民间传说的长篇诗剧，描写主人公浮士德为探求生活的意义，借助魔鬼的力量遍尝人生悲欢的奇特经历。

[2] 加尔玛弱儿：法国大革命时期流行的舞曲。“让我们来跳加尔玛弱儿舞罢”是这首舞曲中的一句歌词。

[3] 玛丁·路德（1483—1546）：德国 16 世纪宗教改革运动的倡导者。

年，农民就都失败了，境遇更加悲惨，所以他们后来就称路德为“撒谎博士”。这里刻划出来的是没有太阳的天空之下，两个耕夫在耕地，大约是弟兄，他们套着绳索，拉着犁头，几乎爬着的前进，像牛马一般，令人仿佛看见他们的流汗，听到他们的喘息。后面还该有一个扶犁的妇女，那恐怕总是他们的母亲了。

（11）《凌辱》（Vergewaltigt）。同上的第二幅，原大 35 × 53cm. 男人们的受苦还没有激起变乱，但农妇也遭到可耻的凌辱了；她反缚两手，躺着，下颏向天，不见脸。死了，还是昏着呢，我们不知道。只见一路的野草都被蹂躏，显着曾经格斗的样子，较远之处，却站着可爱的小小的葵花。

（12）《磨镰刀》（Beim Dengeln）。同上的第三幅，原大 30 × 30cm. 这里就出现了饱尝苦楚的女人，她的壮大粗糙的手，在用一块磨石，磨快大镰刀的刀锋，她那小小的两眼里，是充满着极顶的憎恶和愤怒。

（13）《圆洞门里的武装》（Bewaffnung In Einem Gewoelbe）。同上的第四幅，原大 50 × 33cm. 大家都在一个阴暗的圆洞门下武装了起来，从狭窄的戈谛克式[1]阶级蜂涌而上：是一大群拼死的农民。光线愈高愈少；奇特的半暗，阴森的人相。

（14）《反抗》（Losbruch）。同上的第五幅，原大 51×50cm. 谁都在草地上没命的向前，最先是少年，喝令的却是一个女人，从全体上洋溢着复仇的愤怒。她浑身是力，挥手顿足，不但令人看了就生勇往直前之心，还好像天上的云，也应声裂成片片。她的姿态，是所有名画中最有力量的女性的一个。也如《织工一揆》里一样，女性总是参加着非常

[1] 戈谛克式：又译哥特式，11 世纪时创始于法国北部的一种建筑式样，以尖顶的拱门和高耸的尖屋顶为特色。

的事变，而且极有力，这也就是“这有丈夫气概的妇人”的精神。

（15）《战场》（Schlachtfeld）。同上的第六幅，原大 41 × 53cm. 农民们打败了，他们敌不过官兵。剩在战场上的是什么呢？几乎看不清东西。只在隐约看见尸横遍野的黑夜中，有一个妇人，用风灯照出她一只劳作到满是筋节的手，在触动一个死尸的下巴。光线都集中在这一小块上。这，恐怕正是她的儿子，这处所，恐怕正是她先前扶犁的地方，但现在流着的却不是汗而是鲜血了。

（16）《俘虏》（Die Gefangenen）。同上的第七幅，原大 33 × 42cm. 画里是被捕的孑遗，有赤脚的，有穿木鞋的，都是强有力的汉子，但竟也有儿童，个个反缚两手，禁在绳圈里。他们的运命，是可想而知的了，但各人的神气，有已绝望的，有还是倔强或愤怒的，也有自在沉思的，却不见有什么萎靡或屈服。

（17）《失业》（Arbeitslosigkeit）。一九〇九年作，铜刻；据《画帖》，原大 44 × 54cm. 他现在闲空了，坐在她的床边，思索着——然而什么法子也想不出。那母亲和睡着的孩子们的模样，很美妙而崇高，为作者的作品中所罕见。

（18）《妇人为死亡所捕获》（Frau Vom Tod Gepackt），亦名《死和女人》（Tod Und Weib）。一九一〇年作，铜刻；据《画帖》，原大未详。“死”从她本身的阴影中出现，由背后来袭击她，将她缠住，反剪了；剩下弱小的孩子，无法叫回他自己的慈爱的母亲。一转眼间，对面就是两界。“死”是世界上最出众的拳师，死亡是现社会最动人的悲剧，而这妇人则是全作品中最伟大的一人。

（19）《母与子》（Mutter Und Kind）。制作年代未详，铜刻；据《画帖》，原大 19 × 13cm. 在《凯绥·珂勒惠支作品集》中所见的百八十二幅中，可指为快乐的不过四五幅，这就是其一。亚斐那留斯以为从特地描写着孩子的呆气的侧脸，用光亮衬托出来之处，颇令人觉得有些忍俊不禁。

（20）《面包！》（Brot!）。石刻，制作年代未详，想当在欧洲大战之后；据原拓本，原大 30×28cm. 饥饿的孩子的急切的索食，是最碎裂了做母亲的心的。这里是孩子们徒然张着悲哀，而热烈地希望着的眼，母亲却只能弯了无力的腰。她的肩膀耸了起来，是在背人饮泣。她背着人，因为肯帮助的和她一样的无力，而有力的是横竖不肯帮助的。她也不愿意给孩子们看见这是剩在她这里的仅有的慈爱。

（21）《德国的孩子们饿着！》（Deutschlands Kinder Hungern!）。

德国的孩子们饿着

石刻，制作年代未详，想当在欧洲大战之后；据原拓本，原大 43 × 29cm. 他们都擎着空碗向人，瘦削的脸上的圆睁的眼睛里，炎炎的燃着如火的热望。谁伸出手来呢？这里无从知道。这原是横幅，一面写着现在作为标题的一句，大约是当时募捐的揭帖。后来印行的，却只存了图画。作者还有一幅石刻，题为《决不再战！》（Nie Wieder Krieg!），是略早的石刻，可惜不能搜得；而那时的孩子，存留至今的，则已都成了二十以上的青年，可又将被驱作兵火的粮食了。

一九三六年一月二十八日，鲁迅。

（选自《鲁迅全集》卷六《且介亭杂文末编》）

单元读写活动建议

1. 选一两首鲁迅旧体诗，改写成现代白话诗：可以是“翻译”，也可以取其诗意，发挥想象，自己“创作”。
2. 重读《女吊》（特别是描写女吊出场那一段）、《补天》（特别是开头一段），以及《死火》《雪》《好的故事》《腊叶》《秋夜》诸篇，对其语言文字的色彩美，做出你的分析，把它写在你的随笔中。

第三编

阅读鲁迅

（中）

我们已经开始触摸鲁迅的内心世界；现在我们再来看看，鲁迅如何面对现实，对20世纪中国以及中国的历史，做出自己的独特观察与表达。这是极富启示性的，甚至是预言式的，因此，也可以看作是鲁迅对今天中国的发言，我们也就能够与他做更深层面的交流。说不定在潜移默化中，他会改变你的思维惯性、审美惯性与话语方式——这或许就是鲁迅对于中国，对于我们每一个人的意义。

I 睁了眼看

导读

孩子一出生，当他睁开眼睛时，就“看见”这个世界了。鲁迅对20世纪中国的观察，并上溯到对中国几千年历史的观察，就是从这一基本的常识出发的：要“睁了眼看”。

但在中国，要真正落实常识，比登天还难。这是因为“中国的文人，对于人生，——至少是对于社会现象，向来就多没有正视的勇气”。而且，在鲁迅看来，中国的文学传统就是教人们如何“闭上了眼睛”，“于是无问题，无缺陷，无不平，也就无解决，无改革，无反抗”。在这样的传统熏陶下，中国人就“陷入瞒和骗的大泽中，甚而至于已经自己不觉得”。——这是鲁迅在观察中国社会、中国传统和中国人、中国文人（知识分子）时，第一个，也是最基本的，惊心动魄的发现。

于是，生活在中国这块土地上，鲁迅经常产生一个可怕的幻觉：在“光天化日”之下，在“热闹，喧嚣”的“高墙后面，大厦中间”……却“弥漫着惊人的真的大黑暗”；只有在黑夜，“不知不觉的自己渐渐脱去人造的面具和衣裳，赤条条地裹在这无边际的黑絮似的大块里”，人才会感觉到真实。于是，鲁迅说，要有“爱夜的人”，要有“听夜的耳朵和看夜的眼睛”。这也正是鲁迅要给我们的：一副能够从谎言中听出真实的耳朵，一双能够从遮蔽中看到真实的眼睛。

论睁了眼看

虚生先生所做的时事短评中，曾有一个这样的题目：《我们应该有正眼看各方面的勇气》（《猛进》十九期）。诚然，必须敢于正视，这才可望敢想，敢说，敢作，敢当。倘使并正视而不敢，此外还能成什么气候。然而，不幸这一种勇气，是我们中国人最所缺乏的。

但现在我所想到的是别一方面——

中国的文人，对于人生，——至少是对于社会现象，向来就多没有正视的勇气。我们的圣贤，本来早已教人"非礼勿视"的了；而这"礼"又非常之严，不但"正视"，连"平视""斜视"也不许。现在青年的精神未可知，在体质，却大半还是弯腰曲背，低眉顺眼，表示着老牌的老成的子弟，驯良的百姓，——至于说对外却有大力量，乃是近一月来的新说，还不知道究竟是如何。

再回到"正视"问题去：先既不敢，后便不能，再后，就自然不视，不见了。一辆汽车坏了，停在马路上，一群人围着呆看，所得的结果是一团乌油油的东西。然而由本身的矛盾或社会的缺陷所生的苦痛，虽不正视，却要身受的。文人究竟是敏感人物，从他们的作品上看来，有些人确也早已感到不满，可是一到快要显露缺陷的危机一发之际，他们总即刻连说"并无其事"，同时便闭上了眼睛。这闭着的眼睛便看见一切圆满，当前的苦痛不过是"天之将降大任于是人也，必先苦其心志，劳其筋骨，饿其体肤，空乏其身，行拂乱其所为"。于是无问题，无缺陷，无不平，也就无解决，无改革，无反抗。因为凡事总要"团圆"，正无须我们焦躁；放心喝茶，睡觉大吉。再说费话，就有“不合时宜”之咎，免不了要受大学教授的纠正了。呸！

我并未实验过，但有时候想：倘将一位久蛰洞房的老太爷抛在夏天正午的烈日底下，或将不出闺门的千金小姐拖到旷野的黑夜里，大概只好闭了眼睛，暂续他们残存的旧梦，总算并没有遇到暗或光，虽然已经是绝不相同的现实。中国的文人也一样，万事闭眼睛，聊以自欺，而且欺人，那方法是：瞒和骗。

中国婚姻方法的缺陷，才子佳人小说作家早就感到了，他于是使一个才子在壁上题诗，一个佳人便来和，由倾慕——现在就得称恋爱——而至于有“终身之约”。但约定之后，也就有了难关。我们都知道，“私订终身”在诗和戏曲或小说上尚不失为美谈（自然只以与终于中状元的男人私订为限），实际却不容于天下的，仍然免不了要离异。明末的作家[1]便闭上眼睛，并这一层也加以补救了，说是：才子及第，奉旨成婚。“父母之命媒妁之言”经这大帽子来一压，便成了半个铅钱也不值，问题也一点没有了。假使有之，也只在才子的能否中状元，而决不在婚姻制度的良否。

（近来有人以为新诗人的做诗发表，是在出风头，引异性；且迁怒于报章杂志之滥登。殊不知即使无报，墙壁实“古已有之”，早做过发表机关了；据《封神演义》，纣王已曾在女娲庙壁上题诗，那起源实在非常之早。报章可以不取白话，或排斥小诗，墙壁却拆不完，管不及的；倘一律刷成黑色，也还有破磁可划，粉笔可书，真是穷于应付。做诗不刻木板，去藏之名山，却要随时发表，虽然很有流弊，但大概是难以杜绝的罢。）

《红楼梦》中的小悲剧，是社会上常有的事，作者又是比较的敢

[1] 明末的作家：指上文所说的专写才子佳人小说的那些明朝末年的作家。

于实写的，而那结果也并不坏。无论贾氏家业再振，兰桂齐芳，即宝玉自己，也成了个披大红猩猩毡斗篷的和尚。和尚多矣，但披这样阔斗篷的能有几个，已经是“入圣超凡”无疑了。至于别的人们，则早在册子里一一注定，末路不过是一个归结：是问题的结束，不是问题的开头。读者即小有不安，也终于奈何不得。然而后来或续或改，非借尸还魂，即冥中另配，必令“生旦当场团圆”，才肯放手者，乃是自欺欺人的瘾太大，所以看了小小骗局，还不甘心，定须闭眼胡说一通而后快。赫克尔（E.Haeckel）说过：人和人之差，有时比类人猿和原人之差还远。我们将《红楼梦》的续作者和原作者一比较，就会承认这话大概是确实的。

“作善降祥”[1]的古训，六朝人本已有些怀疑了，他们作墓志，竟会说“积善不报，终自欺人”的话。但后来的昏人，却又瞒起来。元刘信将三岁痴儿抛入醮纸火盆，妄希福祐，是见于《元典章》的；剧本《小张屠焚儿救母》却道是为母延命，命得延，儿亦不死了。一女愿侍痼疾之夫，《醒世恒言》中还说终于一同自杀的；后来改作的却道是有蛇坠入药罐里，丈夫服后便全愈了。凡有缺陷，一经作者粉饰，后半便大抵改观，使读者落诬妄中，以为世间委实尽够光明，谁有不幸，便是自作，自受。

有时遇到彰明的史实，瞒不下，如关羽岳飞的被杀，便只好别设骗局了。一是前世已造夙因，如岳飞；一是死后使他成神，如关羽[2]。定命不可逃，成神的善报更满人意，所以杀人者不足责，被杀者也不足悲，冥冥中自有安排，使他们各得其所，正不必别人来费

---

[1] “作善降祥”：语出《尚书·伊训》，意思是行善事的话，上天将赐福与你。

[2] 这里关羽、岳飞的事出自小说《三国演义》及《说岳全传》。《三国演义》中说关羽死后显圣成神。《说岳全传》中说岳飞是大鹏鸟转世，秦桧是黑龙转世，秦桧陷害岳飞致死是因为前世大鹏鸟曾啄伤过黑龙。

力了。

中国人的不敢正视各方面，用瞒和骗，造出奇妙的逃路来，而自以为正路。在这路上，就证明着国民性的怯弱，懒惰，而又巧滑。一天一天的满足着，即一天一天的堕落着，但却又觉得日见其光荣。在事实上，亡国一次，即添加几个殉难的忠臣，后来每不想光复旧物，而只去赞美那几个忠臣；遭劫一次，即造成一群不辱的烈女，事过之后，也每每不思惩凶，自卫，却只顾歌咏那一群烈女。仿佛亡国遭劫的事，反而给中国人发挥“两间正气”的机会，增高价值，即在此一举，应该一任其至，不足忧悲似的。自然，此上也无可为，因为我们已经借死人获得最上的光荣了。沪汉烈士的追悼会[1]中，活的人们在一块很可景仰的高大的木主下互相打骂，也就是和我们的先辈走着同一的路。

文艺是国民精神所发的火光，同时也是引导国民精神的前途的灯火。这是互为因果的，正如麻油从芝麻榨出，但以浸芝麻，就使它更油。倘以油为上，就不必说；否则，当参入别的东西，或水或硷去。中国人向来因为不敢正视人生，只好瞒和骗，由此也生出瞒和骗的文艺来，由这文艺，更令中国人更深地陷入瞒和骗的大泽中，甚而至于已经自己不觉得。世界日日改变，我们的作家取下假面，真诚地，深入地，大胆地看取人生并且写出他的血和肉来的时候早到了；早就应该有一片崭新的文场，早就应该有几个凶猛的闯将！

现在，气象似乎一变，到处听不见歌吟花月的声音了，代之而起的是铁和血的赞颂。然而倘以欺瞒的心，用欺瞒的嘴，则无论说 A

---

[1] 沪汉烈士的追悼会：是为了追悼五卅惨案与汉口惨案中的死难烈士而在 1925 年 6 月 25 日召开的。会场设在北京天安门广场，当时有人设立了一座两丈多高的木质灵位（木主），上挂巨幅挽联，写有“天地正气”几个大字。

和O，或Y和Z，一样是虚假的；只可以吓哑了先前鄙薄花月的所谓批评家的嘴，满足地以为中国就要中兴。可怜他在“爱国”的大帽子底下又闭上了眼睛了——或者本来就闭着。

没有冲破一切传统思想和手法的闯将，中国是不会有真的新文艺的。

一九二五年七月二十二日。

（选自《鲁迅全集》卷一《坟》）

夜颂

爱夜的人，也不但是孤独者，有闲者，不能战斗者，怕光明者。

人的言行，在白天和在深夜，在日下和在灯前，常常显得两样。夜是造化所织的幽玄的天衣，普覆一切人，使他们温暖，安心，不知不觉的自己渐渐脱去人造的面具和衣裳，赤条条地裹在这无边际的黑絮似的大块里。

虽然是夜，但也有明暗。有微明，有昏暗，有伸手不见掌，有漆黑一团糟。爱夜的人要有听夜的耳朵和看夜的眼睛，自在暗中，看一切暗。君子们从电灯下走入暗室中，伸开了他的懒腰；爱侣们从月光下走进树阴里，突变了他的眼色。夜的降临，抹杀了一切文人学士们当光天化日之下，写在耀眼的白纸上的超然，混然，恍然，勃然，粲然的文章，只剩下乞怜，讨好，撒谎，骗人，吹牛，捣鬼的夜气，形成一个灿烂的金色的光圈，像见于佛画上面似的，笼罩在学识不凡的头脑上。

爱夜的人于是领受了夜所给与的光明。

高跟鞋的摩登女郎在马路边的电光灯下，阁阁的走得很起劲，但鼻尖也闪烁着一点油汗，在证明她是初学的时髦，假如长在明晃晃的照耀中，将使她碰着“没落”的命运。一大排关着的店铺的昏暗助她一臂之力，使她放缓开足的马力，吐一口气，这时才觉得沁人心脾的夜里的拂拂的凉风。

爱夜的人和摩登女郎，于是同时领受了夜所给与的恩惠。

一夜已尽，人们又小心翼翼的起来，出来了；便是夫妇们，面目和五六点钟之前也何其两样。从此就是热闹，喧嚣。而高墙后面，大厦中间，深闺里，黑狱里，客室里，秘密机关里，却依然弥漫着惊人的真的大黑暗。

现在的光天化日，熙来攘往，就是这黑暗的装饰，是人肉酱缸上的金盖，是鬼脸上的雪花膏。只有夜还算是诚实的。我爱夜，在夜间作《夜颂》。

六月八日。

（选自《鲁迅全集》卷五《准风月谈》）

灯下，爱夜的人……

全楼都寂静下去，窗外也是一点声音没有了，鲁迅先生站起来，坐到书桌边，在那绿色的台灯下开始写文章了。

许先生说鸡鸣的时候，鲁迅先生还是坐着，街上的汽车嘟嘟的叫起来了，鲁迅先生还是坐着。

有时许先生醒了，看着玻璃窗白萨萨的了，灯光也不显得怎样亮了，鲁迅先生的背影不像夜里那样黑大。

鲁迅先生的背影是灰黑色的，仍旧坐在那里。……

——萧红《回忆鲁迅先生》

有一次夜里两点钟的时候，我走过他所住的大楼下面。只有他的房间还亮着灯，那是青色的灯光。透过台灯的青色灯罩发出的青色的光，在漆黑的夜里，只有一个窗门照耀着，那不是月光，但我好像感到这时的鲁迅是在月光里。……

在月光一样明朗，但带着悲凉的光辉里，他注视着民族的将来。

——增田涉《鲁迅的印象》

导读

这是鲁迅所要追问的：中国的统治者，以及作为其帮闲、帮忙、帮凶的某些中国知识分子，竭力要掩饰的，甚至中国老百姓自己也要自欺欺人地回避的，究竟是什么真实？

在《灯下漫笔（节选）》中，鲁迅指出："大小无数的人肉的筵宴，即从有文明以来一直排到现在，人们就在这会场中吃人，被吃，以凶人的愚妄的欢呼，将悲惨的弱者的呼号遮掩，更不消说女人和小儿。"——鲁迅早在他的第一声呐喊《狂人日记》里，就已经从写满了"仁义道德"的中国的历史簿的字缝里，看出"吃人"二字；在给许寿裳的信中则指明"中国人尚是食人民族"，并且说"此种发见（现），关系亦甚大，而知者尚寥寥也"。"吃人"的含义是可以从多方面去解说的，不同的读者也会有不同的理解，自然也有人不同意鲁迅的这一概括，同学们自可独立思考。这里，仅介绍一种阐释，即认为"吃人"有两个层面的意思：一是实指，即对人的生命的随意屠戮，直至真的食人，这也是鲁迅在《兔和猫》里的所说，中国人的生命"造得太滥"，自然也"毁得太滥"。"吃人"也是一种象征，意指对人的个体生命权利的任意侵犯与剥夺，在各种花样翻新的名目下，对人的奴役与压迫。而问题是，中国的这样的压迫、奴役，以至屠杀，常常是在歌舞升平的狂欢中进行的，正是这"愚妄的欢呼"，掩遮了"弱者的呼号"，特别是处于等级制的社会结构最下层的妇女、儿童的哀哀哭泣：这正是坚持"幼者本位，弱者本位"的鲁迅最感恐惧的。

中国的历史与现实中，自然也有光明的一面；在《中国人失掉自信力了吗》一文里，鲁迅指出，“我们从古以来，就有埋头苦干的人，有拼命硬干的人，有为民请命的人，有舍身求法的人”，因此，说中国人失掉了自信力是没有根据的。但问题是，这样的人在中国的历史与现实中，“总在被摧残，被抹杀，消灭于黑暗中，不能为大家所知道”，甚至被泼以血污，加上种种洗不清的“罪名”；这样一种对“中国的脊梁”的遮蔽、抹杀与诬蔑，更让鲁迅感到恐惧。

鲁迅说：“真的猛士，敢于直面惨淡的人生，敢于正视淋漓的鲜血。这是怎样的哀痛者与幸福者？”（《记念刘和珍君》）这里所说的“正视”应包括两个层面：既要敢于揭示以任何形态出现的对人的奴役、压迫、残害的“吃人”的血腥，也要“自己去看地底下”那些民族的“筋骨和脊梁”，敢于为他们抹去血污。——这才能真正地接近历史与现实的真相。面对这样的真相，是需要勇气的，因为要承担重负，承受巨大的“哀痛”。但这确是真正的“幸福者”，因为他活着，像一个真正的人。

灯下漫笔（节选）[1]

二

但是赞颂中国固有文明的人们多起来了，加之以外国人。我常常想，凡有来到中国的，倘能疾首蹙额[2]而憎恶中国，我敢诚意地捧献我的感谢，因为他一定是不愿意吃中国人的肉的！

鹤见祐辅氏在《北京的魅力》中，记一个白人将到中国，预定的暂住时候是一年，但五年之后，还在北京，而且不想回去了。有一天，他们两人一同吃晚饭——

> “在圆的桃花心木的食桌前坐定，川流不息地献着山海的珍味，谈话就从古董，画，政治这些开头。电灯上罩着支那式的灯罩，淡淡的光洋溢于古物罗列的屋子中。什么无产阶级呀，Proletariat[3]呀那些事，就像不过在什么地方刮风。
>
> “我一面陶醉在支那生活的空气中，一面深思着对于外人有着‘魅力’的这东西。元人也曾征服支那，而被征服于汉人种的生活美了；满人也征服支那，而被征服于汉人种的生活美了。现在西洋人也一样，嘴里虽然说着Democracy[4]呀，什么什么呀，而却被魅于支那人费六千年而建筑起来的生活的美。一经住过北

---

[1]《灯下漫笔》全文共两节，这里选其第二节。
[2] 蹙额：皱眉头。
[3] Proletariat：英文“无产阶级”。
[4] Democracy：英文“民主”。

京，就忘不掉那生活的味道。大风时候的万丈的沙尘，每三月一回的督军们的开战游戏，都不能抹去这支那生活的魅力。”

这些话我现在还无力否认他。我们的古圣先贤既给与我们保古守旧的格言，但同时也排好了用子女玉帛所做的奉献于征服者的大宴。中国人的耐劳，中国人的多子，都就是办酒的材料，到现在还为我们的爱国者所自诩的。西洋人初入中国时，被称为蛮夷，自不免个个蹙额，但是，现在则时机已至，到了我们将曾经献于北魏，献于金，献于元，献于清的盛宴，来献给他们的时候了。出则汽车，行则保护：虽遇清道，然而通行自由的；虽或被劫，然而必得赔偿的；孙美瑶[1]掳去他们站在军前，还使官兵不敢开火。何况在华屋中享用盛宴呢？待到享受盛宴的时候，自然也就是赞颂中国固有文明的时候；但是我们的有些乐观的爱国者，也许反而欣然色喜，以为他们将要开始被中国同化了罢。古人曾以女人作苟安的城堡，美其名以自欺曰“和亲”，今人还用子女玉帛为作奴的贽敬，又美其名曰“同化”。所以倘有外国的谁，到了已有赴宴的资格的现在，而还替我们诅咒中国的现状者，这才是真有良心的真可佩服的人！

但我们自己是早已布置妥帖了，有贵贱，有大小，有上下。自己被人凌虐，但也可以凌虐别人；自己被人吃，但也可以吃别人。一级一级的制驭着，不能动弹，也不想动弹了。因为倘一动弹，虽或有利，然而也有弊。我们且看古人的良法美意罢——

“天有十日，人有十等。下所以事上，上所以共神也。故王

[1] 孙美瑶：当时的一个土匪头子。1923年5月5日他在津浦铁路临城站劫车，挟持中外旅客二百多人，轰动一时。

臣公，公臣大夫，大夫臣士，士臣皁，皁臣舆，舆臣隶，隶臣僚，僚臣仆，仆臣台。”[1]（《左传》昭公七年）

但是“台”没有臣，不是太苦了么？无须担心的，有比他更卑的妻，更弱的子在。而且其子也很有希望，他日长大，升而为“台”，便又有更卑更弱的妻子，供他驱使了。如此连环，各得其所，有敢非议者，其罪名曰不安分！

虽然那是古事，昭公七年离现在也太辽远了，但“复古家”尽可不必悲观的。太平的景象还在：常有兵燹[2]，常有水旱，可有谁听到大叫唤么？打的打，革的革，可有处士来横议么？对国民如何专横，向外人如何柔媚，不犹是差等的遗风么？中国固有的精神文明，其实并未为共和二字所埋没，只有满人已经退席，和先前稍不同。

因此我们在目前，还可以亲见各式各样的筵宴，有烧烤，有翅席，有便饭，有西餐。但茅檐下也有淡饭，路傍也有残羹，野上也有饿莩[3]；有吃烧烤的身价不资的阔人，也有饿得垂死的每斤八文的孩子[4]（见《现代评论》二十一期）。所谓中国的文明者，其实不过是安排给阔人享用的人肉的筵宴。所谓中国者，其实不过是安排这人肉的筵宴的厨房。不知道而赞颂者是可恕的，否则，此辈当得永远的诅咒！

外国人中，不知道而赞颂者，是可恕的；占了高位，养尊处优，因此受了蛊惑，昧却灵性而赞叹者，也还可恕的。可是还有两种，其一是以中国人为劣种，只配悉照原来模样，因而故意称赞中国的旧

[1] 这里的王、公、大夫、士、皁（同“皂”）、舆、隶、僚、仆、台，是奴隶社会“人有十等”中“十等”阶层的名称。

[2] 兵燹（xiǎn）：战争造成的焚烧破坏等灾害。

[3] 饿莩（piǎo）：同“饿殍”，饿死的人。

[4] 1925年5月2日《现代评论》第一卷第二十一期《一个四川人的通信》一文记载了军阀统治下底层人民的悲惨生活，其中记有“男小孩只卖八枚铜子一斤，女小孩连这个价钱也卖不了”。

物。其一是愿世间人各不相同以增自己旅行的兴趣，到中国看辫子，到日本看木屐，到高丽[1]看笠子，倘若服饰一样，便索然无味了，因而来反对亚洲的欧化。这些都可憎恶。至于罗素[2]在西湖见轿夫含笑，便赞美中国人，则也许别有意思罢。但是，轿夫如果能对坐轿的人不含笑，中国也早不是现在似的中国了。

这文明，不但使外国人陶醉，也早使中国一切人们无不陶醉而且至于含笑。因为古代传来而至今还在的许多差别，使人们各各分离，遂不能再感到别人的痛苦；并且因为自己各有奴使别人，吃掉别人的希望，便也就忘却自己同有被奴使被吃掉的将来。于是大小无数的人肉的筵宴，即从有文明以来一直排到现在，人们就在这会场中吃人，被吃，以凶人的愚妄的欢呼，将悲惨的弱者的呼号遮掩，更不消说女人和小儿。

这人肉的筵宴现在还排着，有许多人还想一直排下去。扫荡这些食人者，掀掉这筵席，毁坏这厨房，则是现在的青年的使命！

一九二五年四月二十九日。

（选自《鲁迅全集》卷一《坟》）

鲁迅对张献忠杀人心理的剖析

《蜀碧》一类的书，记张献忠杀人的事颇详细，但也颇散漫，令人看去仿佛他是像“为艺术而艺术”的一样，专在“为杀人而杀人”了。他其实是别有目的的。他开初并不很杀人，他何尝不想做皇帝。

---

[1] 高丽：即朝鲜。
[2] 罗素：英国哲学家，曾于1920年来中国讲学，游览各地。在其所写的《中国问题》一书中说到他看见的中国轿夫“谈着笑着，好像一点忧虑都没有似的”。

后来知道李自成进了北京，接着是清兵入关，自己只剩了没落这一条路，于是就开手杀，杀……他分明的感到，天下已没有自己的东西，现在是在毁坏别人的东西了，这和有些末代的风雅皇帝，在死前烧掉了祖宗或自己所搜集的书籍古董宝贝之类的心情，完全一样。他还有兵，而没有古董之类，所以就杀，杀，杀人，杀……

——《准风月谈·晨凉漫记》

中国人失掉自信力了吗

从公开的文字上看起来：两年以前，我们总自夸着“地大物博”，是事实；不久就不再自夸了，只希望着国联[1]，也是事实；现在是既不夸自己，也不信国联，改为一味求神拜佛[2]，怀古伤今了——却也是事实。

于是有人慨叹曰：中国人失掉自信力了。

如果单据这一点现象而论，自信其实是早就失掉了的。先前信“地”，信“物”，后来信“国联”，都没有相信过“自己”。假使这也算一种“信”，那也只能说中国人曾经有过“他信力”，自从对国联失望之后，便把这他信力都失掉了。

失掉了他信力，就会疑，一个转身，也许能够只相信了自己，倒是一条新生路，但不幸的是逐渐玄虚起来了。信“地”和“物”，还是切实的东西，国联就渺茫，不过这还可以令人不久就省悟到依赖它的不可靠。一到求神拜佛，可就玄虚之至了，有益或是有害，一时就找不出分明的结果来，它可以令人更长久的麻醉着自己。

中国人现在是在发展着“自欺力”。

“自欺”也并非现在的新东西，现在只不过日见其明显，笼罩了一切罢了。然而，在这笼罩之下，我们有并不失掉自信力的中国人在。

---

[1] 国联：“国际联盟”的简称，这是1920年成立的国际政府间组织。“九一八”事变日本侵占中国东北，国民党政府多次向国联申诉，要求主持公道，而国联却采取了袒护日本的立场。

[2] 求神拜佛：当时一些官僚与社会名流，以祈祷“解救国难”为名，多次在一些城市举办“时轮金刚法会”“仁王护国法会”等求神拜佛的活动。

我们从古以来，就有埋头苦干的人，有拼命硬干的人，有为民请命的人，有舍身求法的人，……虽是等于为帝王将相作家谱的所谓“正史”[1]，也往往掩不住他们的光耀，这就是中国的脊梁。

这一类的人们，就是现在也何尝少呢？他们有确信，不自欺；他们在前仆后继的战斗，不过一面总在被摧残，被抹杀，消灭于黑暗中，不能为大家所知道罢了。说中国人失掉了自信力，用以指一部分人则可，倘若加于全体，那简直是诬蔑。

要论中国人，必须不被搽在表面的自欺欺人的脂粉所诓骗，却看看他的筋骨和脊梁。自信力的有无，状元宰相的文章是不足为据的，要自己去看地底下。

九月二十五日。

（选自《鲁迅全集》卷六《且介亭杂文》）

[1] “正史”：清朝乾隆年间，皇帝诏定从《史记》到《明史》共二十四部纪传体史书为“正史”，规定不经皇帝批准的史书不得列入正史。由于这些正史是以君主的传记为纲，所以鲁迅说“等于为帝王将相作家谱”。

导读

鲁迅不仅要我们敢于“睁了眼看”，而且还要有一双“会看”的眼睛。在这方面，他有很丰富的经验。

他曾这样谈到自己，“我看事情太仔细”，“看得中国的内情太清楚”。(《致许广平，1925年3月31日》)这就是说，他喜欢往深处仔细看，探查其“内情”，他最为关注，并且要全力揭示的，正是人们隐蔽的，甚至自身也未必完全自觉的心理状态。《论“他妈的！”》这篇就是在人人都会说，或者经常听别人说，却谁也不深想的“国骂”背后，看出了封建性的等级制度、门第制度所造成的扭曲而不免卑劣的反抗心理，并做出如下判断：“中国人至今还有无数‘等’，还是依赖门第，还是倚仗祖宗。倘不改造，即永远有无声的或有声的‘国骂’。”今天尚未麻木的中国人读到这段话，大概仍不免脸红心跳：鲁迅把我们国人的心理弱点实在是看得太透了。而此种心理都是人们不想、不愿，也不便说破的，鲁迅一说，就成了“刻毒”，这样的“毒眼”与“毒笔”是许多人讨厌和害怕的。

正因为鲁迅看问题更深一层，就能够在常规思维之外，另辟蹊径，别出心裁，打开了全新的思路。有人在报上发表《杀错了人》一文，谴责袁世凯不该谋害革命党人，这大概是一种公论，一般人都这么看；鲁迅却提出“异议”，说“从袁世凯那方面看来，是一点没有杀错的，因为他正是一个假革命的反革命者”，由此得出一个事关重大的结论：“中国革命的闹成这模样，并不是因为他们‘杀错了人’，倒是因为我们看错了人。”鲁迅的这些判断、分析，常对读者的习惯性思维构成一种挑战；

但细加体味，却不能不承认其内在的深刻性与说服力。

鲁迅还说，“我的习性不大好，每不肯相信表面上的事情”，常有“疑心”。(《致许广平，1925 年 4 月 8 日》）这是历史的血的教训教会他的；鲁迅多次谈到中国是一个会“做戏”的民族，“在后台这么做，到前台又那么做”(《华盖集续编·马上支日记》)，更是一个“文字游戏国”(《且介亭杂文二集·逃名》)，“我们日日所见的文章”，都不那么简单，“有明说要做，其实不做的；有明说不做，其实要做的；有明说做这样，其实做那样的；有其实自己要这么做，倒说别人要这么做的：有一声不响，而其实倒做了的”。鲁迅说，年轻人如果“不知底细”，轻信表面文章，那是会“上当”，“有时简直连性命也会送掉”的。(《致萧军、萧红，1934 年 12 月 10 日》）鲁迅因此提倡“推背图”式的“正面文章反看法”，并且举例说，就看看“近几天（按：此文作于 1933 年 4 月 2 日）报章上记载着的要闻罢：一，×× 军在 ×× 血战，杀敌 ×××× 人。二，×× 谈话：决不与日本直接交涉，仍然不改初衷，抵抗到底……”，“倘使都当反面文章看，可就太骇人了”——但这却正是人们竭力要掩饰的真实。但鲁迅又提醒我们：报纸也会登些“无须‘推背’的记载”，这样真假混杂，让你似信非信，才能取得“宣传”效果，我们也就不免糊涂起来：要辨别报刊文章的真假也不容易。

总之，要用“另一种眼睛”（即人们所说的“第三只眼睛”）去看，这才能看到背后被隐蔽的东西。

论“他妈的！”

无论是谁，只要在中国过活，便总得常听到“他妈的”或其相类的口头禅。我想：这话的分布，大概就跟着中国人足迹之所至罢；使用的遍数，怕也未必比客气的“您好呀”会更少。假使依或人所说，牡丹是中国的“国花”，那么，这就可以算是中国的“国骂”了。

我生长于浙江之东，就是西滢先生之所谓“某籍”[1]。那地方通行的“国骂”却颇简单：专一以“妈”为限，决不牵涉余人。后来稍游各地，才始惊异于国骂之博大而精微：上溯祖宗，旁连姊妹，下递子孙，普及同性，真是“犹河汉而无极也”[2]。而且，不特用于人，也以施之兽。前年，曾见一辆煤车的只轮陷入很深的辙迹里，车夫便愤然跳下，出死力打那拉车的骡子道：“你姊姊的！你姊姊的！”

别的国度里怎样，我不知道。单知道诺威人 Hamsun[3]有一本小说叫《饥饿》，粗野的口吻是很多的，但我并不见这一类话。Gorky 所写的小说中多无赖汉，就我所看过的而言，也没有这骂法。惟独 Artzybashev 在《工人绥惠略夫》里，却使无抵抗主义者亚拉借夫骂了一句“你妈的”。但其时他已经决计为爱而牺牲了，使我们也失却笑他自相矛盾的勇气。这骂的翻译，在中国原极容易的，别国却似乎

---

[1] 1925 年 5 月鲁迅等七位教员发表声明支持北京女子师范大学学生反对校长的运动。陈西滢发表《闲话》一文说：“女师大的风潮，有在北京教育界占最大势力的某籍某系的人在暗中鼓动……”，“某籍”指浙江籍，“某系”指北京大学中文系，因签名者均系北大中文系教员，陈西滢借此攻击鲁迅等“暗中鼓动”学潮，后来又称之为“学匪”。

[2] 语出《庄子·逍遥游》。河汉，即银河。

[3] Hamsun：哈姆生，挪威小说家。下面的 Gorky 即高尔基，Artzybashev 为俄国小说家阿尔志跋绥夫。

为难，德文译本作“我使用过你的妈”，日文译本作“你的妈是我的母狗”。这实在太费解，——由我的眼光看起来。

那么，俄国也有这类骂法的了，但因为究竟没有中国似的精博，所以光荣还得归到这边来。好在这究竟又并非什么大光荣，所以他们大约未必抗议；也不如“赤化”之可怕，中国的阔人，名人，高人，也不至于骇死的。但是，虽在中国，说的也独有所谓“下等人”，例如“车夫”之类，至于有身分的上等人，例如“士大夫”之类，则决不出之于口，更何况笔之于书。“予生也晚”，赶不上周朝，未为大夫，也没有做士，本可以放笔直干的，然而终于改头换面，从“国骂”上削去一个动词和一个名词，又改对称为第三人称者，恐怕还因为到底未曾拉车，因而也就不免“有点贵族气味”之故。那用途，既然只限于一部分，似乎又有些不能算作“国骂”了；但也不然，阔人所赏识的牡丹，下等人又何尝以为“花之富贵者也”？

这“他妈的”的由来以及始于何代，我也不明白。经史上所见骂人的话，无非是“役夫”，“奴”，“死公”；较厉害的，有“老狗”，“貉子”；更厉害，涉及先代的，也不外乎“而母婢也”，“赘阉遗丑”罢了！[1]还没见过什么“妈的”怎样，虽然也许是士大夫讳而不录。但《广弘明集》（七）记北魏邢子才“以为妇人不可保。谓元景曰，‘卿何必姓王？’元景变色。子才曰，‘我亦何必姓邢；能保五世耶？’”则颇有可以推见消息的地方。

晋朝已经是大重门第，重到过度了；华胄世业，子弟便易于得

[1] 役夫，是楚成王妹骂成王的儿子商臣的话，见《左传》；奴，是南朝宋刘子业骂宋孝武帝的话，见《南史・宋本纪》；死公，是东汉末年祢衡骂黄祖的话，见《后汉书・文苑列传》；老狗，是汉代栗姬骂汉景帝的话，见班固《汉孝武故事》；貉子，是晋代孙秀妻骂孙秀的话，见《世说新语・惑溺》；而母婢也，是战国时齐威王怒斥周王室的话，见《战国策・赵策》；赘阉遗丑，是汉末陈琳骂曹操的话，赘阉指曹操的父亲曾过继给宦官做儿子。

官；即使是一个酒囊饭袋，也还是不失为清品。北方疆土虽失于拓跋氏[1]，士人却更其发狂似的讲究阀阅[2]，区别等第，守护极严。庶民中纵有俊才，也不能和大姓比并。至于大姓，实不过承祖宗余荫，以旧业骄人，空腹高心，当然使人不耐。但士流既然用祖宗做护符，被压迫的庶民自然也就将他们的祖宗当作仇敌。邢子才的话虽然说不定是否出于愤激，但对于躲在门第下的男女，却确是一个致命的重伤。势位声气，本来仅靠了"祖宗"这惟一的护符而存，"祖宗"倘一被毁，便什么都倒败了。这是倚赖"余荫"的必得的果报。

同一的意思，但没有邢子才的文才，而直出于"下等人"之口的，就是："他妈的！"

要攻击高门大族的坚固的旧堡垒，却去瞄准他的血统，在战略上，真可谓奇谲的了。最先发明这一句"他妈的"的人物，确要算一个天才，——然而是一个卑劣的天才。

唐以后，自夸族望的风气渐渐消除；到了金元，已奉夷狄为帝王，自不妨拜屠沽作卿士，"等"的上下本该从此有些难定了，但偏还有人想辛辛苦苦地爬进"上等"去。刘时中[3]的曲子里说："堪笑这没见识街市匹夫，好打那好顽劣。江湖伴侣，旋将表德官名相体呼，声音多厮称，字样不寻俗。听我一个个细数：粜米的唤子良；卖肉的呼仲甫……开张卖饭的呼君宝；磨面登罗底叫德夫：何足云乎？！"（《乐府新编阳春白雪》三）这就是那时的暴发户的丑态。

"下等人"还未暴发之先，自然大抵有许多"他妈的"在嘴上，

---

[1] 拓跋氏：鲜卑族的一支，公元398年在北方建立了北魏政权。

[2] 阀阅：有功勋的世家大族。

[3] 刘时中：元代散曲作家。下引的曲子出自其散曲《上高监司·端正好》。表德，即正式名以外的字或号；声音多厮称，即声音相同，"厮"为语助词；子良，从"粮"取名；仲甫，从"脯（肉干）"取名；君宝，从"饱"取名；德夫，从"麸（小麦皮）"取名。

但一遇机会，偶窃一位，略识几字，便即文雅起来：雅号也有了；身分也高了；家谱也修了，还要寻一个始祖，不是名儒便是名臣。从此化为“上等人”，也如上等前辈一样，言行都很温文尔雅。然而愚民究竟也有聪明的，早已看穿了这鬼把戏，所以又有俗谚，说：“口上仁义礼智，心里男盗女娼！”他们是很明白的。

于是他们反抗了，曰：“他妈的！”

但人们不能蔑弃扫荡人我的余泽和旧荫，而硬要去做别人的祖宗，无论如何，总是卑劣的事。有时，也或加暴力于所谓“他妈的”的生命上，但大概是乘机，而不是造运会，所以无论如何，也还是卑劣的事。

中国人至今还有无数“等”，还是依赖门第，还是倚仗祖宗。倘不改造，即永远有无声的或有声的“国骂”。就是“他妈的”，围绕在上下和四旁，而且这还须在太平的时候。

但偶尔也有例外的用法：或表惊异，或表感服。我曾在家乡看见乡农父子一同午饭，儿子指一碗菜向他父亲说：“这不坏，妈的你尝尝看！”那父亲回答道：“我不要吃。妈的你吃去罢！”则简直已经醇化为现在时行的“我的亲爱的”的意思了。

一九二五年七月十九日。

（选自《鲁迅全集》卷一《坟》）

《杀错了人》异议

看了曹聚仁先生的一篇《杀错了人》，觉得很痛快，但往回一想，又觉得有些还不免是愤激之谈了，所以想提出几句异议——

袁世凯[1]在辛亥革命之后，大杀党人，从袁世凯那方面看来，是一点没有杀错的，因为他正是一个假革命的反革命者。

错的是革命者受了骗，以为他真是一个筋斗，从北洋大臣变了革命家了，于是引为同调，流了大家的血，将他浮上总统的宝位去。到二次革命[2]时，表面上好像他又是一个筋斗，从“国民公仆”变了吸血魔王似的。其实不然，他不过又显了本相。

于是杀，杀，杀。北京城里，连饭店客栈中，都满布了侦探；还有“军政执法处”[3]，只见受了嫌疑而被捕的青年送进去，却从不见他们活着走出来；还有，《政府公报》上，是天天看见党人脱党的广告，说是先前为友人所拉，误入该党，现在自知迷谬，从此脱离，要洗心革面的做好人了。

不久就证明了袁世凯杀人的没有杀错，他要做皇帝了。

这事情，一转眼竟已经是二十年，现在二十来岁的青年，那时还在吸奶，时光是多么飞快呵。

---

[1] 袁世凯（1859—1916）：字慰亭，原是清朝直隶总督兼北洋大臣，辛亥革命后窃取革命果实，任中华民国临时大总统、正式大总统。1916年1月复辟帝制，建号“洪宪”，同年3月在全国上下的反对声中被迫取消帝制，6月病逝。

[2] 二次革命：孙中山在1913年7月所发动的讨伐袁世凯的战争，不到两个月即告失败。

[3] “军政执法处”：是袁世凯设立的专门捕杀革命进步人士的特务机关。

但是，袁世凯自己要做皇帝，为什么留下他真正对头的旧皇帝[1]呢？这无须多议论，只要看现在的军阀混战就知道。他们打得你死我活，好像不共戴天似的，但到后来，只要一个“下野”了，也就会客客气气的，然而对于革命者呢，即使没有打过仗，也决不肯放过一个。他们知道得很清楚。

所以我想，中国革命的闹成这模样，并不是因为他们“杀错了人”，倒是因为我们看错了人。

临末，对于“多杀中年以上的人”的主张，我也有一点异议，但因为自己早在“中年以上”了，为避免嫌疑起见，只将眼睛看着地面罢。

四月十日。

记得原稿在“客客气气的”之下，尚有“说不定在出洋的时候，还要大开欢送会”这类意思的句子，后被删去了。

四月十二日记。

（选自《鲁迅全集》卷五《伪自由书》）

---

[1] 旧皇帝：指清朝末代皇帝溥仪（1906—1967），辛亥革命后南京临时政府直至袁世凯复辟，都保有对他的优待条件。

推背图[1]

我这里所用的“推背”的意思，是说：从反面来推测未来的情形。

上月的《自由谈》里，就有一篇《正面文章反看法》[2]，这是令人毛骨悚然的文字。因为得到这一个结论的时候，先前一定经过许多苦楚的经验，见过许多可怜的牺牲。本草家[3]提起笔来，写道：砒霜，大毒。字不过四个，但他却确切知道了这东西曾经毒死过若干性命的了。

里巷间有一个笑话：某甲将银子三十两埋在地里面，怕人知道，就在上面竖一块木板，写道“此地无银三十两”。隔壁的阿二因此却将这掘去了，也怕人发觉，就在木板的那一面添上一句道，“隔壁阿二勿曾偷。”这就是在教人“正面文章反看法”。

但我们日日所见的文章，却不能这么简单。有明说要做，其实不做的；有明说不做，其实要做的；有明说做这样，其实做那样的；有其实自己要这么做，倒说别人要这么做的；有一声不响，而其实倒做了的。然而也有说这样，竟这样的。难就在这地方。

例如近几天报章上记载着的要闻罢：

一，××军在××血战，杀敌××××人。

---

[1] 推背图：本来是旧时民间流行的一种迷信图册，其中的图画被认为能预测兴亡。

[2]《正面文章反看法》：陈子展所作，登载于1933年3月13日的《申报·自由谈》。文中认为所谓“航空救国”是不炸日军只炸红军，“长期抵抗”等于长期不抵抗，“收回失地”等于不收回失地，等等。

[3] 本草家：本草是对中药的统称，这里的“本草家”指著有《本草纲目》的明代医药学家李时珍。

二，××谈话：决不与日本直接交涉，仍然不改初衷，抵抗到底。

三，芳泽来华，据云系私人事件[1]。

四，共党联日，该伪中央已派干部××赴日接洽[2]。

五，××××……

倘使都当反面文章看，可就太骇人了。但报上也有“莫干山路草棚船百余只大火”，“××××廉价只有四天了”等大概无须“推背”的记载，于是乎我们就又胡涂起来。

听说，《推背图》本是灵验的，某朝某帝怕他淆惑人心，就添了些假造的在里面，因此弄得不能预知了[3]，必待事实证明之后，人们这才恍然大悟。

我们也只好等着看事实，幸而大概是不很久的，总出不了今年。

四月二日。

（选自《鲁迅全集》卷五《伪自由书》）

---

[1] 芳泽来华：芳泽即日本外交官芳泽谦吉，他曾任日本驻华公使、外务大臣。1933年他来到中国，游说中国当局脱离英美，投靠日本，对外却宣称此行为私人旅行。

[2] 这是国民党所造谣言，登载于1933年4月2日《申报·国内电讯》。

[3] 据南宋岳珂《程史》记载，宋太祖曾下令查禁迷信谶纬之书，但《推背图》这样的书民间流传太广，难以彻底消除，于是宋太祖命人把此书的前后编排次序弄乱，搞出上百种伪造本，让老百姓真假难辨。

导读

这也是鲁迅的一大发现:“人们灭亡于英雄的特别的悲剧者少,消磨于极平常的,或者简直近于没有事情的悲剧者却多。”鲁迅还说:“中国现在的事,即使如实描写,在别国的人们,或将来的好中国的人们看来,也都会觉得 grotesk(按:德语,古怪、荒诞之意)。”(《华盖集续编·续编的续编·〈阿Q正传〉的成因》)从人们见惯不怪的日常生活现象的背后,去发现和揭示“几乎无事”的悲剧与喜剧——这也需要“另一只眼睛”。

比如说吧,走到大街上去,随处可以看见人们在挤着,推着,爬着,撞着,冲着……报纸上也经常报道由此引发的各种“社会新闻”,但人们却似乎视而不见,听而不闻。作为杂文家的鲁迅却仔细地看,深深地想,产生了许多“若即若离的思想,自己也觉得近乎刻薄”(《三闲集·匪笔三篇》)——所谓“若即”,就是紧扣着这些街头小景,以其为思考与描述的出发点;但又“若离”,引发开去,联想起许多类似的现象,并穿透到更深层面,挖掘其内在的荒诞与残酷,这些生活现象也就成了某种社会痼疾的象征,写出来自然“近乎刻薄”。于是,就有了《推》《“推”的余谈》《踢》《爬和撞》《冲》这一组杂文,都收在《准风月谈》里,《推》即是其中的一篇。——我们正可以从中学习杂文的思维与写法。

《现代史》写的也是“街头小景”,但其联想方式却颇为特别:庄严的“现代史”与骗人的“变戏法”,两者“风马牛不相及”,却被鲁迅妙笔牵连,拉在一起,成了一篇奇文。粗粗一读,觉得荒唐,细细一想，不由得大呼“深刻”。——这就是鲁迅杂文的魅力。

人们天天看报，知道一些消息也就算了；鲁迅却劝我们对报上的“名文”细加咀嚼，“真如橄榄一样，很有些回味”，“在中国要寻求滑稽，不可看所谓滑稽文，倒要看所谓正经事，但必须想一想”。——我们就因为懒于思考而失去了许多读报的乐趣与写杂文的好题材。

鲁迅还有一类特殊的杂文：将报刊上的文章原文照录，稍加点评，即所谓“立此存照”。这就是要让“生活”自身亮相，也是留下历史的原生形态。看这篇《双十怀古》，抄的就是1933年10月3日到10日的报纸标题；我们今天来读，就是看七十年前的“老照片”了。但细加品味，还是可以看出其间蕴含的人间的悲欢，这正是今昔相通的。——杂文也因此起到了“历史文献”的作用：自然，这是鲁迅说的“野史”，却更能显示历史的真相。

几乎无事的悲剧

果戈理（Nikolai Gogol）[1]的名字，渐为中国读者所认识了，他的名著《死魂灵》的译本，也已经发表了第一部的一半。那译文虽然不能令人满意，但总算借此知道了从第二至六章，一共写了五个地主的典型，讽刺固多，实则除一个老太婆和吝啬鬼泼留希金外，都各有可爱之处。至于写到农奴，却没有一点可取了，连他们诚心来帮绅士们的忙，也不但无益，反而有害。果戈理自己就是地主。

然而当时的绅士们很不满意，一定的照例的反击，是说书中的典型，多是果戈理自己，而且他也并不知道大俄罗斯地主的情形。这是说得通的，作者是乌克兰人，而看他的家信，有时也简直和书中的地主的意见相类似。然而即使他并不知道大俄罗斯的地主的情形罢，那创作出来的脚色，可真是生动极了，直到现在，纵使时代不同，国度不同，也还使我们像是遇见了有些熟识的人物。讽刺的本领，在这里不及谈，单说那独特之处，尤其是在用平常事，平常话，深刻的显出当时地主的无聊生活。例如第四章里的罗士特来夫，是地方恶少式的地主，赶热闹，爱赌博，撒大谎，要恭维，——但挨打也不要紧。他在酒店里遇到乞乞科夫，夸示自己的好小狗，勒令乞乞科夫摸过狗耳朵之后，还要摸鼻子——

“乞乞科夫要和罗士特来夫表示好意，便摸了一下那狗的耳

[1] 果戈理（1809—1852）：俄国著名作家，他的代表作品有长篇小说《死魂灵》（鲁迅曾将其译为中文）、剧本《钦差大臣》等。

朵。‘是的，会成功一匹好狗的。’他加添着说。

“‘再摸摸它那冰冷的鼻头，拿手来呀！’因为要不使他扫兴，乞乞科夫就又一碰那鼻子，于是说道：‘不是平常的鼻子！’”

这种莽撞而沾沾自喜的主人，和深通世故的客人的圆滑的应酬，是我们现在还随时可以遇见的，有些人简直以此为一世的交际术。“不是平常的鼻子”，是怎样的鼻子呢？说不明的，但听者只要这样也就足够了。后来又同到罗士特来夫的庄园去，历览他所有的田产和东西——

“还去看克理米亚的母狗，已经瞎了眼，据罗士特来夫说，是就要倒毙的。两年以前，却还是一条很好的母狗。大家也来察看这母狗，看起来，它也确乎瞎了眼。”

这时罗士特来夫并没有说谎，他表扬着瞎了眼的母狗，看起来，也确是瞎了眼的母狗。这和大家有什么关系呢，然而世界上有一些人，却确是嚷闹，表扬，夸示着这一类事，又竭力证实着这一类事，算是忙人和诚实人，在过了他的整一世。

这些极平常的，或者简直近于没有事情的悲剧，正如无声的言语一样，非由诗人画出它的形象来，是很不容易觉察的。然而人们灭亡于英雄的特别的悲剧者少，消磨于极平常的，或者简直近于没有事情的悲剧者却多。

听说果戈理的那些所谓“含泪的微笑”[1]，在他本土，现在是已经

[1] “含泪的微笑”：是普希金评论果戈理小说的话，出自《评〈狄康卡近乡夜话〉》一文。

无用了，来替代它的有了健康的笑。但在别地方，也依然有用，因为其中还藏着许多活人的影子。况且健康的笑，在被笑的一方面是悲哀的，所以果戈理的“含泪的微笑”，倘传到了和作者地位不同的读者的脸上，也就成为健康：这是《死魂灵》的伟大处，也正是作者的悲哀处。

七月十四日。

（选自《鲁迅全集》卷六《且介亭杂文二集》）

推

两三月前，报上好像登过一条新闻，说有一个卖报的孩子，踏上电车的踏脚去取报钱，误踹住了一个下来的客人的衣角，那人大怒，用力一推，孩子跌入车下，电车又刚刚走动，一时停不住，把孩子碾死了。

推倒孩子的人，却早已不知所往。但衣角会被踹住，可见穿的是长衫，即使不是“高等华人”，总该是属于上等的。

我们在上海路上走，时常会遇见两种横冲直撞，对于对面或前面的行人，决不稍让的人物。一种是不用两手，却只将直直的长脚，如入无人之境似的踏过来，倘不让开，他就会踏在你的肚子或肩膀上。这是洋大人，都是“高等”的，没有华人那样上下的区别。一种就是弯上他两条臂膊，手掌向外，像蝎子的两个钳一样，一路推过去，不管被推的人是跌在泥塘或火坑里。这就是我们的同胞，然而“上等”的，他坐电车，要坐二等所改的三等车，他看报，要看专登黑幕的小报，他坐着看得咽唾沫，但一走动，又是推。

上车，进门，买票，寄信，他推；出门，下车，避祸，逃难，他又推。推得女人孩子都踉踉跄跄，跌倒了，他就从活人上踏过，跌死了，他就从死尸上踏过，走出外面，用舌头舔舔自己的厚嘴唇，什么也不觉得。旧历端午，在一家戏场里，因为一句失火的谣言，就又是推，把十多个力量未足的少年踏死了。死尸摆在空地上，据说去看的又有万余人，人山人海，又是推。

推了的结果，是嘻开嘴巴，说道：“阿唷，好白相来希[1]呀！”

住在上海，想不遇到推与踏，是不能的，而且这推与踏也还要廓大开去。要推倒一切下等华人中的幼弱者，要踏倒一切下等华人。这时就只剩了高等华人颂祝着——

“阿唷，真好白相来希呀。为保全文化起见，是虽然牺牲任何物质，也不应该顾惜的——这些物质有什么重要性呢！”

六月八日。

（选自《鲁迅全集》卷五《准风月谈》）

鲁迅论中国的“硬汉”之少而难

别国的硬汉比中国多，也因为别国的淫刑不及中国的缘故。我曾查欧洲先前虐杀耶稣教徒的记录，其残虐实不及中国，有至死不屈者，史上在姓名之前就冠一“圣”字了。中国青年之至死不屈者，亦常有之，但皆秘不发表。不能受刑至死，就非卖友不可，于是坚卓者无不灭亡，游移者愈益堕落，长此以往，将使中国无一好人，倘中国而终亡，操此策者为之也。

——《致曹聚仁，1933年6月18日》

[1] 好白相来希：上海方言，意为“好玩得很”。

现代史

从我有记忆的时候起，直到现在，凡我所曾经到过的地方，在空地上，常常看见有“变把戏”的，也叫作“变戏法”的。

这变戏法的，大概只有两种——

一种，是教一个猴子戴起假面，穿上衣服，耍一通刀枪；骑了羊跑几圈。还有一匹用稀粥养活，已经瘦得皮包骨头的狗熊玩一些把戏。末后是向大家要钱。

一种，是将一块石头放在空盒子里，用手巾左盖右盖，变出一只白鸽来；还有将纸塞在嘴巴里，点上火，从嘴角鼻孔里冒出烟焰。其次是向大家要钱。要了钱之后，一个人嫌少，装腔作势的不肯变了，一个人来劝他，对大家说再五个。果然有人抛钱了，于是再四个，三个……

抛足之后，戏法就又开了场。这回是将一个孩子装进小口的坛子里面去，只见一条小辫子，要他再出来，又要钱。收足之后，不知怎么一来，大人用尖刀将孩子刺死了，盖上被单，直挺挺躺着，要他活过来，又要钱。

“在家靠父母，出家靠朋友……Huazaa！ Huazaa![1]” 变戏法的装出撒钱的手势，严肃而悲哀的说。

别的孩子，如果走近去想仔细的看，他是要骂的；再不听，他就会打。

果然有许多人 Huazaa 了。待到数目和预料的差不多，他们就检

[1] 这是用拉丁字母拼写的象声词，即撒钱的“哗嚓”声。

起钱来，收拾家伙，死孩子也自己爬起来，一同走掉了。

看客们也就呆头呆脑的走散。

这空地上，暂时是沉寂了。过了些时，就又来这一套。俗语说，“戏法人人会变，各有巧妙不同。”其实是许多年间，总是这一套，也总有人看，总有人 Huazaa，不过其间必须经过沉寂的几日。

我的话说完了，意思也浅得很，不过说大家 Huazaa Huazaa 一通之后，又要静几天了，然后再来这一套。

到这里我才记得写错了题目，这真是成了“不死不活”的东西。

四月一日。

（选自《鲁迅全集》卷五《伪自由书》）

鲁迅谈夜色中的生命体验

……夜九时后，一切星散，一所很大的洋楼里，除我以外，没有别人。我沉静下去了。寂静浓到如酒，令人微醺。望后窗外骨立的乱山中许多白点，是丛冢；一粒深黄色火，是南普陀寺的琉璃灯。前面则海天微茫，黑絮一般的夜色简直似乎要扑到心坎里。我靠了石栏远眺，听得自己的心音，四远还仿佛有无量悲哀，苦恼，零落，死灭，都杂入这寂静中，使它变成药酒，加色，加味，加香。这时，我曾经想要写，但是不能写，无从写。这也就是我所谓“当我沉默着的时候，我觉得充实，我将开口，同时感到空虚”。

——《三闲集·怎么写——夜记之一》

“滑稽”例解

研究世界文学的人告诉我们：法人善于机锋，俄人善于讽刺，英美人善于幽默。这大概是真确的，就都为社会状态所制限。慨自语堂[1]大师振兴“幽默”以来，这名词是很通行了，但一普遍，也就伏着危机，正如军人自称佛子，高官忽挂念珠，而佛法就要涅槃一样。倘若油滑，轻薄，猥亵，都蒙“幽默”之号，则恰如“新戏”之人“× 世界”，必已成为“文明戏”也无疑[2]。

这危险，就因为中国向来不大有幽默。只是滑稽是有的，但这和幽默还隔着一大段，日本人曾译“幽默”为“有情滑稽”，所以别于单单的“滑稽”，即为此。那么，在中国，只能寻得滑稽文章了？却又不。中国之自以为滑稽文章者，也还是油滑，轻薄，猥亵之谈，和真的滑稽有别。这“狸猫换太子”[3]的关键，是在历来的自以为正经的言论和事实，大抵滑稽者多，人们看惯，渐渐以为平常，便将油滑之类，误认为滑稽了。

在中国要寻求滑稽，不可看所谓滑稽文，倒要看所谓正经事，但必须想一想。

这些名文是俯拾即是的，譬如报章上正正经经的题目，什么“中日交涉渐入佳境”呀，“中国到那里去”呀，就都是的，咀嚼起来，

[1] 语堂：即林语堂（1895—1976），现代作家、学者、翻译家，提倡写“幽默”“闲适”的小品文。

[2] 新戏：即话剧。× 世界：指上海大世界、新世界等游艺场。中国早期话剧，有些比较粗糙，在游艺场所演出时经常即兴发挥，穿插一些通俗笑料，当时被称为“文明戏”。

[3] “狸猫换太子”：是民间流传的一则北宋宫闱故事，说是宋真宗时，刘妃为了争当皇后，与太监密谋，将李妃所生的皇儿用一只剥皮狸猫换下。

真如橄榄一样，很有些回味。

见于报章上的广告的，也有的是。我们知道有一种刊物，自说是“舆论界的新权威”，“说出一般人所想说而没有说的话”[1]，而一面又在向别一种刊物“声明误会，表示歉意”，但又说是“按双方均为社会有声誉之刊物，自无互相攻讦[2]之理”。“新权威”而善于“误会”，“误会”了而偏“有声誉”，“一般人所想说而没有说的话”却是误会和道歉：这要不笑，是必须不会思索的。

见于报章的短评上的，也有的是。例如九月间《自由谈》所载的《登龙术拾遗》上，以做富家女婿为“登龙”之一术，不久就招来了一篇反攻，那开首道：“狐狸吃不到葡萄，说葡萄是酸的，自己娶不到富妻子，于是对于一切有富岳家的人发生了妒嫉，妒嫉的结果是攻击。”[3]这也不能想一下。一想“的结果”，便分明是这位作者在表明他知道“富妻子”的味道是甜的了。

诸如此类的妙文，我们也尝见于冠冕堂皇的公文上：而且并非将它漫画化了的，却是它本身原来是漫画。《论语》一年中，我最爱看“古香斋”这一栏[4]，如四川营山县长禁穿长衫令云：“须知衣服蔽体已足，何必前拖后曳，消耗布匹？且国势衰弱，……顾念时艰，后患何堪设想？”又如北平社会局禁女人养雄犬文云：“查雌女雄犬相处，非仅有碍健康，更易发生无耻秽闻，揆之我国礼义之邦，亦为习俗所不许。谨特通令严禁……凡妇女带养之雄犬，斩之无赦，以为取缔！”这那里是滑稽作家所能凭空写得出来的？

---

[1] 这是邵洵美主办的《十日谈》创刊时的广告语。

[2] 攻讦（jié）：揭发别人的过失或阴私而加以攻击。

[3] 这些话见于署名圣闲的《“女婿”的蔓延》一文（登载于1933年9月6日国民党机关报《中央日报》）。

[4]《论语》是林语堂创办的一份半月刊杂志，“古香斋”是其中一个栏目，该栏目题解中称此栏目“专载各城各地有可保存价值之奇行奇事”。

不过“古香斋”里所收的妙文，往往还倾于奇诡，滑稽却不如平淡，惟其平淡，也就更加滑稽，在这一标准上，我推选“甜葡萄”说。

十月十九日。

（选自《鲁迅全集》卷五《准风月谈》）

救救孩子

1918年4月，鲁迅在《狂人日记》里，发出了他的第一声呐喊——

“没有吃过人的孩子，或者还有？

救救孩子……”

1936年9月27日，鲁迅在重病中又拼力呼喊——

“真的要‘救救孩子’。这‘于我们民族前途的关系是极大的’！

而这也是关于我们的子孙。大朋友，我们既然生着人头，努力来讲人话罢！”(《“立此存照”(七)》)

二十二天以后，鲁迅就离开了这个世界，未能看到这篇文章的发表。(文载1936年10月20日出版的《中流》半月刊1卷4期，后收入1937年7月出版的许广平编的《且介亭杂文末编》，为集中最后一篇)

双十怀古[1]

——民国二二年看十九年秋

小引

要做“双十”的循例的文章，首先必须找材料。找法有二，或从脑子里，或从书本中。我用的是后一法。但是，翻完“描写字典”，里面无之；觅遍“文章作法”，其中也没有。幸而“吉人自有天相”，竟在破纸堆里寻出一卷东西来，是中华民国十九年十月三日到十日的上海各种大报小报的拔萃。去今已经整整的三个年头了，剪贴着做什么用的呢，自己已经记不清；莫非就给我今天做材料的么，一定未必是。但是，“废物利用”——既经检出，就抄些目录在这里罢。不过为节省篇幅计，不再注明广告，记事，电报之分，也略去了报纸的名目，因为那些文字，大抵是各报都有的。

看了什么用呢？倒也说不出。倘若一定要我说，那就说是譬如看自己三年前的照相罢。

十月三日

江湾赛马。

中国红十字会筹募湖南辽西各省急振。

中央军克陈留。

辽宁方面筹组副司令部。

礼县土匪屠城。

---

[1] 双十：即双十节，中华民国的国庆节，纪念1911年10月10日辛亥武昌起义成功，中华民国成立。民国二二年，即1933年；十九年，即1930年。

六岁女孩受孕。

辛博森伤势沉重。

汪精卫到太原。

卢兴邦接洽投诚。

加派师旅入赣剿共。

裁厘展至明年一月。

墨西哥拒侨胞，五十六名返国。

墨索里尼提倡艺术。

谭延闿轶事。

战士社代社员征婚。

十月四日

齐天大舞台始创杰构积极改进《西游记》，准中秋节开幕。

前进的，民族主义的，唯一的，文艺刊物《前锋月刊》创刊号准双十节出版。

空军将再炸邕。

剿匪声中一趣史。

十月五日

蒋主席电国府请大赦政治犯。

程艳秋登台盛况。

卫乐园之保证金。

十月六日

樊迪文讲演小记。

诸君阅至此，请虔颂南无阿弥陀佛……

大家错了，中秋是本月六日。

查封赵戴文财产问题。

鄂省党部祝贺克复许汴。

取缔民间妄用党国旗。

十月七日

响应政府之廉洁运动。

津浦全线将通车。

平津党部行将恢复。

法轮殴毙栈伙交涉。

王士珍举殡记。

冯阎部下全解体。

湖北来凤苗放双穗。

冤魂为厉，未婚夫索命。

鬼击人背。

十月八日

闽省战事仍烈。

八路军封锁柳州交通。

安德思考古队自蒙古返北平。

国货时装展览。

哄动南洋之萧信庵案。

学校当注重国文论。

追记郑州飞机劫。

谭宅挽联择尤录。

汪精卫突然失踪。

十月九日

西北军已解体。

外部发表英退庚款换文。

京卫戍部枪决人犯。

辛博森渐有起色。

国货时装展览。

上海空前未有之跳舞游艺大会。

十月十日

举国欢腾庆祝双十。

叛逆削平，全国欢祝国庆，蒋主席昨凯旋参与盛典。

津浦路暂仍分段通车。

首都枪决共犯九名。

林埭被匪洗劫。

老陈圩匪祸惨酷。

海盗骚扰丰利。

程艳秋庆祝国庆。

蒋丽霞不忘双十。

南昌市取缔赤足。

伤兵怒斥孙祖基。

今年之双十节，可欣可贺，尤甚从前。

结语

我也说“今年之双十节，可欣可贺，尤甚从前”罢。

十月一日。

附记：这一篇没有能够刊出，大约是被谁抽去了的，盖双十盛典，“伤今”固难，“怀古”也不易了。

十月十三日。

（选自《鲁迅全集》卷五《准风月谈》）

鲁迅《小杂感》（选录）

曾经阔气的要复古，正在阔气的要保持现状，未曾阔气的要革新。

大抵如是。大抵！

楼下一个男人病得要死，那间壁的一家唱着留声机；对面是弄孩子。楼上有两人狂笑；还有打牌声。河中的船上有女人哭着她死去的母亲。

人类的悲欢并不相通，我只觉得他们吵闹。

革命，反革命，不革命。

革命的被杀于反革命的。反革命的被杀于革命的。不革命的或当作革命的而被杀于反革命的，或当作反革命的而被杀于革命的，或并不当作什么而被杀于革命的或反革命的。

革命，革革命，革革革命，革革……。

凡为当局所“诛”者皆有“罪”。

——《而已集》

单元读写活动建议

1. 选读一两本有关中国古代历史、现代历史事件（如东汉“党锢”、明末党争、“文化大革命”等）的书籍，以及外国历史的著作，就“被掩盖的历史的血腥与血性人物”写出你的读书感悟。
2. “重新观察”你平时司空见惯的日常生活，“细心咀嚼”报刊上的文章，把你的思考和发现写成杂文。

2 另一种『看』

导读

这是另一种“看”：闷热的夏日，街头上突然出现了一个警察，牵着一个犯人；于是，人们——卖馒头的胖孩子，秃头的老头子，赤膊的红鼻子的胖大汉……从四面八方奔来，“看”犯人，也“被”犯人“看”，而且彼此“看”，由此形成一个“看/被看”的模式。鲁迅在《娜拉走后怎样》里曾作过一个重要的概括：“群众——尤其是中国的——永远是戏剧的看客。”中国人在生活中不但自己做戏，演给别人看，而且把别人的所作所为都当作戏来看。看戏（看别人）和演戏（被别人看）就成了中国人的基本生存方式，也构成了人与人之间的基本关系。所谓“示众”，所隐喻的正是这样一种生存状态：每天每刻，都处在被众目睽睽地看的境遇中，而自己也在时时窥视他人。

《示众》这篇连人物的名字都没有的，也没有故事，没有景物、心理描写的特殊的小说，就具有了一个特殊的地位：几乎是可以把它当作鲁迅小说的一个“纲”来读的。不妨从这样一个“看/被看”的角度，重读在中学语文教材中已经读过的《药》《孔乙己》《祝福》《阿Q正传》，一定会有新的感悟。不难发现，人们（咸亨酒店的掌柜、酒客，未庄的、鲁镇的百姓）是怎样冷酷地“看”孔乙己、祥林嫂、阿Q这些处于社会底层的弱者，把他们真实的痛苦，当作寻求刺激、可供消遣的“故事”，“咀嚼”殆尽，成为“渣滓”以后，就立即“厌烦和唾弃”，施以“又冷又尖”的“笑”；而人们（茶馆的闲人）又是怎样麻木地“看”夏瑜这样的先驱者，把他们的崇高信念、奋斗牺牲看作是“疯了”的表现，还将浸满了先驱者鲜血的馒头

“吃”进肚里。——“看与被看”的背后，正是“吃与被吃”的关系：这是真正令人恐惧的。

《狂人日记》所要表现的，正是这样的无所不在的恐惧感：“那赵家的狗，何以看我两眼呢？……赵贵翁的眼色便怪：似乎怕我，似乎想害我……但是小孩子呢？那时候，他们还没有出世，何以今天也睁着怪眼睛，似乎怕我，似乎想害我。这真教我怕，教我纳罕而且伤心。……佃户……笑吟吟的睁着怪眼睛看我。我也是人，他们想要吃我了！……这鱼的眼睛，白而且硬，张着嘴，同那一伙想吃人的人一样。……”而且我们分明地感到，这无所不在的“白而且硬”的眼睛也在追逐着鲁迅，以及中国的一切有理想、有追求的志士仁人，想到这里，鲁迅自己（也许还有我们自己）也“从头直冷到脚跟”。

于是，鲁迅选择了“复仇”：你们这些“路人们”“从四面奔来，而且拼命地伸长脖子”，不就是要来“赏鉴这拥抱或杀戮”，把“生命的飞扬”看作是表演吗？那我们就拒绝表演：“也不拥抱，也不杀戮，而且也不见有拥抱或杀戮之意”，而且还要反过来“赏鉴”你们的“无聊”与生命的“干枯”——这无血的大戮……

在我们读者的眼里，这“复仇”，是充满了无奈与悲凉的；我们想起了鲁迅说过的“哀其不幸，怒其不争”的话，复仇之恨的背后是刻骨铭心的爱。但复仇真的有效吗？——即使是对压迫者的复仇（那是另一种性质的复仇），鲁迅在我们刚刚读过的《铸剑》里，也已经提出了质疑：真正的永远的胜利者还是“看客”，这些“无主名无意识的杀人团”。（《坟·我之节烈观》）

示众

首善之区[1]的西城的一条马路上，这时候什么扰攘也没有。火焰焰的太阳虽然还未直照，但路上的沙土仿佛已是闪烁地生光；酷热满和在空气里面，到处发挥着盛夏的威力。许多狗都拖出舌头来，连树上的乌老鸦也张着嘴喘气，——但是，自然也有例外的。远处隐隐有两个铜盏[2]相击的声音，使人忆起酸梅汤，依稀感到凉意，可是那懒懒的单调的金属音的间作，却使那寂静更其深远了。

只有脚步声，车夫默默地前奔，似乎想赶紧逃出头上的烈日。

“热的包子咧！刚出屉的……。”

十一二岁的胖孩子，细着眼睛，歪了嘴在路旁的店门前叫喊。声音已经嘶嗄了，还带些睡意，如给夏天的长日催眠。他旁边的破旧桌子上，就有二三十个馒头包子，毫无热气，冷冷地坐着。

“荷阿！馒头包子咧，热的……。”

像用力掷在墙上而反拨过来的皮球一般，他忽然飞在马路的那边了。在电杆旁，和他对面，正向着马路，其时也站定了两个人：一个是淡黄制服的挂刀的面黄肌瘦的巡警，手里牵着绳头，绳的那头就拴在别一个穿蓝布大衫上罩白背心的男人的臂膊上。这男人戴一顶新草帽，帽檐四面下垂，遮住了眼睛的一带。但胖孩子身体矮，仰起脸来看时，却正撞见这人的眼睛了。那眼睛也似乎正在看他的脑壳。他连

[1] 首善之区：首都，指当时北洋政府的首都北京。
[2] 铜盏：一种形状如杯子的小铜器，旧时北京卖酸梅汤的小贩常用两个铜盏相击发出的声音来吸引顾客。

忙顺下眼，去看白背心，只见背心上一行一行地写着些大大小小的什么字。

刹时间，也就围满了大半圈的看客。待到增加了秃头的老头子之后，空缺已经不多，而立刻又被一个赤膊的红鼻子胖大汉补满了。这胖子过于横阔，占了两人的地位，所以续到的便只能屈在第二层，从前面的两个脖子之间伸进脑袋去。

秃头站在白背心的略略正对面，弯了腰，去研究背心上的文字，终于读起来——

"嗡，都，哼，八，而，……"

胖孩子却看见那白背心正研究着这发亮的秃头，他也便跟着去研究，就只见满头光油油的，耳朵左近还有一片灰白色的头发，此外也不见得有怎样新奇。但是后面的一个抱着孩子的老妈子却想乘机挤进来了；秃头怕失了位置，连忙站直，文字虽然还未读完，然而无可奈何，只得另看白背心的脸：草帽檐下半个鼻子，一张嘴，尖下巴。

又像用了力掷在墙上而反拨过来的皮球一般，一个小学生飞奔上来，一手按住了自己头上的雪白的小布帽，向人丛中直钻进去。但他钻到第三——也许是第四——层，竟遇见一件不可动摇的伟大的东西了，抬头看时，蓝裤腰上面有一座赤条条的很阔的背脊，背脊上还有汗正在流下来。他知道无可措手，只得顺着裤腰右行，幸而在尽头发见了一条空处，透着光明。他刚刚低头要钻的时候，只听得一声"什么"，那裤腰以下的屁股向右一歪，空处立刻闭塞，光明也同时不见了。

但不多久，小学生却从巡警的刀旁边钻出来了。他诧异地四顾：外面围着一圈人，上首是穿白背心的，那对面是一个赤膊的胖小孩，胖小孩后面是一个赤膊的红鼻子胖大汉。他这时隐约悟出先前的伟大的障碍物的本体了，便惊奇而且佩服似的只望着红鼻子。胖小孩本是注视着小学生的脸的，于是也不禁依了他的眼光，回转头去了，在那里是一个很胖的奶子，奶头四近有几枝很长的毫毛。

“他，犯了什么事啦？……”

大家愕然看时，是一个工人似的粗人，正在低声下气地请教那秃头老头子。

秃头不作声，单是睁起了眼睛看定他。他被看得顺下眼光去，过一会再看时，秃头还是睁起了眼睛看定他，而且别的人也似乎都睁了眼睛看定他。他于是仿佛自己就犯了罪似的局促起来，终至于慢慢退后，溜出去了。一个挟洋伞的长子就来补了缺；秃头也旋转脸去再看白背心。

长子弯了腰，要从垂下的草帽檐下去赏识白背心的脸，但不知道为什么忽又站直了。于是他背后的人们又须竭力伸长了脖子；有一个瘦子竟至于连嘴都张得很大，像一条死鲈鱼。

巡警，突然间，将脚一提，大家又愕然，赶紧都看他的脚；然而他又放稳了，于是又看白背心。长子忽又弯了腰，还要从垂下的草帽檐下去窥测，但即刻也就立直，擎[1]起一只手来拼命搔头皮。

秃头不高兴了，因为他先觉得背后有些不太平，接着耳朵边就有唧咕唧咕的声响。他双眉一锁，回头看时，紧挨他右边，有一只黑手拿着半个大馒头正在塞进一个猫脸的人的嘴里去。他也就不说什么，自去看白背心的新草帽了。

忽然，就有暴雷似的一击，连横阔的胖大汉也不免向前一踉跄。同时，从他肩膊上伸出一只胖得不相上下的臂膊来，展开五指，拍的一声正打在胖孩子的脸颊上。

---

[1] 擎：抬，举。

“好快活！你妈的……”同时，胖大汉后面就有一个弥勒佛[1]似的更圆的胖脸这么说。

胖孩子也趔趄了四五步，但是没有倒，一手按着脸颊，旋转身，就想从胖大汉的腿旁的空隙间钻出去。胖大汉赶忙站稳，并且将屁股一歪，塞住了空隙，恨恨地问道：

“什么？”

胖孩子就像小鼠子落在捕机里似的，仓皇了一会，忽然向小学生那一面奔去，推开他，冲出去了。小学生也返身跟出去了。

“吓，这孩子……。”总有五六个人都这样说。

待到重归平静，胖大汉再看白背心的脸的时候，却见白背心正在仰面看他的胸脯；他慌忙低头也看自己的胸脯时，只见两乳之间的洼下的坑里有一片汗，他于是用手掌拂去了这些汗。

然而形势似乎总不甚太平了。抱着小孩的老妈子因为在骚扰时四顾，没有留意，头上梳着的喜鹊尾巴似的“苏州俏”[2]便碰了站在旁边的车夫的鼻梁。车夫一推，却正推在孩子上；孩子就扭转身去，向着圈外，嚷着要回去了。老妈子先也略略一趔趄，但便即站定，旋转孩子来使他正对白背心，一手指点着，说道：

“阿，阿，看呀！多么好看哪！……”

空隙间忽而探进一个戴硬草帽的学生模样的头来，将一粒瓜子之类似的东西放在嘴里，下颚向上一磕，咬开，退出去了。这地方就补上了一个满头油汗而粘着灰土的椭圆脸。

挟洋伞的长子也已经生气，斜下了一边的肩膊，皱眉疾视着肩后的死鲈鱼。大约从这么大的大嘴里呼出来的热气，原也不易招架的，

---

[1] 弥勒佛：佛教的菩萨。寺院里他的塑像大都是圆胖笑脸，袒胸露腹，大肚子。
[2] “苏州俏”：一种从苏州流行起来的妇女发髻的式样。

而况又在盛夏。秃头正仰视那电杆上钉着的红牌上的四个白字，仿佛很觉得有趣。胖大汉和巡警都斜了眼研究着老妈子的钩刀般的鞋尖。

“好！”

什么地方忽有几个人同声喝采。都知道该有什么事情起来了，一切头便全数回转去。连巡警和他牵着的犯人也都有些摇动了。

“刚出屉的包子咧！荷阿，热的……。”

路对面是胖孩子歪着头，磕睡似的长呼；路上是车夫们默默地前奔，似乎想赶紧逃出头上的烈日。大家都几乎失望了，幸而放出眼光去四处搜索，终于在相距十多家的路上，发现了一辆洋车停放着，一个车夫正在爬起来。

圆阵立刻散开，都错错落落地走过去。胖大汉走不到一半，就歇在路边的槐树下；长子比秃头和椭圆脸走得快，接近了。车上的坐客依然坐着，车夫已经完全爬起，但还在摩自己的膝髁。周围有五六个人笑嘻嘻地看他们。

“成么？”车夫要来拉车时，坐客便问。

他只点点头，拉了车就走；大家就惘惘然目送他。起先还知道那一辆是曾经跌倒的车，后来被别的车一混，知不清了。

马路上就很清闲，有几只狗伸出了舌头喘气；胖大汉就在槐阴下看那很快地一起一落的狗肚皮。

老妈子抱了孩子从屋檐阴下蹩过去了。胖孩子歪着头，挤细了眼睛，拖长声音，磕睡地叫喊——

“热的包子咧！荷阿！……刚出屉的……。”

一九二五年三月一八日。

（选自《鲁迅全集》卷二《彷徨》）

狂人日记

某君昆仲[1]，今隐其名，皆余昔日在中学校时良友；分隔多年，消息渐阙[2]。日前偶闻其一大病；适归故乡，迂道往访，则仅晤一人，言病者其弟也。劳君远道来视，然已早愈，赴某地候补[3]矣。因大笑，出示日记二册，谓可见当日病状，不妨献诸旧友。持归阅一过，知所患盖"迫害狂"之类。语颇错杂无伦次，又多荒唐之言；亦不著月日，惟墨色字体不一，知非一时所书。间亦有略具联络者，今撮录一篇，以供医家研究。记中语误，一字不易；惟人名虽皆村人，不为世间所知，无关大体，然亦悉易去。至于书名，则本人愈后所题，不复改也。七年四月二日

一

今天晚上，很好的月光。

我不见他，已是三十多年；今天见了，精神分外爽快。才知道以前的三十多年，全是发昏；然而须十分小心。不然，那赵家的狗，何以看我两眼呢？

我怕得有理。

---

[1] 昆仲：对别人兄弟的称呼。
[2] 阙：通"缺"。
[3] 候补：清朝官制，已取得官衔而尚未有实际职务的中下级官员，由吏部抽签分发到某部或某省，听候委用，称为候补。

二

今天全没月光，我知道不妙。早上小心出门，赵贵翁的眼色便怪：似乎怕我，似乎想害我。还有七八个人，交头接耳的议论我，又怕我看见。一路上的人，都是如此。其中最凶的一个人，张着嘴，对我笑了一笑；我便从头直冷到脚跟，晓得他们布置，都已妥当了。

我可不怕，仍旧走我的路。前面一伙小孩子，也在那里议论我；眼色也同赵贵翁一样，脸色也都铁青。我想我同小孩子有什么仇，他也这样。忍不住大声说，“你告诉我！”他们可就跑了。

我想：我同赵贵翁有什么仇，同路上的人又有什么仇；只有廿年以前，把古久先生的陈年流水簿子[1]，踹了一脚，古久先生很不高兴。赵贵翁虽然不认识他，一定也听到风声，代抱不平；约定路上的人，同我作冤对。但是小孩子呢？那时候，他们还没有出世，何以今天也睁着怪眼睛，似乎怕我，似乎想害我。这真教我怕，教我纳罕而且伤心。

我明白了。这是他们娘老子教的！

三

晚上总是睡不着。凡事须得研究，才会明白。

他们——也有给知县打枷过的，也有给绅士掌过嘴的，也有衙役占了他妻子的，也有老子娘被债主逼死的；他们那时候的脸色，全没有昨天这么怕，也没有这么凶。

最奇怪的是昨天街上的那个女人，打他儿子，嘴里说道，“老子

[1] 古久先生的陈年流水簿子：喻指中国封建社会的长久历史。

呀！我要咬你几口才出气！”他眼睛却看着我。我出了一惊，遮掩不住；那青面獠牙的一伙人，便都哄笑起来。陈老五赶上前，硬把我拖回家中了。

拖我回家，家里的人都装作不认识我；他们的眼色，也全同别人一样。进了书房，便反扣上门，宛然是关了一只鸡鸭。这一件事，越教我猜不出底细。

前几天，狼子村的佃户[1]来告荒，对我大哥说，他们村里的一个大恶人，给大家打死了；几个人便挖出他的心肝来，用油煎炒了吃，可以壮壮胆子。我插了一句嘴，佃户和大哥便都看我几眼。今天才晓得他们的眼光，全同外面的那伙人一模一样。

想起来，我从顶上直冷到脚跟。

他们会吃人，就未必不会吃我。

你看那女人“咬你几口”的话，和一伙青面獠牙人的笑，和前天佃户的话，明明是暗号。我看出他话中全是毒，笑中全是刀，他们的牙齿，全是白厉厉的排着，这就是吃人的家伙。

照我自己想，虽然不是恶人，自从踹了古家的簿子，可就难说了。他们似乎别有心思，我全猜不出。况且他们一翻脸，便说人是恶人。我还记得大哥教我做论，无论怎样好人，翻他几句，他便打上几个圈；原谅坏人几句，他便说“翻天妙手，与众不同”。我那里猜得到他们的心思，究竟怎样；况且是要吃的时候。

凡事总须研究，才会明白。古来时常吃人，我也还记得，可是不甚清楚。我翻开历史一查，这历史没有年代，歪歪斜斜的每叶上都写着“仁义道德”几个字。我横竖睡不着，仔细看了半夜，才从字缝里

---

[1] 佃户：租种某地主土地的农民。

看出字来，满本都写着两个字是“吃人”！

书上写着这许多字，佃户说了这许多话，却都笑吟吟的睁着怪眼睛看我。

我也是人，他们想要吃我了！

四

早上，我静坐了一会。陈老五送进饭来，一碗菜，一碗蒸鱼；这鱼的眼睛，白而且硬，张着嘴，同那一伙想吃人的人一样。吃了几筷，滑溜溜的不知是鱼是人，便把他兜肚连肠的吐出。

我说“老五，对大哥说，我闷得慌，想到园里走走。”老五不答应，走了；停一会，可就来开了门。

我也不动，研究他们如何摆布我；知道他们一定不肯放松。果然！我大哥引了一个老头子，慢慢走来；他满眼凶光，怕我看出，只是低头向着地，从眼镜横边暗暗看我。大哥说，“今天你仿佛很好。”我说“是的。”大哥说，“今天请何先生来，给你诊一诊。”我说“可以！”其实我岂不知道这老头子是刽子手扮的！无非借了看脉这名目，揣一揣肥瘠：因这功劳，也分一片肉吃。我也不怕；虽然不吃人，胆子却比他们还壮。伸出两个拳头，看他如何下手。老头子坐着，闭了眼睛，摸了好一会，呆了好一会；便张开他鬼眼睛说，“不要乱想。静静的养几天，就好了。”

不要乱想，静静的养！养肥了，他们是自然可以多吃；我有什么好处，怎么会“好了”？他们这群人，又想吃人，又是鬼鬼祟祟，想法子遮掩，不敢直捷下手，真要令我笑死。我忍不住，便放声大笑起来，十分快活。自己晓得这笑声里面，有的是义勇和正气。老头子和大哥，都失了色，被我这勇气正气镇压住了。

但是我有勇气，他们便越想吃我，沾光一点这勇气。老头子跨出门，走不多远，便低声对大哥说道，“赶紧吃罢！”大哥点点头。原来也有你！这一件大发见，虽似意外，也在意中：合伙吃我的人，便是我的哥哥！

吃人的是我哥哥！

我是吃人的人的兄弟！

我自己被人吃了，可仍然是吃人的人的兄弟！

五

这几天是退一步想：假使那老头子不是刽子手扮的，真是医生，也仍然是吃人的人。他们的祖师李时珍做的“本草什么”[1]上，明明写着人肉可以煎吃；他还能说自己不吃人么？

至于我家大哥，也毫不冤枉他。他对我讲书的时候，亲口说过可以“易子而食”[2]；又一回偶然议论起一个不好的人，他便说不但该杀，还当“食肉寝皮”[3]。我那时年纪还小，心跳了好半天。前天狼子村佃户来说吃心肝的事，他也毫不奇怪，不住的点头。可见心思是同从前一样狠。既然可以“易子而食”，便什么都易得，什么人都吃得。我从前单听他讲道理，也胡涂过去；现在晓得他讲道理的时候，不但唇边还抹着人油，而且心里满装着吃人的意思。

---

[1] “本草什么”：指李时珍的药物学著作《本草纲目》。其实李时珍在《本草纲目》中对以人肉医治痨病的做法曾表示异议，这里的说法是“狂人”的“语误”。

[2] “易子而食”：《左传》宣公十五年，宋国的华元向楚国将军形容宋国遭楚国围困时的惨状，说：“敝邑易子（交换孩子）而食，析骸而爨（把人的尸骨分开烧了吃）。”

[3] “食肉寝皮”：《左传》襄公二十一年，晋国的州绰对齐庄公说齐国的殖绰和郭最两人就像禽兽一样，“臣食其肉而寝处其皮矣”。

六

黑漆漆的，不知是日是夜。赵家的狗又叫起来了。

狮子似的凶心，兔子的怯弱，狐狸的狡猾，……

七

我晓得他们的方法，直捷杀了，是不肯的，而且也不敢，怕有祸祟。所以他们大家连络，布满了罗网，逼我自戕。试看前几天街上男女的样子，和这几天我大哥的作为，便足可悟出八九分了。最好是解下腰带，挂在梁上，自己紧紧勒死；他们没有杀人的罪名，又偿了心愿，自然都欢天喜地的发出一种呜呜咽咽的笑声。否则惊吓忧愁死了，虽则略瘦，也还可以首肯几下。

他们是只会吃死肉的！——记得什么书上说，有一种东西，叫"海乙那"[1]的，眼光和样子都很难看；时常吃死肉，连极大的骨头，都细细嚼烂，咽下肚子去，想起来也教人害怕。"海乙那"是狼的亲眷，狼是狗的本家。前天赵家的狗，看我几眼，可见他也同谋，早已接洽。老头子眼看着地，岂能瞒得我过。

最可怜的是我的大哥，他也是人，何以毫不害怕；而且合伙吃我呢？还是历来惯了，不以为非呢？还是丧了良心，明知故犯呢？

我诅咒吃人的人，先从他起头；要劝转吃人的人，也先从他下手。

---

[1]"海乙那"：英文 hyena 的音译，意思是鬣狗（土狼）。

八

其实这种道理，到了现在，他们也该早已懂得，……

忽然来了一个人；年纪不过二十左右，相貌是不很看得清楚，满面笑容，对了我点头，他的笑也不像真笑。我便问他，“吃人的事，对么？”他仍然笑着说，“不是荒年，怎么会吃人。”我立刻就晓得，他也是一伙，喜欢吃人的；便自勇气百倍，偏要问他。

“对么？”

“这等事问他什么。你真会……说笑话。……今天天气很好。”

天气是好，月色也很亮了。可是我要问你，“对么？”

他不以为然了。含含胡胡的答道，“不……”

“不对？他们何以竟吃？！”

“没有的事……”

“没有的事？狼子村现吃；还有书上都写着，通红斩新！”

他便变了脸，铁一般青。睁着眼说，“有许有的，这是从来如此……”

“从来如此，便对么？”

“我不同你讲这些道理；总之你不该说，你说便是你错！”

我直跳起来，张开眼，这人便不见了。全身出了一大片汗。他的年纪，比我大哥小得远，居然也是一伙；这一定是他娘老子先教的。还怕已经教给他儿子了；所以连小孩子，也都恶狠狠的看我。

九

自己想吃人，又怕被别人吃了，都用着疑心极深的眼光，面面相觑。……

去了这心思，放心做事走路吃饭睡觉，何等舒服。这只是一条门槛，一个关头。他们可是父子兄弟夫妇朋友师生仇敌和各不相识的人，都结成一伙，互相劝勉，互相牵掣，死也不肯跨过这一步。

十

大清早，去寻我大哥；他立在堂门外看天，我便走到他背后，拦住门，格外沉静，格外和气的对他说，

“大哥，我有话告诉你。”

“你说就是，”他赶紧回过脸来，点点头。

“我只有几句话，可是说不出来。大哥，大约当初野蛮的人，都吃过一点人。后来因为心思不同，有的不吃人了，一味要好，便变了人，变了真的人。有的却还吃，——也同虫子一样，有的变了鱼鸟猴子，一直变到人。有的不要好，至今还是虫子。这吃人的人比不吃人的人，何等惭愧。怕比虫子的惭愧猴子，还差得很远很远。

“易牙[1]蒸了他儿子，给桀纣吃，还是一直从前的事。谁晓得从盘古开辟天地以后，一直吃到易牙的儿子；从易牙的儿子，一直吃到徐锡林[2]；从徐锡林，又一直吃到狼子村捉住的人。去年城里杀了犯人，还有一个生痨病的人，用馒头蘸血舐。

“他们要吃我，你一个人，原也无法可想；然而又何必去入伙。吃人的人，什么事做不出；他们会吃我，也会吃你，一伙里面，也会

---

[1] 易牙：春秋时齐国人，善于调味。齐桓公对他说“惟蒸婴儿之未尝”，他就把自己的儿子蒸了献给齐桓公吃。（据《管子·小称》）这里说易牙蒸了儿子给桀纣吃，是“狂人”语无伦次的表现。

[2] 徐锡林：隐指清末革命党人徐锡麟（1873—1907）。1907 年，徐锡麟和秋瑾准备在浙江、安徽两省起义，7 月 6 日他刺杀安徽巡抚恩铭不成，惨遭杀害，心肝被恩铭的卫队挖出炒食。

自吃。但只要转一步，只要立刻改了，也就人人太平。虽然从来如此，我们今天也可以格外要好，说是不能！大哥，我相信你能说，前天佃户要减租，你说过不能。”

当初，他还只是冷笑，随后眼光便凶狠起来，一到说破他们的隐情，那就满脸都变成青色了。大门外立着一伙人，赵贵翁和他的狗，也在里面，都探头探脑的挨进来。有的是看不出面貌，似乎用布蒙着；有的是仍旧青面獠牙，抿着嘴笑。我认识他们是一伙，都是吃人的人。可是也晓得他们心思很不一样，一种是以为从来如此，应该吃的；一种是知道不该吃，可是仍然要吃，又怕别人说破他，所以听了我的话，越发气愤不过，可是抿着嘴冷笑。

这时候，大哥也忽然显出凶相，高声喝道，

“都出去！疯子有什么好看！”

这时候，我又懂得一件他们的巧妙了。他们岂但不肯改，而且早已布置；预备下一个疯子的名目罩上我。将来吃了，不但太平无事，怕还会有人见情。佃户说的大家吃了一个恶人，正是这方法。这是他们的老谱！

陈老五也气愤愤的直走进来。如何按得住我的口，我偏要对这伙人说，

“你们可以改了，从真心改起！要晓得将来容不得吃人的人，活在世上。

“你们要不改，自己也会吃尽。即使生得多，也会给真的人除灭了，同猎人打完狼子一样！——同虫子一样！”

那一伙人，都被陈老五赶走了。大哥也不知那里去了。陈老五劝我回屋子里去。屋里面全是黑沉沉的。横梁和椽子[1]都在头上发抖；

[1] 椽子：放在房梁上架着屋面板和瓦的木条。

抖了一会，就大起来，堆在我身上。

万分沉重，动弹不得；他的意思是要我死。我晓得他的沉重是假的，便挣扎出来，出了一身汗。可是偏要说，

“你们立刻改了，从真心改起！你们要晓得将来是容不得吃人的人，……”

十一

太阳也不出，门也不开，日日是两顿饭。

我捏起筷子，便想起我大哥；晓得妹子死掉的缘故，也全在他。那时我妹子才五岁，可爱可怜的样子，还在眼前。母亲哭个不住，他却劝母亲不要哭；大约因为自己吃了，哭起来不免有点过意不去。如果还能过意不去，……

妹子是被大哥吃了，母亲知道没有，我可不得而知。

母亲想也知道；不过哭的时候，却并没有说明，大约也以为应当的了。记得我四五岁时，坐在堂前乘凉，大哥说爷娘生病，做儿子的须割下一片肉来，煮熟了请他吃[1]，才算好人；母亲也没有说不行。一片吃得，整个的自然也吃得。但是那天的哭法，现在想起来，实在还教人伤心，这真是奇极的事！

十二

不能想了。

---

[1] 指“割股疗亲”，封建社会的愚孝，以为割取股肉煎药可以医治父母的疾病。

四千年来时时吃人的地方，今天才明白，我也在其中混了多年；大哥正管着家务，妹子恰恰死了，他未必不和在饭菜里，暗暗给我们吃。

我未必无意之中，不吃了我妹子的几片肉，现在也轮到我自己，……

有了四千年吃人履历的我，当初虽然不知道，现在明白，难见真的人！

十三

没有吃过人的孩子，或者还有？

救救孩子……

一九一八年四月。

（选自《鲁迅全集》卷一《呐喊》）

复仇

人的皮肤之厚，大概不到半分，鲜红的热血，就循着那后面，在比密密层层地爬在墙壁上的槐蚕[1]更其密的血管里奔流，散出温热。于是各以这温热互相蛊惑，煽动，牵引，拼命地希求偎倚，接吻，拥抱，以得生命的沉酣的大欢喜。

但倘若用一柄尖锐的利刃，只一击，穿透这桃红色的，菲薄的皮肤，将见那鲜红的热血激箭似的以所有温热直接灌溉杀戮者；其次，则给以冰冷的呼吸，示以淡白的嘴唇，使之人性茫然，得到生命的飞扬的极致的大欢喜；而其自身，则永远沉浸于生命的飞扬的极致的大欢喜中。

这样，所以，有他们俩裸着全身，捏着利刃，对立于广漠的旷野之上。

他们俩将要拥抱，将要杀戮……

路人们从四面奔来，密密层层地，如槐蚕爬上墙壁，如马蚁要扛鲞头[2]。衣服都漂亮，手倒空的。然而从四面奔来，而且拼命地伸长颈子，要赏鉴这拥抱或杀戮。他们已经豫觉着事后的自己的舌上的汗或血的鲜味。

然而他们俩对立着，在广漠的旷野之上，裸着全身，捏着利刃，然而也不拥抱，也不杀戮，而且也不见有拥抱或杀戮之意。

他们俩这样地至于永久，圆活的身体，已将干枯，然而毫不见有

[1] 槐蚕：一种生长在槐树上的蛾类的幼虫。
[2] 鲞（xiǎng）头：海鱼头，绍兴俗称剖开晾干的海鱼为鲞。

拥抱或杀戮之意。

路人们于是乎无聊；觉得有无聊钻进他们的毛孔，觉得有无聊从他们自己的心中由毛孔钻出，爬满旷野，又钻进别人的毛孔中。他们于是觉得喉舌干燥，脖子也乏了；终至于面面相觑，慢慢走散；甚而至于居然觉得干枯到失了生趣。

于是只剩下广漠的旷野，而他们俩在其间裸着全身，捏着利刃，干枯地立着；以死人似的眼光，赏鉴这路人们的干枯，无血的大戮，而永远沉浸于生命的飞扬的极致的大欢喜中。

一九二四年十二月二十日。

（选自《鲁迅全集》卷二《野草》）

孔乙己的境遇

掌柜与酒客如何看孔乙己

……孔乙己一到店，所有喝酒的人便都看着他笑，有的叫道，“孔乙己，你脸上又添上新伤疤了！”……

……到了年关，掌柜取下粉板说，“孔乙己还欠十九个钱呢！”到第二年的端午，又说“孔乙己还欠十九个钱呢！”到中秋可是没有说，再到年关也没有看见他。

小伙计自己如何看孔乙己

我从此便整天的站在柜台里，专管我的职务。……总觉有些单调，有些无聊。……只有孔乙己到店，才可以笑几声，所以至今还记得。

在这些时候，我可以附和着笑，掌柜是决不责备的。……孔乙己自己知道不能和他们谈天，便只好向孩子说话。……我想，讨饭一样的人，也配考我么？便回过脸去，不再理会。

孔乙己怎样看他自己

孔乙己是站着喝酒而穿长衫的唯一的人。……孔乙己睁大眼睛说，“你怎么这样凭空污人清白……”……“窃书不能算偷……窃书！……读书人的事，能算偷么？”接连便是难懂的话，什么“君子固穷”，什么“者乎”之类，引得众人都哄笑起来：店内外充满了快活的空气。

导读

下面一组杂文，讨论的是改革与民众的关系。——这是由“看客”引发的鲁迅“改造国民性”思想的一个引申与发展。

如鲁迅所说，民众“多数的力量是伟大，要紧的，有志于改革者倘不深知民众的心，设法利导，改进，则无论怎样的高文宏议，浪漫古典，都和他们无干，仅止于几个人在书房中互相叹赏，得些自己满足”。因此，他强调真正的改革者一定要“深入民众的大层中，于他们的风俗习惯，加以研究，解剖，分别好坏，立存废的标准，而于存于废，都慎选施行的方法”，否则，“无论怎样的改革，都将为习惯的岩石所压碎，或者只在表面上浮游一些时”。(《习惯与改革》)

鲁迅自己，就非常注意从民间“风俗习惯”，民间文学（民歌、民谣，民间戏曲、传说）中去了解“民众的心”——我们前面读过的《无常》《女吊》，正是他对故乡民情、民性的一个考察。这里还有一例：在国民党政府为革命先行者孙中山建造陵墓时，南京民间突然传出“石匠有摄收幼童灵魂，以合龙口之举”的谣言，并且还流传着几首“歌诀”，据说幼童们挂上写着歌诀的红布，就可以躲避危险。一般人多视为迷信而一笑置之，鲁迅却认真加以研究，认为这里所传达的是“市民的见解”，将他们“对于革命政府的关系，对于革命者的感情”“写得淋漓尽致”。鲁迅甚至认为，歌诀中“叫人叫不着，自己顶石坟”十个字“竟包括了许多革命者的传记和一部中国革命的历史”。——这也正是鲁迅的《狂人日记》《药》等小说所描写的，也是我们前面所讨论过的，中国的许多革命与改革，其实与中国的老百姓并无关系，因此，也就无人响应（“叫人叫不着”），革命者、改革者只能“自己顶石坟”，说不定还会像夏瑜一样，被民众所“吃”掉。在鲁迅看来，革命者、改革者如果不能正视这样的现实，并且根本改变与民众的关系，中国的改革、革命是永远没有希望的。

在《杂忆（节选）》里，鲁迅还对有志于中国的改革的年轻人提出忠告，“对于群众，在引起他们的公愤之余，还须设法注入深沉的勇气，当鼓舞他们的感情的时候，还须竭力启发明白的理性；而且还得偏重于勇气和理性，从此继续地训练许多年”；“否则，历史指示过我们，遭殃的不是什么敌手而是自己的同胞和子孙”。

这些语重心长的话，是不可不听的。

习惯与改革

体质和精神都已硬化了的人民，对于极小的一点改革，也无不加以阻挠，表面上好像恐怕于自己不便，其实是恐怕于自己不利，但所设的口实，却往往见得极其公正而且堂皇。

今年的禁用阴历[1]，原也是琐碎的，无关大体的事，但商家当然叫苦连天了。不特此也，连上海的无业游民，公司雇员，竟也常常慨然长叹，或者说这很不便于农家的耕种，或者说这很不便于海船的候潮。他们居然因此念起久不相干的乡下的农夫，海上的舟子来。这真像煞有些博爱。

一到阴历的十二月二十三，爆竹就到处毕毕剥剥。我问一家的店伙："今年仍可以过旧历年，明年一准过新历年么？"那回答是："明年又是明年，要明年再看了。"他并不信明年非过阳历年不可。但日历上，却诚然删掉了阴历，只存节气。然而一面在报章上，则出现了《一百二十年阴阳合历》的广告。好，他们连曾孙玄孙时代的阴历，也已经给准备妥当了，一百二十年！

梁实秋先生们虽然很讨厌多数，但多数的力量是伟大，要紧的，有志于改革者倘不深知民众的心，设法利导，改进，则无论怎样的高文宏议，浪漫古典[2]，都和他们无干，仅止于几个人在书房中互相叹

[1] 禁用阴历：指 1929 年 10 月 7 日国民政府通令规定："凡商家账目，民间契纸及一切签据，自十九年（按即 1930 年）一月一日起一律适用国历，如附用阴历，法律即不生效。"

[2] 浪漫古典：梁实秋当时出版过论文集《浪漫的与古典的》。

赏，得些自己满足。假如竟有“好人政府”[1]，出令改革乎，不多久，就早被他们拉回旧道上去了。

真实的革命者，自有独到的见解，例如乌略诺夫[2]先生，他是将“风俗”和“习惯”，都包括在“文化”之内的，并且以为改革这些，很为困难。我想，但倘不将这些改革，则这革命即等于无成，如沙上建塔，顷刻倒坏。中国最初的排满革命，所以易得响应者，因为口号是“光复旧物”，就是“复古”，易于取得保守的人民同意的缘故。但到后来，竟没有历史上定例的开国之初的盛世，只枉然失了一条辫子，就很为大家所不满了。

以后较新的改革，就著著失败，改革一两，反动十斤，例如上述的一年日历上不准注阴历，却来了阴阳合历一百二十年。

这种合历，欢迎的人们一定是很多的，因为这是风俗和习惯所拥护，所以也有风俗和习惯的后援。别的事也如此，倘不深入民众的大层中，于他们的风俗习惯，加以研究，解剖，分别好坏，立存废的标准，而于存于废，都慎选施行的方法，则无论怎样的改革，都将为习惯的岩石所压碎，或者只在表面上浮游一些时。

现在已不是在书斋中，捧书本高谈宗教，法律，文艺，美术……等等的时候了，即使要谈论这些，也必须先知道习惯和风俗，而且有正视这些的黑暗面的勇猛和毅力。因为倘不看清，就无从改革。仅大叫未来的光明，其实是欺骗怠慢的自己和怠慢的听众的。

（选自《鲁迅全集》卷四《二心集》）

---

[1] “好人政府”：胡适等人于1922年5月提出的政治主张，发表在《努力周报》第二期《我们的政治主张》，主张应由“社会上的优秀分子”（即知识分子精英，也即他们所说的“好人”）来建立强有力的政府。20世纪30年代，胡适又进一步提倡“开明专制”的“英杰的政治”（见《再论建国与专制》）。鲁迅在本文中强调“多数的力量是伟大，要紧的”，强调要“深知民众的心，设法利导，改进”，即是针对这样的精英政治观的。

[2] 乌略诺夫：通译乌里扬诺夫，即列宁。1920年他在《共产主义运动中的“左派”幼稚病》一书中说：“无产阶级专政是对旧社会的势力和传统进行的顽强斗争，……千百万人的习惯势力是最可怕的势力。”

祥林嫂和鲁镇的关系

祥林嫂在鲁四老爷的眼里

四叔皱了皱眉，四婶已经知道了他的意思，是在讨厌她是一个寡妇。

当她初到的时候，四叔虽然照例皱过眉，但鉴于向来雇用女工之难，也就并不大反对，只是暗暗地告诫四婶说，这种人虽然似乎很可怜，但是败坏风俗的，用她帮忙还可以，祭祀的时候可用不着她沾手，一切饭菜，只好自己做，否则，不干不净，祖宗是不吃的。

祥林嫂在鲁镇人眼里

镇上的人们也仍然叫她祥林嫂，但音调和先前很不同；也还和她讲话，但笑容却冷冷的了。她全不理会那些事，只是直着眼睛，和大家讲她自己日夜不忘的故事……

这故事倒颇有效……

……但不久，大家也都听得纯熟了，便是最慈悲的念佛的老太太们，眼里也再不见有一点泪的痕迹。后来全镇的人们几乎都能背诵她的话，一听到就烦厌得头痛。

太平歌诀

四月六日的《申报》上有这样的一段记事：

"南京市近日忽发现一种无稽谣传，谓总理墓行将工竣，石匠有摄收幼童灵魂，以合龙口之举。市民以讹传讹，自相惊扰，因而家家幼童，左肩各悬红布一方，上书歌诀四句，借避危险。其歌诀约有三种：（一）人来叫我魂，自叫自当承。叫人叫不着，自己顶石坟。（二）石叫石和尚，自叫自承当。急早回家转，免去顶坟坛。（三）你造中山墓，与我何相干？一叫魂不去，再叫自承当。"（后略）

这三首中的无论那一首，虽只寥寥二十字，但将市民的见解：对于革命政府的关系，对于革命者的感情，都已经写得淋漓尽致。虽有善于暴露社会黑暗面的文学家，恐怕也难有做到这么简明深切的了。"叫人叫不着，自己顶石坟"。则竟包括了许多革命者的传记和一部中国革命的历史。

看看有些人们的文字，似乎硬要说现在是"黎明之前"。然而市民是这样的市民，黎明也好，黄昏也好，革命者们总不能不背着这一伙市民进行。鸡肋[1]，弃之不甘，食之无味，就要这样地牵缠下去。

[1] 鸡肋：建安二十四年（219）三月，曹操带兵至汉中，与刘备军队相持不下，打算退兵，以"鸡肋"作为口令，属下不知其意，只有杨修收拾行装，别人问他，他回答："夫鸡肋，弃之如可惜，食之无所得，以比汉中，知王欲还也。"

五十一百年后能否就有出路，是毫无把握的。

近来的革命文学家往往特别畏惧黑暗，掩藏黑暗，但市民却毫不客气，自己表现了。那小巧的机灵和这厚重的麻木相撞，便使革命文学家不敢正视社会现象，变成婆婆妈妈，欢迎喜鹊，憎厌枭鸣，只检一点吉祥之兆来陶醉自己，于是就算超出了时代。

恭喜的英雄，你前去罢，被遗弃了的现实的现代，在后面恭送你的行旌。

但其实还是同在。你不过闭了眼睛。不过眼睛一闭，“顶石坟”却可以不至于了，这就是你的“最后的胜利”。

四月十日。

（选自《鲁迅全集》卷四《三闲集》）

夏瑜的命运

华老栓这样看夏瑜

……他的精神，现在只在一个包上，仿佛抱着一个十世单传的婴儿，别的事情，都已置之度外了。他现在要将这包里的新生命，移植到他家里，收获许多幸福。

康大叔这样看夏瑜

“这小东西不要命，不要就是了。……”

“……这小东西也真不成东西！关在牢里，还要劝牢头造反。”

茶馆的闲人们这样看夏瑜

“阿呀，那还了得。”坐在后排的一个二十多岁的人，很现出气愤模样。

“阿义可怜——疯话，简直是发了疯了。”花白胡子恍然大悟似的说。

“发了疯了。”二十多岁的人也恍然大悟的说。

夏瑜的母亲这样看夏瑜

小路上又来了一个女人，……惨白的脸上，现出些羞愧的颜色；但终于硬着头皮，走到左边的一坐坟前，放下了篮子。

“瑜儿，他们都冤枉了你，你还是忘不了，伤心不过，今天特意显点灵，要我知道么？”

杂忆（节选）[1]

4

孔老先生说过："毋友不如己者。"[2]其实这样的势利眼睛，现在的世界上还多得很。我们自己看看本国的模样，就可知道不会有什么友人的了，岂但没有友人，简直大半都曾经做过仇敌。不过仇甲的时候，向乙等候公论，后来仇乙的时候，又向甲期待同情，所以片段的看起来，倒也似乎并不是全世界都是怨敌。但怨敌总常有一个，因此每一两年，爱国者总要鼓舞一番对于敌人的怨恨与愤怒。

这也是现在极普通的事情，此国将与彼国为敌的时候，总得先用了手段，煽起国民的敌忾心来，使他们一同去扞御或攻击。但有一个必要的条件，就是：国民是勇敢的。因为勇敢，这才能勇往直前，肉搏强敌，以报仇雪恨。假使是怯弱的人民，则即使如何鼓舞，也不会有面临强敌的决心；然而引起的愤火却在，仍不能不寻一个发泄的地方，这地方，就是眼见得比他们更弱的人民，无论是同胞或是异族。

我觉得中国人所蕴蓄的怨愤已经够多了，自然是受强者的蹂躏所致的。但他们却不很向强者反抗，而反在弱者身上发泄，兵和匪不相争，无枪的百姓却并受兵匪之苦，就是最近便的证据。再露骨地说，怕还可以证明这些人的卑怯。卑怯的人，即使有万丈的愤火，除弱草以外，又能烧掉甚么呢？

---

[1]《杂忆》共4节，这里选第4节。
[2] 毋友不如己者：语出《论语·学而》，意为不要与不如自己的人交朋友。

或者要说，我们现在所要使人愤恨的是外敌，和国人不相干，无从受害。可是这转移是极容易的，虽曰国人，要借以泄愤的时候，只要给与一种特异的名称，即可放心剸刃。先前则有异端，妖人，奸党，逆徒等类名目，现在就可用国贼，汉奸，二毛子，洋狗或洋奴。庚子年的义和团捉住路人，可以任意指为教徒，据云这铁证是他的神通眼已在那人的额上看出一个“十”字。

然而我们在“毋友不如己者”的世上，除了激发自己的国民，使他们发些火花，聊以应景之外，又有什么良法呢。可是我根据上述的理由，更进一步而希望于点火的青年的，是对于群众，在引起他们的公愤之余，还须设法注入深沉的勇气，当鼓舞他们的感情的时候，还须竭力启发明白的理性；而且还得偏重于勇气和理性，从此继续地训练许多年。这声音，自然断乎不及大叫宣战杀贼的大而闳，但我以为却是更紧要而更艰难伟大的工作。

否则，历史指示过我们，遭殃的不是什么敌手而是自己的同胞和子孙。那结果，是反为敌人先驱，而敌人就做了这一国的所谓强者的胜利者，同时也就做了弱者的恩人。因为自己先已互相残杀过了，所蕴蓄的怨愤都已消除，天下也就成为太平的盛世。

总之，我以为国民倘没有智，没有勇，而单靠一种所谓“气”，实在是非常危险的。现在，应该更进而着手于较为坚实的工作了。

一九二五年六月十六日。

（选自《鲁迅全集》卷一《坟》）

单元读写活动建议

1. 鲁迅的作品是常读常新的。请重读语文课上已经学过的《孔乙己》《祝福》《药》《阿Q正传》诸篇，还有刚读过的《铸剑》等篇。还可以采取“文本互读”的方法。例如，将《药》与《狂人日记》互读——两篇小说的主人公都被视为“疯子”，在《药》里夏瑜是无言的，而《狂人日记》则满篇的“狂人”的“呓语”，两篇可以互为阐释；如果再将同写“疯狂”的《白光》（收《呐喊》）、《长明灯》（收《彷徨》）合起来读，当会有更多发现。《铸剑》《复仇》，以及《复仇（其二）》（收《野草》）、《孤独者》（收《彷徨》）都是写“复仇”主题的，也可以对照着读。将你重读的新的感受和认识与同学交流或者写成读书笔记，当很有趣。
2. 到你所在的农村或城市小区，选几个老百姓最关注的问题，做一番社会考察，多角度地听取意见，或搜集民歌、民谣，以了解民情与民意，触摸“民众的心”，并写成调查简报。

3 聪明人和傻子和奴才

导读

请注意鲁迅在《灯下漫笔（节选）》里，对中国的历史与现实所作的两个重大判断："中国人向来就没有争到过'人'的价格，至多不过是奴隶"；中国的历史不过是"想做奴隶而不得的时代"与"做稳了奴隶的时代"的循环。——这石破天惊的两大发现，不知道震醒了多少沉睡的中国人。

同时请注意这样的重大发现是怎样产生与表达的：它是由人们在兑换钞票时的心理变化这样的日常生活小事引发的，鲁迅由此及彼，由现实到历史，经过广泛的联想，以其特有的思想的穿透力，终于做出了对中国历史本质的大概括。这样的"以小即大"，正是思想家与杂文家的鲁迅所特有的思维方式与表达方式。

鲁迅能够如此敏锐地抓住问题，还因为这背后有他的理想与价值理念。早在20世纪初，鲁迅即提出，在中国要"立国"，首先要"立人"，而立人的根本就是要"尊个性而张精神"（《坟·文化偏至论》）。到五四时期，鲁迅又进一步提出，"我们目下的当务之急，是：一要生存，二要温饱，三要发展"（《华盖集·忽然想到（六）》）。在鲁迅看来，生存权、温饱权与个体精神的自由发展权，这是每一个"人"都应该享有的基本权利，是人活得像个人样的基本标志；而中国的基本问题，就是这样的天赋人权，在各种名目下，被侵害，被剥夺，人不是站立的人，而是跪着的奴隶。更可悲的是，中国人有时连想做奴隶都做不成，这就是所谓"乱世"；等到统治者定下"规则"："怎样服役，怎样纳粮，怎样磕头，怎样颂圣"，走上"奴隶的轨道"了，于是就称为"太平盛世"，其实不过是"做稳了奴隶"。鲁迅因此发出召唤：根本走出奴隶时代，"创造这中国历史上未曾有过的第三样时代，则是现在的青年的使命！"

严重的问题是人们对于这样的奴隶地位的态度，这正是鲁迅在《聪明人和傻子和奴才》里所要讨论的。鲁迅曾经说过，“自己明知道是奴隶，打熬着，并且不平着，挣扎着，一面‘意图’挣脱以至实行挣脱的，即使暂时失败，还是套上了镣铐罢，他却不过是单单的奴隶。如果从奴隶生活中寻出‘美’来，赞叹，抚摩，陶醉，那可简直是万劫不复的奴才了，他使自己和别人永远安住于这生活”（《南腔北调集·漫与》）。《聪明人和傻子和奴才》里的奴才，总在“寻人诉苦”，似乎也有不满。但鲁迅却一语点破：他“只要这样，也只能这样”，不过是只限于，也止于“诉苦”，因此，“聪明人”表示一点“同情”，奴才就满足了。而“傻子”真要采取行动，打开一个窗洞，奴才反而大喊起来。他实际上不但习惯于被奴役，离不开这样的奴隶状态，甚至感到了其中的“美”，因此，他要把“傻子”赶走，并借此来表示对主子及奴隶制度的“忠诚”：奴才“只能”是奴才。

“聪明人”其实也是奴才，不过他有知识，在奴隶体制内，比一般的奴才即所谓“愚民”地位要高一些，是鲁迅《春末闲谈》里所说的“特殊知识阶级”。他一面对奴才表示有限的同情，舒缓其愤懑，因而为奴才所欢迎；但又反对“傻子”那样的反抗行动，从根本上维护了“铁屋子”的安全与稳定，自然为主子所赞赏。这样的“聪明人”就是《春末闲谈》里的“细腰蜂”，“聪明人”在奴隶体制中的功能与作用，是“麻醉”奴隶的灵魂，使他们既能“动作”，充当“服役和战争的机械”，又“没有了头颅”，不会思想，自然也无反抗，“阔人的地位即永久稳固，统御也永久省了气力”。

只有“傻子”，不但说，而且行，他们是真正要摧毁奴隶制度，“创造第三样时代”的。这正是鲁迅不断呼唤的“立意在反抗，指归在动作”的“精神界战士”。（《坟·摩罗诗力说》）但在中国，他们却被视为“傻子”，不但为主子所不容，也为奴才与“聪明人”所痛恨，是所谓“社会公敌”。——这里显然包含了鲁迅本人的痛苦体验。

灯下漫笔（节选）[1]

一

有一时，就是民国二三年时候，北京的几个国家银行的钞票，信用日见其好了，真所谓蒸蒸日上。听说连一向执迷于现银的乡下人，也知道这既便当，又可靠，很乐意收受，行使了。至于稍明事理的人，则不必是“特殊知识阶级”，也早不将沉重累坠的银元装在怀中，来自讨无谓的苦吃。想来，除了多少对于银子有特别嗜好和爱情的人物之外，所有的怕大都是钞票了罢，而且多是本国的。但可惜后来忽然受了一个不小的打击。

就是袁世凯想做皇帝的那一年，蔡松坡先生溜出北京，到云南去起义。这边所受的影响之一，是中国和交通银行的停止兑现。虽然停止兑现，政府勒令商民照旧行用的威力却还有的；商民也自有商民的老本领，不说不要，却道找不出零钱。假如拿几十几百的钞票去买东西，我不知道怎样，但倘使只要买一枝笔，一盒烟卷呢，难道就付给一元钞票么？不但不甘心，也没有这许多票。那么，换铜元，少换几个罢，又都说没有铜元。那么，到亲戚朋友那里借现钱去罢，怎么会有？于是降格以求，不讲爱国了，要外国银行的钞票。但外国银行的钞票这时就等于现银，他如果借给你这钞票，也就借给你真的银元了。

我还记得那时我怀中还有三四十元的中交票[2]，可是忽而变了一

[1]《灯下漫笔》共两节，这里选其第一节。
[2] 中交票：指当时中国银行与交通银行发行的纸币。

个穷人，几乎要绝食，很有些恐慌。俄国革命以后的藏着纸卢布的富翁的心情，恐怕也就这样的罢；至多，不过更深更大罢了。我只得探听，钞票可能折价换到现银呢？说是没有行市。幸而终于，暗暗地有了行市了：六折几。我非常高兴，赶紧去卖了一半。后来又涨到七折了，我更非常高兴，全去换了现银，沉垫垫地坠在怀中，似乎这就是我的性命的斤两。倘在平时，钱铺子如果少给我一个铜元，我是决不答应的。

但我当一包现银塞在怀中，沉垫垫地觉得安心，喜欢的时候，却突然起了另一思想，就是：我们极容易变成奴隶，而且变了之后，还万分喜欢。

假如有一种暴力，“将人不当人”，不但不当人，还不及牛马，不算什么东西；待到人们羡慕牛马，发生“乱离人，不及太平犬”的叹息的时候，然后给与他略等于牛马的价格，有如元朝定律，打死别人的奴隶，赔一头牛，则人们便要心悦诚服，恭颂太平的盛世。为什么呢？因为他虽不算人，究竟已等于牛马了。

我们不必恭读《钦定二十四史》，或者入研究室，审察精神文明的高超。只要一翻孩子所读的《鉴略》，——还嫌烦重，则看《历代纪元编》，就知道“三千余年古国古”的中华，历来所闹的就不过是这一个小玩艺。但在新近编纂的所谓“历史教科书”一流东西里，却不大看得明白了，只仿佛说：咱们向来就很好的。

但实际上，中国人向来就没有争到过“人”的价格，至多不过是奴隶，到现在还如此，然而下于奴隶的时候，却是数见不鲜的。中国的百姓是中立的，战时连自己也不知道属于那一面，但又属于无论那一面。强盗来了，就属于官，当然该被杀掠；官兵既到，该是自家人了罢，但仍然要被杀掠，仿佛又属于强盗似的。这时候，百姓就希望有一个一定的主子，拿他们去做百姓，——不敢，是拿他们去做牛马，情愿自己寻草吃，只求他决定他们怎样跑。

假使真有谁能够替他们决定，定下什么奴隶规则来，自然就“皇恩浩荡”了。可惜的是往往暂时没有谁能定。举其大者，则如五胡十六国[1]的时候，黄巢的时候，五代[2]时候，宋末元末时候，除了老例的服役纳粮以外，都还要受意外的灾殃。张献忠的脾气更古怪了，不服役纳粮的要杀，服役纳粮的也要杀，敌他的要杀，降他的也要杀：将奴隶规则毁得粉碎。这时候，百姓就希望来一个另外的主子，较为顾及他们的奴隶规则的，无论仍旧，或者新颁，总之是有一种规则，使他们可上奴隶的轨道。

“时日曷丧，予及汝偕亡！”[3]愤言而已，决心实行的不多见。实际上大概是群盗如麻，纷乱至极之后，就有一个较强，或较聪明，或较狡滑，或是外族的人物出来，较有秩序地收拾了天下。厘定[4]规则：怎样服役，怎样纳粮，怎样磕头，怎样颂圣。而且这规则是不像现在那样朝三暮四的。于是便“万姓胪欢”[5]了；用成语来说，就叫作“天下太平”。

任凭你爱排场的学者们怎样铺张，修史时候设些什么“汉族发祥时代”“汉族发达时代”“汉族中兴时代”的好题目，好意诚然是可感的，但措辞太绕湾子了。有更其直捷了当的说法在这里——

---

[1] 五胡十六国：公元304—439年，匈奴、羯、鲜卑、氐、羌等五个少数民族先后在中国的北部及西部地区建立政权，共计有十六个国家，史称“五胡十六国”。

[2] 五代：即公元907—960年间的梁、唐、晋、汉、周五个朝代。

[3] “时日曷（hé）丧，予及汝偕亡”：语出《尚书·汤誓》，意思是说，天上的太阳何时才能灭亡，就让我和你同归于尽吧。“时日”指夏朝最后的国君夏桀，他以残暴著称。

[4] 厘定：整理、制定。

[5] “万姓胪欢”：万众百姓一起陈述自己的欢乐，也即齐声欢呼之意。

一，想做奴隶而不得的时代；

二，暂时做稳了奴隶的时代。

这一种循环，也就是“先儒”之所谓“一治一乱”；那些作乱人物，从后日的“臣民”看来，是给“主子”清道辟路的，所以说：“为圣天子驱除云尔。”

现在入了那一时代，我也不了然。但看国学家的崇奉国粹，文学家的赞叹固有文明，道学家的热心复古，可见于现状都已不满了。然而我们究竟正向着那一条路走呢？百姓是一遇到莫名其妙的战争，稍富的迁进租界，妇孺则避入教堂里去了，因为那些地方都比较的“稳”，暂不至于想做奴隶而不得。总而言之，复古的，避难的，无智愚贤不肖，似乎都已神往于三百年前的太平盛世，就是“暂时做稳了奴隶的时代”了。

但我们也就都像古人一样，永久满足于“古已有之”的时代么？都像复古家一样，不满于现在，就神往于三百年前的太平盛世么？

自然，也不满于现在的，但是，无须反顾，因为前面还有道路在。而创造这中国历史上未曾有过的第三样时代，则是现在的青年的使命！

（选自《鲁迅全集》卷一《坟》）

聪明人和傻子和奴才

奴才总不过是寻人诉苦。只要这样，也只能这样。有一日，他遇到一个聪明人。

“先生！”他悲哀地说，眼泪联成一线，就从眼角上直流下来。“你知道的。我所过的简直不是人的生活。吃的是一天未必有一餐，这一餐又不过是高粱皮，连猪狗都不要吃的，尚且只有一小碗……。”

“这实在令人同情。”聪明人也惨然说。

“可不是么！”他高兴了。“可是做工是昼夜无休息的：清早担水晚烧饭，上午跑街夜磨面，晴洗衣裳雨张伞，冬烧汽炉夏打扇。半夜要煨银耳，侍候主人耍钱；头钱[1]从来没分，有时还挨皮鞭……。”

“唉唉……。”聪明人叹息着，眼圈有些发红，似乎要下泪。

“先生！我这样是敷衍不下去的。我总得另外想法子。可是什么法子呢？……”

“我想，你总会好起来……。”

“是么？但愿如此。可是我对先生诉了冤苦，又得你的同情和慰安，已经舒坦得不少了。可见天理没有灭绝……。”

但是，不几日，他又不平起来了，仍然寻人去诉苦。

“先生！”他流着眼泪说，“你知道的。我住的简直比猪窠还不如。主人并不将我当人；他对他的叭儿狗还要好到几万倍……。”

“混帐！”那人大叫起来，使他吃惊了。那人是一个傻子。

[1] 头钱：指提供赌博场所的人向赌博者抽取一定数额的钱，也称“抽头”。伺候赌博的人有时也可分得若干。

“先生，我住的只是一间破小屋，又湿，又阴，满是臭虫，睡下去就咬得真可以。秽气冲着鼻子，四面又没有一个窗……。”

“你不会要你的主人开一个窗的么？”

“这怎么行？”

“那么，你带我去看去！”

傻子跟奴才到他屋外，动手就砸那泥墙。

“先生！你干什么？”他大惊地说。

“我给你打开一个窗洞来。”

“这不行！主人要骂的！”

“管他呢！”他仍然砸。

“人来呀！强盗在毁咱们的屋子了！快来呀！迟一点可要打出窟窿来了！……”他哭嚷着，在地上团团地打滚。

一群奴才都出来了，将傻子赶走。

听到了喊声，慢慢地最后出来的是主人。

“有强盗要来毁咱们的屋子，我首先叫喊起来，大家一同把他赶走了。”他恭敬而得胜地说。

“你不错。”主人这样夸奖他。

这一天就来了许多慰问的人，聪明人也在内。

“先生。这回因为我有功，主人夸奖了我了。你先前说我总会好起来，实在是有先见之明……。”他大有希望似的高兴地说。

“可不是么……。”聪明人也代为高兴似的回答他。

一九二五年十二月二十六日。

（选自《鲁迅全集》卷二《野草》）

春末闲谈

北京正是春末，也许我过于性急之故罢，觉着夏意了，于是突然记起故乡的细腰蜂。那时候大约是盛夏，青蝇密集在凉棚索子上，铁黑色的细腰蜂就在桑树间或墙角的蛛网左近往来飞行，有时衔一支小青虫去了，有时拉一个蜘蛛。青虫或蜘蛛先是抵抗着不肯去，但终于乏力，被衔着腾空而去了，坐了飞机似的。

老前辈们开导我，那细腰蜂就是书上所说的果蠃，纯雌无雄，必须捉螟蛉去做继子的。她将小青虫封在窠里，自己在外面日日夜夜敲打着，祝道“像我像我”，经过若干日，——我记不清了，大约七七四十九日罢，——那青虫也就成了细腰蜂了，所以《诗经》里说：“螟蛉有子，果蠃负之。”螟蛉就是桑上小青虫。蜘蛛呢？他们没有提。我记得有几个考据家曾经立过异说，以为她其实自能生卵；其捉青虫，乃是填在窠里，给孵化出来的幼蜂做食料的。但我所遇见的前辈们都不采用此说，还道是拉去做女儿。我们为存留天地间的美谈起见，倒不如这样好。当长夏无事，遣暑林阴，瞥见二虫一拉一拒的时候，便如睹慈母教女，满怀好意，而青虫的宛转抗拒，则活像一个不识好歹的毛鸦头。

但究竟是夷人[1]可恶，偏要讲什么科学。科学虽然给我们许多惊奇，但也搅坏了我们许多好梦。自从法国的昆虫学大家发勃耳（Fabre）[2]仔细观察之后，给幼蜂做食料的事可就证实了。而且，这

[1] 夷人：古代汉族对异族人的鄙称，这里指外国人。
[2] 发勃耳：即法国著名昆虫学家法布尔，著有《昆虫记》。

细腰蜂不但是普通的凶手，还是一种很残忍的凶手，又是一个学识技术都极高明的解剖学家。她知道青虫的神经构造和作用，用了神奇的毒针，向那运动神经球上只一螫，它便麻痹为不死不活状态，这才在它身上生下蜂卵，封入窠中。青虫因为不死不活，所以不动，但也因为不活不死，所以不烂，直到她的子女孵化出来的时候，这食料还和被捕当日一样的新鲜。

三年前，我遇见神经过敏的俄国的E君[1]，有一天他忽然发愁道，不知道将来的科学家，是否不至于发明一种奇妙的药品，将这注射在谁的身上，则这人即甘心永远去做服役和战争的机器了？那时我也就皱眉叹息，装作一齐发愁的模样，以示“所见略同”之至意，殊不知我国的圣君，贤臣，圣贤，圣贤之徒，却早已有过这一种黄金世界的理想了。不是“唯辟作福，唯辟作威，唯辟玉食”[2]么？不是“君子劳心，小人劳力”[3]么？不是“治于人者食（去声）人，治人者食于人”[4]么？可惜理论虽已卓然，而终于没有发明十全的好方法。要服从作威就须不活，要贡献玉食就须不死；要被治就须不活，要供养治人者又须不死。人类升为万物之灵，自然是可贺的，但没有了细腰蜂的毒针，却很使圣君，贤臣，圣贤，圣贤之徒，以至现在的阔人，学者，教育家觉得棘手。将来未可知，若已往，则治人者虽然尽力施行过各种麻痹术，也还不能十分奏效，与果蠃并驱争先。即以皇帝一伦而言，便难免时常改姓易代，终没有“万年有道之长”；“二十四史”而多至二十四，就是可悲的铁证。现在又似乎有些别开生面了，世上

---

[1] E君：指俄国诗人和童话作家爱罗先珂。

[2] 这几句出自《尚书·洪范》，大意是说只有天子君王能够作威作福，吃珍馐美味。辟，指天子或诸侯。

[3] 语出《左传》，“君子”指统治阶级，“小人”指劳动人民。

[4] 《孟子·滕文公》中说：“或劳心，或劳力；劳心者治人（统治别人），劳力者治于人（受人统治）。治于人者食人（供养别人），治人者食于人（受别人供养）。”

挺生了一种所谓“特殊智识阶级”[1]的留学生，在研究室中研究之结果，说医学不发达是有益于人种改良的，中国妇女的境遇是极其平等的，一切道理都已不错，一切状态都已够好。E君的发愁，或者也不为无因罢，然而俄国是不要紧的，因为他们不像我们中国，有所谓“特别国情”[2]，还有所谓“特殊智识阶级”。

但这种工作，也怕终于像古人那样，不能十分奏效的罢，因为这实在比细腰蜂所做的要难得多。她于青虫，只须不动，所以仅在运动神经球上一螫，即告成功。而我们的工作，却求其能运动，无知觉，该在知觉神经中枢，加以完全的麻醉的。但知觉一失，运动也就随之失却主宰，不能贡献玉食，恭请上自“极峰”[3]下至“特殊智识阶级”的赏收享用了。就现在而言，窃以为除了遗老的圣经贤传法，学者的进研究室主义，文学家和茶摊老板的莫谈国事律，教育家的勿视勿听勿言勿动论之外[4]，委实还没有更好，更完全，更无流弊的方法。便是留学生的特别发见，其实也并未轶出了前贤的范围。

那么，又要“礼失而求诸野”了。夷人，现在因为想去取法，姑且称之为外国，他那里，可有较好的法子么？可惜，也没有。所有者，仍不外乎不准集会，不许开口之类，和我们中华并没有什么很

---

[1] 1925年，有一批国外留学生自命为“特殊智识阶级”，向当时的段祺瑞政府请愿，要求在未来的国民议会中保留其名额。后来，鲁迅也以“特殊智识阶级”称呼陈西滢等现代评论派的“绅士”。

[2] 1915年袁世凯的美国顾问古德诺为了给袁世凯恢复帝制制造舆论，曾发表《共和与君主论》一文，文中称中国自有“特别国情”，不适宜实行民主政治，应当恢复君主政体。

[3] “极峰”：指最高统治者。

[4] 这里指当时社会上的几种社会思潮：一、“进研究室主义”，包括胡适在内的一些学者提倡回到研究室去“整理国故（中国的传统文化）”。鲁迅认为，作为学者的个人选择，这自然无可非议；但如果以此号召青年，则有可能导致对现实问题的回避。胡适自己后来也发出这样的警告：“现在一班少年人跟着我们向故纸堆去乱钻，这是最可悲叹的现状。我们希望他们及早回头。”（《治学的方法与材料》）二、“莫谈国事”，在北洋军阀统治的恐怖政策下，茶馆里多贴有“莫谈国事”的字条，许多文人也以“莫谈国事”作为处世策略。三、“勿视勿听勿言勿动”，语出自《论语·颜渊》，却为当时的一些教育家所一再提倡。

不同。然亦可见至道嘉猷[1]，人同此心，心同此理，固无华夷之限也。猛兽是单独的，牛羊则结队；野牛的大队，就会排角成城以御强敌了，但拉开一匹，定只能牟牟地叫。人民与牛马同流，——此就中国而言，夷人别有分类法云，——治之之道，自然应该禁止集合：这方法是对的。其次要防说话。人能说话，已经是祸胎了，而况有时还要做文章。所以苍颉造字，夜有鬼哭。鬼且反对，而况于官？猴子不会说话，猴界即向无风潮，——可是猴界中也没有官，但这又作别论，——确应该虚心取法，反朴归真，则口且不开，文章自灭：这方法也是对的。然而上文也不过就理论而言，至于实效，却依然是难说。最显著的例，是连那么专制的俄国，而尼古拉二世"龙御上宾"之后，罗马诺夫氏竟已"覆宗绝祀"了[2]。要而言之，那大缺点就在虽有二大良法，而还缺其一，便是：无法禁止人们的思想。

于是我们的造物主——假如天空真有这样的一位"主子"——就可恨了：一恨其没有永远分清"治者"与"被治者"；二恨其不给治者生一枝细腰蜂那样的毒针；三恨其不将被治者造得即使砍去了藏着的思想中枢的脑袋而还能动作——服役。三者得一，阔人的地位即永久稳固，统御也永久省了气力，而天下于是乎太平。今也不然，所以即使单想高高在上，暂时维持阔气，也还得日施手段，夜费心机，实在不胜其委屈劳神之至……。

假使没有了头颅，却还能做服役和战争的机械，世上的情形就何等地醒目呵！这时再不必用什么制帽勋章来表明阔人和窄人了，只要一看头之有无，便知道主奴，官民，上下，贵贱的区别。并且也不至

[1] 至道嘉猷：最好的方法与计谋。道，方法；猷，计谋，计划。

[2] 尼古拉二世（1868—1918）：俄国罗曼诺夫（即下文的"罗马诺夫氏"）王朝最后一个皇帝，在1917年的二月革命中被推翻，后被处死。"龙御上宾"：旧指皇帝去世。"覆宗绝祀"：指世代相传的宗法统治被颠覆。

于再闹什么革命，共和，会议等等的乱子了，单是电报，就要省下许多许多来。古人毕竟聪明，仿佛早想到过这样的东西，《山海经》上就记载着一种名叫“刑天”的怪物。他没有了能想的头，却还活着，“以乳为目，以脐为口”，——这一点想得很周到，否则他怎么看，怎么吃呢，——实在是很值得奉为师法的。假使我们的国民都能这样，阔人又何等安全快乐？但他文“执干戚而舞”，则似乎还是死也不肯安分，和我那专为阔人图便利而设的理想底好国民又不同。陶潜先生又有诗道：“刑天舞干戚，猛志固常在。”连这位貌似旷达的老隐士也这么说，可见无头也会仍有猛志，阔人的天下一时总怕难得太平的了。但有了太多的“特殊智识阶级”的国民，也许有特在例外的希望；况且精神文明太高了之后，精神的头就会提前飞去，区区物质的头的有无也算不得什么难问题。

一九二五年四月二十二日。

（选自《鲁迅全集》卷一《坟》）

导读

鲁迅的日本友人增田涉谈到，鲁迅有一种时时追随他的、刻骨铭心的“奴隶”感觉。鲁迅自己也一再地说：“我想，我的神经也许有些瞀乱了。否则，那就可怕。……我觉得革命以前，我是做奴隶；革命以后不多久，就受了奴隶的骗，变成他们的奴隶了。”(《华盖集·忽然想到（三）》)“这一现实是经常在他的生存中，经常在鼓动他的热情，缠住他的思考”，这样的“对自己和自己的民族的奴隶地位的自觉，就是跟他的‘人’的自觉相联结的”(增田涉《鲁迅的印象》)；也正因为如此，他对于缺乏“人”的自觉的奴性，就有一种近乎本能的敏感，即使是最隐蔽、最曲折的表现形态，也都逃不过他的“金睛火眼”。这本身就给我们提供了观察与理解“没有丝毫的奴颜和媚骨”(毛泽东《新民主主义论》)的鲁迅的一个角度。

于是，鲁迅对中国人的奴性，就有了许多重大的发现。《论照相之类》也是一篇妙文，讲的是一百多年前（19世纪末）家乡绍兴的“老照片”的故事，其中就有利用照片的合成技术制作的“求己图”：“一个自己傲然地坐着，一个自己卑劣可怜地，向了坐着的那一个自己跪着”，这本是游戏之作，但鲁迅却从中看出了人“既为主，又为奴”的自我身份的二重性，并联想起三国时代吴国最后一个皇帝孙皓“治吴时候，如此骄纵酷虐的暴主，一降晋，却是如此卑劣无耻的奴才”。以后，鲁迅又做了这样的概括：“专制者的反面就是奴才，有权时无所不为，失势时即奴性十足。”(《南腔北调集·谚语》)——这是一个十分深刻的观察：中国人的奴性不是单独存在，它是与“主

（人）性”合在一起的，并且是相互转换的。其根源就在我们前面读过的《灯下漫笔》第二节中所说的中国的等级制的社会结构：每一个人都处在某一等级上，对于等级在自己之上者，自然是奴才，“被人凌虐”，“被人吃”；对于等级在自己之下者，就变成主人，“可以凌虐别人”，“吃别人”。

鲁迅还由此引出对中国传统的反抗——农民造反的观察与思考。在《学界的三魂》里，就谈到了中国的农民造反的目的是“将皇帝推倒，自己过皇帝瘾去”，因此，“官魂”与“匪魂”本质上是相通的：在位为官，在野为匪，为匪的最高目的是当官，“官匪一家”是一点不奇怪的。鲁迅的结论却相当触目惊心：“中国最有大利的买卖”是“造反”：阿Q的“造反”，不也是为了要攫取洋钱、美女，当主子，作威作福么？鲁迅说，他所写的，“并非现代的前身，而是其后，或者竟是二三十年后”（《〈阿Q正传〉的成因》），他的忧虑是深广的。

《再论雷峰塔的倒掉》也是从小事情看出大问题：雷峰塔是乡下人“这个也挖，那个也挖，挖之久久，便倒了”的；鲁迅却由此引出关于“奴才式的破坏”的思考。其特点好像有三：一是破坏的原因“仅因目前极小的自利”；二是多数人的破坏行为；三是“难于知道加害的究竟是谁”，于是，“罚不责众”，只好不了了之。但后果依然严重：“只能留下一片瓦砾，与建设无关”。鲁迅由此引发开去：“岂但乡下人之于雷峰塔，日日偷挖中华民国的柱石的奴才们，现在正不知有多少！”

论照相之类（节选）[1]

二、形式之类

要之，照相似乎是妖术。咸丰年间，或一省里，还有因为能照相而家产被乡下人捣毁的事情。但当我幼小的时候，——即三十年前,S城[2]却已有照相馆了，大家也不甚疑惧。虽然当闹“义和拳民”时，——即二十五年前，或一省里，还以罐头牛肉当作洋鬼子所杀的中国孩子的肉看。然而这是例外，万事万物，总不免有例外的。

要之，S城早有照相馆了，这是我每一经过，总须流连赏玩的地方，但一年中也不过经过四五回。大小长短不同颜色不同的玻璃瓶，又光滑又有刺的仙人掌，在我都是珍奇的物事；还有挂在壁上的框子里的照片：曾大人，李大人，左中堂，鲍军门[3]。一个族中的好心的长辈，曾经借此来教育我，说这许多都是当今的大官，平“长毛”[4]的功臣，你应该学学他们。我那时也很愿意学，然而想，也须赶快仍复有“长毛”。

但是，S城人却似乎不甚爱照相，因为精神要被照去的，所以运气正好的时候，尤不宜照，而精神则一名“威光”：我当时所知道的只有这一点。直到近年来，才又听到世上有因为怕失了元气而永不洗

---

[1]《论照相之类》共分三节，这里选第二节。

[2] S城：即作者的故乡绍兴城。

[3] 曾大人，李大人，左中堂，鲍军门：分别指曾国藩、李鸿章、左宗棠、鲍超，这四人都是清朝重臣。

[4]“长毛”：对太平天国起义军的蔑称。

澡的名士，元气大约就是威光罢，那么，我所知道的就更多了：中国人的精神一名威光即元气，是照得去，洗得下的。

然而虽然不多，那时却又确有光顾照相的人们，我也不明白是什么人物，或者运气不好之徒，或者是新党[1]罢。只是半身像是大抵避忌的，因为像腰斩。自然，清朝是已经废去腰斩的了，但我们还能在戏文上看见包爷爷的铡包勉[2]，一刀两段，何等可怕，则即使是国粹乎，而亦不欲人之加诸我也，诚然也以不照为宜。所以他们所照的多是全身，旁边一张大茶几，上有帽架，茶碗，水烟袋，花盆，几下一个痰盂，以表明这人的气管枝中有许多痰，总须陆续吐出。人呢，或立或坐，或者手执书卷，或者大襟上挂一个很大的时表，我们倘用放大镜一照，至今还可以知道他当时拍照的时辰，而且那时还不会用镁光，所以不必疑心是夜里。

然而名士风流，又何代蔑有呢？雅人早不满于这样千篇一律的呆鸟了，于是也有赤身露体装作晋人的[3]，也有斜领丝绦装作X人的，但不多。较为通行的是先将自己照下两张，服饰态度各不同，然后合照为一张，两个自己即或如宾主，或如主仆，名曰“二我图”。但设若一个自己傲然地坐着，一个自己卑劣可怜地，向了坐着的那一个自己跪着的时候，名色便又两样了：“求己图”。这类“图”晒出之后，总须题些诗，或者词如“调寄满庭芳”“摸鱼儿”之类，然后在书房里挂起。至于贵人富户，则因为属于呆鸟一类，所以决计想不出如此雅致的花样来，即有特别举动，至多也不过自己坐在中间，膝下排列

[1] 新党：指维新派人士。

[2] 铡包勉：旧时流行的戏曲剧目，讲的是宋朝包拯秉公执法，不徇私情，铡杀犯罪的侄儿包勉的故事。

[3] 晋代有些文人不拘礼节，旷达放纵，以致有脱衣裸形的行为。《世说新语》中就记有刘伶、王平子等人这样的事情。

着他的一百个儿子，一千个孙子和一万个曾孙（下略）照一张“全家福”。

Th.Lipps[1]在他那《伦理学的根本问题》中，说过这样意思的话。就是凡是人主，也容易变成奴隶，因为他一面既承认可做主人，一面就当然承认可做奴隶，所以威力一坠，就死心塌地，俯首帖耳于新主人之前了。那书可惜我不在手头，只记得一个大意，好在中国已经有了译本，虽然是节译，这些话应该存在的罢。用事实来证明这理论的最显著的例是孙皓[2]，治吴时候，如此骄纵酷虐的暴主，一降晋，却是如此卑劣无耻的奴才。中国常语说，临下骄者事上必谄，也就是看穿了这把戏的话。但表现得最透澈的却莫如“求己图”，将来中国如要印《绘图伦理学的根本问题》，这实在是一张极好的插画，就是世界上最伟大的讽刺画家也万万想不到，画不出的。

但现在我们所看见的，已没有卑劣可怜地跪着的照相了，不是什么会纪念的一群，即是什么人放大的半个，都很凛凛地。我愿意我之常常将这些当作半张“求己图”看，乃是我的杞忧。

（选自《鲁迅全集》卷一《坟》）

---

[1] Th.Lipps：即德国的心理学家、哲学家李普斯。他在《伦理学的根本问题》第二章曾说：“凡欲使他人为奴隶者，其人即有奴隶根性。好为暴君之专制者，乃缺道德上之自负者也。凡好傲慢之人，遇较己强者恒变为卑屈。”（据杨昌济先生译文）

[2] 孙皓：三国时吴国最后一位皇帝。他在位时骄奢淫逸，凶残暴虐，投降晋朝后，被封为归命侯。据《世说新语》记载，有一次晋武帝问孙皓是否会唱南方的民歌《尔汝歌》，孙皓立即用《尔汝歌》的调子唱了一曲祝晋帝长寿。

学界的三魂

从《京报副刊》上知道有一种叫《国魂》的期刊，曾有一篇文章说章士钊[1]固然不好，然而反对章士钊的“学匪”们也应该打倒。我不知道大意是否真如我所记得？但这也没有什么关系，因为不过引起我想到一个题目，和那原文是不相干的。意思是，中国旧说，本以为人有三魂六魄，或云七魄；国魂也该这样。而这三魂之中，似乎一是“官魂”，一是“匪魂”，还有一个是什么呢？也许是“民魂”罢，我不很能够决定。又因为我的见闻很偏隘，所以未敢悉指中国全社会，只好缩而小之曰“学界”。

中国人的官瘾实在深，汉重孝廉而有埋儿刻木[2]，宋重理学而有高帽破靴[3]，清重帖括而有“且夫”“然则”[4]。总而言之：那魂灵就在做官，——行官势，摆官腔，打官话。顶着一个皇帝做傀儡，得罪了官就是得罪了皇帝，于是那些人就得了雅号曰“匪徒”。学界的打官话是始于去年，凡反对章士钊的都得了“土匪”，“学匪”，“学棍”的称号，但仍然不知道从谁的口中说出，所以还不外乎一种“流言”。

但这也足见去年学界之糟了，竟破天荒的有了学匪。以大点的国事来比罢，太平盛世，是没有匪的；待到群盗如毛时，看旧史，一定

[1] 章士钊（1881—1973）：字行严，湖南长沙人。1924年在段祺瑞执政府任司法总长、教育总长。因其以“整顿学风”为名，压制学生运动，遭到鲁迅等学者的反对。

[2] 埋儿刻木：这是古代的两个有关孝道的传说。“埋儿”指汉代郭巨为了供养母亲节省开支，要将刚生出的亲儿埋葬（事见《太平御览》所引刘向《孝子图》）。“刻木”指汉代丁兰在母亲去世后，刻木做人像，侍奉如生（事见《太平御览》所引干宝《搜神记》）。

[3] 高帽破靴：宋代有些理学家为了标榜自我，在服饰上往往刻意与普通人相区别。

[4] 帖括：科举应试的文章，这里指清代的八股文。“且夫”“然则”是八股文中的套语。

是外戚，宦官，奸臣，小人当国，即使大打一通官话，那结果也还是“呜呼哀哉”。当这“呜呼哀哉”之前，小民便大抵相率而为盗，所以我相信源增先生的话：“表面上看只是些土匪与强盗，其实是农民革命军。”（《国民新报副刊》四三）那么，社会不是改进了么？并不，我虽然也是被谥为“土匪”之一，却并不想为老前辈们饰非掩过。农民是不来夺取政权的，源增先生又道：“任三五热心家将皇帝推倒，自己过皇帝瘾去。”但这时候，匪便被称为帝，除遗老外，文人学者却都来恭维，又称反对他的为匪了。

所以中国的国魂里大概总有这两种魂：官魂和匪魂。这也并非硬要将我辈的魂挤进国魂里去，贪图与教授名流的魂为伍，只因为事实仿佛是这样。社会诸色人等，爱看《双官诰》[1]，也爱看《四杰村》[2]，望偏安巴蜀的刘玄德成功，也愿意打家劫舍的宋公明[3]得法；至少，是受了官的恩惠时候则艳羡官僚，受了官的剥削时候便同情匪类。但这也是人情之常；倘使连这一点反抗心都没有，岂不就成为万劫不复的奴才了？

然而国情不同，国魂也就两样。记得在日本留学时候，有些同学问我在中国最有大利的买卖是什么，我答道：“造反。”他们便大骇怪。在万世一系的国度里，那时听到皇帝可以一脚踢落，就如我们听说父母可以一棒打杀一般。为一部分士女所心悦诚服的李景林[4]先生，可就深知此意了，要是报纸上所传非虚。今天的《京报》即载着他对某外交官的谈话道：“予预计于旧历正月间，当能与君在天津晤

[1] 《双官诰》：明代杨善之所著传奇戏剧。讲述王春娥在讹传丈夫已死的情形下，抚养儿子长大，结果丈夫得高官回乡，儿子也高举中第，自己被封双重诰命。

[2] 《四杰村》：京剧名，讲述绿林好汉惩处四杰村恶霸，解救被诬为盗的骆宏勋的故事。

[3] 宋公明：即《水浒传》中的梁山泊起义军首领宋江。

[4] 李景林（1884—1931）：奉系军阀将领。1925年冬被冯玉祥国民军赶出天津，后联合张宗昌准备反攻，下面的谈话就发表于这一时期。

谈；若天津攻击竟至失败，则拟俟三四月间卷土重来，若再失败，则暂投土匪，徐养兵力，以待时机”云。但他所希望的不是做皇帝，那大概是因为中华民国之故罢。

所谓学界，是一种发生较新的阶级，本该可以有将旧魂灵略加湔洗之望了，但听到“学官”的官话，和“学匪”的新名，则似乎还走着旧道路。那末，当然也得打倒的。这来打倒他的是“民魂”，是国魂的第三种。先前不很发扬，所以一闹之后，终不自取政权，而只“任三五热心家将皇帝推倒，自己过皇帝瘾去”了。

惟有民魂是值得宝贵的，惟有他发扬起来，中国才有真进步。但是，当此连学界也倒走旧路的时候，怎能轻易地发挥得出来呢？在乌烟瘴气之中，有官之所谓“匪”和民之所谓匪；有官之所谓“民”和民之所谓民；有官以为“匪”而其实是真的国民，有官以为“民”而其实是衙役和马弁。所以貌似“民魂”的，有时仍不免为“官魂”，这是鉴别魂灵者所应该十分注意的。

话又说远了，回到本题去。去年，自从章士钊提了“整顿学风”的招牌，上了教育总长的大任之后，学界里就官气弥漫，顺我者“通”[1]，逆我者“匪”，官腔官话的余气，至今还没有完。但学界却也幸而因此分清了颜色；只是代表官魂的还不是章士钊，因为上头还有“减膳”执政[2]在，他至多不过做了一个官魄；现在是在天津“徐养兵力，以待时机”了。我不看《甲寅》[3]，不知道说些什么话：官话

---

[1] 顺我者“通”：这是对章士钊、陈西滢等人的讽刺。章士钊曾公开赞扬陈西滢说：“陈君本字通伯。的是当今通品。”（1925年7月25日《甲寅》周刊《孤桐杂记》一文）

[2] “减膳”执政：指段祺瑞，顺手也讽刺了章士钊。减膳，古代帝王在发生灾祸异象时，常常用减少膳食的形式表示“引咎自责”。1925年5月，北京学生因章士钊禁止纪念“五七”国耻而向段祺瑞提出罢免章的要求，章士钊遂提交辞呈，其中说：“钊诚举措失当。众怒齐撄。一人之祸福安危。自不足计。万一钧座因而减膳。时局为之不宁。……钊有百身。亦何能赎。”

[3]《甲寅》：章士钊创办的一份周刊杂志。

呢，匪话呢，民话呢，衙役马弁话呢？……

一月二十四日。

（选自《鲁迅全集》卷三《华盖集续编》）

鲁迅论正人君子

我看不见读经之徒的良心怎样，但我觉得他们大抵是聪明人，而这聪明，就是读经和古文得来的。我们这曾经文明过而后来奉迎过蒙古人满洲人大驾了的国度里，古书实在太多，倘不是笨牛，读一点就可以知道，怎样敷衍，偷生，献媚，弄权，自私，然而能够假借大义，窃取美名。再进一步，并可以悟出中国人是健忘的，无论怎样言行不符，名实不副，前后矛盾，撒诳造谣，蝇营狗苟，都不要紧，经过若干时候，自然被忘得干干净净；只要留下一点卫道模样的文字，将来仍不失为“正人君子”。

——《华盖集·十四年的“读经”》

再论雷峰塔的倒掉

从崇轩先生[1]的通信（二月份《京报副刊》）里，知道他在轮船上听到两个旅客谈话，说是杭州雷峰塔之所以倒掉，是因为乡下人迷信那塔砖放在自己的家中，凡事都必平安，如意，逢凶化吉，于是这个也挖，那个也挖，挖之久久，便倒了。一个旅客并且再三叹息道：西湖十景这可缺了呵！

这消息，可又使我有点畅快了，虽然明知道幸灾乐祸，不像一个绅士，但本来不是绅士的，也没有法子来装潢。

我们中国的许多人，——我在此特别郑重声明：并不包括四万万同胞全部！——大抵患有一种"十景病"，至少是"八景病"，沉重起来的时候大概在清朝。凡看一部县志，这一县往往有十景或八景，如"远村明月""萧寺清钟""古池好水"之类。而且，"十"字形的病菌，似乎已经侵入血管，流布全身，其势力早不在"！"形惊叹亡国病菌[2]之下了。点心有十样锦，菜有十碗，音乐有十番，阎罗有十殿，药有十全大补，猜拳有全福手福手全，连人的劣迹或罪状，宣布起来也大抵是十条，仿佛犯了九条的时候总不肯歇手。现在西湖十景可缺了呵！"凡为天下国家有九经"[3]，九经固古已有之，而九景却颇不习见，

---

[1] 崇轩先生：即胡也频，现代作家。下面通信的内容出自胡也频给《京报副刊》编者孙伏园的信《雷峰塔倒掉的原因》。

[2] "！"形惊叹亡国病菌：当时有人把一些新诗集里的惊叹号加以统计，认为这表现了悲观、消极、厌世的情绪，因而说多用惊叹号的白话诗都是"亡国之音"。

[3] 这句话出自《中庸》，意思是说要治理好天下，国家有九项应该做的事。"九经"指修身，尊贤，亲亲（关爱亲人），敬大臣，体群臣，子庶民（把老百姓当儿子对待），来（使……来）百工，柔（安抚）远人，怀（怀柔）诸侯。

所以正是对于十景病的一个针砭，至少也可以使患者感到一种不平常，知道自己的可爱的老病，忽而跑掉了十分之一了。

但仍有悲哀在里面。

其实，这一种势所必至的破坏，也还是徒然的。畅快不过是无聊的自欺。雅人和信士和传统大家，定要苦心孤诣巧语花言地再来补足了十景而后已。

无破坏即无新建设，大致是的；但有破坏却未必即有新建设。卢梭，斯谛纳尔，尼采，托尔斯泰，伊孛生等辈[1]，若用勃兰兑斯[2]的话来说，乃是"轨道破坏者"。其实他们不单是破坏，而且是扫除，是大呼猛进，将碍脚的旧轨道不论整条或碎片，一扫而空，并非想挖一块废铁古砖挟回家去，预备卖给旧货店。中国很少这一类人，即使有之，也会被大众的唾沫淹死。孔丘先生确是伟大，生在巫鬼势力如此旺盛的时代，偏不肯随俗谈鬼神；但可惜太聪明了，"祭如在祭神如神在"[3]，只用他修《春秋》的照例手段[4]以两个"如"字略寓"俏皮刻薄"之意，使人一时莫明其妙，看不出他肚皮里的反对来。他肯对子路赌咒，却不肯对鬼神宣战，因为一宣战就不和平，易犯骂人——虽然不过骂鬼——之罪，即不免有《衡论》(见一月份《晨报副镌》)作家 TY 先生[5]似的好人，会替鬼神来奚落他道：为名乎？骂人不能得名。为利乎？骂人不能得利。想引诱女人乎？又不能将蚩尤的脸子印在文章上。何乐而为之也欤？

---

[1] 斯谛纳尔：德国哲学家卡斯巴尔·施米特的笔名。伊孛生：通译为易卜生，挪威戏剧家。

[2] 勃兰兑斯：丹麦文学史家、文学批评家。

[3] 此句出自《论语·八佾》，意思是祭祀祖先或神灵的时候要态度恭敬，好像祖先或神灵就在眼前。

[4] 修《春秋》的照例手段：传说孔子编写《春秋》时常以一字寄托褒贬之意，这就是微言大义，后称为"春秋笔法"。

[5] 当时《晨报副刊》登有署名 TY 的《衡论》一文，文中反对写批评文章，说这样的文章为"骂人文章"。

孔丘先生是深通世故的老先生，大约除脸子付印问题以外，还有深心，犯不上来做明目张胆的破坏者，所以只是不谈，而决不骂，于是乎俨然成为中国的圣人，道大，无所不包故也。否则，现在供在圣庙里的，也许不姓孔。

不过在戏台上罢了，悲剧将人生的有价值的东西毁灭给人看，喜剧将那无价值的撕破给人看。讥讽又不过是喜剧的变简的一支流。但悲壮滑稽，却都是十景病的仇敌，因为都有破坏性，虽然所破坏的方面各不同。中国如十景病尚存，则不但卢梭他们似的疯子决不产生，并且也决不产生一个悲剧作家或喜剧作家或讽刺诗人。所有的，只是喜剧底人物或非喜剧非悲剧底人物，在互相模造的十景中生存，一面各各带了十景病。

然而十全停滞的生活，世界上是很不多见的事，于是破坏者到了，但并非自己的先觉的破坏者，却是狂暴的强盗，或外来的蛮夷。猃狁[1]早到过中原，五胡来过了，蒙古也来过了；同胞张献忠杀人如草，而满洲兵的一箭，就钻进树丛中死掉了。有人论中国说，倘使没有带着新鲜的血液的野蛮的侵入，真不知自身会腐败到如何！这当然是极刻毒的恶谑，但我们一翻历史，怕不免要有汗流浃背的时候罢。外寇来了，暂一震动，终于请他作主子，在他的刀斧下修补老例；内寇来了，也暂一震动，终于请他作主子，或者别拜一个主子，在自己的瓦砾中修补老例。再来翻县志，就看见每一次兵燹之后，所添上的是许多烈妇烈女的氏名。看近来的兵祸，怕又要大举表扬节烈了罢。许多男人们都那里去了？

凡这一种寇盗式的破坏，结果只能留下一片瓦砾，与建设无关。

---

[1] 猃狁（xiǎn yǔn）：古代北方少数民族之一，周代称俨狁，秦汉时称匈奴。下文的“五胡”指古代对匈奴、羯、鲜卑、氐、羌五个少数民族的合称。

但当太平时候，就是正在修补老例，并无寇盗时候，即国中暂时没有破坏么？也不然的，其时有奴才式的破坏作用常川活动着。

雷峰塔砖的挖去，不过是极近的一条小小的例。龙门的石佛，大半肢体不全，图书馆中的书籍，插图须谨防撕去，凡公物或无主的东西，倘难于移动，能够完全的即很不多。但其毁坏的原因，则非如革除者的志在扫除，也非如寇盗的志在掠夺或单是破坏，仅因目前极小的自利，也肯对于完整的大物暗暗的加一个创伤。人数既多，创伤自然极大，而倒败之后，却难于知道加害的究竟是谁。正如雷峰塔倒掉以后，我们单知道由于乡下人的迷信。共有的塔失去了，乡下人的所得，却不过一块砖，这砖，将来又将为别一自利者所藏，终究至于灭尽。倘在民康物阜[1]时候，因为十景病的发作，新的雷峰塔也会再造的罢。但将来的运命，不也就可以推想而知么？如果乡下人还是这样的乡下人，老例还是这样的老例。

这一种奴才式的破坏，结果也只能留下一片瓦砾，与建设无关。

岂但乡下人之于雷峰塔，日日偷挖中华民国的柱石的奴才们，现在正不知有多少！

瓦砾场上还不足悲，在瓦砾场上修补老例是可悲的。我们要革新的破坏者，因为他内心有理想的光。我们应该知道他和寇盗奴才的分别；应该留心自己堕入后两种。这区别并不烦难，只要观人，省己，凡言动中，思想中，含有借此据为己有的朕兆[2]者是寇盗，含有借此占些目前的小便宜的朕兆者是奴才，无论在前面打着的是怎样鲜明好看的旗子。

一九二五年二月六日。

（选自《鲁迅全集》卷一《坟》）

---

[1] 民康物阜（fù）：人民安康，物产丰富。
[2] 朕兆：即征兆。

鲁迅论流氓

无论古今，凡是没有一定的理论，或主张的变化并无线索可寻，而随时拿了各种各派的理论来作武器的人，都可以称之为流氓。例如上海的流氓，看见一男一女的乡下人在走路，他就说，“喂，你们这样子，有伤风化，你们犯了法了！”他用的是中国法。倘看见一个乡下人在路旁小便呢，他就说，“喂，这是不准的，你犯了法，该捉到捕房去！”这时他所用的又是外国法。但结果是无所谓法不法，只要被他敲去了几个钱就都完事。

——《二心集·上海文艺之一瞥》

导读

这里的两篇，涉及一个可能是更深层次的问题：专制体制对奴隶的奴役，不仅是肉体上的残酷摧残，更是精神上的伤害，甚至残酷迫害本身，都会造成奴隶精神上的病态。这就是《随感录·六十五》所说，给“暴君的臣民”以“渴血的欲望”，“只愿暴政暴在他人的头上，他却看着高兴，拿‘残酷’做娱乐”；以及《偶成》所说，“酷的教育，使人们见酷而不再觉其酷”，“奴隶们受惯了‘酷刑’的教育，他只知道对人应该用酷刑”，于是，人们终于走不出“以暴易暴”的怪圈——这是一个至今仍未解决的人类难题。

随感录·六十五　暴君的臣民

从前看见清朝几件重案的记载，“臣工”拟罪[1]很严重，“圣上”常常减轻，便心里想：大约因为要博仁厚的美名，所以玩这些花样罢了。后来细想，殊不尽然。

暴君治下的臣民，大抵比暴君更暴；暴君的暴政，时常还不能餍足[2]暴君治下的臣民的欲望。

中国不要提了罢。在外国举一个例：小事件则如Gogol[3]的剧本《按察使》，众人都禁止他，俄皇却准开演；大事件则如巡抚想放耶稣[4]，众人却要求将他钉上十字架。

暴君的臣民，只愿暴政暴在他人的头上，他却看着高兴，拿“残酷”做娱乐，拿“他人的苦”做赏玩，做慰安。

自己的本领只是“幸免”。

从“幸免”里又选出牺牲，供给暴君治下的臣民的渴血的欲望，但谁也不明白。死的说“阿呀”，活的高兴着。

（选自《鲁迅全集》卷一《热风》）

---

[1] “臣工”：指群臣百官。拟罪：原先拟定的罪名。

[2] 餍（yàn）足：满足。

[3] Gogol：是俄国作家果戈理（1809—1852）的英译名。果戈理的代表作品有长篇小说《死魂灵》（鲁迅曾将其译为中文）、剧本《钦差大臣》（即本文中的《按察使》）等。

[4] 据《圣经·新约全书》记载，耶稣在耶路撒冷传道时，因门徒犹大出卖而被捕。当时罗马帝国驻犹太总督彼拉多本想释放耶稣，但遭到祭司长、文士和民间长老们的反对。在众人的挑唆下，耶稣被钉死在十字架上。

许广平说鲁迅的“傻气可掬”

你在北京，拼命帮人，傻气可掬，连我们也看得吃力，而不敢言。其实这也没有什么，我的父母一生都是这样傻，以致身后萧条，子女窘迫，然而也有暂致其敬爱，仗义相助的，所以我在外读书，也能到了毕业，天壤间也须有傻子交互发傻，社会才立得住。

——《两地书·致鲁迅，1926年11月27日》

先生对于青年，尽有半途分手，或为敌人，或加构陷，但也有始终不二者，而先生有似长江大河，或留或逝，无所容于中，仍以至诚至正之忱，继续接待着一切新来者。或有劝其稍节精力，“不亦可以已乎？”而先生的答复是：“我不能因为一个人做了贼，就疑心一切的人。”……

先生……说：“在唯利是图的社会里，多几个呆子是好的。”先生自己亦明知是呆子而时常做去。他说：“青年多几个像我一样做的，中国就好得多，不是这样了。”

——许广平《欣慰的纪念·鲁迅和青年们》

偶成

九月二十日的《申报》上，有一则嘉善地方的新闻，摘录起来，就是——

> “本县大窑乡沈和声与子林生，被著匪石塘小弟绑架而去，勒索三万元。沈姓家以中人之产，迁延未决。讵料[1]该帮股匪乃将沈和声父子及苏境方面绑来肉票，在丁棚北，北荡滩地方，大施酷刑。法以布条遍贴背上，另用生漆涂敷，俟其稍干，将布之一端，连皮揭起，则痛彻心肺，哀号呼救，惨不忍闻。时为该处居民目睹，恻然心伤，尽将惨状报告沈姓，速即往赎，否则恐无生还。帮匪手段之酷，洵属骇闻。”

“酷刑”的记载，在各地方的报纸上是时时可以看到的，但我们只在看见时觉得“酷”，不久就忘记了，而实在也真是记不胜记。然而酷刑的方法，却决不是突然就会发明，一定都有它的师承或祖传，例如这石塘小弟所采用的，便是一个古法，见于士大夫未必肯看，而下等人却大抵知道的《说岳全传》一名《精忠传》上，是秦桧[2]要岳飞自认“汉奸”，逼供之际所用的方法，但使用的材料，却是麻条和鱼鳔。我以为生漆之说，是未必的确的，因为这东西很不容易干燥。

“酷刑”的发明和改良者，倒是虎吏和暴君，这是他们唯一的事

[1] 讵料：岂料、没想到的意思。
[2] 秦桧：江宁（今南京）人。宋高宗时任宰相，是主张降金、诬杀抗金名将岳飞的主谋。

业，而且也有工夫来考究。这是所以威民，也所以除奸的，然而《老子》说得好，“为之斗斛以量之，则并与斗斛而窃之，……”[1]有被刑的资格的也就来玩一个“剪窃”。张献忠的剥人皮[2]，不是一种骇闻么？但他之前已有一位剥了“逆臣”景清[3]的皮的永乐皇帝在。

奴隶们受惯了“酷刑”的教育，他只知道对人应该用酷刑。

但是，对于酷刑的效果的意见，主人和奴隶们是不一样的。主人及其帮闲们，多是智识者，他能推测，知道酷刑施之于敌对，能够给与怎样的痛苦，所以他会精心结撰，进步起来。奴才们却一定是愚人，他不能“推己及人”，更不能推想一下，就“感同身受”。只要他有权，会采用成法自然也难说，然而他的主意，是没有智识者所测度的那么惨厉的。绥拉菲摩维支在《铁流》[4]里，写农民杀掉了一个贵人的小女儿，那母亲哭得很凄惨，他却诧异道，哭什么呢，我们死掉多少小孩子，一点也没哭过。他不是残酷，他一向不知道人命会这么宝贵，他觉得奇怪了。

奴隶们受惯了猪狗的待遇，他只知道人们无异于猪狗。

用奴隶或半奴隶的幸福者，向来只怕“奴隶造反”，真是无怪的。

要防“奴隶造反”，就更加用“酷刑”，而“酷刑”却因此更到了末路。在现代，枪毙是早已不足为奇了，枭首陈尸，也只能博得民众暂时的鉴赏，而抢劫，绑架，作乱的还是不减少，并且连绑匪也对于别人用起酷刑来了。酷的教育，使人们见酷而不再觉其酷，例如无端杀死几个民众，先前是大家就会嚷起来的，现在却只如见了日常茶饭

---

[1] 此处有误，文中的《老子》应为《庄子》。语见《庄子·胠箧》。

[2] 张献忠：明末农民起义首领，崇祯十三年（1640）曾率部进兵四川，史传他杀人很多。“剥人皮”一事，见于清代《蜀碧》一书。

[3] 景清：明惠帝时御史大夫，后因谋刺篡夺帝位的明成祖朱棣被杀。下文的永乐皇帝即朱棣。

[4]《铁流》：长篇小说，苏联作家绥拉菲摩维支著，描写苏联国内战争时期一支游击队的成长过程。所引情节见该书第 33 章。

事。人民真被治得好像厚皮的，没有感觉的癞象一样了，但正因为成了癞皮，所以又会踏着残酷前进，这也是虎吏和暴君所不及料，而即使料及，也还是毫无办法的。

九月二十日。

（选自《鲁迅全集》卷四《南腔北调集》）

鲁迅谈“真的知识阶级”

所谓俄国的知识阶级，其实与中国的不同，……因为他确能替平民抱不平，把平民的苦痛告诉大众。……他与平民接近，或自身就是平民。……也同样的感受到平民的苦痛，当然能痛痛快快写出来为平民说话，……

……知识阶级将怎么样呢？还是在指挥刀下听令行动，还是发表倾向民众的思想呢？要是发表意见，就要想到什么就说什么。真的知识阶级是不顾利害的，如想到种种利害，就是假的，冒充的知识阶级；只是假知识阶级的寿命倒比较长一点。像今天发表这个主张，明天发表那个意见的人，思想似乎天天在进步；只是真的知识阶级的进步，决不能如此快的。不过他们对于社会永不会满意的，所感受的永远是痛苦，所看到的永远是缺点，他们预备着将来的牺牲，社会也因为有了他们而热闹，不过他的本身——心身方面总是苦痛的……

——《集外集拾遗补编·关于知识阶级》

单元读写活动建议

1. 有关康熙、雍正、乾隆王朝的影视片的纷纷上映，引起了舆论界与学术界关于如何看待历史上的“太平盛世”的论争，试查阅有关资料，发表自己意见。
2. 鲁迅用戏剧的形式写了《聪明人和傻子和奴才》，尝试用论文或杂文的形式，另写一篇《论聪明人和傻子和奴才》。
3. 读一两部你所敬佩的中外知识分子的传记，并做摘录或写读书笔记，谈谈“我心目中真正的知识分子”。

第四编

阅读鲁迅

（下）

在初步了解了鲁迅的一些基本的文学命题与思想命题以后，我们与鲁迅的对话将转入“鲁迅与青年”这一话题。——在某种程度上，这其实就是我们一开始就讨论过的“父亲与儿子”这一话题的扩大、延伸与深化；因此，讨论的也是“他”和“我（我们）”的关系：这是我们阅读鲁迅的起点与归宿。

I 生命的路

导读

鲁迅一生都在履行他在五四时期对中国社会的承诺："自己背着因袭的重担，肩住了黑暗的闸门"，放年轻一代"到宽阔光明的地方去；此后幸福的度日，合理的做人"。——鲁迅与青年的关系中，所体现的就是这样一种精神。

因此，他拒绝做青年的"导师"。——这体现了现代民主与平等的精神，更是一种鲁迅式的清醒。他说，"我的确时时解剖别人，然而更多的是更无情面地解剖我自己"，他正苦于"背了这些古老的鬼魂"，欲挣脱而不能，自己也在寻路，"正不知那一条好"，何能给青年指路？他更深知，"在进化的链子上"，自己不过是一个"中间物"，"应该和光阴偕逝，逐渐消亡，至多不过是桥梁中的一木一石，并非什么前途的目标，范本"。(《写在〈坟〉后面》)

因此，他对青年一代，最主要的告诫是：不要把自己的命运交给他人，"何须寻那挂着金字招牌的导师"；要自己把握与创造自己的生命的路，"寻朋友，联合起来，同向着似乎可以生存的方向走"。"什么是路？就是从没路的地方践踏出来的，从只有荆棘的地方开辟出来的。"如果"真要活下去"，"就先该敢说，敢笑，敢哭，敢怒，敢骂，敢打，在这可诅咒的地方击退了可诅咒的时代！"

导师

近来很通行说青年；开口青年，闭口也是青年。但青年又何能一概而论？有醒着的，有睡着的，有昏着的，有躺着的，有玩着的，此外还多。但是，自然也有要前进的。

要前进的青年们大抵想寻求一个导师。然而我敢说：他们将永远寻不到。寻不到倒是运气；自知的谢不敏，自许的果真识路么？凡自以为识路者，总过了“而立”[1]之年，灰色可掬了，老态可掬了，圆稳而已，自己却误以为识路。假如真识路，自己就早进向他的目标，何至于还在做导师。说佛法的和尚，卖仙药的道士，将来都与白骨是“一丘之貉”，人们现在却向他听生西的大法，求上升的真传[2]，岂不可笑！

但是我并非敢将这些人一切抹杀；和他们随便谈谈，是可以的。说话的也不过能说话，弄笔的也不过能弄笔；别人如果希望他打拳，则是自己错。他如果能打拳，早已打拳了，但那时，别人大概又要希望他翻筋斗。

有些青年似乎也觉悟了，我记得《京报副刊》征求青年必读书时，曾有一位发过牢骚，终于说：只有自己可靠！我现在还想斗胆转一句，虽然有些杀风景，就是：自己也未必可靠的。

我们都不大有记性。这也无怪，人生苦痛的事太多了，尤其是在

[1] “而立”：语出《论语・为政》“三十而立”。本意是说到了三十岁学问上就有所自立。后来就有了“而立”之年的说法，成了“三十岁”的代词。

[2] 生西：佛教用语，指往生西方，终于成佛。上升：道教用语，指服食仙药，飞升成仙。

中国。记性好的，大概都被厚重的苦痛压死了；只有记性坏的，适者生存，还能欣然活着。但我们究竟还有一点记忆，回想起来，怎样的“今是昨非”呵，怎样的“口是心非”呵，怎样的“今日之我与昨日之我战”[1]呵。我们还没有正在饿得要死时于无人处见别人的饭，正在穷得要死时于无人处见别人的钱，正在性欲旺盛时遇见异性，而且很美的。我想，大话不宜讲得太早，否则，倘有记性，将来想到时会脸红。

或者还是知道自己之不甚可靠者，倒较为可靠罢。

青年又何须寻那挂着金字招牌的导师呢？不如寻朋友，联合起来，同向着似乎可以生存的方向走。你们所多的是生力，遇见深林，可以辟成平地的，遇见旷野，可以栽种树木的，遇见沙漠，可以开掘井泉的。问什么荆棘塞途的老路，寻什么乌烟瘴气的鸟导师！[2]

五月十一日。

（选自《鲁迅全集》卷三《华盖集》）

---

[1] “今日之我与昨日之我战”：此语原出于梁启超《清代学术概论》；但此处似指胡适。鲁迅在《碎话》（收《华盖集》）中也引用了梁启超这句话，举出的例子却是胡适当年曾大喊“干！干！干！”和“炸弹！炸弹！”（见其《四烈士冢上的没字碑歌》）；现在又“深悔前非”，“悟到救国必先求学”，号召青年“钻进研究室”，这样的“今是昨非”的“导师”，青年该如何听从呢？

[2] 鲁迅后来在《“田园思想”》（收《集外集》）一文中说：“我们憎恶的所谓‘导师’，是自以为有正路，有捷径，而其实却是劝人不走的人。倘有领人向前者，只要自己愿意，自然也不妨追踪而往。但这样的前锋，怕中国现在还找不到罢。所以我想，与其找胡涂导师，倒不如自己走，可以省却寻觅的工夫，横竖他也什么都不知道。至于我那‘遇见森林，可以辟成平地，……’这些话，不过是比方，犹言可以用自力克服一切困难，并非真劝人都到山里去。”

随感录·六十六　生命的路

想到人类的灭亡是一件大寂寞大悲哀的事；然而若干人们的灭亡，却并非寂寞悲哀的事。

生命的路是进步的，总是沿着无限的精神三角形的斜面向上走，什么都阻止他不得。

自然赋与人们的不调和还很多，人们自己萎缩堕落退步的也还很多，然而生命决不因此回头。无论什么黑暗来防范思潮，什么悲惨来袭击社会，什么罪恶来亵渎人道，人类的渴仰完全的潜力，总是踏了这些铁蒺藜向前进。

生命不怕死，在死的面前笑着跳着，跨过了灭亡的人们向前进。

什么是路？就是从没路的地方践踏出来的，从只有荆棘的地方开辟出来的。

以前早有路了，以后也该永远有路。

人类总不会寂寞，因为生命是进步的，是乐天的。

昨天，我对我的朋友 L[1] 说，“一个人死了，在死者自身和他的眷属是悲惨的事，但在一村一镇的人看起来不算什么；就是一省一国一种……”

L 很不高兴，说，“这是 Natur（自然）的话，不是人们的话。你应该小心些。”

我想，他的话也不错。

（选自《鲁迅全集》卷一《热风》）

---

［1］ L：即鲁迅先生自己。本文最初发表时，作者署名唐俟，所以有“我对我的朋友 L 说”这样的话。

忽然想到（节选）[1]

五

我生得太早一点，连康有为们"公车上书"[2]的时候，已经颇有些年纪了。政变之后，有族中的所谓长辈也者教诲我，说：康有为是想篡位，所以他的名字叫有为；有者，"富有天下"，为者，"贵为天子"也。非图谋不轨而何？我想：诚然。可恶得很！

长辈的训诲于我是这样的有力，所以我也很遵从读书人家的家教。屏息低头，毫不敢轻举妄动。两眼下视黄泉，看天就是傲慢，满脸装出死相，说笑就是放肆。我自然以为极应该的，但有时心里也发生一点反抗。心的反抗，那时还不算什么犯罪，似乎诛心之律，倒不及现在之严。

但这心的反抗，也还是大人们引坏的，因为他们自己就常常随便大说大笑，而单是禁止孩子。黔首[3]们看见秦始皇那么阔气，捣乱的项羽道："彼可取而代也！"没出息的刘邦却说："大丈夫不当如是耶？"我是没出息的一流，因为羡慕他们的随意说笑，就很希望赶忙变成大人，——虽然此外也还有别种的原因。

大丈夫不当如是耶，在我，无非只想不再装死而已，欲望也并不

---

[1]《忽然想到》全文共十一节，这里选第五节。

[2]"公车上书"：甲午战争失败后，清政府被迫与日本签订屈辱的《马关条约》。1895年，康有为联合各省入京参加会试的1300多举人，联名上书光绪皇帝，请求"拒和、迁都、变法"，史称"公车上书"。

[3]黔首：老百姓。

甚奢。

现在，可喜我已经大了，这大概是谁也不能否认的罢，无论用了怎样古怪的“逻辑”。

我于是就抛了死相，放心说笑起来，而不意立刻又碰了正经人的钉子：说是使他们“失望”了。我自然是知道的，先前是老人们的世界，现在是少年们的世界了；但竟不料治世的人们虽异，而其禁止说笑也则同。那么，我的死相也还得装下去，装下去，“死而后已”，岂不痛哉！

我于是又恨我生得太迟一点。何不早二十年，赶上那大人还准说笑的时候？真是“我生不辰”，正当可诅咒的时候，活在可诅咒的地方了。

约翰弥耳[1]说：专制使人们变成冷嘲。我们却天下太平，连冷嘲也没有。我想：暴君的专制使人们变成冷嘲，愚民的专制使人们变成死相。大家渐渐死下去，而自己反以为卫道有效，这才渐近于正经的活人。

世上如果还有真要活下去的人们，就先该敢说，敢笑，敢哭，敢怒，敢骂，敢打，在这可诅咒的地方击退了可诅咒的时代！

四月十四日。

（选自《鲁迅全集》卷三《华盖集》）

[1] 约翰弥耳（1806—1873）：通译为约翰·穆勒，英国哲学家、经济学家。

导读

鲁迅一辈子甘做培育年轻一代的“泥土”；当众多的教育家鼓励青年争当“天才”时，他却在北京师范大学附属中学的演讲中，对青年学生说，“在要求天才的产生之前，应该先要求可以使天才生长的民众。——譬如想有乔木，想看好花，一定要有好土；……土实在较花木还重要”，“天才大半是天赋的；独有这培养天才的泥土，似乎大家都可以做”。

他进而提倡“泥土精神”。其要点有二：一、“要扩大了精神”，“收纳新潮，脱离旧套”，自己先做现代中国人；二、“要不怕做小事业”，“执着现在，执着地上”，脚踏实地，埋头苦干，“不耻最后”。

在我们已经读过的《中国人失掉自信力了吗》里，鲁迅说：“我们从古以来，就有埋头苦干的人，有拼命硬干的人……”；他又说：“那切切实实，足踏在地上，为着现在中国人的生存而流血奋斗者，我得引为同志，是自以为光荣的。”（《答托洛斯基派的信》）从历史到现实，这样的实实在在的“泥土”精神已经构成了一个传统，鲁迅显然期待年轻一代能够延续这样的精神谱系。

未有天才之前

——一九二四年一月十七日在北京师范大学附属中学校友会讲

我自己觉得我的讲话不能使诸君有益或者有趣，因为我实在不知道什么事，但推托拖延得太长久了，所以终于不能不到这里来说几句。

我看现在许多人对于文艺界的要求的呼声之中，要求天才的产生也可以算是很盛大的了，这显然可以反证两件事：一是中国现在没有一个天才，二是大家对于现在的艺术的厌薄。天才究竟有没有？也许有着罢，然而我们和别人都没有见。倘使据了见闻，就可以说没有；不但天才，还有使天才得以生长的民众。

天才并不是自生自长在深林荒野里的怪物，是由可以使天才生长的民众产生，长育出来的，所以没有这种民众，就没有天才。有一回拿破仑过 Alps 山[1]，说，“我比 Alps 山还要高！”这何等英伟，然而不要忘记他后面跟着许多兵；倘没有兵，那只有被山那面的敌人捉住或者赶回，他的举动，言语，都离了英雄的界线，要归入疯子一类了。所以我想，在要求天才的产生之前，应该先要求可以使天才生长的民众。——譬如想有乔木，想看好花，一定要有好土；没有土，便没有花木了；所以土实在较花木还重要。花木非有土不可，正同拿破仑非有好兵不可一样。

然而现在社会上的论调和趋势，一面固然要求天才，一面却要他

[1] Alps 山：即欧洲最高大的山脉——阿尔卑斯山。

灭亡，连预备的土也想扫尽。举出几样来说：

其一就是“整理国故”[1]。自从新思潮来到中国以后，其实何尝有力，而一群老头子，还有少年，却已丧魂失魄的来讲国故了，他们说，“中国自有许多好东西，都不整理保存，倒去求新，正如放弃祖宗遗产一样不肖。”抬出祖宗来说法，那自然是极威严的，然而我总不信在旧马褂未曾洗净叠好之前，便不能做一件新马褂。就现状而言，做事本来还随各人的自便，老先生要整理国故，当然不妨去埋在南窗下读死书，至于青年，却自有他们的活学问和新艺术，各干各事，也还没有大妨害的，但若拿了这面旗子来号召，那就是要中国永远与世界隔绝了。倘以为大家非此不可，那更是荒谬绝伦！我们和古董商人谈天，他自然总称赞他的古董如何好，然而他决不痛骂画家，农夫，工匠等类，说是忘记了祖宗：他实在比许多国学家聪明得远。

其一是“崇拜创作”。从表面上看来，似乎这和要求天才的步调很相合，其实不然。那精神中，很含有排斥外来思想，异域情调的分子，所以也就是可以使中国和世界潮流隔绝的。许多人对于托尔斯泰，都介涅夫，陀思妥夫斯奇[2]的名字，已经厌听了，然而他们的著作，有什么译到中国来？眼光囚在一国里，听谈彼得和约翰[3]就生厌，定须张三李四才行，于是创作家出来了，从实说，好的也离不了刺取点外国作品的技术和神情，文笔或者漂亮，思想往往赶不上翻译品，甚者还要加上些传统思想，使他适合于中国人的老脾气，而读者

[1] “整理国故”：是当时胡适所倡导的用科学方法研究中国古代历史文化的一种主张。这一主张虽然包含着批判中国传统文化、培养科学理性精神的意思，但在当时的社会背景下容易导致知识分子与青年学生背离新文化建设、脱离现实斗争，因而引起了不同的反响。

[2] 托尔斯泰：俄国著名作家，代表作有长篇小说《战争与和平》《复活》《安娜·卡列尼娜》等。都介涅夫：今译为屠格涅夫，俄国著名作家，代表作有长篇小说《猎人笔记》《贵族之家》《父与子》等。陀思妥夫斯奇：今译为陀思妥耶夫斯基，俄国著名作家，代表作有长篇小说《罪与罚》《卡拉马佐夫兄弟》《白痴》等。

[3] 彼得和约翰：是欧美人常用的名字，这里泛指外国人。

却已为他所牢笼了，于是眼界便渐渐的狭小，几乎要缩进旧圈套里去。作者和读者互相为因果，排斥异流，抬上国粹，那里会有天才产生？即使产生了，也是活不下去的。

这样的风气的民众是灰尘，不是泥土，在他这里长不出好花和乔木来！

还有一样是恶意的批评。大家的要求批评家的出现，也由来已久了，到目下就出了许多批评家。可惜他们之中很有不少是不平家，不像批评家，作品才到面前，便恨恨地磨墨，立刻写出很高明的结论道，“唉，幼稚得很。中国要天才！”到后来，连并非批评家也这样叫喊了，他是听来的。其实即使天才，在生下来的时候的第一声啼哭，也和平常的儿童的一样，决不会就是一首好诗。因为幼稚，当头加以戕贼[1]，也可以萎死的。我亲见几个作者，都被他们骂得寒噤了。那些作者大约自然不是天才，然而我的希望是便是常人也留着。

恶意的批评家在嫩苗的地上驰马，那当然是十分快意的事；然而遭殃的是嫩苗——平常的苗和天才的苗。幼稚对于老成，有如孩子对于老人，决没有什么耻辱；作品也一样，起初幼稚，不算耻辱的。因为倘不遭了戕贼，他就会生长，成熟，老成；独有老衰和腐败，倒是无药可救的事！我以为幼稚的人，或者老大的人，如有幼稚的心，就说幼稚的话，只为自己要说而说，说出之后，至多到印出之后，自己的事就完了，对于无论打着什么旗子的批评，都可以置之不理的！

就是在座的诸君，料来也十之九愿有天才的产生罢，然而情形是这样，不但产生天才难，单是有培养天才的泥土也难。我想，天才大半是天赋的；独有这培养天才的泥土，似乎大家都可以做。做土的功

[1] 戕（qiāng）贼：伤害；损害。

效，比要求天才还切近；否则，纵有成千成百的天才，也因为没有泥土，不能发达，要像一碟子绿豆芽。

做土要扩大了精神，就是收纳新潮，脱离旧套，能够容纳，了解那将来产生的天才；又要不怕做小事业，就是能创作的自然是创作，否则翻译，介绍，欣赏，读，看，消闲都可以。以文艺来消闲，说来似乎有些可笑，但究竟较胜于戕贼他。

泥土和天才比，当然是不足齿数的，然而不是坚苦卓绝者，也怕不容易做；不过事在人为，比空等天赋的天才有把握。这一点，是泥土的伟大的地方，也是反有大希望的地方。而且也有报酬，譬如好花从泥土里出来，看的人固然欣然的赏鉴，泥土也可以欣然的赏鉴，正不必花卉自身，这才心旷神怡的——假如当作泥土也有灵魂的说。

（选自《鲁迅全集》卷一《坟》）

鲁迅论“执着现在，执着地上”

仰慕往古的，回往古去罢！想出世的，快出世罢！想上天的，快上天罢！灵魂要离开肉体的，赶快离开罢！现在的地上，应该是执着现在，执着地上的人们居住的。

——《华盖集·杂感》

我看一切理想家，不是怀念“过去”，就是希望“将来”，而对于“现在”这一个题目，都缴了白卷，因为谁也开不出药方。所有最好的药方，即所谓“希望将来”的就是。

——《两地书·致许广平，1925年3月18日》

我们常将眼光收得极近，只在自身，或者放得极远，到北极，或到天外，而这两者之间的一圈可是绝不注意的，……在中国做人，真非这样不成，不然就活不下去。例如倘使你讲个人主义，或者远而至于宇宙哲学，灵魂灭否，那是不要紧的。但一讲社会问题，可就要出毛病了。……在文学上也是如此。倘写所谓身边小说，说苦痛呵，穷呵，我爱女人而女人不爱我呵，那是很妥当的，不会出什么乱子。如要一谈及中国社会，谈及压迫与被压迫，那就不成。不过你如果再远一点，说什么巴黎伦敦，再远些，月界，天边，可又没有危险了。……

……“认真点”，“眼光不可不放大但不可放的太大”……这本是两句平常话，但我的确知道了这两句话，是在死了许多性命之后。许多历史的教训，都是用极大的牺牲换来的。

——《集外集拾遗·今春的两种感想》

这个与那个（节选）[1]

三　最先与最后

《韩非子》说赛马的妙法，在于“不为最先，不耻最后”。这虽是从我们这样外行的人看起来，也觉得很有理。因为假若一开首便拼命奔驰，则马力易竭。但那第一句是只适用于赛马的，不幸中国人却奉为人的处世金鍼[2]了。

中国人不但“不为戎首”，“不为祸始”，甚至于“不为福先”。所以凡事都不容易有改革；前驱和闯将，大抵是谁也怕得做。然而人性岂真能如道家所说的那样恬淡；欲得的却多。既然不敢径取，就只好用阴谋和手段。以此，人们也就日见其卑怯了，既是“不为最先”，自然也不敢“不耻最后”，所以虽是一大堆群众，略见危机，便“纷纷作鸟兽散”了。如果偶有几个不肯退转，因而受害的，公论家便异口同声，称之曰傻子。对于“锲而不舍”的人们也一样。

我有时也偶尔去看看学校的运动会。这种竞争，本来不像两敌国的开战，挟有仇隙的，然而也会因了竞争而骂，或者竟打起来。但这些事又作别论。竞走的时候，大抵是最快的三四个人一到决胜点，其余的便松懈了，有几个还至于失了跑完豫定的圈数的勇气，中途挤入看客的群集中；或者佯为跌倒，使红十字队用担架将他抬走。假若偶有虽然落后，却尽跑，尽跑的人，大家就嗤笑他。大概是因为他太不

---

[1] 《这个与那个》全文共四节，这里选第三、四节。
[2] 处世金鍼：为人处世所奉行的法则。

聪明，“不耻最后”的缘故罢。

所以中国一向就少有失败的英雄，少有韧性的反抗，少有敢单身鏖战的武人，少有敢抚哭叛徒的吊客；见胜兆则纷纷聚集，见败兆则纷纷逃亡。战具比我们精利的欧美人，战具未必比我们精利的匈奴蒙古满洲人，都如入无人之境。“土崩瓦解”这四个字，真是形容得有自知之明。

多有“不耻最后”的人的民族，无论什么事，怕总不会一下子就“土崩瓦解”的，我每看运动会时，常常这样想：优胜者固然可敬，但那虽然落后而仍非跑至终点不止的竞技者，和见了这样竞技者而肃然不笑的看客，乃正是中国将来的脊梁。

四　流产与断种

近来对于青年的创作，忽然降下一个“流产”的恶谥[1]，哄然应和的就有一大群。我现在相信，发明这话的是没有什么恶意的，不过偶尔说一说；应和的也是情有可原的，因为世事本来大概就这样。

我独不解中国人何以于旧状况那么心平气和，于较新的机运就这么疾首蹙额；于已成之局那么委曲求全，于初兴之事就这么求全责备？

智识高超而眼光远大的先生们开导我们：生下来的倘不是圣贤，豪杰，天才，就不要生；写出来的倘不是不朽之作，就不要写；改革的事倘不是一下子就变成极乐世界，或者，至少能给我（！）有更多的好处，就万万不要动！……

那么，他是保守派么？据说：并不然的。他正是革命家。惟独他

[1] 恶谥：不好的称呼。

有公平，正当，稳健，圆满，平和，毫无流弊的改革法；现下正在研究室里研究着哩，——只是还没有研究好。

什么时候研究好呢？答曰：没有准儿。

孩子初学步的第一步，在成人看来，的确是幼稚，危险，不成样子，或者简直是可笑的。但无论怎样的愚妇人，却总以恳切的希望的心，看他跨出这第一步去，决不会因为他的走法幼稚，怕要阻碍阔人的路线而"逼死"他；也决不至于将他禁在床上，使他躺着研究到能够飞跑时再下地。因为她知道：假如这么办，即使长到一百岁也还是不会走路的。

古来就这样，所谓读书人，对于后起者却反而专用彰明较著的或改头换面的禁锢。近来自然客气些，有谁出来，大抵会遇见学士文人们挡驾：且住，请坐。接着是谈道理了：调查，研究，推敲，修养，……结果是老死在原地方。否则，便得到"捣乱"的称号。我也曾有如现在的青年一样，向已死和未死的导师们问过应走的路。他们都说：不可向东，或西，或南，或北。但不说应该向东，或西，或南，或北。我终于发见他们心底里的蕴蓄了：不过是一个"不走"而已。

坐着而等待平安，等待前进，倘能，那自然是很好的，但可虑的是老死而所等待的却终于不至；不生育，不流产而等待一个英伟的宁馨儿[1]，那自然也很可喜的，但可虑的是终于什么也没有。

倘以为与其所得的不是出类拔萃的婴儿，不如断种，那就无话可说。但如果我们永远要听见人类的足音，则我以为流产究竟比不生产还有望，因为这已经明明白白地证明着能够生产的了。

十二月二十日。

（选自《鲁迅全集》卷三《华盖集》）

---

[1] 宁馨儿：原意是"这样的孩子"，后来用作赞美孩子的话。

导读

鲁迅说，他的许多文章“是见了我的同辈和比我年幼的青年们的血而写的”(《写在〈坟〉后面》)。对于他，这是幸存者的责任：将血的经验教训告诉年轻一代，尽可能避免历史的重演。——尽管他已经看到了太多的“重来”，原因是中国人太容易忘记了。

《忽然想到（节选）》与《补白（节选）》都写于五卅运动之后。鲁迅认为，五卅运动的最大教训，就是不要把自己民族的命运寄托于他国的所谓“文明”的“公道”:“公道和武力合为一体的文明，世界上本未出现”；因此，中国的问题只能依靠自己，不断地“设法增长国民的实力，还要永远这样的干下去”。鲁迅由此而提出一个重要的战略思想:“假定现今觉悟的青年的平均年龄为二十，又假定照中国人易于衰老的计算，至少也还可以共同抗拒，改革，奋斗三十年。不够，就再一代，二代……”这里所提出的中国的“抗拒，改革”的长期性，必须经历几代人的“奋斗”的思想，是建立在对中国问题的特殊复杂性、艰巨性的清醒认识的基础上的；从鲁迅说这话的1925年到现在，已经经过了近八十年的奋斗（远远超过了鲁迅说的起码“奋斗三十年”的时间），但当初的奋斗目标——如鲁迅所说的走出“瞒和骗”的大泽，“创造第三样的时代”等等，也依然遥远，恐怕真的还要“再一代，二代……”地奋斗下去。

正是出于这样的“长期奋斗”的战略思想，鲁迅提倡一种“韧性战斗”精神。他批评“真诚的学生们”的“一个颇大的错误”:“开首太自以为有非常的神力，有如意的成功。幻想飞得太高，堕在现实上的时候，伤就格外沉重了”。针对这样的“五分热”，鲁迅告诫青年：“自己要择定一种口号……来履行，与其不饮不食的履行七日或痛哭流涕的履行一月，倒不如也看书也履行至五年，或者也看戏也履行至十年，或者也寻异性朋友也履行至五十年，或者也讲情话也履行至一百年”，不求一时之功，也不做惊人之举，而是把这样的奋斗变成日常生活中的持续不断的努力，锲而不舍，不达目的绝不罢休。——惟拥有这样的坚韧的生命力，才能成为真正的“强者”。

《空谈（节选）》更是“三一八”惨案中年轻的牺牲者（其中就有我们所熟悉的那“始终微笑的，和蔼的”刘和珍君）的生命换来的“血书”。鲁迅说，只有“知道死尸的沉重”的民族和战士才有希望；而懂得这沉重者就必须选择“别种方法的战斗”；再不要“赤膊上阵”了，而要学会打“壕堑战”：要知道“战士的生命是宝贵的。在战士不多的地方，这生命就愈宝贵”；更要深知自己的对手，“和朋友在一起，可以脱掉衣服，但上阵要穿甲”：必须懂得并善于保护自己，还要讲究策略，懂得必要的妥协，走迂回的路，做到有勇有谋，“战斗当首先守住营垒，若专一冲锋，而反遭覆灭，乃无谋之勇，非真勇也”。(《致榴花社，1933 年 6 月 20 日》)

忽然想到（节选）[1]

十

无论是谁，只要站在“辩诬”的地位的，无论辩白与否，都已经是屈辱。更何况受了实际的大损害之后，还得来辩诬。

我们的市民被上海租界的英国巡捕击杀了[2]，我们并不还击，却先来赶紧洗刷牺牲者的罪名。说道我们并非“赤化”，因为没有受别国的煽动；说道我们并非“暴徒”，因为都是空手，没有兵器的。我不解为什么中国人如果真使中国赤化，真在中国暴动，就得听英捕来处死刑？记得新希腊人也曾用兵器对付过国内的土耳其人[3]，却并不被称为暴徒；俄国确已赤化多年了，也没有得到别国开枪的惩罚。而独有中国人，则市民被杀之后，还要皇皇然辩诬，张着含冤的眼睛，向世界搜求公道。

其实，这原由是很容易了然的，就因为我们并非暴徒，并未赤化的缘故。

因此我们就觉得含冤，大叫着伪文明的破产。可是文明是向来如此的，并非到现在才将假面具揭下来。只因为这样的损害，以前是别民族所受，我们不知道，或者是我们原已屡次受过，现在都已忘却罢了。公道和武力合为一体的文明，世界上本未出现，那萌芽或者只在

[1]《忽然想到》全文共十一节，这里选第十节。

[2] 指的是震惊中外的五卅惨案。1925 年 5 月 30 日，数千学生在上海英租界举行反帝示威活动，抗议日本纱厂枪杀中国工人顾正红，被租界当局逮捕一百多人。随后，万余群众涌向南京路巡捕房，要求释放被捕学生，遭英国巡捕枪击，死伤数十人。

[3] 指 1821 年希腊人民反对土耳其统治的民族独立运动。

几个先驱者和几群被迫压民族的脑中。但是，当自己有了力量的时候，却往往离而为二了。

但英国究竟有真的文明人存在。今天，我们已经看见各国无党派智识阶级劳动者所组织的国际工人后援会，大表同情于中国的《致中国国民宣言》了。列名的人，英国就有培那特萧（Bernard Shaw）[1]，中国的留心世界文学的人大抵知道他的名字；法国则巴尔布斯（Henri Barbusse）[2]，中国也曾译过他的作品。他的母亲却是英国人；或者说，因此他也富有实行的质素，法国作家所常有的享乐的气息，在他的作品中是丝毫也没有的。现在都出而为中国鸣不平了，所以我觉得英国人的品性，我们可学的地方还多着，——但自然除了捕头，商人，和看见学生的游行而在屋顶拍手嘲笑的娘儿们。

我并非说我们应该做“爱敌若友”的人，不过说我们目下委实并没有认谁作敌。近来的文字中，虽然偶有“认清敌人”这些话，那是行文过火的毛病。倘有敌人，我们就早该抽刃而起，要求“以血偿血”了。而现在我们所要求的是什么呢？辩诬之后，不过想得点轻微的补偿；那办法虽说有十几条，总而言之，单是“不相往来”，成为“路人”而已。虽是对于本来极密的友人，怕也不过如此罢。

然而将实话说出来，就是：因为公道和实力还没有合为一体，而我们只抓得了公道，所以满眼是友人，即使他加了任意的杀戮。

如果我们永远只有公道，就得永远着力于辩诬，终身空忙碌。这几天有些纸贴在墙上，仿佛叫人勿看《顺天时报》[3]似的。我从来就不大看这报，但也并非“排外”，实在因为它的好恶，每每和我的很

[1] 培那特萧（1856—1950）：现在通译为萧伯纳，英国剧作家、社会活动家。

[2] 巴尔布斯（1873—1935）：通译为巴比塞，法国作家、社会活动家。

[3]《顺天时报》：日本人在北京创办的中文报纸，1901年10月创刊。

不同。然而也间有很确，为中国人自己不肯说的话。大概两三年前，正值一种爱国运动的时候罢，偶见一篇它的社论，大意说，一国当衰弊之际，总有两种意见不同的人。一是民气论者，侧重国民的气概，一是民力论者，专重国民的实力。前者多则国家终亦渐弱，后者多则将强。我想，这是很不错的；而且我们应该时时记得的。

可惜中国历来就独多民气论者，到现在还如此。如果长此不改，“再而衰，三而竭”，将来会连辩诬的精力也没有了。所以在不得已而空手鼓舞民气时，尤必须同时设法增长国民的实力，还要永远这样的干下去。

因此，中国青年负担的烦重，就数倍于别国的青年了。因为我们的古人将心力大抵用到玄虚漂渺平稳圆滑上去了，便将艰难切实的事情留下，都待后人来补做，要一人兼做两三人，四五人，十百人的工作，现在可正到了试练的时候了。对手又是坚强的英人，正是他山的好石，大可以借此来磨练。假定现今觉悟的青年的平均年龄为二十，又假定照中国人易于衰老的计算，至少也还可以共同抗拒，改革，奋斗三十年。不够，就再一代，二代……。这样的数目，从个体看来，仿佛是可怕的，但倘若这一点就怕，便无药可救，只好甘心灭亡。因为在民族的历史上，这不过是一个极短时期，此外实没有更快的捷径。我们更无须迟疑，只是试练自己，自求生存，对谁也不怀恶意的干下去。

但足以破灭这运动的持续的危机，在目下就有三样：一是日夜偏注于表面的宣传，鄙弃他事；二是对同类太操切，稍有不合，便呼之为国贼，为洋奴；三是有许多巧人，反利用机会，来猎取自己目前的利益。

六月十一日。

（选自《鲁迅全集》卷三《华盖集》）

补白（节选）[1]

三

离五卅事件的发生已有四十天，北京的情形就像五月二十九日一样。聪明的批评家大概快要提出照例的“五分钟热度”[2]说来了罢，虽然也有过例外：曾将汤尔和先生的大门“打得擂鼓一般，足有十五分钟之久”[3]。（见六月二十三日《晨报》）有些学生们也常常引这“五分热”说自诫，仿佛早经觉到了似的。

但是，中国的老先生们——连二十岁上下的老先生们都算在内——不知怎的总有一种矛盾的意见，就是将女人孩子看得太低，同时又看得太高。妇孺是上不了场面的；然而一面又拜才女，捧神童，甚至于还想借此结识一个阔亲家，使自己也连类飞黄腾达。什么木兰从军，缇萦救父[4]，更其津津乐道，以显示自己倒是一个死不挣气的瘟虫。对于学生也是一样，既要他们“莫谈国事”，又要他们独退番兵，退不了，就冷笑他们无用。

倘在教育普及的国度里，国民十之九是学生；但在中国，自然还是一个特别种类。虽是特别种类，却究竟是“束发小生”[5]，所以当然

---

[1] 《补白》全文共三节，这里选第三节。

[2] “五分钟热度”：1925年5月7日，梁启超在《晨报》上发表《第十度的“五七”》一文说：“‘国耻纪念’这个名词，不过靠‘义和团式’的爱国心而存在罢了！……但他的功用之表现，当然是靠‘五分钟热度’，这种无理性的冲动能有持续性，我绝对不敢相信。”

[3] 汤尔和（1878—1940）：浙江杭县人，曾任北洋政府教育总长，抗日战争时期沦为汉奸。五卅惨案后，他曾在《晨报》上发文批评学生运动，其中提到募捐的学生擂他家之门“足有十五分钟之久”。

[4] 缇萦救父：汉代女子缇萦因父亲获罪，上书汉文帝，表示愿为官婢以代父赎罪。事见《史记·仓公列传》。

[5] “束发小生”：1925年章士钊禁止学生纪念“五七”国耻，遭到各界反对，于是向段祺瑞政府提交辞呈，其中蔑称参加政治活动的学生为“束发小生”。

不会有三头六臂的大神力。他们所能做的，也无非是演讲，游行，宣传之类，正如火花一样，在民众的心头点火，引起他们的光焰来，使国势有一点转机。倘若民众并没有可燃性，则火花只能将自身烧完，正如在马路上焚纸人轿马，暂时引得几个人闲看，而终于毫不相干，那热闹至多也不过如“打门”之久。谁也不动，难道“小生”们真能自己来打枪铸炮，造兵舰，糊飞机，活擒番将，平定番邦么？所以这“五分热”是地方病，不是学生病。这已不是学生的耻辱，而是全国民的耻辱了；倘在别的有活力，有生气的国度里，现象该不至于如此的。外人不足责，而本国的别的灰冷的民众，有权者，袖手旁观者，也都于事后来嘲笑，实在是无耻而且昏庸！

但是，别有所图的聪明人又作别论，便是真诚的学生们，我以为自身却有一个颇大的错误，就是正如旁观者所希望或冷笑的一样：开首太自以为有非常的神力，有如意的成功。幻想飞得太高，堕在现实上的时候，伤就格外沉重了；力气用得太骤，歇下来的时候，身体就难于动弹了。为一般计，或者不如知道自己所有的不过是“人力”，倒较为切实可靠罢。

现在，从读书以至“寻异性朋友讲情话”，似乎都为有些有志者所诟病了。但我想，责人太严，也正是“五分热”的一个病源。譬如自己要择定一种口号——例如不买英日货——来履行，与其不饮不食的履行七日或痛哭流涕的履行一月，倒不如也看书也履行至五年，或者也看戏也履行至十年，或者也寻异性朋友也履行至五十年，或者也讲情话也履行至一百年。记得韩非子曾经教人以竞马的要妙，其一是“不耻最后”。即使慢，驰而不息，纵令落后，纵令失败，但一定可以达到他所向的目标。

七月八日。

（选自《鲁迅全集》卷三《华盖集》）

“中间物”：鲁迅的自我定位

偏爱我的作品的读者，有时批评说，我的文字是说真话的。这其实是过誉，……我自然不想太欺骗人，但也未尝将心里的话照样说尽，……我的确时时解剖别人，然而更多的是更无情面地解剖我自己，发表一点，酷爱温暖的人物已经觉得冷酷了，如果全露出我的血肉来，末路正不知要到怎样。我有时也想就此驱除旁人，到那时还不唾弃我的，即使是枭蛇鬼怪，也是我的朋友，这才真是我的朋友。倘使并这个也没有，则就是我一个人也行。……

……中国大概很有些青年的“前辈”和“导师”罢，但那不是我，我也不相信他们。我只很确切地知道一个终点，就是：坟。……问题是在从此到那的道路。那当然不只一条，我可正不知那一条好，虽然至今有时还在寻求。在寻求中，我就怕我未熟的果实偏偏毒死了偏爱我的果实的人……

……自己却正苦于背了这些古老的鬼魂，摆脱不开，时常感到一种使人气闷的沉重。……一切事物，在转变中，是总有多少中间物的，动植之间，无脊椎和脊椎动物之间，都有中间物；或者简直可以说，在进化的链子上，一切都是中间物。当开首改革文章的时候，有几个不三不四的作者，是当然的，只能这样，也需要这样。他的任务，是在有些警觉之后，喊出一种新声；又因为从旧垒中来，情形看得较为分明，反戈一击，易制强敌的死命。但仍应该和光阴偕逝，逐渐消亡，至多不过是桥梁中的一木一石，并非什么前途的目标，范本。

——《坟·写在〈坟〉后面》

空谈（节选）[1]

三

改革自然常不免于流血，但流血非即等于改革。血的应用，正如金钱一般，吝啬固然是不行的，浪费也大大的失算。我对于这回[2]的牺牲者，非常觉得哀伤。

但愿这样的请愿，从此停止就好。

请愿虽然是无论那一国度里常有的事，不至于死的事，但我们已经知道中国是例外，除非你能将“枪林弹雨”消除。正规的战法，也必须对手是英雄才适用。汉末总算还是人心很古的时候罢，恕我引一个小说上的典故：许褚赤体上阵[3]，也就很中了好几箭。而金圣叹还笑他道：“谁叫你赤膊？”[4]

至于现在似的发明了许多火器的时代，交兵就都用壕堑战。这并非吝惜生命，乃是不肯虚掷生命，因为战士的生命是宝贵的。在战士不多的地方，这生命就愈宝贵。所谓宝贵者，并非“珍藏于家”，乃

---

[1] 《空谈》全文共三节，这里选第三节。

[2] 这回：指“三一八”惨案。1926年3月，冯玉祥的国民军与奉系军阀作战，日本为援助奉系军阀，派军舰闯入大沽口，炮击国民军，国民军被迫还击。于是日本借口中国破坏《辛丑条约》，纠集英、法、美等八国以武力相威胁，向段祺瑞政府发布最后通牒，提出无理要求。3月18日，北京各界群众两万多人在天安门集会抗议，反对日本帝国主义对中国主权的侵犯，随后结队赴段祺瑞执政府请愿。段祺瑞竟命令卫队开枪射击，并用大刀铁棍追打砍杀群众，结果致死者47人，受伤者150多人。

[3] 许褚：三国时期曹操手下的名将，他“赤体上阵”的故事见《三国演义》第五十九回《许褚裸衣斗马超》。

[4] 金圣叹（1608—1661）：明末清初文学批评家。这里的话是假托金圣叹之名所说的。

是要以小本钱换得极大的利息，至少，也必须卖买相当。以血的洪流淹死一个敌人，以同胞的尸体填满一个缺陷，已经是陈腐的话了。从最新的战术的眼光看起来，这是多么大的损失。

这回死者的遗给后来的功德，是在撕去了许多东西的人相，露出那出于意料之外的阴毒的心，教给继续战斗者以别种方法的战斗。

四月二日。

（选自《鲁迅全集》卷三《华盖集续编》）

门槛（节选）（屠格涅夫）

……

“啊，你要跨进这道门槛来么？你知道里面有什么在等着你？”

“我知道。”姑娘这样回答。

“寒冷，饥饿，憎恨，嘲笑，蔑视，侮辱，监狱，疾病，甚至于死亡？”

“我知道。”

……

“你准备着无名的牺牲吗？你会死去——没有一个人……甚至没有一个人会知道，他尊敬地怀念的是谁……”

“我不要人感激，不要人怜悯。我也不需要名声。”

……

声音停了一会，然后再问下去。

“你知道吗，”那声音最后说，“将来你会不再相信你现在这个信仰，你会认为自己受了骗，白白地毁了你的年轻的生命？”

“这我也知道。然而我还是要进来。”

“进来吧！”

导读

在某种程度上,《过客》是鲁迅的生命哲学的一个归结。其中心是讨论一个问题:“前面是什么?”剧中的三个人物有不同的回答:“小女孩”说前面是个美丽的花园,这可能是代表年轻人对未来的一种向往与信念;但“老人”说,前面是坟,既然是坟,就不必往前走了;而“过客”的回答是,明知道前面是坟而偏要走,鲁迅后来把它概括为“反抗绝望”的哲学,并且说:“我以为绝望而反抗者难,比因希望而战斗者更勇猛,更悲壮。”(《致赵其文,1925年4月11日》)

还可以再追问下去:为什么明知道前面是坟还要走?“过客”说:“那前面的声音在叫我走。”这是他内在生命的绝对命令:往前走。“老人”也听到过这样的声音,但他不听它召唤,它就不喊了;“过客”却无法拒绝,一切都可以怀疑,但有一点不能怀疑,就是往前走!怎么走,走的结果怎样,这些都可以讨论,但有一点不能讨论,就是必须往前走。这是生命的底线,这一点必须守住!

这正是鲁迅对年轻一代最基本的期待:任何时候,都要倾听“那前面的声音”的召唤,任何情况下,都不要放弃“往前走”的努力。

过客

时：

或一日的黄昏。

地：

或一处。

人：

老翁——约七十岁，白须发，黑长袍。

女孩——约十岁，紫发，乌眼珠，白地黑方格长衫。

过客——约三四十岁，状态困顿倔强，眼光阴沉，黑须，乱发，黑色短衣裤皆破碎，赤足著破鞋，胁下挂一个口袋，支着等身[1]的竹杖。

东，是几株杂树和瓦砾；西，是荒凉破败的丛葬；其间有一条似路非路的痕迹。一间小土屋向这痕迹开着一扇门；门侧有一段枯树根。

（女孩正要将坐在树根上的老翁搀起。）

翁——孩子。喂，孩子！怎么不动了呢？

孩——（向东望着，）有谁走来了，看一看罢。

翁——不用看他。扶我进去罢。太阳要下去了。

[1] 等身：和身材一样高。

孩——我，——看一看。

翁——唉，你这孩子！天天看见天，看见土，看见风，还不够好看么？什么也不比这些好看。你偏是要看谁。太阳下去时候出现的东西，不会给你什么好处的。……还是进去罢。

孩——可是，已经近来了。阿阿，是一个乞丐。

翁——乞丐？不见得罢。

（过客从东面的杂树间跄踉走出，暂时踌躕之后，慢慢地走近老翁去。）

客——老丈，你晚上好？

翁——阿，好！托福。你好？

客——老丈，我实在冒昧，我想在你那里讨一杯水喝。我走得渴极了。这地方又没有一个池塘，一个水洼。

翁——唔，可以可以。你请坐罢。（向女孩）孩子，你拿水来，杯子要洗干净。

（女孩默默地走进土屋去。）

翁——客官，你请坐。你是怎么称呼的。

客——称呼？——我不知道。从我还能记得的时候起，我就只一个人。我不知道我本来叫什么。我一路走，有时人们也随便称呼我，各式各样地，我也记不清楚了，况且相同的称呼也没有听到过第二回。

翁——阿阿。那么，你是从那里来的呢？

客——（略略迟疑，）我不知道。从我还能记得的时候起，我就在这么走。

翁——对了。那么，我可以问你到那里去么？

客——自然可以。——但是，我不知道。从我还能记得的时候起，我就在这么走，要走到一个地方去，这地方就在前面。我单记得走了许多路，现在来到这里了。我接着就要走向那边去，（西指，）前面！

（女孩小心地捧出一个木杯来，递去。）

客——（接杯，）多谢，姑娘。（将水两口喝尽，还杯，）多谢，姑娘。这真是少有的好意。我真不知道应该怎样感激！

翁——不要这么感激。这于你是没有好处的。

客——是的，这于我没有好处。可是我现在很恢复了些力气了。我就要前去。老丈，你大约是久住在这里的，你可知道前面是怎么一个所在么？

翁——前面？前面，是坟。

客——（诧异地，）坟？

孩——不，不，不的。那里有许多许多野百合，野蔷薇，我常常去玩，去看他们的。

客——（西顾，仿佛微笑，）不错。那些地方有许多许多野百合，野蔷薇，我也常常去玩过，去看过的。但是，那是坟。（向老翁，）老丈，走完了那坟地之后呢？

翁——走完之后？那我可不知道。我没有走过。

客——不知道？！

孩——我也不知道。

翁——我单知道南边；北边；东边，你的来路。那是我最熟悉的地方，也许倒是于你们最好的地方。你莫怪我多嘴，据我看来，你已经这么劳顿了，还不如回转去，因为你前去也料不定可能走完。

客——料不定可能走完？……（沉思，忽然惊起，）那不行！我只得走。回到那里去，就没一处没有名目，没一处没有地主，没一处没有驱逐和牢笼，没一处没有皮面的笑容，没一处没有眶外的眼泪。我憎恶他们，我不回转去！

翁——那也不然。你也会遇见心底的眼泪，为你的悲哀。

客——不。我不愿看见他们心底的眼泪，不要他们为我的悲哀！

翁——那么，你，（摇头，）你只得走了。

客——是的，我只得走了。况且还有声音常在前面催促我，叫唤我，使我息不下。可恨的是我的脚早经走破了，有许多伤，流了许多血。（举起一足给老人看，）因此，我的血不够了；我要喝些血。但血在那里呢？可是我也不愿意喝无论谁的血。我只得喝些水，来补充我的血。一路上总有水，我倒也并不感到什么不足。只是我的力气太稀薄了，血里面太多了水的缘故罢。今天连一个小水洼也遇不到，也就是少走了路的缘故罢。

翁——那也未必。太阳下去了，我想，还不如休息一会的好罢，像我似的。

客——但是，那前面的声音叫我走。

翁——我知道。

客——你知道？你知道那声音么？

翁——是的。他似乎曾经也叫过我。

客——那也就是现在叫我的声音么？

翁——那我可不知道。他也就是叫过几声，我不理他，他也就不叫了，我也就记不清楚了。

客——唉唉，不理他……。（沉思，忽然吃惊，倾听着，）不行！我还是走的好。我息不下。可恨我的脚早经走破了。（准备走路。）

孩——给你！（递给一片布，）裹上你的伤去。

客——多谢，（接取，）姑娘。这真是……。这真是极少有的好意。这能使我可以走更多的路。（就断砖坐下，要将布缠在踝上，）但是，不行！（竭力站起，）姑娘，还了你罢，还是裹不下。况且这太多的好意，我没法感激。

翁——你不要这么感激，这于你没有好处。

客——是的，这于我没有什么好处。但在我，这布施是最上的东西了。你看，我全身上可有这样的。

翁——你不要当真就是。

客——是的。但是我不能。我怕我会这样：倘使我得到了谁的布施，我就要像兀鹰看见死尸一样，在四近徘徊，祝愿她的灭亡，给我亲自看见；或者咒诅她以外的一切全都灭亡，连我自己，因为我就应该得到咒诅。但是我还没有这样的力量；即使有这力量，我也不愿意她有这样的境遇，因为她们大概总不愿意有这样的境遇。我想，这最稳当。（向女孩，）姑娘，你这布片太好，可是太小一点了，还了你罢[1]。

孩——（惊惧，退后，）我不要了！你带走！

客——（似笑，）哦哦，……因为我拿过了？

孩——（点头，指口袋，）你装在那里，去玩玩。

客——（颓唐地退后，）但这背在身上，怎么走呢？……。

翁——你息不下，也就背不动。——休息一会，就没有什么了。

客——对咧，休息……。（默想，但忽然惊醒，倾听。）不，我不能！我还是走好。

翁——你总不愿意休息么？

客——我愿意休息。

翁——那么，你就休息一会罢。

[1] 作者曾在一封通信里这样写道："《过客》的意思不过如来信所说那样，即是虽然明知前路是坟而偏要走，就是反抗绝望，因为我以为绝望而反抗者难，比因希望而战斗者更勇猛，更悲壮。但这种反抗，每容易蹉跌在'爱'——感激也在内——里，所以那过客得了小女孩的一片破布的布施也几乎不能前进了。"（《致赵其文》，1925 年 4 月 11 日）

客——但是，我不能……。

翁——你总还是觉得走好么？

客——是的。还是走好。

翁——那么，你也还是走好罢。

客——（将腰一伸，）好，我告别了。我很感谢你们。（向着女孩，）姑娘，这还你，请你收回去。

（女孩惊惧，敛手，要躲进土屋里去。）

翁——你带去罢。要是太重了，可以随时抛在坟地里面的。

孩——（走向前，）阿阿，那不行！

客——阿阿，那不行的。

翁——那么，你挂在野百合野蔷薇上就是了。

孩——（拍手，）哈哈！好！

客——哦哦……。

（极暂时中，沉默。）

翁——那么，再见了。祝你平安。（站起，向女孩，）孩子，扶我进去罢。你看，太阳早已下去了。（转身向门。）

客——多谢你们。祝你们平安。（徘徊，沉思，忽然吃惊，）然而我不能！我只得走。我还是走好罢……。（即刻昂了头，奋然向西走去。）

（女孩扶老人走进土屋，随即阖了门。过客向野地里跄踉地闯进去，夜色跟在他后面。）

一九二五年三月二日。

（选自《鲁迅全集》卷二《野草》）

单元读写活动建议

1. 读当年的年轻人回忆鲁迅的文章（可参看《鲁迅回忆录》，共 6 册，北京出版社 1999 年版），写一篇杂感，谈谈你对鲁迅与青年的关系以及鲁迅的“中间物”意识的理解。
2. 鲁迅这里所提出的关于“生命的路”“一代又一代的长期奋斗”“韧性战斗”“泥土精神”“执着现在，执着地上”……这一系列的精神命题，其实就是你自己的生命命题。选择一两个你最感兴趣的题目，和同学们一起做更深入的讨论，发表一个“后来者”的看法。
3. 对《过客》做出你自己的分析。或将《过客》与《门槛》做一比较性的考察，分析两篇文章在文体形式与内在精神、理念上的相似与相异。

2 自己做主，说自己的话

导读

青年学生正处在受教育的人生准备阶段,“如何读书与写作”就是一个大问题。听听鲁迅这位现代文学大师的意见,自然是很有意思的。

鲁迅强调的是读书的境界,其实也就是人的精神境界。

比如说,鲁迅提倡“嗜好的读书”,即“出于自愿,全不勉强,离开了利害关系”的阅读——他甚至做了一个“读书如打牌”的妙喻:提倡“随便翻翻”式的阅读。这其实就是提倡一种超功利的、自由的、趣味的生活——这本来是“学校读书时代”的魅力所在,在人的生命的长途中,只有这一段,能够相对地做到这一点;人一走向社会,要为生计而奔波,并有了许多社会责任,就很难有这样的超功利的自由与趣味了。从这一点看,我们的教育如果剥夺了学生读书的自由与乐趣,就是对青少年应该享有的天然权利的侵犯。

比如说,鲁迅强调“爱看书的青年,大可以看看本分以外的书”;他在给一个文学青年的信中,还特意强调:“专看文学书,也不好的。先前的文学青年,往往厌恶数学,理化,史地,生物学,以为这些都无足重轻,后来变成连常识也没有,研究文学固然不明白,自己做起文章来也胡涂,所以我希望你们不要放开科学,一味钻在文学里。”(《致颜黎民·1936年4月15日》)这样的强调文、理的交融,正是要创建一个合理的知识结构,为一生的精神发展开拓阔大的视野,奠定宽厚的基础。

而鲁迅主张要“自己思索,自己做主”,强调“用自己的眼睛去读世间这一部活书”,就更超出了读书的范围,关乎“做人”的根本了。

读书杂谈

——七月十六日在广州知用中学讲

因为知用中学的先生们希望我来演讲一回，所以今天到这里和诸君相见。不过我也没有什么东西可讲。忽而想到学校是读书的所在，就随便谈谈读书。是我个人的意见，姑且供诸君的参考，其实也算不得什么演讲。

说到读书，似乎是很明白的事，只要拿书来读就是了，但是并不这样简单。至少，就有两种：一是职业的读书，一是嗜好的读书。所谓职业的读书者，譬如学生因为升学，教员因为要讲功课，不翻翻书，就有些危险的就是。我想在坐的诸君之中一定有些这样的经验，有的不喜欢算学，有的不喜欢博物[1]，然而不得不学，否则，不能毕业，不能升学，和将来的生计便有妨碍了。我自己也这样，因为做教员，有时即非看不喜欢看的书不可，要不这样，怕不久便会于饭碗有妨。我们习惯了，一说起读书，就觉得是高尚的事情，其实这样的读书，和木匠的磨斧头，裁缝的理针线并没有什么分别，并不见得高尚，有时还很苦痛，很可怜。你爱做的事，偏不给你做，你不爱做的，倒非做不可。这是由于职业和嗜好不能合一而来的。倘能够大家去做爱做的事，而仍然各有饭吃，那是多么幸福。但现在的社会上还做不到，所以读书的人们的最大部分，大概是勉勉强强的，带着苦痛的为职业的读书。

现在再讲嗜好的读书罢。那是出于自愿，全不勉强，离开了利害

[1] 博物：当时中学课程之一，包括动物、植物、矿物等学科的内容。

关系的。——我想，嗜好的读书，该如爱打牌的一样，天天打，夜夜打，连续的去打，有时被公安局捉去了，放出来之后还是打。诸君要知道真打牌的人的目的并不在赢钱，而在有趣。牌有怎样的有趣呢，我是外行，不大明白。但听得爱赌的人说，它妙在一张一张的摸起来，永远变化无穷。我想，凡嗜好的读书，能够手不释卷的原因也就是这样。他在每一叶每一叶里，都得着深厚的趣味。自然，也可以扩大精神，增加智识的，但这些倒都不计及，一计及，便等于意在赢钱的博徒了，这在博徒之中，也算是下品。

不过我的意思，并非说诸君应该都退了学，去看自己喜欢看的书去，这样的时候还没有到来；也许终于不会到，至多，将来可以设法使人们对于非做不可的事发生较多的兴味罢了。我现在是说，爱看书的青年，大可以看看本分以外的书，即课外的书，不要只将课内的书抱住。但请不要误解，我并非说，譬如在国文讲堂上，应该在抽屉里暗看《红楼梦》之类；乃是说，应做的功课已完而有余暇，大可以看看各样的书，即使和本业毫不相干的，也要泛览。譬如学理科的，偏看看文学书，学文学的，偏看看科学书，看看别个在那里研究的，究竟是怎么一回事。这样子，对于别人，别事，可以有更深的了解。现在中国有一个大毛病，就是人们大概以为自己所学的一门是最好，最妙，最要紧的学问，而别的都无用，都不足道的，弄这些不足道的东西的人，将来该当饿死。其实是，世界还没有如此简单，学问都各有用处，要定什么是头等还很难。也幸而有各式各样的人，假如世界上全是文学家，到处所讲的不是“文学的分类”便是“诗之构造”，那倒反而无聊得很了。

不过以上所说的，是附带而得的效果，嗜好的读书，本人自然并不计及那些，就如游公园似的，随随便便去，因为随随便便，所以不吃力，因为不吃力，所以会觉得有趣。如果一本书拿到手，就满心想道，“我在读书了！”“我在用功了！”那就容易疲劳，因而减掉兴味，或者变成苦事了。

我看现在的青年，为兴味的读书的是有的，我也常常遇到各样的询问。此刻就将我所想到的说一点，但是只限于文学方面，因为我不明白其他的。

第一，是往往分不清文学和文章。甚至于已经来动手做批评文章的，也免不了这毛病。其实粗粗的说，这是容易分别的。研究文章的历史或理论的，是文学家，是学者；做做诗，或戏曲小说的，是做文章的人，就是古时候所谓文人，此刻所谓创作家。创作家不妨毫不理会文学史或理论，文学家也不妨做不出一句诗。然而中国社会上还很误解，你做几篇小说，便以为你一定懂得小说概论，做几句新诗，就要你讲诗之原理。我也尝见想做小说的青年，先买小说法程和文学史来看。据我看来，是即使将这些书看烂了，和创作也没有什么关系的。

事实上，现在有几个做文章的人，有时也确去做教授。但这是因为中国创作不值钱，养不活自己的缘故。听说美国小名家的一篇中篇小说，时价是二千美金；中国呢，别人我不知道，我自己的短篇寄给大书铺，每篇卖过二十元。当然要寻别的事，例如教书，讲文学。研究是要用理智，要冷静的，而创作须情感，至少总得发点热，于是忽冷忽热，弄得头昏，——这也是职业和嗜好不能合一的苦处。苦倒也罢了，结果还是什么都弄不好。那证据，是试翻世界文学史，那里面的人，几乎没有兼做教授的。

还有一种坏处，是一做教员，未免有顾忌；教授有教授的架子，不能畅所欲言。这或者有人要反驳：那么，你畅所欲言就是了，何必如此小心。然而这是事前的风凉话，一到有事，不知不觉地他也要从众来攻击的。而教授自身，纵使自以为怎样放达，下意识里总不免有架子在。所以在外国，称为“教授小说”的东西倒并不少，但是不大有人说好，至少，是总难免有令人发烦的炫学的地方。

所以我想，研究文学是一件事，做文章又是一件事。

第二，我常被询问：要弄文学，应该看什么书？这实在是一个极难回答的问题。先前也曾有几位先生给青年开过一大篇书目。但从我看来，这是没有什么用处的，因为我觉得那都是开书目的先生自己想要看或者未必想要看的书目。我以为倘要弄旧的呢，倒不如姑且靠着张之洞[1]的《书目答问》去摸门径去。倘是新的，研究文学，则自己先看看各种的小本子，如本间久雄的《新文学概论》，厨川白村的《苦闷的象征》，瓦浪斯基们的《苏俄的文艺论战》之类，然后自己再想想，再博览下去。因为文学的理论不像算学，二二一定得四，所以议论很纷歧。如第三种，便是俄国的两派的争论，——我附带说一句，近来听说连俄国的小说也不大有人看了，似乎一看见“俄”字就吃惊，其实苏俄的新创作何尝有人绍介，此刻译出的几本，都是革命前的作品，作者在那边都已经被看作反革命的了。倘要看看文艺作品呢，则先看几种名家的选本，从中觉得谁的作品自己最爱看，然后再看这一个作者的专集，然后再从文学史上看看他在史上的位置；倘要知道得更详细，就看一两本这人的传记，那便可以大略了解了。如果专是请教别人，则各人的嗜好不同，总是格不相入的。

第三，说几句关于批评的事。现在因为出版物太多了，——其实有什么呢，而读者因为不胜其纷纭，便渴望批评，于是批评家也便应运而起。批评这东西，对于读者，至少对于和这批评家趣旨相近的读者，是有用的。但中国现在，似乎应该暂作别论。往往有人误以为批评家

---

[1] 张之洞（1837—1907）：是清朝末年“洋务运动”的领袖之一，《书目答问》是他任四川学政时所编的一本国学书目。

对于创作是操生杀之权，占文坛的最高位的，就忽而变成批评家；他的灵魂上挂了刀。但是怕自己的立论不周密，便主张主观，有时怕自己的观察别人不看重，又主张客观；有时说自己的作文的根柢全是同情，有时将校对者骂得一文不值。凡中国的批评文字，我总是越看越胡涂，如果当真，就要无路可走。印度人是早知道的，有一个很普通的比喻。他们说：一个老翁和一个孩子用一匹驴子驮着货物去出卖，货卖去了，孩子骑驴回来，老翁跟着走。但路人责备他了，说是不晓事，叫老年人徒步。他们便换了一个地位，而旁人又说老人忍心；老人忙将孩子抱到鞍鞒上，后来看见的人却说他们残酷；于是都下来，走了不久，可又有人笑他们了，说他们是呆子，空着现成的驴子却不骑。于是老人对孩子叹息道，我们只剩了一个办法了，是我们两人抬着驴子走。无论读，无论做，倘若旁征博访，结果是往往会弄到抬驴子走的。

不过我并非要大家不看批评，不过说看了之后，仍要看看本书，自己思索，自己做主。看别的书也一样，仍要自己思索，自己观察。倘只看书，便变成书厨，即使自己觉得有趣，而那趣味其实是已在逐渐硬化，逐渐死去了。我先前反对青年躲进研究室，也就是这意思，至今有些学者，还将这话算作我的一条罪状哩。

听说英国的培那特萧（Bernard Shaw），有过这样意思的话：世间最不行的是读书者。因为他只能看别人的思想艺术，不用自己。这也就是勖本华尔（Schopenhauer）[1]之所谓脑子里给别人跑马。较好的是思索者。因为能用自己的生活力了，但还不免是空想，所以更好的是观察者，他用自己的眼睛去读世间这一部活书。

这是的确的，实地经验总比看，听，空想确凿。我先前吃过干荔

[1] 勖本华尔（1788—1860）：即叔本华，德国著名哲学家。

支，罐头荔支，陈年荔支，并且由这些推想过新鲜的好荔支。这回吃过了，和我所猜想的不同，非到广东来吃就永不会知道。但我对于萧的所说，还要加一点骑墙的议论。萧是爱尔兰人，立论也不免有些偏激的。我以为假如从广东乡下找一个没有历练的人，叫他从上海到北京或者什么地方，然后问他观察所得，我恐怕是很有限的，因为他没有练习过观察力。所以要观察，还是先要经过思索和读书。

总之，我的意思是很简单的：我们自动的读书，即嗜好的读书，请教别人是大抵无用，只好先行泛览，然后决择而入于自己所爱的较专的一门或几门；但专读书也有弊病，所以必须和实社会接触，使所读的书活起来。

（选自《鲁迅全集》卷三《而已集》）

鲁迅答中学生杂志社问

“假如先生面前站着一个中学生，处此内忧外患交迫的非常时代，将对他讲怎样的话，作努力的方针？”

编辑先生：

请先生也许我回问你一句，就是：我们现在有言论的自由么？假如先生说“不”，那么我知道一定也不会怪我不作声的。假如先生竟以“面前站着一个中学生”之名，一定要逼我说一点，那么，我说：第一步要努力争取言论的自由。

——《二心集》

随便翻翻

我想讲一点我的当作消闲的读书——随便翻翻。但如果弄得不好，会受害也说不定的。

我最初去读书的地方是私塾，第一本读的是《鉴略》[1]，桌上除了这一本书和习字的描红格，对字（这是做诗的准备）的课本之外，不许有别的书。但后来竟也慢慢的认识字了，一认识字，对于书就发生了兴趣，家里原有两三箱破烂书，于是翻来翻去，大目的是找图画看，后来也看看文字。这样就成了习惯，书在手头，不管它是什么，总要拿来翻一下，或者看一遍序目，或者读几页内容，到得现在，还是如此，不用心，不费力，往往在作文或看非看不可的书籍之后，觉得疲劳的时候，也拿这玩意来作消遣了，而且它也的确能够恢复疲劳。

倘要骗人，这方法很可以冒充博雅。现在有一些老实人，和我闲谈之后，常说我书是看得很多的，略谈一下，我也的确好像书看得很多，殊不知就为了常常随手翻翻的缘故，却并没有本本细看。还有一种很容易到手的秘本，是《四库书目提要》，倘还怕繁，那么，《简明目录》也可以[2]，这可要细看，它能做成你好像看过许多书。不过我也曾用过正经工夫，如什么"国学"之类，请过先生指教，留心过学

---

[1]《鉴略》：是旧时书塾用的初浅的历史读物，清代王仕云著。

[2]《四库全书》是清代乾隆年间编纂的一部大型类书，按经、史、子、集四部归类，共收书3503种，79337卷。《四库书目提要》即《四库全书总目提要》，是《四库全书》总纂官纪昀（字晓岚）编撰的一本给四库书目做解题性质的书，共200卷。《简明目录》即《四库全书简明目录》，也是纪昀编撰的，共20卷，比前一书要更为简略。

者所开的参考书目。结果都不满意。有些书目开得太多，要十来年才能看完，我还疑心他自己就没有看；只开几部的较好，可是这须看这位开书目的先生了，如果他是一位胡涂虫，那么，开出来的几部一定也是极顶胡涂书，不看还好，一看就胡涂。

我并不是说，天下没有指导后学看书的先生，有是有的，不过很难得。

这里只说我消闲的看书——有些正经人是反对的，以为这么一来，就“杂”！“杂”，现在又算是很坏的形容词。但我以为也有好处。譬如我们看一家的陈年账簿，每天写着“豆付三文，青菜十文，鱼五十文，酱油一文”，就知先前这几个钱就可买一天的小菜，吃够一家；看一本旧历本，写着“不宜出行，不宜沐浴，不宜上梁”，就知道先前是有这么多的禁忌。看见了宋人笔记里的“食菜事魔”[1]，明人笔记里的“十彪五虎”[2]，就知道“哦呵，原来‘古已有之’”。但看完一部书，都是些那时的名人轶事，某将军每餐要吃三十八碗饭，某先生体重一百七十五斤半；或是奇闻怪事，某村雷劈蜈蚣精，某妇产生人面蛇，毫无益处的也有。这时可得自己有主意了，知道这是帮闲文士所做的书。凡帮闲，他能令人消闲消得最坏，他用的是最坏的方法。倘不小心，被他诱过去，那就坠入陷阱，后来满脑子是某将军的饭量，某先生的体重，蜈蚣精和人面蛇了。

讲扶乩的书，讲婊子的书[3]，倘有机会遇见，不要皱起眉头，显示憎厌之状，也可以翻一翻；明知道和自己意见相反的书，已经过

［1］“食菜事魔”：宋代庄季裕的笔记《鸡肋编》中记载，当时有一种民间的秘密宗教组织明教，提倡素食，供奉摩尼（源于古波斯的摩尼教）为光明之神，称他们为“食菜事魔”。

［2］“十彪五虎”：应为“五虎五彪”。明代计六奇《明季北略》中有《五虎五彪》一则，内中记载明代宦官魏忠贤当权时，给他出谋划策的五个文官称为“五虎”，帮他杀人的五个武官为“五彪”。

［3］扶乩（jī）：一种迷信活动，在架子上吊一根棍子，两个人扶着架子，随着架子的晃动，棍子在下面的沙盘中画出字句，这些字句就被认为是神的指示；婊子：即妓女，是骂人的话。

时的书，也用一样的办法。例如杨光先的《不得已》[1]是清初的著作，但看起来，他的思想是活着的，现在意见和他相近的人们正多得很。这也有一点危险，也就是怕被它诱过去。治法是多翻，翻来翻去，一多翻，就有比较，比较是医治受骗的好方子。乡下人常常误认一种硫化铜为金矿，空口是和他说不明白的，或者他还会赶紧藏起来，疑心你要白骗他的宝贝。但如果遇到一点真的金矿，只要用手掂一掂轻重，他就死心塌地：明白了。

"随便翻翻"是用各种别的矿石来比的方法，很费事，没有用真的金矿来比的明白，简单。我看现在青年的常在问人该读什么书，就是要看一看真金，免得受硫化铜的欺骗。而且一识得真金，一面也就真的识得了硫化铜，一举两得了。

但这样的好东西，在中国现有的书里，却不容易得到。我回忆自己的得到一点知识，真是苦得可怜。幼小时候，我知道中国在"盘古氏开辟天地"之后，有三皇五帝，……宋朝，元朝，明朝，"我大清"[2]。到二十岁，又听说"我们"的成吉思汗征服欧洲，是"我们"最阔气的时代。到二十五岁，才知道所谓这"我们"最阔气的时代，其实是蒙古人征服了中国，我们做了奴才。直到今年八月里，因为要查一点故事，翻了三部蒙古史，这才明白蒙古人的征服"斡罗思"[3]，侵入匈奥，还在征服全中国之前，那时的成吉思还不是我们的汗，倒是俄人被奴的资格比我们老，应该他们说"我们的成吉思汗征服中国，是我们最阔气的时代"的。

[1] 杨光先：清朝康熙时任钦天监监正，他反对德国传教士汤若望主张的新式历法。《不得已》是他历次指控汤若望的呈文和论文的汇集，其中有"宁可使中夏（中国）无好历法，不可使中夏有西洋人"的话。

[2] "我大清"：语出旧时学塾读物《三字经》。清政权建立后，有些汉族官吏对新朝也称"我大清"。鲁迅在这里含有讽刺的意味。

[3] "斡罗思"：即俄罗斯。

我久不看现行的历史教科书了，不知道里面怎么说；但在报章杂志上，却有时还看见以成吉思汗自豪的文章。事情早已过去了，原没有什么大关系，但也许正有着大关系，而且无论如何，总是说些真实的好。所以我想，无论是学文学的，学科学的，他应该先看一部关于历史的简明而可靠的书。但如果他专讲天王星，或海王星，虾蟆的神经细胞，或只咏梅花，叫妹妹，不发关于社会的议论，那么，自然，不看也可以的。

我自己，是因为懂一点日本文，在用日译本《世界史教程》和新出的《中国社会史》应应急的，都比我历来所见的历史书类说得明确。前一种中国曾有译本，但只有一本，后五本不译了，译得怎样，因为没有见过，不知道。后一种中国倒先有译本，叫作《中国社会发展史》，不过据日译者说，是多错误，有删节，靠不住的。

我还在希望中国有这两部书。又希望不要一哄而来，一哄而散，要译，就译他完；也不要删节，要删节，就得声明，但最好还是译得小心，完全，替作者和读者想一想。

十一月二日。

（选自《鲁迅全集》卷六《且介亭杂文》）

导读

鲁迅是中国第一流的文学家，人们经常向他讨教“作文的秘诀”。而他却从做“骗人”的文章（古文与白话文）的“秘诀”说起，这自然意味深长。所谓“蒙胧”“要难懂”，都是故弄玄虚的“变戏法的障眼的手巾”——这正是鲁迅深恶痛绝的“瞒和骗”的“做戏”。反其道而行之，就是鲁迅所提倡的：“有真意，去粉饰，少做作，勿卖弄”，作文如此，做人更应如此。

最重要，最不可忘记的，是鲁迅在《无声的中国》里发出的历史性的召唤——

“我们要说现代的，自己的话；用活着的白话，将自己的思想，感情直白地说出来。”

“青年们先可以将中国变成一个有声的中国。大胆地说话，勇敢地进行，忘掉了一切利害，推开了古人，将自己的真心的话发表出来。”

“只有真的声音，才能感动中国的人和世界的人；必须有了真的声音，才能和世界的人同在世界上生活。”

这召唤今天依然有力。

作文秘诀

现在竟还有人写信来问我作文的秘诀。

我们常常听到：拳师教徒弟是留一手的，怕他学全了就要打死自己，好让他称雄。在实际上，这样的事情也并非全没有，逢蒙杀羿就是一个前例。逢蒙远了，而这种古气是没有消尽的，还加上了后来的“状元瘾”，科举虽然久废，至今总还要争“唯一”，争“最先”。遇到有“状元瘾”的人们，做教师就危险，拳棒教完，往往免不了被打倒，而这位新拳师来教徒弟时，却以他的先生和自己为前车之鉴，就一定留一手，甚而至于三四手，于是拳术也就“一代不如一代”了。

还有，做医生的有秘方，做厨子的有秘法，开点心铺子的有秘传，为了保全自家的衣食，听说这还只授儿妇，不教女儿，以免流传到别人家里去。“秘”是中国非常普遍的东西，连关于国家大事的会议，也总是“内容非常秘密”，大家不知道。但是，作文却好像偏偏并无秘诀，假使有，每个作家一定是传给子孙的了，然而祖传的作家很少见。自然，作家的孩子们，从小看惯书籍纸笔，眼格也许比较的可以大一点罢，不过不见得就会做。目下的刊物上，虽然常见什么“父子作家”“夫妇作家”的名称，仿佛真能从遗嘱或情书中，密授一些什么秘诀一样，其实乃是肉麻当有趣，妄将做官的关系，用到作文上去了。

那么，作文真就毫无秘诀么？却也并不。我曾经讲过几句做古文的秘诀，是要通篇都有来历，而非古人的成文；也就是通篇是自己做的，而又全非自己所做，个人其实并没有说什么；也就是“事出有因”，而又“查无实据”。到这样，便“庶几乎免于大过也矣”了。简而言之，实不过要做得“今天天气，哈哈哈……”而已。

这是说内容。至于修辞，也有一点秘诀：一要蒙胧，二要难懂。那方法，是：缩短句子，多用难字。譬如罢，作文论秦朝事，写一句“秦始皇乃始烧书”，是不算好文章的，必须翻译一下，使它不容易一目了然才好。这时就用得着《尔雅》，《文选》[1]了，其实是只要不给别人知道，查查《康熙字典》也不妨的。动手来改，成为“始皇始焚书”，就有些“古”起来，到得改成“政俶燔典”，那就简直有了班马[2]气，虽然跟着也令人不大看得懂。但是这样的做成一篇以至一部，是可以被称为“学者”的，我想了半天，只做得一句，所以只配在杂志上投稿。

我们的古之文学大师，就常常玩着这一手。班固先生的“紫色鼃声，余分闰位”[3]，就将四句长句，缩成八字的；扬雄先生的“蠢迪检柙”[4]，就将“动由规矩”这四个平常字，翻成难字的。《绿野仙踪》记塾师咏“花”，有句云：“媳钗俏矣儿书废，哥罐闻焉嫂棒伤。”自说意思，是儿妇折花为钗，虽然俏丽，但恐儿子因而废读；下联较费解，是他的哥哥折了花来，没有花瓶，就插在瓦罐里，以嗅花香，他嫂嫂为防微杜渐起见，竟用棒子连花和罐一起打坏了。这算是对于冬烘[5]先生的嘲笑。然而他的作法，其实是和扬班并无不合的，错只在他不用古典而用新典。这一个所谓“错”，就使《文选》之类在遗老遗少们的心眼里保住了威灵。

做得蒙胧，这便是所谓“好”么？答曰：也不尽然，其实是不过

[1]《尔雅》：我国最早解释词义的书，今本19篇。《文选》：即《昭明文选》，我国现存最早的诗文总集，南朝梁萧统编选，共60卷。
[2] 班马：汉代著名史学家、散文家班固和司马迁的并称。
[3] 语出《汉书·王莽传》，指王莽篡位一事。
[4] 语出扬雄《法言·序》，言君子举动，则当蹈规矩。
[5] 冬烘：指思想迂腐、知识浅陋的人，含讽刺意。

掩了丑。但是，“知耻近乎勇”，掩了丑，也就仿佛近乎好了。摩登女郎披下头发，中年妇人罩上面纱，就都是蒙胧术。人类学家解释衣服的起源有三说：一说是因为男女知道了性的羞耻心，用这来遮羞；一说却以为倒是用这来刺激；还有一种是说因为老弱男女，身体衰瘦，露着不好看，盖上一些东西，借此掩掩丑的。从修辞学的立场上看起来，我赞成后一说。现在还常有骈四俪六[1]，典丽堂皇的祭文，挽联，宣言，通电，我们倘去查字典，翻类书，剥去它外面的装饰，翻成白话文，试看那剩下的是怎样的东西呵！？

不懂当然也好的。好在那里呢？即好在“不懂”中。但所虑的是好到令人不能说好丑，所以还不如做得它“难懂”：有一点懂，而下一番苦功之后，所懂的也比较的多起来。我们是向来很有崇拜“难”的脾气的，每餐吃三碗饭，谁也不以为奇，有人每餐要吃十八碗，就郑重其事的写在笔记上；用手穿针没有人看，用脚穿针就可以搭帐篷卖钱；一幅画片，平淡无奇，装在匣子里，挖一个洞，化为西洋镜，人们就张着嘴热心的要看了。况且同是一事，费了苦功而达到的，也比并不费力而达到的可贵。譬如到什么庙里去烧香罢，到山上的，比到平地上的可贵；三步一拜才到庙里的庙，和坐了轿子一径抬到的庙，即使同是这庙，在到达者的心里的可贵的程度是大有高下的。作文之贵乎难懂，就是要使读者三步一拜，这才能够达到一点目的的妙法。

写到这里，成了所讲的不但只是做古文的秘诀，而且是做骗人的古文的秘诀了。但我想，做白话文也没有什么大两样，因为它也可以夹些僻字，加上蒙胧或难懂，来施展那变戏法的障眼的手巾的。倘要反一调，就是“白描”。

---

[1] 骈四俪六：指骈体文，多用四言六言的对偶句排比。

“白描”却并没有秘诀。如果要说有，也不过是和障眼法反一调：有真意，去粉饰，少做作，勿卖弄而已。

十一月十日。

（选自《鲁迅全集》卷四《南腔北调集》）

无声的中国

——二月十六日在香港青年会讲

以我这样没有什么可听的无聊的讲演，又在这样大雨的时候，竟还有这许多来听的诸君，我首先应当声明我的郑重的感谢。

我现在所讲的题目是:《无声的中国》。

现在，浙江，陕西，都在打仗[1]，那里的人民哭着呢还是笑着呢，我们不知道。香港似乎很太平，住在这里的中国人，舒服呢还是不很舒服呢，别人也不知道。

发表自己的思想，感情给大家知道的是要用文章的，然而拿文章来达意，现在一般的中国人还做不到。这也怪不得我们；因为那文字，先就是我们的祖先留传给我们的可怕的遗产。人们费了多年的工夫，还是难于运用。因为难，许多人便不理它了，甚至于连自己的姓也写不清是张还是章，或者简直不会写，或者说道：Chang。虽然能说话，而只有几个人听到，远处的人们便不知道，结果也等于无声。又因为难，有些人便当作宝贝，像玩把戏似的，之乎者也，只有几个人懂，——其实是不知道可真懂，而大多数的人们却不懂得，结果也等于无声。

文明人和野蛮人的分别，其一，是文明人有文字，能够把他们的思想，感情，藉此传给大众，传给将来。中国虽然有文字，现在却已经和大家不相干，用的是难懂的古文，讲的是陈旧的古意思，所有的声音，都是过去的，都就是只等于零的。所以，大家不能互相了解，正像一大盘散沙。

---

[1] 这里指浙江战场北伐军与孙传芳的战争和陕西战场国民联军与吴佩孚的战争。

将文章当作古董，以不能使人认识，使人懂得为好，也许是有趣的事罢。但是，结果怎样呢？是我们已经不能将我们想说的话说出来。我们受了损害，受了侮辱，总是不能说出些应说的话。拿最近的事情来说，如中日战争，拳匪事件，民元革命这些大事件[1]，一直到现在，我们可有一部像样的著作？民国以来，也还是谁也不作声。反而在外国，倒常有说起中国的，但那都不是中国人自己的声音，是别人的声音。

这不能说话的毛病，在明朝是还没有这样厉害的；他们还比较地能够说些要说的话。待到满洲人以异族侵入中国，讲历史的，尤其是讲宋末的事情的人被杀害了，讲时事的自然也被杀害了。所以，到乾隆年间，人民大家便更不敢用文章来说话了。所谓读书人，便只好躲起来读经，校刊古书，做些古时的文章，和当时毫无关系的文章。有些新意，也还是不行的；不是学韩，便是学苏。韩愈苏轼他们，用他们自己的文章来说当时要说的话，那当然可以的。我们却并非唐宋时人，怎么做和我们毫无关系的时候的文章呢。即使做得像，也是唐宋时代的声音，韩愈苏轼的声音，而不是我们现代的声音。然而直到现在，中国人却还要着这样的旧戏法。人是有的，没有声音，寂寞得很。——人会没有声音的么？没有，可以说：是死了。倘要说得客气一点，那就是：已经哑了。

要恢复这多年无声的中国，是不容易的，正如命令一个死掉的人道："你活过来！"我虽然并不懂得宗教，但我以为正如想出现一个宗教上之所谓"奇迹"一样。

首先来尝试这工作的是"五四运动"前一年，胡适之先生所提倡

[1] 中日战争：指1894年的中日甲午战争。拳匪事件：指1900年的义和团运动。民元革命：指1911年推翻清王朝的辛亥革命，1912年改元民国。

的“文学革命”。“革命”这两个字，在这里不知道可害怕，有些地方是一听到就害怕的。但这和文学两字连起来的“革命”，却没有法国革命的“革命”那么可怕，不过是革新，改换一个字，就很平和了，我们就称为“文学革新”罢，中国文字上，这样的花样是很多的。那大意也并不可怕，不过说：我们不必再去费尽心机，学说古代的死人的话，要说现代的活人的话；不要将文章看作古董，要做容易懂得的白话的文章。然而，单是文学革新是不够的，因为腐败思想，能用古文做，也能用白话做。所以后来就有人提倡思想革新。思想革新的结果，是发生社会革新运动。这运动一发生，自然一面就发生反动，于是便酿成战斗……。

但是，在中国，刚刚提起文学革新，就有反动了。不过白话文却渐渐风行起来，不大受阻碍。这是怎么一回事呢？就因为当时又有钱玄同先生提倡废止汉字，用罗马字母来替代。这本也不过是一种文字革新，很平常的，但被不喜欢改革的中国人听见，就大不得了了，于是便放过了比较的平和的文学革命，而竭力来骂钱玄同。白话乘了这一个机会，居然减去了许多敌人，反而没有阻碍，能够流行了。

中国人的性情是总喜欢调和，折中的。譬如你说，这屋子太暗，须在这里开一个窗，大家一定不允许的。但如果你主张拆掉屋顶，他们就会来调和，愿意开窗了。没有更激烈的主张，他们总连平和的改革也不肯行。那时白话文之得以通行，就因为有废掉中国字而用罗马字母的议论的缘故。

其实，文言和白话的优劣的讨论，本该早已过去了，但中国是总不肯早早解决的，到现在还有许多无谓的议论。例如，有的说：古文各省人都能懂，白话就各处不同，反而不能互相了解了。殊不知这只要教育普及和交通发达就好，那时就人人都能懂较为易解的白话文；至于古文，何尝各省人都能懂，便是一省里，也没有许多人懂得的。有的说：如果都用白话文，人们便不能看古书，中国的文化就灭亡了。其实呢，现在的人们大可以不必看古书，即使古书里真有好东西，也可以用白话来译出的，用不着那么心惊胆战。他们又有人说，外国尚且译中国书，足见其好，我们自己倒不看么？殊不知埃及的古书，外国人也译，非洲黑人的神话，外国人也译，他们别有用意，即使译出，也算不了怎样光荣的事的。

近来还有一种说法，是思想革新紧要，文字改革倒在其次，所以不如用浅显的文言来作新思想的文章，可以少招一重反对。这话似乎也有理。然而我们知道，连他长指甲都不肯剪去的人，是决不肯剪去他的辫子的。

因为我们说着古代的话，说着大家不明白，不听见的话，已经弄得像一盘散沙，痛痒不相关了。我们要活过来，首先就须由青年们不再说孔子孟子和韩愈柳宗元们的话。时代不同，情形也两样，孔子时代的香港不这样，孔子口调的"香港论"是无从做起的，"吁嗟阔哉香港也"，不过是笑话。

我们要说现代的，自己的话；用活着的白话，将自己的思想，感情直白地说出来。但是，这也要受前辈先生非笑的。他们说白话文卑鄙，没有价值；他们说年青人作品幼稚，贻笑大方。我们中国能做文言的有多少呢，其余的都只能说白话，难道这许多中国人，就都是卑鄙，没有价值的么？至于幼稚，尤其没有什么可羞，正如孩子对于老人，毫没有什么可羞一样。幼稚是会生长，会成熟的，只不要衰老，腐败，就好。倘说待到纯熟了才可以动手，那是虽是村妇也不至于这样蠢。她的孩子学走路，即使跌倒了，她决不至于叫孩子从此躺在床上，待到学会了走法再下地面来的。

青年们先可以将中国变成一个有声的中国。大胆地说话，勇敢地进行，忘掉了一切利害，推开了古人，将自己的真心的话发表出来。——真，自然是不容易的。譬如态度，就不容易真，讲演时候就不是我的真态度，因为我对朋友，孩子说话时候的态度是不这样的。——但总可以说些较真的话，发些较真的声音。只有真的声音，才能感动中国的人和世界的人；必须有了真的声音，才能和世界的人同在世界上生活。

我们试想现在没有声音的民族是那几种民族。我们可听到埃及人的声音？可听到安南，朝鲜的声音？印度除了泰戈尔，别的声音可还有？

我们此后实在只有两条路：一是抱着古文而死掉，一是舍掉古文而生存。

（选自《鲁迅全集》卷四《三闲集》）

鲁迅谈自己的写作经验

一，留心各样的事情，多看看，不看到一点就写。

二，写不出的时候不硬写。

……

四，写完后至少看两遍，竭力将可有可无的字，句，段删去，毫不可惜。……

六，不生造除自己之外，谁也不懂的形容词之类。

——《二心集·答北斗杂志社问》

（文章）太做不行，但不做，却又不行。用一段大树和四枝小树做一只凳，在现在，未免太毛糙，总得刨光它一下才好。但如全体雕花，中间挖空，却又坐不来，也不成其为凳子了。高尔基说，大众语是毛胚，加了工的是文学。我想，这该是很中肯的指示了。

——《花边文学·做文章》

来信说技巧修养是最大的问题，这是不错的，现在的许多青年艺术家，往往忽略了这一点。所以他的作品，表现不出所要表现的内容来。正如作文的人，因为不能修辞，于是也就不能达意。但是，如果内容的充实，不与技巧并进，是很容易陷入徒然玩弄技巧的深坑里去的。

——《致李桦，1935年2月4日》

单元读写活动建议

1. 试作一次与你平时读书不同的“消闲的读书——随便翻翻”，翻完了，兴之所至，愿意随手写点什么也行，如不想写，就不写。——主要体会一下读书的乐趣。
2. 试按鲁迅的建议，读一本历史书，或读一本自然科学的书，并写读书笔记。
3. 就你的写作经历与经验，和同学交流你对鲁迅所说的“说自己的话，说较真的话”的看法。

第五编

研究鲁迅

研究鲁迅，是我们的权利：鲁迅属于我们每一个人。

鲁迅可以不断地研究，是因为鲁迅的作品是常读常新的，鲁迅是说不尽的。

作为中学生也可以研究鲁迅，是因为我们能够找到与鲁迅心灵相遇的通道，从而对鲁迅有属于自己的发现——在某种程度上，这也是一种自我发现。

对于处在成长过程中的学生，研究鲁迅，也是一个学习、提高自己的过程，是中学阶段研究性学习的最佳课题之一，是对我们的创造力的一次极具诱惑力的挑战。我们将通过研究鲁迅，学会如何发现问题，确定选题；如何查找、搜集资料；如何感悟鲁迅精美的语言，赏析他的作品；如何领悟鲁迅深邃的思想，学会思考；如何在掌握大量的资料，阅读大量的作品基础上，通过反复的琢磨，独立的研究，形成自己的观点；如何阐述、论证这些观点，并用鲜明、准确、生动的语言表达出来。通过研究鲁迅，不仅可以提高我们的读写能力、艺术鉴赏力、思考力和创造力，更会提升我们的精神境界。

整个研究过程，都要在教师的指导下，由学生自己独立完成，并在学生学习集体中相互交流与讨论。

参考选题

一、鲁迅与××（绍兴、南京、杭州、北京、西安、厦门、广州、上海等）

1. 查阅有关“鲁迅与××”的资料，以及有关研究资料。
2. 摘录鲁迅作品中的有关自述，阅读鲁迅描写或论及该地区的文章。
3. 寻访与“鲁迅在××”有关的地方。
4. 在以上阅读与调查的基础上，自选一个角度，自拟题目，写出一篇调查报告或文学作品（传记、小说、散文等）。

二、鲁迅与爱罗先珂（或凯绥·珂勒惠支）

1. 查阅鲁迅作品与有关资料，利用有关工具书（如《鲁迅年谱》），了解爱罗先珂（或珂勒惠支）其人其文（画），鲁迅与爱罗先珂（或珂勒惠支）的关系，整理出《鲁迅与爱罗先珂（或珂勒惠支）交往年表》。
2. 阅读鲁迅翻译的《爱罗先珂童话集》与《桃色的云》（如有新译本可以作对读），以及鲁迅的《序》《译者附记》；或读鲁迅有关珂勒惠支的介绍与论述，并看珂勒惠支的绘画作品。
3. 在以上阅读的基础上，自选一个角度，自拟题目，写出一篇论文。

三、鲁迅文本细读与分析

1. 鲁迅作品（某几篇，某组文章，或某部作品，如《野草》《朝花夕拾》《故事新编》等）新解。
2. 略论鲁迅语言的色彩美。
3. 简析鲁迅语言的音乐感。
4. 从几篇杂文看鲁迅杂文的语言特色。

5. 谈谈鲁迅作品的“复仇”主题。
6. 鲁迅小说中的“狂人”形象系列分析。
7. 鲁迅作品中的“黑色人”家族。
8. 鲁迅笔下的两个“园子”(《朝花夕拾》里童年的家园与《野草》里心中的荒园),兼论萧红笔下的“后花园”。
9. 从《夜颂》《秋夜》《秋夜纪游》《写于深夜里》(文收《且介亭杂文末编》)等作品谈鲁迅笔下的“夜”,和鲁迅的夜间写作。
10. 鲁迅教我们如何在生活中发现杂文题材与写杂文,我也来写点杂文。
11. 从几篇作品看鲁迅小说中的杂文笔法,与鲁迅杂文中的小说笔法。
12. 从几篇作品看鲁迅的讽刺艺术(可参看鲁迅《且介亭杂文二集》中的《漫谈“漫画”》《论讽刺》等文)。
13. 论诗人鲁迅(不仅讨论鲁迅的诗歌理论与创作,更讨论鲁迅杂文与小说中的诗性,以及鲁迅的诗人气质)。

四、鲁迅精神命题研究

1. 鲁迅论中国人的奴性:“奴相”种种,及其根源。
2. 鲁迅论“爱”及中国人“爱的缺失”。
3. 鲁迅谈“真”及中国人“真的缺失”。
4. 我们为什么不能“睁了眼看”?
5. 鲁迅论“忘却”。
   ① 中国人为什么总是没有“记性”?
   ② 鲁迅写《为了忘却的记念》的深意。
6. 中国“吃人”现象考察:
   ① 史书上关于“吃人”现象的记载;
   ②《水浒传》与《三国演义》里如何描写“吃人”?
   ③ 鲁迅论“吃人”,以及相关的“嗜血”现象,以及中国人(包括中国知识分子)对人的生命的态度;
   ④ 我的分析。

7. 鲁迅对中国现代史上几个重要的历史事件的历史经验的总结：
   ① 辛亥革命的经验；
   ② 五卅运动的教训；
   ③ “三一八”惨案的流血告诉了我们什么？
   ④ 七一五大屠杀引起的反思。
8. 试论鲁迅的“将来——现在——过去”观。
9. 谈谈鲁迅的生命意识。
10. “韧性精神”解。
11. “泥土精神”与“傻子精神”解。
12. 论父母与子女。
13. 鲁迅的“读书观”与“写作观”，及其对当下中学语文教育的启示。

五、比较研究

1. 中外民间故事、传说、文学作品及鲁迅笔下的“狼”（猫头鹰、猫、狗、蛇、蚊子、苍蝇……）的形象的比较研究。
2. 鲁迅与周作人关于故乡的鬼、父亲、百草园……的回忆与描述的异同。
3. 鲁迅与沈从文、孙犁、赵树理的“乡土小说”的比较研究。
4. 我读鲁迅与卡夫卡的小说。
5. 鲁迅与魏晋文人。
6. 鲁迅与张爱玲笔下的“上海都市图景”比较。

六、网络对话

1. 访问有关鲁迅的网站，就网友对鲁迅的各种评论与争论，发表你的意见。
2. 在与网友就所关注的精神话题或文化热点问题进行对话时，有意识地引入鲁迅有关观点，让鲁迅也来参与对话，可提供新的视角，使讨论更为深入，也可以就此写成文章。如：怎样观察“京派文化”

与“海派文化”，怎样认识盛行一时的“我是流氓我怕谁”之类的“流氓文化”，如何看待“雷峰塔的重建”，怎样看待各类“沉渣泛起”的怪现象，怎样看待与处理和前辈（父母，老师……）的关系，怎样构建自己的“精神家园”，怎样“看”形形色色的街头景观，怎样“读”报刊上的文章，等等。

参考书目

一、鲁迅作品

《鲁迅全集》，人民文学出版社，1981 年版。

《鲁迅作品全编》小说卷、散文卷、杂文卷（上、下册），王得后、钱理群编，浙江人民出版社，1998 年版。

《鲁迅语萃》，钱理群、王乾坤编，华夏出版社，1993 年版。

《恩怨录·鲁迅和他的论敌文选》，今日中国出版社，1996 年版。

二、鲁迅传记、生平资料、年谱

《人间鲁迅》（上、下），林贤治著，花城出版社，1998 年版。

《无法直面的人生：鲁迅传》，王晓明著，上海文艺出版社，2001 年版。

《鲁迅生平资料汇编》第一辑（鲁迅在绍兴、南京），第二辑（鲁迅在日本、杭州），第三辑（鲁迅在北京、西安），第四辑（鲁迅在厦门、广州），第五辑（鲁迅在上海），薛绥之主编，天津人民出版社，1982 年版。

《鲁迅年谱》（增订本），1—4 卷，李何林主编，人民文学出版社，2000 年版。

三、回忆录

《鲁迅回忆录》“专著”（三册），北京出版社，1999 年版。

《鲁迅回忆录》“散篇”（三册），北京出版社，1999 年版。

四、研究文章与专著

《吃人与礼教——论鲁迅（一）》，李长之等著，河北教育出版社，2000 年版。

《鲁迅研究的历史批判——论鲁迅（二）》，陈涌、唐弢、李何林、王瑶等著，河北教育出版社，2000年版。
《〈两地书〉研究》，王得后著，天津人民出版社，1982年版。
《鲁迅论集》，朱正著，浙江人民出版社，2001年版。
《中国思想革命的一面镜子——〈呐喊〉〈彷徨〉综论》，王富仁著，北京师范大学出版社，1986年版。
《心灵的探寻》，钱理群著，北京大学出版社，1999年版。
《反抗绝望——鲁迅及其文学世界》，汪晖著，河北教育出版社，2000年版。
《鲁迅的生命哲学》，王乾坤著，人民文学出版社，1999年版。
《鲁迅中期思想研究》，徐麟著，湖南师范大学出版社，1997年版。
《鲁迅与胡适——影响20世纪中国文化的两位智者》，孙郁著，辽宁人民出版社，2000年版。
《鲁迅与周作人》，孙郁著，河北人民出版社，1997年版。
《21世纪：鲁迅和我们》，邵燕祥、林斤澜、王安忆、李锐、陈思和、陈平原、王彬彬、旷新年、郜元宝、摩罗等著，人民文学出版社，2001年版。
《鲁迅》，[日]竹内好著，浙江文艺出版社，1986年版。
《鲁迅与日本人——亚洲的近代与“个”的思想》，[日本]伊滕虎丸著，河北教育出版社，2000年版。
《铁屋中的呐喊》，[美]李欧梵著，河北教育出版社，2000年版。
《走进鲁迅世界——鲁迅著作解读文库》小说卷、杂文卷、散文卷、诗歌卷、书信卷，李文儒主编，高远东、李文儒、黄乔生、孙郁、李允经等编著，北京工业大学出版社，1995年版。
《鲁迅五书心读丛书》五本：（《〈呐喊〉心读》《〈彷徨〉心读》《〈野草〉心读》《〈朝花夕拾〉心读》《〈故事新编〉心读》），王景山编著，首都师范大学出版社，2002年版。
《〈呐喊〉导读》，王得后撰，中华书局，2002年版。
《鲁迅作品十五讲》，钱理群著，北京大学出版社，2003年版。

第六编

言说鲁迅

在通过阅读、研究鲁迅，走进鲁迅世界以后，又要从鲁迅作品中跳出来，发出自己的声音：对鲁迅及其思想、文学做出独立判断与评价，言说“我之鲁迅观”，谈论“我与鲁迅”。

活动建议

一、由每一个学生写出《我之鲁迅观》，以此考查成绩。要求与评价标准：

1. 说真话，用自己的语言说出自己对鲁迅的真实看法与理解；
2. 要“言之有理”；
3. 尽可能有新意，有创造性。

二、举行“鲁迅在我们中间”的主题活动：

1. 以“我之鲁迅观”或“我与鲁迅”为题，做演讲比赛；
2. 表演鲁迅作品。例如，将《示众》改编为哑剧或舞剧；将《孔乙己》《奔月》改编成话剧；将《过客》《聪明人和傻子和奴才》作为戏剧演出；朗诵《死火》《雪》《好的故事》《腊叶》《铸剑》片段等。还可以将相同题材的作品稍加编纂，如将《秋夜》《夜颂》《秋夜纪游》三篇组成《夜之歌》，进行朗诵表演。如有兴趣，还可以将鲁迅的作品（如他的旧体诗，《铸剑》里“黑的人”唱的歌）编成歌曲来演唱。
3. 做有关鲁迅的诗歌、散文、戏剧，进行朗诵或表演。
4. 将全班同学在学习过程中所写的读书笔记、研究文章、有关创作，及最后的考试作业，汇集起来，编辑成一本书，以做“中学时代与鲁迅的一次相遇”的总结与纪念，这也是自我生命历程中饶有兴味的一页。

后记

本书是我的“走进鲁迅三部曲”的第一部，另外两部是以大学生与中学老师为对象的《鲁迅作品十五讲》(北京大学出版社2003年版)，为研究生讲课的实录《与鲁迅相遇》(三联书店2003年版)。这是我的一个尝试：如何对不同年龄不同文化程度，因而有着不同需求的中国青少年讲鲁迅，如何将鲁迅的遗产真正有效地传递给我们的下一代，使他们在人生发展的不同阶段都能以自己的方式走进鲁迅。

“中学生鲁迅读本”的编写，同时是适应中学语文教育改革的需要。根据新的中学语文课程标准，高中阶段将大量开设选修课程，这是中学语文教育中的一个全新课题，本书即是编写选修课教材的一个自觉尝试。希望能够为在中学讲授鲁迅作品及经典作家作品提供某种具有可操作性的教学模式——为第一线的中学语文老师提供帮助与服务，始终是我介入中学语文教育改革的宗旨与指导思想。本书不仅以编写者对鲁迅的理解与教育理念做支撑，更具有很强的教育实践性。因此，我的母校南京师范大学附属中学以王栋生先生和徐志伟先生为组长的语文教研组的老师们，从一开始便积极参与了本书的编写工作。对本书编写的指导思想与原则，王栋生等老师提供过宝贵的意见，教研组还选派倪峰、周春梅两位年轻教师为本书精心作注。以后，我们还准备让本书进入课堂，进行有关的教育试验。可以说，没有南京师范大学附属中学语文组的参与，就不会有本书的编写：这本身就是一次近年来我一直提倡的大学与中学、学术界与教育界的合作。在此，向教研组的老师，特别是王、倪、周三位老师，表示由衷的感谢。

江苏教育出版社的领导与本书的责任编辑余立新先生，全力支持本书的出版，并付出了巨大的劳动，在此表示感谢。这些年我也一直在探讨在从事民间的学术与教育工作中和出版社合作的方式，我想，在这方面，还有很多的事情可做。

钱理群

2003 年 12 月 22 日